鲁迅全集

第十卷

鲁迅　著

王德领　钱振文　葛涛　等审订

小说旧闻钞

唐宋传奇集

汉文学史纲要

中国科学技术出版社

·北京·

图书在版编目（CIP）数据

鲁迅全集. 第十卷 / 鲁迅著. —— 北京 : 中国科学
技术出版社, 2024.3
　ISBN 978-7-5236-0206-5

　Ⅰ. ①鲁… Ⅱ. ①鲁… Ⅲ. ①鲁迅著作－全集 Ⅳ.
①I210.1

中国国家版本馆CIP数据核字（2023）第093514号

目　录

小说旧闻钞

唐宋传奇集

汉文学史纲要

小说旧闻钞

再版序言

　　《小说旧闻钞》者，实十余年前在北京大学讲《中国小说史》时，所集史料之一部。时方困瘁，无力买书，则假之中央图书馆、通俗图书馆、教育部图书室等，废寝辍食，锐意穷搜，时或得之，瞿然则喜，故凡所采掇，虽无异书，然以得之之难也，颇亦珍惜。迨《中国小说史略》印成，复应小友之请，取关于所谓俗文小说之旧闻，为昔之史家所不屑道者，稍加次第，付之排印，特以见闻虽隘，究非转贩，学子得此，或足省其复重寻检之劳焉而已。而海上妄子，遂腾簧舌，以此为有闲之证，亦即为有钱之证也，则軃腰曼舞，喷沫狂谈者尚已。然书亦不甚行，迄今十年，未闻再版，顾亦偶有寻求而不能得者，因图复印，略酬同流，惟于此道久未关心，得见古书之机会又日鲜，故除录《癸辛杂识》《曲律》《赌棋山庄集》三书而外，亦不能有所增益矣。此十年中，研究小说者日多，新知灼见，洞烛幽隐，如《三言》之统系，《金瓶梅》之原本，皆使历来凝滞，一旦豁然；自《续录鬼簿》出，则罗贯中之谜，为昔所聚讼者，遂亦冰解，此岂前人凭心逞臆之所能至哉！然此皆不录。所以然者，乃缘或本为专著，载在期刊，或未见原书，惮于转写，其详，则自有马廉、郑振铎二君之作在也。

　　一九三五年一月二十四之夜，鲁迅校讫记。

序言

昔尝治理小说，于其史实，有所钩稽。时蒋氏瑞藻《小说考证》已版行，取以检寻，颇获稗助；独惜其并收传奇，未曾理析，校以原本，字句又时有异同。于是凡值涉猎故记，偶得旧闻，足为参证者，辄复别行移写。历时既久，所积渐多；而二年已前又复废置，纸札丛杂，委之蟫尘。其所以不即焚弃者，盖缘事虽猥琐，究尝用心，取舍两穷，有如鸡肋焉尔。今年之春，有所怅触，更发旧稿，杂陈案头。一二小友以为此虽不足以饷名家，或尚非无稗于初学，助之编定，斐然成章，遂亦印行，即为此本。自愧读书不多，疏陋殊甚，空灾楮墨，贻痛评坛。然皆摭自本书，未尝转贩；而通卷俱论小说，如《小浮梅闲话》《小说丛考》《石头记索隐》《红楼梦辨》等，则以本为专著，无烦披拣，冀省篇幅，亦不复采也。凡所录载，本拟力汰复重，以便观览，然有破格，可得而言：在《水浒传》《聊斋志异》《阅微草堂笔记》下有复重者，著俗说流传之迹也；在《西游记》下有复重者，揭此书不著录于地志之渐也；在《源流篇》中有复重者，明札记肊说稗贩之多也。无稽甚者，亦在所删，而独留《消夏闲记》《扬州梦》各一则，则以见悠谬之谈，故书中盖常有，且复至于此耳。翻检之书，别为目录附于末；然亦有未尝通观全部者，如王圻《续文献通考》，实仅阅其《经籍考》而已。

一千九百二十六年八月一日，校讫记。鲁迅。

大宋宣和遗事

《百川书志》五《史部·传记》《宣和遗事》二卷。载徽、钦二帝北狩二百七十余事。虽宋人所记，辞近骛史，颇伤不文。

《古今书刻》上　福建书坊：《宣和遗事》。

《也是园书目》十《宋人词话》《宣和遗事》四卷。

《七修类稿》四十六　宋徽、钦北掳事迹，刊本则有《宣和遗事》，抄本则有《窃愤录》。二书较之，大事皆同，惟虏人侮慢之辞，丑污之事，则《窃愤》有之也。至于彼地之险，彼国之事，风俗之异，时序之乖，则《宣和》较《录》为少矣。二书皆无著书人名。且《遗事》虽以宣和为名，而上集乃北宋之事，下集则被掳之事，首起如小说院本之流，是盖当时之人著者也。《录》则窃《遗事》之下集，造饰其所多之事，必宣政间遭辱之徒，以发其胸中不逞之气而为之，是不足观也。观其年月地方死生大事俱同，惟多造饰之言可知矣。故《齐东野语》辨《南烬纪闻》之事为无有。予意《窃愤》或即《纪闻》，后人读之而愤之，故易此名也。观周草窗历辨之言，阿计替之事，似与相同。故予特揭宋家大事，录于左方，使人瞬目可知其概，余不必观也。靖康元年丙午二月初二日金人围汴城。三月初三金人北去。十一月十九日，粘罕元帅再围京城。二十五日，京城陷，金人入城。二十六日，粘罕遣使入城求两宫幸彼营，议和割地事。二年正月十一日，粘罕遣使入城，请帝车驾诣军前议事。二月十一日车驾出城，幸彼营。十七日，帝还宫。三月初三日，再幸彼营；次早，帝见太上皇亦至彼。初四日至十五，皇族后妃诸王陆续到营。十六日，粘罕令以青袍易帝服，以常人女服易二后服；侍卫番奴以男女呼帝。十七日，金以张邦昌为帝，国号大楚。十八日，上皇及帝二后乘马北行。二十一日，次黄河岸。二十二日，入卫州。二十三日，入怀州。二十四日，至信安县。二十六日，至徐州。二十七日，至泉镇。四月一日，过真定府。五月二十一日，到燕京，见金主。六月二日，朱后死方二十六岁。十三日，至安肃听候。六月末，移居云州。绍兴二年，郑后崩年四十七岁；二帝移居五国城。绍兴四年，金主死，孙完颜宣即位。五年，移居西均从州。六年，上皇崩于均州年五十六岁；又移少帝往源昌州。八年，金人伪齐刘豫召少帝于源昌；本年十月九日少帝复至燕京，与契丹耶律延禧同拘管鸠翼府。十三年，赐帝居燕京之寺。十八年，岐王完颜亮杀金主宣并后，自即位。绍兴十五年，徙少帝出城东田玉观。二十年复徙少帝入城，因于左院。二十二年春，帝崩，乃为彼奴射死马足之下。年六十岁。

　　《少室山房笔丛》四十一　世所传《宣和遗事》极鄙俚，然亦是胜国时间闾俗说。中有南儒及省元等字面；又所记宋江三十六人，卢俊义作李俊义，杨雄作王雄，关胜作关必胜，自余俱小不同，并花石纲等事，皆似是《水浒》事本，倘出《水浒》后，必不更创新名。又郎瑛《类稿》记《点鬼簿》中亦具有诸人事迹，是元人钟继先所编。然则施氏此书所谓三十六人者，大概各本前人，独此外则附会耳。郎谓此书及《三国》并罗贯中撰，大谬。二书浅深工拙，若霄壤之悬，讵有出一手理？世传施号耐庵，名字竟不可考。友人王承父尝戏谓是编《南华》《太史》合成；余以非猾胥之魁，则剧盗之靡耳。施某事见田叔禾《西湖志余》。

　　案：《西湖游览志余》以《水浒传》为罗贯中作，而不及施耐庵，胡盖误记。

水浒传

《百川书志》六《史部·野史》《忠义水浒传》一百卷。钱塘施耐庵的本;罗贯中编次。宋寇宋江三十六人之事,并从副百有八人,当世尚之。周草窗《癸辛杂志》中具百八人混名。

《续文献通考》一百七十七《经籍考·传记类》《水浒传》。罗贯著。贯字贯中,杭州人,编撰小说数十种,而《水浒传》叙宋江事,奸盗脱骗机械甚详。然变诈百端,坏人心术,说者谓子孙三代皆哑,天道好还之报如此。

《古今书刻》上　都察院:《水浒传》。

《也是园书目》十《通俗小说》　旧本罗贯中《水浒传》二十卷。

《丙辰札记》　稗史记王圻《续文献通考》载《琵琶记》《水浒传》,此亦别有一说,未可轻议。但余见《续通考》,止有《水浒传》,未见《琵琶记》也。又云,《通考》载罗贯中为《水浒传》,三世子弟皆哑。余见《续通考》题《水浒》为罗贯著,不名贯中;三世子弟皆哑,并无其文。岂刻本有互异耶,抑稗史之误识耶?

案:余所见《续文献通考》,为北京大学图书馆藏本,有三世子弟皆哑等语,是《续通考》刻本非一,且文亦详略不同也。

《七修类稿》二十三　《三国》《宋江》二书,乃杭人罗本贯中所编。予意旧必有本,故曰编。《宋江》又曰钱塘施耐庵的本。昨于旧书肆中得抄本《录鬼簿》,乃元大梁钟继先作,载宋元传记之名,而于二书之事尤多。据此,见原亦有迹,因而增益编成之耳。

《七修类稿》二十五　史称宋江三十六人横行齐、魏,官军莫抗,而侯蒙举讨方腊。周公谨载其名赞于《癸辛杂志》;罗贯中演为小说，有替天行道之言；今扬子、济宁之地，皆为立庙。据是，逆料当时非礼之礼，非义之义，江必有之，自亦异于他贼也。但贯中欲成其书，以三十六为天罡，添地煞七十二人之名，又易尺八腿为赤发鬼，一直撞为双枪将，以至淫辞诡行，饰诈眩巧，耸动人之耳目，是虽足以溺人，而传久失其实也多矣。今特书其当时之名三十六于左——

宋江 晁盖 吴用 卢俊义 关胜 史进 柴进 阮小二 阮小五 阮小七 刘唐 张青 燕青 孙立 张顺 张横 呼延绰 李俊 花荣 秦明 李逵 雷横 戴宗 索超 杨志 杨雄 董平 解珍 解宝 朱仝 穆横 石秀 徐宁 李英 花和尚 武松

案：周密所录赞，时为后人称道，今揭之于后，以备考览——

《癸辛杂识续集》上龚圣与作宋江三十六赞并序曰：宋江事见于街谈巷语，不足采著。虽有高如、李嵩辈传写，士大夫亦不见黜。余年少时壮其人，欲存之画赞，以未见信书载事实，不敢轻为。及异时见《东都事略》中载侍郎《侯蒙传》有书一篇，陈制贼之计云："宋江以三十六人横行河朔，京东官军数万，无敢抗者，其材必有过人，不若赦过招降，使讨方腊，以此自赎，或可平东南之乱。"余然后知江辈真有闻于时者。于是即三十六人为一赞，而箴体在焉。盖其本拨矣，将使一归于正，义勇不相戾，此诗人忠厚之心也。余尝以江之所为，虽不得自齿，然其识性超卓，有过人者。立号既不僭侈，名称俨然，犹循轨辙，虽托之记载可也。古称柳盗跖为盗贼之圣，以其守壹至于极处，能出类而拔萃。若江者，其殆庶几乎。虽然，彼跖与江，与之盗名而不辞，躬履盗迹而无讳者也。岂若世之乱臣贼子，畏影而自走，所为近在一身，而其祸未尝不流四海？呜呼，与其逢圣公之徒，孰若跖与江也？

呼保义宋江

　　不假称王，而呼保义，岂若狂卓，专犯忌讳。

智多星吴学究

　　古人用智，义国安民，惜哉所予，酒色粗人。

玉麒麟卢俊义

　　白玉麒麟，见之可爱，风尘大行，皮毛终坏。

大刀关胜

　　大刀关胜，岂云长孙？云长义勇，汝其后昆。

活阎罗阮小七

　　地下阎罗，追魂摄魄，今其活矣，名喝太伯。

尺八腿刘唐

　　将军下短，贵称侯王。汝岂非夫，腿尺八长？

没羽箭张清

　　箭以羽行，破敌无颇，七札难穿，如游斜何。

浪子燕青

　　平康巷陌，岂知汝名？大行春色，有一丈青。

病尉迟孙立

　　尉迟壮士，以病自名，端能去病，国功可成。

浪里白跳张顺

　　雪浪如山，汝能白跳，愿随忠魂，来驾怒潮。

船火儿张横

　　大行好汉，三十有六，无此火儿，其数不足。

短命二郎阮小二

　　灌口少年，短命何益，曷不监之，清源庙食。

花和尚鲁智深

有飞飞儿，出家尤好，与尔同袍，佛也被恼。

行者武松

汝优婆塞，五戒在身，酒色财气，更要杀人。

铁鞭呼延绰

尉迟彦章，去来一身。长鞭铁铸，汝岂其人？

混江龙李俊

乖龙混江，射之即济，武皇雄争，自惜神臂。

九文龙史进

龙数肖九，汝有九文，盍从东皇，驾五色云。

小李广花荣

中心慕汉，夺马而归，汝能慕广，何忧数奇。

霹雳火秦明

霹雳有火，摧山破岳，天心无妄，汝孽自作。

黑旋风李逵

风有大小，不辨雌雄，山谷之中，遇尔亦凶。

小旋风柴进

风有大小，黑恶则惧，一噫之微，香满太虚。

插翅虎雷横

飞而食肉，有此雄奇，生入玉关，岂伤令姿。

神行太保戴宗

不疾而速，故神无方，汝行何之，敢离大行。

先锋索超

行军出师，其锋必先，汝勿锐进，天兵在前。

立地太岁阮小五

东家之西，即西家东，汝虽特立，何有吾宫。

青面兽杨志

圣人治世，四灵在郊，汝兽何名，走旷劳劳。

赛关索杨雄

关索之雄，超之亦贤，能持义勇，自命何全。

一直撞董平

昔樊将军，鸿门直撞，斗酒肉肩，其言甚壮。

两头蛇解珍

左啮右噬，其毒可畏，逢阴德人，杖之亦毙。

美髯公朱仝

长髯郁然，美哉丰姿，忍使尺宅，而见赤眉。

没遮拦穆横

出没太行，茫无畔岸，虽没遮拦，难离火伴。

拼命三郎石秀

石秀拼命，志在金宝，大似河鲀，腹果一饱。

双尾蝎解宝

医师用蝎，其体贵全，反其常性，雷公汝嫌。

铁天王晁盖

毗沙天人，证紫金躯，顽铁铸汝，亦出洪炉。

金枪班徐宁

金不可辱，亦忌在秽，盍铸长殳，羽林是卫。

扑天雕李应

鸷禽雄长，惟雕最狡，毋扑天飞，封狐在草。

此皆群盗之靡耳，圣与既各为之赞，又从而序论之，何哉？太史序游侠而进奸雄，不免异世之讥，然其首著胜广于列传，且为项籍作本纪，其意亦深矣。识者当自能辨之云。

华不注山人戏书。

《西湖游览志余》二十五　钱塘罗贯中本者，南宋时人，编撰小说数十种，而《水浒传》叙宋江等事，奸盗脱骗机械甚详。然变诈百端，坏人心术，其子孙三代皆哑，天道好还之报如此。

案：罗贯中子孙三代皆哑之说，始见于此。王圻《续文献通考》之所谓"说者"，殆即指田叔禾。

《少室山房笔丛》四十一　今世传街谈巷语，有所谓演义者，盖尤在传奇杂剧下。然元人武林施某所编《水浒传》，特为盛行；世率以其凿空无据，要不尽尔也。余偶阅一小说序，称施某尝入市肆，绅阅故书，于敝楮中得宋张叔夜擒贼招语一通，备悉其一百八人所由起，因润饰成此编。其门人罗本亦效之为《三国志演义》，绝浅陋可嗤也。

杨用修《词品》云：《瓮天脞语》载宋江潜至李师师家，题一词于壁云："天南地北，问乾坤，何处可容狂客？借得山东烟水寨，来买凤城春色。翠袖围香，鲛绡笼玉，一笑千金值。神仙体态，薄幸如何销得？想芦叶滩头，蓼花汀畔，皓月空凝碧。六六雁行连八九，只待金鸡消息。义胆包天，忠肝盖地，四海无人识。闲愁万种，醉乡一夜头白。"小辞盛于宋，而剧贼亦工如此。案此即《水浒传》词，杨谓《瓮天》，或有别据；第以江尝入洛，则太愦愦也。

《水浒》余尝戏以拟《琵琶》，谓皆不事文饰而曲尽人情耳。然《琵琶》自本色外，《长空万里》等篇，即词人中不妨翘举。而《水浒》所撰语稍涉声偶者，辄呕哕不足观，信其伎俩易尽；第述情叙事，针工密致，亦滑稽之雄也。

今世人耽嗜《水浒传》，至缙绅文士亦间有好之者。第此书中间用意，非仓卒可窥。世但知其形容曲尽而已；至其排比一百八人，分量重轻，纤毫不爽，而中间抑扬映带，回护咏叹之工，真有超出语言之外者。余每惜斯人以如是心，用于至下之技。然自是其偏长，政使读书执笔，未必成章也。

此书所载四六语甚厌观，盖主为俗人说，不得不尔。余二十年前所见《水浒传》本，尚极足寻味，十数载来，为闽中坊贾刊落，止录事实，中间游词余韵，神情寄寓处，一概删之，遂几不堪覆瓿。复数十年，无原本印证，此书将永废。余因叹是编初出之日，不知当更何如也。

宋郑叔厚以《孙武子》配《论语》《易传》，明韩苑洛以关汉卿配司马子长，皆大是词场猛诨。因论《水浒》，得二事绝可作对：嘉隆间，一巨公案头无他书，仅左置《南华经》，右置《水浒传》各一部；又近一名士听人说《水浒》，作歌谓奄有丘明、太史之长。二语本滑稽，与前意稍不同，然词若符节，信宇宙间未尝无对也。

《野获编》五　武定侯郭勋，在世宗朝号好文，多艺能计数。今新安所刻《水浒传》善本，即其家所传，前有汪太函序，托名天都外臣者。

《书影》一　故老传闻罗氏为《水浒传》一百回，各以妖异语引其首。嘉靖时，郭武定重刻其书，削其致语，独存本传。金坛王氏《小品》中亦云此书每回前各有楔子，今俱不传。予见建阳书坊中所刻诸书，节缩纸板，求其易售，诸书多被刊落。此书亦建阳书坊翻刻时刊落者。六十年前，白下、吴门、虎林三地书未盛行，世所传者，独建阳本耳。

同上　予又见《续文献通考》以《琵琶记》《水浒传》列之《经籍志》中，虽稗官小说，古人不废，然罗列不伦，何以垂远？

同上　《续文献通考》载罗贯中为《水浒传》，三世子弟皆哑。此书未大伤元气，尚受报如此，今人为种种宣淫导欲之书者，更当何如？可畏哉！

《水浒传》相传为洪武初越人罗贯中作，又传为元人施耐庵作，田叔禾《西湖游览志》又云此书出宋人笔。近金圣叹自七十回之后，断为罗所续，因极口诋罗，复伪为施序于前，此书遂为施有矣。予谓世安有为此等书人，当时敢露其姓名者，阙疑可也。定为耐庵作，不知何据？

案：尝见明刻百回本《忠义水浒传》，已题"施耐庵集撰罗贯中纂修"，盖在圣叹前。

《识小录》一 《水浒传》有郓哥不忿闹茶肆，初谓是俗语耳。乃唐人李端《闺情》云：月落星稀天欲明，孤灯未灭梦难成；披衣更向门前望，不忿朝来鹊喜声。始知施耐庵之有所本。

《居易录》七 稗官小说，不尽凿空，必有所本。如施耐庵《水浒传》，微独三十六人姓名见于龚圣予赞，而首篇叙高俅出身，与《挥麈后录》所载一一吻合。俅本东坡先生小史，工笔札，坡出帅中山，留以予曾子宣：辞之以属王晋卿。晋卿一日遣俅送篦刀子于瑞王邸，值王在园中蹴鞠，俅睥睨之。王呼来前，询曰：汝亦解此耶？曰：能之。令对蹴，大喜，呼隶云：往传语都尉，谢篦刀之贶，并送人皆辍留矣。逾月，王登大宝，眷渥日厚，不次迁拜，数年间，持节至使相。父敦复，复为节度使；兄伸，亦登八座；子俣皆为郎。《传》所云小苏学士，即东坡而稍变其文耳；都尉，即诜也。俅富贵不忘苏氏，每子弟入都，问邮甚厚，亦有可取。时梁师成自诡东坡之子。二人皆嬖幸，擅权势；而叔党卒终于小官，可以知其贤矣。或谓二苏党禁方严，李公麟遇苏氏子弟，至以扇障面而过之。坡族孙元老上时相启，乃至云念与党人，偶同高祖，此辈愧俅、师成，不亦多乎！邹浩《道乡集》有《高俅转官制》。

《居易录》二十四 宋张忠文公叔夜招安梁山泊榜文云，有赤身为国，不避凶锋，拿获宋江者，赏钱万万贯，双执花红。拿获李进义者，赏钱百万贯，双花红。拿获关胜，呼延绰、柴进、武松、张清等者，赏钱十万贯，花红。拿获董平、李进者，赏钱五万贯有差。今斗叶子戏有万万贯、千万贯、百万贯花红递降等采，用叔夜榜文中语也。又《传》中方腊贼党吕师囊，台州仙居人，亦非杜撰。但贼所陷乃杭、睦、歙、处、衢、婺六州耳，详《泊宅编》。又《七修类稿》言《录鬼簿》元汴梁钟继先作，载宋、元传记之名，而于此传之事尤多。

《香祖笔记》十二 徐神翁谓蔡京曰："天上方遣许多魔君下生人间，作坏世界。"蔡曰："安得识其人？"徐笑曰："太师亦是。"按《水浒传传奇》首述误走妖魔，意亦本此；然不识蔡京为是天罡，为是地煞耳。神翁语见《钱氏私志》。

《浪迹丛谈》六 《水浒传》之作，亦依傍正史，而事迹不能相符。《宋史·徽宗本纪》，宣和三年二月，淮南盗宋江等犯淮阳军，又犯京东、江北，入楚海州界，命知州张叔夜招降之。《侯蒙传》，宋江寇京东，蒙上书言宋江以三十六人横行齐、魏，官军数万，无敢抗者，其才必过人，今青溪盗起，不若赦江，使讨方腊以自赎。《张叔夜传》，叔夜再知海州。宋江起河朔，转略十郡，官军莫敢撄其锋，声言将至。叔夜使间者觇所向，贼径趋海滨，劫巨舟十余载卤获，于是募死士得千人，设伏近城，而出轻兵距海诱之战，先匿壮卒海旁，伺兵合，举火焚其舟，贼闻之皆无斗志，伏兵乘之，擒其副贼，江乃降。按《侯蒙传》虽有使讨方腊之语，事无可考。宋江以二月降，方腊以四月擒，或藉其力。但其时擒腊者，据《徽宗本纪》以为忠州防御使辛兴宗；据《童贯传》以为宣抚制使童贯；据《韩世忠传》则世忠以偏将穷追至青溪峒，问野妇得径，渡险数里，捣其穴，辛兴宗掠其俘以为己功，皆与宋江无涉也。陆次云《湖壖杂记》谓六和塔下旧有鲁智深象；又言江浒人掘地得石碣，题曰武松之墓。当时进征清溪，或用兵于此，稗乘所传不尽诬。惟汪韩门以为杭人附会为之，恐不足信。

《茶香室丛钞》十七　《癸辛杂识》载龚圣与作宋江等三十六人赞，每人各四句，今不录。惟其名号与世所传小有异同，故备录于此：呼保义宋江，智多星吴学究，玉麒麟卢俊义，大刀关胜，活阎罗阮小七，尺八腿刘唐，没羽箭张清，浪子燕青，病尉迟孙立，浪里白跳张顺，船火儿张横，短命二郎阮小二，花和尚鲁智深，行者武松，铁鞭呼延灼，混江龙李俊，九文龙史进，小李广花荣，霹雳火秦明，黑旋风李逵，小旋风柴进，插翅虎雷横，神行太保戴宗，先锋索超，立地太岁阮小五，青面兽杨志，赛关索杨雄，一直撞董平，两头蛇解珍，美髯公朱仝，没遮拦穆横，拼命三郎石秀，双尾蝎解宝，铁天王晁盖，金枪班徐宁，扑天鹏李应。按铁天王今作托塔天王，然其赞有顽铁铸汝之句，则当时固作铁矣。尺八腿一直撞，亦与今异。

《大刀关胜赞》曰：大刀关胜，岂云长孙？云长义勇，汝其后昆。俗传关胜为关公之裔，亦非无因。今所传有一丈青扈三娘，此则无之。然《浪子燕青赞》云：平康巷陌，岂知汝名？大行春色，有一丈青。未知何指。

案：翟灏《通俗编》三十七云：别籍言三十六人中，有一僧一妇人。龚所赞未见妇人，而其《燕青赞》云云，然则时固有一丈青者，而不在数中。果复有所谓七十二地煞乎？

同上　《莲社高贤佛驮邪舍传》云：罗什在姑臧，遣信要之。师恐国人止其行，取清水，以药投之，咒数十言，与弟子洗足，即夜便发，比旦，行数百里。问弟子，何所觉邪？答曰：惟闻疾风流响，两目有泪。师又咒水洗足，乃止。按小说书有神行之术，本此。

《茶香室续钞》十六　宋洪迈《夷坚乙志》云：宣和七年，户部侍郎蔡居厚罢，知青州，以病不赴，归金陵，疽发于背卒。未几，所亲王生暴亡，三日复苏，云如梦中有人相追，逮至公庭。俄西边小门开，狱卒护一囚，纽械联贯，立庭下；别有二人舁桶血，自头浇之；囚大叫，痛苦如不堪忍者。细视之，乃侍郎也。复押入小门，回望某云：汝今归，便与吾妻说，速营功果救我，今只是理会郓州事。夫人恸哭曰：侍郎去年帅郓时，有梁山泊贼五百人受降，既而悉诛之。吾屡谏，不听也。乃作黄篆醮，为谢罪乞命。按此梁山泊贼，即宋江等也。宋江事见《宋史·张叔夜传》，但云擒其副贼，江乃降。至降后为蔡居厚所杀，而蔡居厚又以杀降获冥谴，则人所未知也。国朝施可斋《闽杂记》云，《宋史·陈文龙传》，先是，兴化有石手军，能投石中人，议者以为不足用，罢之，遂叛，文龙讨平之。今兴化各乡人多善投石，志眉中眉，志目中目。闻其人多于正月至三月先聚空旷处，画地为圈，大经三四尺，去十步内，以石投之，屡中屡远，圈亦寝小，至远及百步，圈小如钱而止，故其技独精。《宋史》所言当即此。按《水浒传》中有善投石者，盖亦有所本也。

续水浒传

《通俗编》三十七　《瓮天脞语》载宋江潜至李师师家，题词于壁。钟嗣成《点鬼簿》：康进之乐府有《梁山泊黑旋风负荆》《黑旋风老收心》。按此等事今俱见《续传》中。又陆友仁题《宋江三十六人画赞》云：睦州盗起尘连北，谁挽长江洗兵革。京东宋江三十六，悬赏招之使擒贼。后来报国收战功，捷书夜奏甘泉官。则江降后自有攻讨方腊等事，《续传》所演，皆不为无因。或谓《宋鉴》刘豫所害关胜，即大刀关胜，想亦有之。

三国志演义

《百川书志》六《史部·野史》《三国志通俗演义》二百四卷。晋平阳侯陈寿史传，明罗本贯中编次。据正史，采小说，证文辞，通好尚，非俗非虚，易观易入，非史氏苍古之文，去瞽传诙谐之气，陈叙百年，该括万事。

《古今书刻》上　都察院：《三国志演义》。

《也是园书目》十《通俗小说》《古今演义三国志》十二卷。

《交翠轩笔记》四　明人作《琵琶记传奇》，而陆放翁已有满村都唱蔡中郎之句。今世所传《三国演义》，亦明人所作。然《东坡集》记王彭论曹、刘之泽云：途巷小儿薄劣，为家所厌苦，辄与数钱，令聚听说古话。至说三国事，闻玄德败，则颦蹙，有涕者；闻曹操败，则喜唱快，以是知君子小人之泽，百世不斩云云。是北宋时已有衍说三国野史者矣。

《七修续稿》四　《桑榆漫志》：关侯听天师召，使受戒护法，乃陈妖僧智觊，宋佞臣王钦若附会私言；至于降神助兵诸怪诞事，又为腐儒收册，疑以传疑。予以既为神将，听法使矣；解州显圣，有录据矣；诸所怪诞，或黠鬼假焉，亦难必其无也。玉泉显圣，罗贯中欲伸公冤，既援作普净之事，复辏合《传灯录》中六祖以公为伽蓝之说，故僧家即妄以公与颜良为普安侍者。殊不知普净公之乡人，曾相遇以礼，而普安元僧，江西人见《佛祖通载》，隔绝甚远，何相干涉？是因伽蓝为监从之神，普安因人姓之同，遂认为监坛门神侍者之流也。此特褒公之甚。

《少室山房笔丛》四十一　古今传闻讹谬，率不足欺有识，惟关壮缪明烛一端，则大可笑。乃读书之士，亦什九信之，何也？盖緜胜国末村学究编魏、吴、蜀演义，因《传》有羽守下邳，见执曹氏之文，撰为斯说；而俚儒潘氏又不考而赞其大节，遂致谈者纷纷。案《三国志·羽传》及裴松之注及《通鉴纲目》，并无此文，演义何所据哉？

同上　赤壁破曹，玄德功最大。考《昭烈传》，与曹公战于赤壁，大破之。《操传》，公至赤壁，与备战不利，而不言周瑜及鲁肃。《传》俱言与备并力；陈寿书《诸葛传》后亦言权遣兵三万助备，备得用与曹公交战，大破其军，则当日战功可见。今率归重周瑜，与陈《志》不甚合。

《通俗编》三十七　《三国志·关羽传》，先主与羽、飞二人，寝则同床，恩若兄弟，而稠人广坐，侍立终日。又，羽谓曹公曰：吾受刘将军厚恩，誓以共死，不可背之。按世俗桃园结义之说，由此敷衍。

同上　《三国志·鲁肃传》，备遣羽争三郡，肃住益阳相拒。肃邀羽相见，各驻兵百步上，但请将军单刀俱会。此正史文原有单刀会三字也。

《升庵外集》：世传吕布妻貂蝉，史传不载。唐李长吉《李将军歌》：椎楅银龟摇白马，傅粉女郎大旗下。似有其人也。元人有《关公斩貂蝉》剧，事尤悠缪。然《羽传》注称羽欲娶布妻，启曹公；公疑布妻有殊色，因自留之。则亦非全无所自。按原文，关所欲娶乃秦氏妇，难借为貂蝉证。

杜牧之《赤壁》诗：东风不与周郎便，铜雀春深锁二乔。按此诗人推拟之词，非曹氏当日果蓄此念也，演义附会之，有改二桥为二乔之说。据正史《周瑜传》：桥公两女，皆国色；策自纳大桥，瑜纳小桥。则乔字本当作桥。

《随园诗话》五　崔念陵进士诗才极佳，惜有五古一篇责关公华容道上放曹操一事。此小说衍义语也，何可入诗？何屺瞻作札，有生瑜生亮之语，被毛西河诮其无稽，终身惭悔。某孝廉作关庙对联，竟有用秉灯达旦者，俚俗乃尔。人可不解学耶？

《丙辰劄记》《三国演义》固为小说，事实不免附会，然其取材则颇博赡。如武侯班师泸水，以面为人首，裹牛羊肉，以祭厉鬼，正史所无，往往出于稗记，不可尽以小说亡稽斥之。其最不可训者，桃园结义，甚至忘其君臣而直称兄弟。且其书似出《水浒传》后，叙昭烈、关、张、诸葛，俱以《水浒传》中崔苻啸聚行径拟之。诸葛丞相生平以谨慎自命，却因有祭风及制造木牛流马等事，遂撰出无数神奇诡怪；而于昭烈未即位前君臣僚寀之间，直似《水浒传》中吴用军师，何其陋耶。张桓侯史称其爱君子，是非不知礼者，衍义直以拟《水浒》之李逵，则侮慢极矣。关公显圣，亦情理所不近。盖演义者本亡知识，不脱传奇习气，固亦无足深责，却为其意欲尊正统，故于昭烈忠武，颇极推崇，而无如其识之陋耳。凡衍义之书，如《列国志》《东西汉》《说唐》及《南北宋》，多纪实事；《西游记》《金瓶梅》之类，全凭虚构，皆无伤也。唯《三国演义》则七分实事，三分虚构，以致观者往往为所惑乱。如桃园等事，士大夫有作故事用者矣。故衍义之属，虽无当于著述之伦，然流俗耳目渐染，实有益于劝惩。但须实则概从其实，虚则明著寓言，不可错杂如《三国》之淆人耳。

《浪迹续谈》六 《三国志演义》言王允献貂蝉于董卓，作连环计。正史中实无貂蝉之名；惟《董卓传》云：卓尝使布守中阁，布与卓侍婢私通云云。李长吉作《吕将军歌》云：榼榼银龟摇白马，傅粉女郎大旗下。盖即指貂蝉事，而小说从而演之也。黄右原告余曰：《开元占经》卷三十三荧惑犯须女占，注云：《汉书通志》：曹操未得志，先诱董卓，进刁蝉以惑其君。此事异同不可考，而刁蝉之即貂蝉，则确有其人矣。《汉书通志》今亦不传，无以断之。

案：今检《开元占经》卷三十三，注中未尝有引《汉书通志》之文。

《三国志演义》言关公裨将有周仓，甚勇；而正史中实无其人。惟《鲁肃传》云：肃邀与关相见，各驻兵马百步上，但诸将军单刀俱会。肃因责数关云云，语未究竟，坐有一人曰：夫土地者，惟德所在耳，何常之有？肃厉声呵之，辞色甚切。关操刀起谓曰：此自国家事，是人何知？目之使去。疑此人即周仓；明人小说似即因此而演，单刀二字，亦从此《传》中出也。然元人鲁贞作《汉寿亭侯碑》，已有乘赤兔兮从周仓语，则明以前已有其说矣。今《山西通志》云：周将军仓，平陆人，初为张宝将，后遇关公于卧牛山，遂相从；于樊城之役，生擒庞德，后守麦城，死之。亦见《顺德府志》，谓与参军王甫同死。则里居事迹，卓然可纪，未可以正史偶遗其名而疑之也。

《归田琐记》七 《关西故事》载蒲州解梁关公本不姓关，少时力最猛，不可检束，父母怒而闭之后园空室。一夕，启窗越出，闻墙东有女子啼哭甚悲，有老人相向而哭。怪而排墙询之，老者诉云：我女已受聘，而本县舅爷闻女有色，欲娶为妾，我诉之尹，反受叱骂，以此相泣。公闻大怒，仗剑径往县署，杀尹并其舅而逃。至潼关，闻关门图形捕之甚急，伏于水旁，掬水洗面，自照其形，颜色变苍赤，不复认识，挺身至关，关主诘问，随口指关为姓，后遂不易。东行至涿州，张翼德在州卖肉，其卖止于午，午后即将所存肉下悬井中，举五百斤大石掩其上，曰：能举此石者与之肉。公适至，举石轻如弹丸，携肉而行。张追及，与之角力，相敌莫能解，而刘玄德卖草履亦至，从而御止。三人共谈，意气相投，遂结桃园之盟云云。语多荒诞不经，殆演义所由出欤？按今演义所载周仓事隐据《鲁肃传》，貂蝉事隐据《吕布传》，虽其名不见正史，而其事未必全虚，余近作《三国志旁证》，皆附著之。

《竹叶亭杂记》七 《三国演义》不知作于何人？东坡尝谓儿童喜看《三国志》影戏，则其书已久。尝闻有谈《三国志》典故者，其事皆出于演义，不觉失笑。乃竟有引其事入奏者。《辍耕录》载院本名目，有《赤壁鏖兵骂吕布》之目，雍正间，札少宗伯因保举人才，引孔明不识马谡事，宪皇帝怒其不当以小说入奏，责四十，仍枷示焉。乾隆初，某侍卫擢荆州将军，人贺之，辄痛哭。怪问其故，将军曰：此地以关玛法尚守不住，今遣老夫，是欲杀老夫也。闻者掩口。此又熟读演义而更加愦愦者矣。玛法，国语呼祖之称。

《江州笔谈》下 《三国演义》可以通之妇孺，今天下无不知有关忠义者，演义之功也。忠义庙貌满天下，而有使其不安者，亦误于演义耳。演义结义本于昭烈遇关、张，寝则同床，恩若兄弟。费诗亦曰：王与君侯，譬犹一体，同休等戚，祸福共之。三义二字，何尝见于纪传？而竟庙题三义，像列君臣三人，以侯于未王未帝之前称为故主者，与之并坐，侯心安乎？士大夫且据演义而为之文，直不知有陈寿志者，可胜慨叹。

《蕙榜杂记》 演义传奇，其不足信一也，而文士亦有承讹袭用者。王文简《雍益集》有《落凤坡吊庞士元》诗。士元死于落凤坡，自演义外更无确据。元人撰《汉寿庙碑》，其铭云：乘赤兔兮随周仓，亦祖袭演义。

《山阳志遗》二 郡城有都土地祠，其神封山阳公，本不必实有其人。俗人读《三国演义》，见曹丕奉汉献帝为山阳公，遂认以为实，书庙榜称之。不知《后汉书·献帝本纪》注明言河内山阳，何得移置此地？《郡志》亦知此言不典，改云：汉世祖建武十五年，封子荆为山阳公，治山阳，十七年为王国；神乃世祖之子。按此说见于郦道元《水经注》，宜为可据，然郦注亦误。光武时，此地郡县皆无山阳之名；建武十五年封皇子十人，如右翊，如楚，如东海，如济南，如东平，如淮阳，如临淮，如左翊，如琅邪。九处非郡即国，何独子荆乃封之以非郡非国之山阳乎？古人封国，无是例也。道元因《明帝本纪》永平元年徙山阳王荆为广陵王，后世接壤，遂误认耳。荆所封实衮州山阳也。

《燕下乡脞录》十　罗贯中《三国演义》多取材于陈寿、习凿齿之书，不尽子虚乌有也。太宗崇德四年，命大学士达海译《孟子》《通鉴》《六韬》，兼及是书，未竣。顺治七年，演义告成，大学士范文肃公文程等，蒙赏鞍马银币有差。国初，满州武将不识汉文者，类多得力于此。嘉庆间，忠毅公额勒登保初以侍卫从海超勇公帐下，每战辄陷阵，超勇曰：尔将材可造，须略识古兵法。以翻清《三国演义》授之，卒为经略，三省教匪平，论功第一。盖超勇亦追溯旧闻也。明末，李定国初与孙可望并为贼，蜀人金公趾在军中，为说《三国演义》，每斥可望为董卓、曹操，而期定国以诸葛。定国大感，曰：孔明不敢望，关、张、伯约，不敢不勉。自是遂与可望左。及受明桂王封爵，自誓努力报国，洗去贼名，百折不回，殉身缅海，为有明三百年忠臣之殿，则亦传习郫书之效矣。

《茶香室续钞》十六　宋洪迈《容斋二笔》云：关公手杀袁绍二将颜良、文丑于万众之中。按《三国志》本传但有杀颜良事；文丑，非公所杀也。乃宋时即有此说，则今演义流传，亦有所本矣。

《苟学斋日记》庚集下　诣广和楼观剧，演诸葛武侯金雁桥擒张任事。余素恶《三国志演义》，以其事多近似而乱真也。然此事则茫然。检陈《志》，惟《先主传》建安十八年先主据涪城，刘璋遣刘璝、冷苞、张任、邓贤等，拒先主于涪，皆破败，退保绵竹，仅一见姓名耳。裴注两引《益部耆旧杂记》曰：张任，蜀郡人，家世寒门，少有胆勇，有志节，仕州为从事。又曰：刘璋遣张任，刘璝率精兵拒捍先主于涪，为先主所破，退与璋子循守雒城。任勒兵出于雁桥战，复败，擒任；先主闻任之忠勇，令军降之。任厉声曰：老臣终不复事二主矣！乃杀之。先主叹息焉。《华阳国志》《刘二牧志》与陈《志》同。《通鉴》：建安十八年，刘璝、张任与璋子循退守雒城，备进军围之。任勒兵出战于雁桥，军败任死。胡注：雁江在雒县南，曾有金雁，故名为雁桥。是金雁桥实为有本，深愧史学之疏，乃知邺书市剧，亦有益也。考雒为今四川成都府之汉川，去成都仅九十里，无山川之险，而当日先主亲自攻围至一年有余，庞统死焉，知循等之守，必有以过人者。陈《志》简略，故事多湮没，使无裴注，则任之志节不传矣。

《小说小话》 小说感应社会之效果，殆莫过于《三国演义》一书矣。异姓联昆弟子好，辄曰桃园；帷幄侈运用之才，动言诸葛，此犹影响之小者也；太宗之去袁崇焕，即公瑾赚蒋干之故智。太祖一生，用兵未尝败衄，惟攻广宁不下，颇挫精锐，故切齿于袁崇焕，遗命必去之。详见《啸亭杂录》等书。海兰察目不知书，而所向无敌，动合兵法，而自言得力于绎本《三国演义》。左良玉之举兵南下，则柳麻子援衣带诏故事怂恿成之也。李定国与孙可望同为张献忠义子，其初胼肝越货，所过皆屠戮，与可望无殊焉；说书人金光以《三国演义》中诸葛、关、张之忠义相激动，遂幡然束身归明，尽忠永历，力与可望抗，又累建殊勋，使兴朝连殒名王，屡摧劲旅，日落虞渊，鲁戈独奋，为明代三百年忠臣功臣之殿，即与瞿、何二公鼎峙，亦无愧色，不可谓非演义之力焉。张献忠、李自成及近世张格尔、洪秀全等初起，众皆乌合，羌无纪律，其后攻城略地，伏险设防，渐有机智，遂成滔天巨寇，闻其皆以《三国演义》中战案为玉帐唯一之秘本，则此书不特为紫阳《纲目》张一帜，且有通俗伦理学、实验战术学之价值也。书中人物，最幸者莫如关壮缪，最不幸者莫如魏武帝。历稽史册，壮缪仅以勇称，亦不过贲、育、英、彭流亚耳；至于死敌手，通书史，古今名将，能此者正不乏人，非真可据以为超群绝伦也。魏武雄才大略，奄有众长，草创英雄中，亦当占上座，虽好用权谋，然从古英雄，岂有全不用权谋而成事者？况其对待屡王，始终守臣节，较之萧道成、高欢之徒，尚不失其为忠厚，无论莽、卓矣。乃自此书一行，而壮缪之人格，互相推崇，极于无上，祀典方诸郊禘，荣名媲于尼山，虽由吾国崇拜英雄宗教之积习，秦汉时尊杜伯，六朝尊蒋子文，唐时尊项王、伍胥，此我国神道权位之兴替焉。自宋后，特尊壮缪，以上诸人，皆有积薪之欢矣。虽方士之吕岩，释家之观自在，术数家之鬼谷子，航海家之天妃，无以尚之也。而演义亦一大主动力也。若魏武之名，则几与穷奇、梼杌、梼、纣、幽、厉同为恶德之代表；社会月旦，凡人之奸诈伪阴险凶残者，辄目之为曹操。今试比人以古帝王，虽傲者谦不敢居；若称以曹操，则屠沽厮养，必怫然不受，即语以魏主之尊贵，且多才，子具文武才，亦不能动之也。文人学士，虽心知其故，而亦徇世俗之曲说，不敢稍加辨正。嘻，小说之力，有什[1]伯[2]千万于《春秋》之所谓华衮斧钺者，岂不异哉？

---

[1] 现代汉语常用"十"。——编者注
[2] 现代汉语常用"百"。——编者注

隋唐演义

《两般秋雨庵随笔》七 《隋唐演义》，小说也，叙炀帝、明皇宫闱事甚悉，而皆有所本。其叙土木之功，御女之车，矮民王义及侯夫人自经诗词，则见于《迷楼记》。其叙杨素密谋，西苑十六院名号，美人名姓，泛舟北海遇陈后主，杨梅玉李开花，及司马戡逼帝，朱贵儿殉节等事，并见于《海山记》。其叙宫中阅广陵图，麻叔谋开河食小儿，冢中见宋襄公，狄去邪入地穴，皇甫君击大鼠，殿脚女挽龙舟等事，并见于《开河记》。三记皆韩偓撰。其叙唐宫事，则杂采刘悚《隋唐嘉话》，曹邺《梅妃传》，郑处海[1]《明皇杂录》，柳珵《常侍言旨》，郑綮《开天传信记》，王仁裕《开元天宝遗事》，无名氏《大唐传载》，李德裕《次柳氏旧闻》，史官乐史之《太真外传》，陈鸿之《长恨歌传》，复纬之以本纪列传而成者，可谓无一字无来历矣。

案：《迷楼》《海山》《山河》三记，皆不知何人作，明人始妄以韩偓当之；《梅妃传》亦本无撰人名，题曹邺者，乃顾氏《文房小说》本，《唐人说荟》仍之，梁氏盖甚为此等坊本所误。

《浪迹续谈》六 《唐书·高祖诸子传》，高祖二十二子。窦皇后生建成，太宗，元吉，元霸。元霸字大德，幼辨惠，隋大业十年薨，年十六，无子；武德元年，追王及谥曰卫怀王。按今小说家所言元霸勇力事，正史俱无之。

《茶香室丛钞》十七 唐刘悚《随唐嘉话[2]》云：英公始与单雄信俱臣李密，结为兄弟。密既亡，雄信降王世充；勣来归国。后与海陵王

---

1 应作"郑处诲"。——编者注
2 应作"隋唐佳话"。——编者注

元吉围雒阳，元吉恃其膂力，每亲行围；王世充召雄信告之，雄信驰马而出，枪不及海陵者尺。勣惶遽，连呼曰：阿兄阿兄。雄信揽辔而止。按世俗相传以为救太宗，不知实救元吉也。

国朝宋长白《柳亭诗话》云：贯休作《怀素草书歌》曰，忽如鄂公捉住单雄信，秦王身上搭着枣木槊。史称敬德善避矟，与元吉斗胜，尝三夺之。后秦王与王世充战，雄信跃马奋槊，几及秦王，敬德横刺雄信坠马，盖实事也。

三遂平妖传

《居易录》二十五　今小说演义记贝州王则事，其中人亦多有依据，如马遂击贼被杀是也。其云成都神医严三点者，江西人，能以三指间知六脉之受病，以是得名，见《癸辛杂识》。

《香祖笔记》十　《平妖传》多目神，借用吕文靖事。指使马遂，乃北寺留守贾魏公所遣，借作潞公耳；郑毅夫有《马遂传》。严三点已详予《居易录》。

《古夫于亭杂录》三　元至正间，有范益者，京师名医也。一日，有妪携二女求诊。曰：此非人脉，必异类也，当实告我！妪泣拜曰：我西山老狐也。与之药而去。今小说《平妖传》实借用其事。而所谓严三点，则南昌神医也，予已别记于《居易录》。又传中杜七圣与蛋子和尚斗法斩葫芦事，见《五杂俎》，乃明嘉隆间事，皆非杜撰也。

《古夫于亭杂录》六　《平妖传》载蛋子和尚三盗猿公法，亦有所本。广州有大溪，山有一洞，每岁五月始见。土人预备墨沈纸刷入其中，以手扪石壁上有若镌刻者，急榻出；洞亦随闭。持印纸视之，或咒语，或药方，无不神验者。见焦尊生《说楛》。不仅严三点、杜七圣、马遂之有所本也。

《茶香室丛钞》十七　《齐东野语》云：近世江西有善医严三点，以三指点间知六脉之受病，世以为奇。按小说中有严三点事，未始无本，然其人似是南宋时人，非北宋时也。

剪灯新话 剪灯余话

《百川书志》六《史部·小史》 《剪灯新话》四卷，附录一卷。钱塘瞿佑宗吉著，古传记之派也。托事兴辞，共记十一段。但取其文采词华，非求其实也。……国朝人。

同上 《剪灯余话》四卷。广西左布政史庐陵李昌祺续著。

《听雨纪谈》 钱唐瞿宗吉佑著《剪灯新话》，多载鬼怪淫亵之事。同时，庐陵李昌祺复著《剪灯余话》续之。二书今盛行市井。予尝闻嘉兴周先生鼎云，《新话》非宗吉著。元末有富某者，宋相郑公之后，家杭州吴山上。杨廉夫在杭，尝之其家，富生以事他出，值大雪，廉夫留旬日，戏为作此，将以贻主人也。宗吉少时为富氏养婿，尝侍廉夫，得其稿，后遂掩为已有，惟《秋香亭记》一篇，乃其自笔。今观《新话》之文，不类廉夫，周先生之言，岂别有本耶？昌祺名桢，登永乐甲申进士，官至河南布政使，致仕，卒。其为人清谨，所著诗有《运甓漫稿》。景泰间，韩都宪雍巡抚江西，以庐陵乡贤祀学宫，昌祺独以作《余话》不得入。著述可不慎欤？

《七修类稿》三十三 吾杭元末瞿存斋先生名佑，字宗吉，生值兵火，流于四明、姑苏，明《春秋》，淹贯经史百家。入国朝为仁和山长，历宜阳、临安二学，寻取相藩，藩屏有过，先生以辅导失职，坐系锦衣狱，罪窜保安为民。太师英国张公辅，起以教读家塾，晚回钱塘，以疾卒。所著有《通鉴集览镌误》《香台集》《剪灯新话》《乐府遗音》《归田诗话》《兴观诗》《顺承稿》《存斋遗稿》《咏物诗》《屏山佳趣》《乐全稿》《余清曲谱》，皆见存者。闻尚有《玉机云锦》《游艺录》《大藏搜奇》《学海遗珠》，不可复得也。予家又有《香台续咏》《香台新咏》各一百首，皆亲笔，有序。观此，则所失尤多也。昨因当道欲得先生事实书集，询之子孙，所答十止二三，志铭亦亡之矣，因述其梗概。又尝闻其《旅事》一律云：过却春光独掩门，浇愁漫有酒盈樽，孤灯听雨心多感，一剑横空气尚存，射虎何年随李广，闻鸡中夜舞刘琨，平生家国萦怀抱，湿尽青衫总泪痕。读此亦知先生也，噫！

《七修类稿》二十三　《剪灯新话》乃杨廉夫所著，惟后《秋香亭记》乃瞿宗吉撰也。观其词气不类，可知矣。

《西湖游览志余》十二　宗吉尝著《剪灯新话》一编，粉饰闺情，假托冥报，虽属情妖丽，游戏翰墨之间，而劝百讽一，尚有可采。或谓《秋香亭记》乃宗吉事，使其果然，亦元微之《会真》意也。

英烈传

《七修类稿》二十四　元末僭窃虽多，独陈友谅兵力强大，与我师鄱阳湖之战，相持昼夜，势不两存矣。时郭英、子兴兄弟侍上侧，进火攻之策。友谅势迫，启窗视师，英望见异常，开弓射之，箭贯其颅及睛而死。至今人知友谅死于流矢，不知郭所发也。《功臣录》中亦含糊载云：有言英之箭者；《传信录》又误以为子兴之箭。不知观太祖闻友谅死，喜甚，曰：郭二兄弟一箭，胜十万师，功何可当是矣。盖子兴乃英之兄，行二；而英行四，太祖每称郭四者英也。且友谅之死，两军莫知，铁冠道人望气而后知之，语上，作文望空以祭，陈军夺气，于时方败去。因移日未知英箭，英亦不大居功，故人不知也。独《忠烈传》中明载。

《野获编》五　初，勋以附会张永嘉议大礼，因相倚，互为援，骤得上宠，谋进爵上公，乃出奇计，自撰开国通俗纪传名《英烈传》者，内称其始祖郭英战功，几埒开平、中山。而鄱阳之战，陈友谅中流矢死，当时本不知何人，乃云郭英所射，令内官之职平话者，日唱演于上前，且谓此相传旧本。上因惜英功大赏薄，有意崇进之。会勋人直撰青词，大得上眷，几出陆武惠、仇咸宁之上，遂用工程功峻拜太师，后又加翊国公世袭，则伪造纪传，与有力焉。此通俗书今传播于世。

《野获编》五　太祖混一规模，成于鄱阳之战。今世谓战酣时，郭英射死伪汉主陈友谅，以此我师大捷。审果尔，即后来之配食太祖，亦不为忝。然而其时射者自是巩昌侯郭子兴，非英也，与英同姓，故郭勋遂冒窃其功。今俗说《英烈传》一书，皆勋所自造，以故世宗惑之，然其设谋则久矣。当武宗朝，勋撰《三家世典》，已暗藏射友谅一事于卷中矣。三家者，中山王、黔宁王及其高祖追封营国公英也；序文出杨文襄一清笔。其配庙妄想，已非一日；嘉靖初，大礼议起，勋乘机遭会，奋袂而起，窃附张璁，得伸[1]夙志，亦小人之魁杰也。

1　现代汉语常用"申"。——编者注

绣榻野史　闲情别传

《曲律》四　郁蓝生吕姓，讳天成，字勤之，别号棘津，亦余姚人。……童年便有声律之嗜；既为诸生，有名，兼工古文词。……所著传奇，始工绮丽，才藻煜然，后最服膺词隐，改辙从之，稍流质易，然工调字句平仄，兢兢愗昚，不少假借。……制作甚富；至摹写丽情亵语，尤称绝技，世所传《绣榻野史》《闲情别传》，皆其少年游戏之笔。……勤之风貌玉立，才名籍甚，青云在襟袖间，而如此人曾不得四十，一夕溘先，风流顿尽，悲夫！……

同上　勤之《曲品》所载，搜罗颇博，而门户太多。……

同上　同舍有吕公子勤之曰郁蓝生者，从髫年便解摛揪，如《神女》《金合》《戒珠》《神镜》《三星》《双栖》《双阁》《四相》《四元》《二窑》《神剑》以迨小剧，共二三十种，惜玉树早摧，赍志未竟。……

案：前一种曾于十年前见上海翻印本，文笔庸秽，殆赝作也。

华光天王传

《五杂组》十五　　小说载华光天王之母，以喜食人入饿鬼狱。经数百年，其子得道，乃拔而出之。甫出狱门，即求人肉。其子泣谏，母怒曰：不孝之子如此！若无人食，何用救吾出来？世之为恶者，往往如此矣。

案：《五显灵官华光天王传》今亦名《南游记》，在《四游记》中。明代且演此种故事为戏文，沈德符《野获编》二十五云：华光显圣，目连入冥，大圣收魔之属，则太妖诞是也。

西游记

《天启淮安府志》十六《人物志》二《近代文苑》　吴承恩性敏而多慧，博极群书，为诗文下笔立成，清雅流丽，有秦少游之风。复善谐剧，所著杂记几种，名震一时。数奇，竟以明经授县贰，未久，耻折腰，遂拂袖而归，放浪诗酒，卒。有文集存于家；丘少司徒汇而刻之。

《天启淮安府志》十九《艺文志》一《淮贤文目》　吴承恩《射阳集》四册□卷，《春秋列传序》《西游记》。

案：康熙《淮安府志》卷十一《文苑传》及卷十二《艺文志》所载吴承恩事迹及著作，并与天启《淮安府志》同。

《同治山阳县志》十二《人物》二　吴承恩字汝忠，号射阳山人，工书，嘉靖中岁贡生，官长兴县丞。英敏博洽，为世所推，一时金石之文，多出其手。家贫无子，遗稿多散失；邑人邱正纲收拾残缺，分为四卷，刊布于世，太守陈文烛为之序，名曰《射阳存稿》。又《续稿》一卷，盖存其什一云。

案：《同志卷》五《职官门》明太守条下云：黄国华，隆庆二年任；陈文烛，字玉叔，沔阳人，进士，隆庆初任；邵元哲，万历初任。

《同治山阳县志》十八《艺文》　《吴承恩射阳存稿》四卷，《续稿》一卷。

案：《西游记》不著于录自此始，光绪《淮安府志》卷二十八《人物志》卷三十八《艺文志》所载，并与此同。

《明诗综》四十八　吴承恩字汝忠，淮安山阳人，长兴县丞，有《射阳先生存稿》。汝忠论诗，谓近时学者徒欲谢朝华之已披，而不知漱六艺之芳润，纵诗溢缥囊，难矣。故其所作，习气悉除，一时殆鲜其匹。《杨柳青》云：村旗夸酒莲花白，津鼓开帆杨柳青。壮岁惊心频客路，故乡回首几长亭。春深水涨嘉鱼味，海近风多健鹤翎。谁向高楼横玉笛，落梅愁绝醉中听。

《晚学集》五　《唐高僧传》，三藏法师元奘，陈留人，姓陈氏。贞观初，肇自咸京，誓往西国，穷览圣迹。经六载，至摩伽陀城。凡十二年，备历圣君，龙庭之文，鹫岭之秘，皆研机睹奥矣。又造迦叶结集之墟，千圣道成之树，虔心顶礼，焚香散花，设大施会，于是五天亿众，十八国王，献毡投珠，积如山岳，咸称法师为大乘也。及东归，太宗诏留于宏福道场，乃诏明德僧灵润等二十人译梵，自《菩萨戒》至《摩诃般若》，总七十四部一千三百余轴。法师身长八尺，眉目疏朗，凡所游历，一百二十八国。馥案许白云《西游记》，由此而作。

案：世既妄指《西游记》小说为邱处机作，此又误为许谦。

《石亭记事续编·淮阴胜录自序》……《癸辛杂识》载龚圣予《水浒三十六赞》并序；阮唐山《淮故》称龚高士画宋江等三十六像，吴承恩为之赞，大误，《赞》乃高士所自为也。承恩，明嘉靖时岁贡生，所著有《西游记》，载康熙旧志《艺文目》。钱竹汀《潜研堂集》谓《长春真人西游记》二卷，别自为书，小说《西游演义》乃明人所作，而不知为吾乡吴承恩作也。……

《石亭记事续编·书西游记后》　《潜研堂集·跋西游记》云：《长春真人西游记》二卷，其弟子李志常所述，于西域道里风俗，颇足资考证，而世鲜传本，予始于《道藏》钞得之。小说《西游演义》乃明人所作，萧山毛大可据《辍耕录》以为出邱处机之手，真郢书燕说矣。晏案钱氏谓明人作，甚是。记中如祭赛国之锦衣卫；朱紫国之司礼监；灭法国之东城兵马司；唐太宗之大学士、翰林院、中书科；皆明代官制。邱真人乃元初人，安得有此官，其为明人作无疑也。及考吾郡康熙初旧志《艺文书目》，吴承恩下有《西游记》一种。承恩字汝忠，吾乡人，明嘉靖中岁贡生，官长兴县丞。旧志《文苑传》称承恩性慧而多敏，博极群书，复善谐剧，所著杂记几种，名震一时；《西游记》即其一也。今记中多吾乡方言，足征其为淮人作。《西游》虽虞初之流，然脍炙人口，其推衍五行，颇契道家之旨，故特表而出之，以见吾乡之小说家，尚有明金丹奥旨者，岂第秋夫之针鬼，瞀仙之精算哉？且使别于真人之记，各自为书，钱氏之说，得此证而益明矣。

案：《西游记》中多明代官制，故非邱长春作，纪昀已于《如是我闻》卷三假客问乩仙语以发之矣。其说云：吴云岩家扶乩，其仙亦云邱长春。一客问曰：《西游记》果仙师所作，以演金丹奥旨乎？批曰：然。又问：仙顺书作于元初，其中祭赛国之锦衣卫；朱紫国之司礼监；灭法国之东城兵马司；唐太宗之大学士、翰林院、中书科，皆同明制，何也？乩忽不动，再问之不复答，知已词穷而遁矣。然则《西游记》为明人依托无疑也。

《冷庐杂识》四 《西游记》推衍五行之旨，视他演义书为胜。相传出元邱真人处机之手；山阳丁俭卿舍人晏据淮安府康熙初旧志《艺文书目》，谓是其乡嘉靖中岁贡生官长兴县丞吴承恩所作；且谓记中所述大学士、翰林院、中书科、锦衣卫、兵马司、司礼监，皆明代官制；又多淮郡方言，此足以正俗传之讹。邱氏自有《西游记》见《道藏》。

《山阳志遗》四 嘉靖中，吴贡生承恩字汝忠，号射阳山人，吾淮才士也。英敏博洽，凡一时金石碑版嘏祝赠送之词，多出其手，荐绅台阁诸公，皆倩为捉刀人；顾数奇不偶，仅以岁贡官长兴县丞。贫老乏嗣，遗稿多散佚失传；邱司徒正纲收拾残缺，得其友人马清溪、马竹泉所手录，又益之以乡人所藏，分为四卷，刻之，名曰《射阳存稿》，又有《续稿》一卷，五岳山人陈文烛为之序。其略云：陈子守淮安时，长兴徐子与过淮。往汝忠丞长兴，与子与善，三人者呼酒韩侯祠内，酒酣，论文论诗不倦也。汝忠谓文自六经后，惟汉、魏为近古，诗自三百篇后，惟唐人为近古；近时学者，徒谢朝华而不知畜多识，去陈言而不知漱芳润，即欲敷文陈诗，难矣。徐先生与予深韪其言。今观汝忠之作，缘情而绮丽，体物而浏亮，其词微而显，其旨博而深，收百代之阙文，采千载之遗韵，沉辞渊深，浮藻云骏，张文潜以后，一人而已。其推许之者可谓至极。读其遗集，实吾郡有明一代之冠。惜其书刊板不存。予初得一抄本，纸墨已渝敝，后陆续收得刻本四卷，并续集一卷亦全，尽登其诗人《山阳耆旧集》。择其杰出者，各体载一二首于此，以志瓣香之意云。《对月感秋》四首之二四时总一气，秋气何晶明？天空万里碧，助我悠然情。萍水香烟晚，清风拂表轻。徘徊度群壑，树树松争鸣。援琴对明月，试写松风声。又湘波卷桃笙，齐纨扇方歇，秋来本无形，潜报梧桐叶。啼蛩代蝉鸣，其声亦何切。繁霜结珠露，忽已如初雪。六龙驱日车，羲和不留辙。群生总如梦，独尔惊豪杰。大笑仰青天，停杯问明月。《二郎搜山图歌》李在惟闻画山水，不谓兼能貌神鬼，笔端变幻真骇人，意态如生状奇诡：少年都美清源公，指挥部从扬灵风，星飞电掣各奉命，搜罗要使山林空。名鹰攫拿犬腾啮，大剑长刀莹霜雪。猴老难延欲断魂，狐娘空洒娇啼血。江翻海搅走六丁，纷纷水怪无留踪。青锋一下断狂虺，金锁交缠擒毒龙。神兵猎妖犹猎兽，探穴捣巢无逸寇。平生气焰安在哉，爪牙虽存敢驰骤？我闻古圣开鸿濛，命官绝地天之通，轩辕铸镜禹铸鼎，四方民物俱昭融。后来群魔出孔窍，白昼搏人繁聚啸。终南进士老钟馗，空向宫闱啖虚耗。民灾翻出衣冠中，不为猿鹤为沙虫。坐观宋室用五鬼，不见虞廷诛四凶。野夫有怀多感激，无事临风三叹息，胸中磨损斩邪刀，欲起平之恨无力。救日有矢救月弓，世间岂谓无英雄。谁能为我致麟凤，长享万年保合清宁功？《秋夕》络纬啼金井，芙蓉敛石房，寒松静生籁，仙桂妙闻香。竹火煎茶市，菱歌载酒航。人间秋夕好，第一是钱塘。《冬日送友暮发》群动各求息，嗟君行未央。马蹄鸣冻雪，鸦腹射残阳。旅闷凭诗拨，孤身有剑防。袖中书一纸，早晚献明光。《画松》画尔知非庸画师，画中无处著胭脂。风云暗淡藏灵气，月露庄严有异姿。猿下欲摇垂涧影，鹤归应认出云枝。生来自与繁华别，不待平章雪霰时。《平河桥》短篷倦向河桥泊，独对青旗枕臂眠。日落牛羊归牧笛，潮来鱼米集商船；绕篱野菜平临水，隔岸村炊互起烟。会向此中谋二顷，间搘藜杖听鸣蝉。《杨柳青》村旗夸酒莲花白，津鼓开帆杨柳青。壮岁惊心频客路，故乡回首几长亭；春深水涨嘉鱼味，海近风多健鹤翎。谁向高楼横玉笛，落梅愁绝醉中听。《秋兴》二首之一露桐风竹淡生辉，草阁斋心暑气微。河汉白榆秋历历，江湖玄鸟晚飞飞。佳人异国音书断，多病离群啸咏违。短褐长外镵元不恶，南山黄犊近应肥。《买得云林画竹上有油污诗以浣之》云林戏墨阿谁收，寒具犹沾旧日油，雨洗风吹消不得，湿云遮断渭川秋。《堤上》平湖渺渺漾天光，泻入溪桥喷玉凉。一片蝉声万杨柳，荷花香里据胡床。天启旧《志》列先生为近代文苑之首，云性敏而多慧，博极群书，为诗文下笔立成，复善谐谑，所著杂记几种，名震一时。初不知杂记为何等书，及阅《淮贤文目》，载《西游记》为先生著。考《西游记》旧称为证道书，谓其合于金丹大旨，元虞道园有序，称此书系其国初邱长春真人所撰。而郡志谓出先生手，天启时去先生未远，其言必有所本。意长春初有此记，至先生乃为之通俗演义，如《三国志》本陈寿，而演义则称罗贯中也。书中多吾乡方言，其出淮人手无疑。或云有《后西游记》，为射阳先生撰。

案：此与李志常所记之《长春真人西游记》，自是二书，吴盖未见李志常记，故有此说。芥子园刻本《西游记》小说，辄从虞集《道园集》取《长春真人西游记序》冠其首，世人遂愈不能辨矣。

《五杂组》九　置狙于马厩,令马不疫。《西游记》谓天帝封孙行者为弼马温,盖戏词也。

《古夫于亭杂录》二　《书弈》云:小说载人参果,亦有据。大食王遣人之海上,见一方石,石上有树,枝赤叶青,总生小儿,手足著枝上,不能语笑。《书弈》黄秉石著。

《剧说》四　元人吴昌龄《西游》词,与俗所传《西游记》小说小异。案:《少室山房笔丛》四十一云:《辍耕录》记元人杂剧,有《唐三藏》一段,今其曲尚传,第不知即陶所记本否? 世俗以为陈姓,且演为戏文,极可笑;然亦不甚虚也。三藏即唐僧玄奘。《独异志》云:沙门玄奘,俗姓陈,偃师县人也。幼聪慧有操行,唐武德初,往西域取经。行至罽宾国,道险虎豹不可过。奘不知为计,乃锁房门而坐,至夕开门,见一老僧,头面疮痍,身体脓血,床上独坐,莫知来由。奘乃礼拜勤求,僧口授《多心经》一卷,令奘诵之。遂得山川平易,道路开辟,虎豹藏形,魔鬼潜迹。至佛国,取经六百余部而归;其《多心经》至今诵之。据此,皆与今颇合。又元人散套亦有西域取经等事,盖附会起于胜国,不始于今。而三藏之名,则又始于宋时,不始胜国。东坡《艾子小说》云:艾子好饮,少醒日,忽一日大饮而哕,门人密抽彘肠致哕中,持以示曰:凡人具五脏方能活,今公因饮而出一脏,止四脏矣,何以生耶? 艾子熟视而笑曰:唐三脏犹可活,况有四耶? 此虽戏语,然宋世所称可见。盖因唐僧不空号无畏三藏,讹为玄奘耳。《艾子》疑非东坡,然其目已见《通考》,要亦出宋人。《圣教序》虽有三藏要文等语,匪玄奘号也。《唐三藏》及《西游》词全本,今未见。《纳书楹曲谱》有关于西游之剧本三种,一曰《唐三藏》,录《回回》一段,记三藏到西夏,回回皈依事,在续集卷二;一曰《俗西游记》,录《思春》一段,在外集卷二。二事皆为《西游》小说所无;一曰《西游记》,在补遗卷一中,所录凡四段。一为《饯行》,皆尉迟敬德唱。二为《定心》，记收孙悟空事，有"花果山有神祇，水帝洞影幽微。""一筋斗，十万八千里，势如飞。"及加戒箍"恰便似钉钉入头皮，胶粘在鬓髻。你那凡心若再起，敢着你魄散魂飞。为足下常有杀人机，因此上与你师父留下这防身计"等语，与小说所叙相同。三为《揭钵》，述鬼子母揭钵事，有云"告世尊，肯发慈悲力。我着唐三藏西游便回。火孩儿妖怪，放生了他。到前面，须得二圣郎救了你"。小说中无之，然其火焰山红孩儿，与此极相类。四为《女国》，有云"俺女王岂用猴为将？俺女王也不用猪为相"，欲独留三藏，则又为小说所有也。此《西游记》，或即焦循所以为吴昌龄作。

《扬州梦》四 《西游记》有齐天大圣鹿力大仙，旧城竟建祠同祀。庙主言说部多诬，大圣本渔人子，形类猴狲，得奇书成道。因以驮虞为虎，杀伤过多，谪尘世为武官，颇传兵法。宋高时为大将，围金军久不下，或言其惰，意不摇；又有议其奢豪，携女子军中者，其布帛菽粟，甚自收敛，遇事有作用，又能保藏，金军退，朝廷怒之，死犹坐刑。上帝念其旧德，使复位。大仙本汉末书生，甚有文望，著《九河论》，宗白圭。为户曹转饷官，言车行迂缓，不如舟行速。又谏酒税，无私禁，官自开槽，任民自贩。事皆未成，既而自悔曰：我说势不行，行则河必溃，车夫酒户，皆无着落，又为国家增乱民矣，即此亦当受杀生报。后果陷于兵，二妾幽一载始逃。上帝怜其惨死，使掌鹿山。猫来捕鹿，大仙思前事，不忍伤生，挟鹿避之，仁人也。其说不经。较《西游》更甚。

案：此种俗说，当起于《西游记》盛行之后。

《茶香室丛钞》十七 宋周密《齐东野语》云，有某郡倅，江行遇盗，杀之。其妻有色，盗胁之曰：能从我乎？妻曰：吾事夫十年，仅有一儿才数月，吾欲浮之江中，庶有遗种；吾然后从汝。盗许之。乃以黑漆圆盒盛此儿，藉以文褓，且置银二片其旁，使随流去。如是十余年，盗至鄂舣舟，挟其入某寺设供，至一僧房，黑盒在焉。妻乘间问僧何从得此；僧言某年月日得于水滨，有婴儿白金在焉，吾收育之，今在此年长矣。呼视之，酷肖其父。乃为僧言始末：僧为报尉，一掩获之，遂取其子以归。按《西游演义》述玄奘事，似本此也。

《等不等观杂录》四《大藏总经目录辨》　尝见行脚禅和佩带小折经目，奉为法宝，阅其名目卷数，与藏内多不相符，欲究其根源而未得也。一日检《西游记》，见有唐僧取经目次，即此折所由来矣。按《西游记》系邱长春借唐僧取经名相，演道家修炼内丹之术，其于经卷数目，不过借以表五千四十八黄道耳，所以任意摭拾，全未考核也。乃后人不察，以此为实，居然钞出刊行，广宣流布，虽禅林修士，亦莫辨其真伪，良可浩叹。

又《一藏数目辨》　今时僧俗持诵经咒，动称一藏。问其数，则云五千四十八也。尝考历代藏经目录，惟《开元释教录》有五千四十八卷之数，余则增减不等，至今乃有七千二百余卷矣。世俗执著五千四十八者，乃依《西游记》之说耳。……

案：《少室山房笔丛》四十七　云：大藏经四千五十余卷，而诸家书目所载仅百数十种，盖唱偈疏忏等，于文义相远，不得尽收也。然以西天经总较之，直百之一耳。因录此广异闻。不必论其有无：

《涅槃经》四千八百卷，四十卷在唐；《菩萨经》一部二千一百卷，三十六卷在唐；《虚空藏经》一部四百卷，二卷在唐；《首楞严经》一部一百一十卷，十卷在唐；《恩意经大集》一部五十卷，四卷在唐；《决定经》一部一百四十卷，四卷在唐；《宝藏经》一部一百四十卷，二卷在唐；《华严经》一部二万三千卷，八十一卷在唐；《李真经》一部九十卷，三卷在唐；《大般若经》一部一千六百卷，六卷在唐；《金光明品经》一部一千卷，十卷在唐；《未曾有经》

一部一千五百卷，五十卷在唐；《维摩经》一部一百七十卷，三卷在唐；《三论别经》一部二百七十卷，十二卷在唐；《金刚经》一部一百卷，一卷在唐；《正法轮经》一部一百二十卷，二卷在唐；《佛本行经》一部一千八百卷，六十卷在唐；《五龙经》一部三十二卷，二卷在唐；《菩萨戒经》一部一百一十六卷，十六卷在唐；《大集经》一部一千二百卷，三卷在唐；《摩竭经》一部三百五十卷，四十卷在唐；《法华经》一部一百卷，七卷在唐；《瑜珈经》一部一百卷，三卷在唐；《宝常经》一部一千卷，七十卷在唐；《西天佛国杂经》一部九千五百卷，三十卷在唐；《起信论经》一部二千卷，五十卷在唐；《大智度经》一部一百八十卷，十卷在唐；《宝藏经》一部四千五百二十卷，一百四十卷在唐；《本阁经》一部八百五十卷，二十卷在唐；《正律文经》一部二千卷，十卷在唐；《因名论经》一部二千二百卷，五十卷在唐；《唯识论经》一部一百卷，十卷在唐；《具舍论经》一部二千卷，十卷在唐。

《西游记》第九十八回玄奘从西天持归经目与此同，惟《李真经》作《礼真如经》，《因名论经》作《大孔雀经》；又多增益在唐之一卷为十卷，共五千零四十八卷，以合《开元释教录》之数而已。因疑明代原有此等荒唐经目，流行世间，即胡氏《笔丛》所钞，亦即《西游记》所本，初非《西游》广行之后，世俗始据以钞椠此目也。

西游补

《舣剩续编》二　吴兴董说字若雨，华阀懿孙，才情恬旷，淑配称闺阁之贤，佳儿获芝兰之秀，中年以后，一旦捐弃，独皈净域，自号月涵，所至之地，缁素宗仰，于是海内无不推月涵为禅门尊宿矣。月涵于传钵开堂飞锡住山之辈，视若蔑如，而身心融悟，得之典籍，每一出游，则有书五十担随之，虽僻谷之深，洪涛之险，不暂离也。余幼时曾见其《西游补》一书，俱言孙悟空梦游事，凿天驱山，出入《庄》《老》，而未来世界历日先晦后朔，尤奇。

《乾隆乌程县志》六引《莲窝杂稿》　董说字若雨，斯张子。少补弟子员，长工古文词，江左名士争相倾倒；未几，罹闯祸，屏迹丰草庵，宗亲莫睹其面，以塞自名，改氏曰林，精研五经，尤邃于《易》。丙申秋，削发灵岩，时往来浔川，甲子母亡，遂不复至，寓吴之夕香庵，一当事屏舆从访之，闻声避匿，当事叹息而去。

《明诗综》八十一上　董说字若雨，乌程人。晚为僧，号南潜，字宝云，有《丰草庵》等十八集。若雨腹笥便便，未免有才多之恨，至其硬语涩体，绝不犹人，方诸涪翁不足，比于饶德操有余。《南邨秋鬼谣》云：妖狐拜月霜花青，髑髅骑马空中行。秋魂吹作塔铃语，叫断东流一溪水。鬼车晓唤精灵去，绿灯移过江枫树。《春日》云：煮茶烟透绿阴中，遮屋黄茅间瓦松。但遣异书供研北，不妨野语听齐东。香拈细雨招新梦，门闭春风仗短童。秋色今年应更好，小窗移得碧梧桐。《梦华潭口听客话嘉隆间大内旧事》云：月华门外转灵旗，照夜银盘碧藕肥。祠罢天孙桐叶落，君王新赐鹊桥衣。江南风景药王湾，雾縠单衣绿玉环，红芍药边棋局罢，自裁团扇画秋山。

《甲申朝事小纪》一　董公讳说字若雨,生于万历庚申,甫三岁,尝跌坐自语,父遐周先生甚爱之。五岁读书,师教之总不开口,时董玄宰、陈眉公在座,问他喜读何书。忽开口曰:要读《圆觉经》。闻者甚怪之。遐周先生依其言,曰:吾教之自得域外之方也。读《圆觉》毕,即读四书五经,十岁能文,十三岁入泮,十六岁补廪,二十余岁善观天象,崇祯年间闻中原流贼之乱,从此无意功名矣。先生家道丰腴,房屋巍焕,园亩膏腴;忽以为富饶非乱世之福,值岁荒,出金珠米谷,用给饥寒之家。沧桑之变,先生剪发不剃头,头巾道袍,盖丰草庵,足不越户,有《丰草集》千余章,诗词乐府十余卷。生六子,曰樵,曰牧,曰耒,曰舫,曰渔,曰村。于三十四岁走见灵岩继和尚,打七参不与万物侣者是什么人,第三日即豁然,因随灵岩披剃,法名南潜,字月涵、尧封,宝云;因瓦破霜飞,又别号漏霜。有《上堂晚参》《唱酬语录》。事师最孝;不接见宾客,其侄董楚望高发谒师,不许相见。直俟灵岩圆寂之后,在西洞庭紫石山葛公泉诸处住静,每日礼坐或吟诗,不喜见冠盖。一日,偶在夕香避暑;其时慕抚台祖道尊企慕欲见,再三嘱华山僧鉴和尚指引求见。鉴曰:若遇先通知,必不肯见,今在夕香,乞二公减从,同片舟去,即可相见矣。同至夕香叩门,僧鉴先入,祖、慕二公尾行。师曰:请少坐,吾去穿道服。从篱门逃至湖边,搭便船过洞庭去矣。其高致如此。师弃现在田园,沧桑后即剪发作头陀;及出家三十余年,惟与黄九烟先生深谈。生平目不较柴米,手不拈银钱,足不履城市,或与樵叟渔父交谈,而纨袴[1]市井,从不相对。方外之清高,谁可与匹俦哉!

　　《春在堂随笔》九　董若雨说《楝花矶随笔》,但有钞本,沈谷臣庶常以示余,字迹皆草草,殆邨学中童子所书也。其中载朱文公《祝

1　现代汉语常用"纨绔"。——编者注

融峰》诗云：我来万里驾长风，绝壑层云许荡胸，浊酒三杯豪气发，朗吟飞下祝融峰。有校者云：下当作上。余案头无《朱文公集》，未知孰是。然以愚见论之，作下者殊胜。盖既御风而行，则抟扶摇而上，背负苍天，视祝融峰转在下矣，故云飞下祝融峰也。若作上，则与芒鞋藜杖，攀援而上者何异？一字之分，仙凡顿别矣。当与谷臣言之，未知以为然否？又董若雨世皆以为明人，而《楝花矶随笔》有一则云：庚申二月，在鹦鹉溪艇子上见阳明先生书迹，念先师所许一凝字及补山堂一凉字，皆书苑未发之秘。旧吴释南潜题。然则此老为僧后，至康熙十九年犹在，入本朝不可谓不久矣。顾亭林，王船山皆明之遗老，而卒于本朝，则皆本朝人物也。董若雨亦可援此例乎？考汪谢城《南浔志》，董若雨卒于康熙二十五年丙寅，年六十七。则明亡时才二十五岁耳，其为本朝人无疑。《浔志》列入明人，是论其志，非论其世。

《楝花矶随笔》有一则云：客有戴星叩余门云云，此客出门，遍告市人，曰高晖生直是退财白虎。余按汪谢城《南浔志·董说传》所载，名字甚多：初名说字若雨，号西庵，自称鹦鹉生，又称斯张子；闻谷大师锡名智龄；国变后改姓林，名蹇，字远游，号南村，亦称林胡子，又称槁木林；灵岩大师名之曰元潜，字俟庵；为僧后更名南潜，字月涵，一作月岩，号补樵，一号枫庵，又名本以。而无高晖生之名。此可补《浔志》之缺。

案：《乾隆乌程县志》谓说为董斯张之子，非自号也，疑曲园误。然案头无汪曰桢《南浔志》，无以定之。

金瓶梅　玉娇李

《野获编》二十五　袁中郎《觞政》以《金瓶梅》配《水浒传》为外典，予恨未得见。丙午，遇中郎京邸，问曾有全帙否？曰：第睹数卷，甚奇快；今惟麻城刘涎白承禧家有全本，盖从其妻家徐文贞录得者。又三年，小修上公车，已携有其书，因与借抄挈归。吴友冯犹龙见之惊喜，怂恿书坊以重价购刻；马仲良时榷吴关，亦劝予应梓人之求，可以疗饥。予曰：此等书必遂有人板行，但一刻则家传户到，坏人心术，他日阎罗究诘始祸，何辞置对，吾岂以刀锥博泥犁哉？仲良大以为然，遂固箧之。未几时，而吴中悬之国门矣。然原本实少五十三回至五十七回，遍觅不得，有陋儒补以入刻，无论肤浅鄙俚，时作吴语，即前后血脉，亦绝不贯串，一见知其赝作矣。闻此为嘉靖间大名士手笔，指斥时事，如蔡京父子则指分宜，林灵素则指陶仲文，朱勔则指陆炳，其他各有所属云。中郎又云：尚有名《玉娇李》者，亦出此名士手，与前书各设报应因果。武大后世化为淫夫，上蒸下报；潘金莲亦作河间妇，终以极刑；西门庆则一骚憨男子，坐视妻妾外遇，以见轮回不爽，中郎亦耳剿，未之见也。去年抵辇下，从邱工部六区志充得寓目焉，仅首卷耳，而秽黩百端，背伦灭理，几不忍读。其帝则称完颜大定，而贵溪、分宜相构亦暗寓焉，至嘉靖辛丑庶常诸公，则直书姓名，尤可骇怪，因弃置不复再展，然笔锋恣横酣畅，似尤胜《金瓶梅》。邱旋出守去，此书不知落何所。

《茶香室丛钞》十七　今《金瓶梅》尚有流传本，而《玉娇李》则不闻有此书矣。余从前在书肆中见有名《隔帘花影》者，云是《金瓶梅》后本。余未披览，不知是否此书也。

《消夏闲记摘钞》上 太仓王忬家藏《清明上河图》，化工之笔也。严世蕃强索之；忬不忍舍，乃觅名手摹赝者以献。先是，忬巡抚两浙，遇裱工汤姓，流落不偶，携之归，装潢书画，旋荐于世蕃。当献画时，汤在侧，谓世蕃曰，此图某所目睹：是卷非真者，试观麻雀小脚，而踏二瓦角，即此便知其伪矣。世蕃恚甚，而亦鄙汤之为人，不复重用。会俺答入寇大同，忬方总督蓟、辽，鄢懋卿嗾御史方辂劾忬御边无术，遂见杀。后范长白公九临作《一捧雪传奇》，改名莫怀古，若戒人勿怀古董也。忬子凤洲世贞痛父冤死，图报无由，一日偶谒世蕃，世蕃问坊间有好看小说否？答曰：有。又问何名。仓卒之间，凤洲见金瓶中供梅，遂以《金瓶梅》答之，但字迹漫灭，容钞正送览。退而构思数日，借《水浒传》西门庆故事为蓝本，缘世蕃居西门，乳名庆，暗讥其闺门淫放。而世蕃不知，观之大悦，把玩不置。相传世蕃最喜修脚，凤洲重赂修工，乘世蕃专心阅书，故意微伤脚迹，阴擦烂药，后渐溃腐，不能入直。独其父嵩在阁，年衰迟钝，票本拟批不称上旨。上寖厌之，宠日以衰。御史邹应龙等乘机劾奏，以至于败。噫，怨毒之于人，甚矣哉！

案：凤洲复仇之说，极不近情理可笑噱，而世人往往信而传之，异说尚多，今不复录。

《劝戒四录》四 钱塘汪棣香福臣曰，苏扬两郡城书店中，皆有《金瓶梅》版。苏城版藏杨氏，杨故长者，以鬻书为业，家藏《金瓶梅》版，虽销售甚多，而为病魔所困，日夕不离汤药，娶妻多年，尚未有子，其友人戒之，……杨为惊寤，立取《金瓶梅》版劈而焚之。……其扬州之版，为某书贾所藏，某家小康，开设书坊三处，尝以是版获利，人屡戒之，终不毁。……某既死，有儒士捐金买版，始就毁于吴中。……

续金瓶梅

《今世说》六　丁野鹤官椒邱广文，忽念京师旧游，策长耳驴，冒风雪，日驰三四百里，至华严寺陆舫中，召诸贵游山人琴师剑客，杂坐酣饮，笑谑怒骂，笔墨淋漓；兴尽，策驴而返。丁名耀亢，山东诸城人，襟期旷朗，读书好奇节，高谭惊坐，目无古人。

又七　丁野鹤在椒邱，每晏起不冠，搦管倚树，高哦得佳句，呼酒秃发酣叫，傍若无人[1]。间以示椒邱诸生，多不解，因抵地，直上床蒙被而睡。

《乾隆诸城志》三十六《文苑》　丁耀亢，字野鹤，少孤，负奇才，倜傥不羁。弱冠为诸生，走江南，游董其昌门，与陈古白、赵凡夫、徐闇公辈联文社。既归，郁郁不得志，取历代吉凶诸事类，作《天史》十卷，以献益都钟羽正，羽正奇之。明季乡国盗起，时益都王遵坦用刘泽清兵捕土贼，耀亢素善遵坦，遇于日照境，更为募数千人，解安邱围。顺治四年入京师，由顺天籍拔贡充镶白旗教习，其时名公卿王铎、傅掌雷、张坦公、刘正宗、龚鼎孳皆与结交，日赋诗陆舫中，名大噪。陆舫者，耀亢所筑室，而正宗名之者也。后为容城教谕；迁惠安知县，以母老不赴。为诗踔厉风发，少作即饶丰韵，晚年语更壮浪，开一邑风雅之始，县中诸诗人皆推为先辈。六旬后病目，自署木鸡道人，更著《听山草》；卒，年七十二。诗甚多，李澄中尝为选择，序曰：余取其言之昌明博大者，以与世相见云。

又十三《艺文考》　丁耀亢《逍遥游》一卷，《陆舫诗草》五卷，《椒邱诗》二卷，《江干草》一卷，《归山草》二卷，《听山亭草》一卷，

1　现代汉语常用"旁若无人"。——编者注

《天史》十卷,《西湖扇传奇》一卷,《化人游传奇》一卷,《蚺蛇胆传奇》一卷,《赤松游传奇》一卷。

《四库全书总目》一百八十二集部·别集类·存目九 《丁野鹤诗钞》十卷 江西巡抚采进本。国朝丁耀亢撰。耀亢字西生,号野鹤,诸城人,顺治中由贡生官至惠安县知县。是集凡分五种:曰《椒邱集》二卷,起甲午,终戊戌,官容城教谕时所作;曰《陆舫诗草》五卷,起戊子,终癸巳,皆其入都以后所作;曰《江干草》一卷,起己亥,终庚子;曰《归山草》一卷,起壬寅,终丙午;曰《听山亭草》一卷,起丁未,止己酉。自《陆舫诗草》以前,耀亢所自刻,《江干草》以下,皆其子慎行所续刻也。耀亢少负俊才,中更变乱,栖迟羁旅,时多激楚之音;自入都以后,交游渐广,声气日盛,而性情之故亦日薄。王士禛《池北偶谈》载其陶令儿郎诸葛妻一律,谓野鹤晚游京师,与王文安诸公倡和,其诗亢厉,无此风致,盖亦有所不满矣。

《聊斋志异》吕湛恩注十六 野鹤公名耀光,字西生,贡生,明侍御少滨公子,官容城教谕,迁惠安知县。著有《陆舫》《椒邱》《江干》《归山》《听山》等诗集行世。

案:丁名耀亢,作光误。

三保太监西洋记

《七修类稿》十二　永乐丁亥，太监郑和、王景弘、侯显三人往东南诸国赏赐宣谕。今人以为三保太监下西洋，不知郑和旧名三保，皆靖难内臣有功者；若王彦旧名狗儿等，后俱擢为边藩镇守督阵以报之。镇守自此始耳。

《浪迹丛谈》六　前明三保太监下西洋，至今滨海之区，熟在人口。不知当日何以能长驾远驭，陆奢水栗如是？按《明史·郑和传》载郑和云南人，世所谓三保太监者也。成祖疑惠帝亡海外，欲踪迹之，且欲耀兵异域，示中国富强，永乐三年，命郑和及其侪王景宏等通使西洋。治大舶，修四十四丈，广十八丈者六十有二，将士卒二万七千八百余人，自苏州刘家河泛海至福建，复自福建五虎门扬帆，首达占城，以次偏历诸番国，宣天子诏，赍金帛给赐其君长，不服，则以武临之。和经事三朝，先后凡七奉使，星槎所历，三十余国。第一次在永乐三年六月命郑和、王景宏等，至五年九月还，诸国使者随和朝见，献所俘三佛齐酋长戮之；第二次在永乐六年九月再使往锡兰山，截破其城，禽其王，九年六月献俘于朝，赦不诛，释归国；第三次在永乐十年十一月再使往苏门答剌，禽其伪王，并俘其妻子，以十三年七月还；第四次在永乐十四年，满剌加、古里等十九国咸遣使朝贡，因命和等往赐其君长，十七年七月还；第五次在永乐十九年春，和等复往，二十年八月还；第六次在永乐二十二年正月，旧港即三佛齐酋长请袭宣慰使职，又使和赍敕印赐之，冬还，成祖已晏驾；第七次在宣德五年六月，又使和等历往忽鲁谟斯等十七国而还。前后所得珍奇贡物，如真腊国即今之东浦寨贡金缕衣，象五十九；阿丹国贡麒麟；苏录国贡大珠，重七两有奇；忽鲁谟斯国贡麒麟，又贡狮子；麻林国贡麒麟，天马，神鹿之类，不能悉数，而中国之耗费亦不资矣。自宣德以还，远方时有至者，而和亦老且死。自和后，凡将命海表者，莫不盛称和以夸外番，故俗传三保太监下西洋，为明初盛事云。

《春在堂随笔》七 《明史·宦官传》：郑和，云南人，世所谓三保太监者也。永乐三年，命和及其侪王景宏等通使西洋，将士卒二万七千八百余人，多赍金帛。造大舶，修四十四丈，广十八丈者六十二，自苏州刘家河泛海至福建，复自福建五虎门扬帆。首达占城，以次遍历诸番国，宣天子诏，因给赐其君长，不服，则以武慑之。先后七奉使，所历凡三十余国，所取无名宝物不可胜计，而中国耗费亦不资。自和后，凡将命海表者，莫不盛称和以夸外番，故俗传三保太监下西洋，为明初盛事云。是郑和之事，在明代固赫然在人耳目间。光绪辛巳岁，老友吴平斋假余《西洋记》一书，即敷衍此事。作者为罗懋登，乃万历间人。其书视《太公封神》《玄奘取经》尤为荒诞，而笔意恣肆则似过之。乃彼皆盛行而此顾不甚著，何也？文章之传不传，若有数存，虽平话亦然欤？平斋曰：此必明季人所为，以媚权奄者。余谓不然。读其序云：今者东事倥偬，何如西戎即叙，当事者尚兴抚髀之思乎？然则此书之作，盖以嘉靖以后，倭患方殷，故作此书，寓思古伤今之意，纾忧时感事之忱，三复其文，可为长太息矣。书中却有一二异闻。如术家有金木水火土五行遁法，见于诸书者，字皆作遁，此独作囤，未详其义。又如世俗所传八仙，此书则无张果、何仙姑，而别有风僧寿、元壶子，不知何许人，岂明代有此异说欤？《图画见闻录》孟蜀张素卿画八仙真形，有曰长寿仙者，或即此风僧寿乎？书虽浅陋，而历年数百，便有可备考证者，未可草草读过也。

世间有《牙牌数》一书，言近而指远，占之亦时有巧合者。余闻许子社言，杭人有为之笺注者，惟其中有五鬼闹判一语，不知所出；以问余，亦无以应也。今乃知出于《西洋记》，第九十回云灵曜府五鬼闹判，即其事也。开卷有益，信夫。

《茶香室丛钞》十四　明人有《西洋记》一书，载三保太监郑和下西洋事。中有八仙：一汉钟离，二吕洞宾，三李铁，四风僧寿，五蓝采和，六元壶子，七曹国舅，八韩湘子，无张果、何仙姑，而别有风僧寿、元壶子，亦异闻也。

《茶香室续钞》十七　明郎瑛《七修类稿》云：太祖建都南京，和尚金碧峰启之，见《客座新闻》。按明代坊间有《西洋记》一书，叙三保太监事，书中有金碧峰和尚。

封神传衍义

《两般秋雨盦随笔》六 《封神演义》一书，可谓诞且妄矣，然亦有所本。《旧唐书·礼仪志》引《六韬》云：武王伐纣，雪深丈余。五车二马，行无辙迹，诣营求谒。武王怪而问焉，太公对曰：此必五方之神，来受事耳。遂以其名召入，各以其职命焉。案五车二马，乃四海之神祝融、句芒、颛顼、蓐收、河伯、风伯、雨师也。又《史记·封禅书》：八神将，太公以来作之。则俗传不尽诬矣。今凡人家门户上多贴姜太公在此，诸神回避，亦由此也。

《浪迹续谈》六 余于剧筵喜演《封神传》，谓尚是三代故事也。忆吾乡林樾亭先生尝与余谈，《封神传》一书，是前明一名宿所撰，意欲与《西游记》《水浒传》鼎立而三，因偶读《尚书·武成篇》惟尔有神尚克相予语，演成此传。其封神事，则隐据《六韬》《旧唐书·礼仪志》引、《阴谋》《太平御览》引、《史记·封禅书》《唐书·礼仪志》各书，铺张傀诡，非尽无本也。我少时尝欲仿此书演成黄帝战蚩尤事，而以九天玄女兵法经纬其间；继欲演伯禹治水事，而以《山海经》所纪[1] 助其波澜；又欲演周穆王八骏巡行事，而以《穆天子传》所书作为质干，再各博采古书以附益之，亦可为小说大观，惜老而无及矣。

《归田琐记》七 吾乡林樾亭先生言，昔有士人罄家所有，嫁其长女者，次女有怨色，士人慰之曰：无忧贫也。乃因《尚书·武成篇》惟尔有神尚克相予语，演为《封神传》，以稿授女；后其婿梓行之，竟大获利云云。按《史记·封禅书》云：八神将，太公以来作之。

1　现代汉语常用"记"。——编者注

《旧唐书·礼仪志》一引《六韬》云：武王伐纣，雪深丈余。有五车二马，行无辙迹，诣营求谒。武王怪而问焉，太公曰：此必五方之神，来受命耳。遂以其名召入，各以其职命焉。《太平御览》十二引《阴谋》所载，与此略同，而以祝融、玄冥、句芒、蓐收为四海神名，冯修为河伯神名，使谒者各以其名召之，五神皆惊云云。则知太公封神，古有此说。今人于门户每书姜太公在此，百无禁忌，亦非无所本矣。

水浒后传

《茶香室续钞》十三　沈登瀛《南浔备志》云：陈雁宕忱，前明遗老，生平著述并佚，惟《后水浒传》一书乃游戏之作，托宋遗民刊行。按此书余曾见之，不知为陈雁宕作也。

《明诗综》八十　陈忱字遐心，乌程人。唐罗隐诗中称钱镠为尚父。遐心诗云：余杭山水役精魂，末世才人眼界昏，憔悴感恩依尚父，可怜尚父事朱温。

《国朝诗人征略》二编四引《听松庐诗话》　阅罗隐诗，议论自佳。但罗昭谏曾劝钱镠讨朱温，未可以此诮昭谏也。

案：清初浙江有两陈忱：一即雁宕山樵，字遐心，乌程人；一字用蘧，秀水人，著《诚斋诗集》《不出户庭录》《读史随笔》《同姓名录》诸书，见《两浙輶轩录补遗》一及《光绪嘉兴府志》五十三秀水文苑。清《四库全书总目》卷一百四十三子部·小说家类·存目中有《读史随笔》六卷，提要云：国朝陈忱撰，忱字遐心，秀水人云云，乃误合两人为一人也。近胡适作《水浒后传》序，引汪曰桢《南浔镇志》，所记雁荡山樵事迹及著作颇详。汪志谓道光中范来庚所修《南浔镇志》亦云忱又有《读史随笔》，其误与《四库书目提要》正等。

今古奇观

《茶香室丛钞》十七　明祝允明《野记》云：吴邑朱生，宣德中商湖、湘，泊舟官河下。有名妓新王二者，一优偕来。其船密比生舟，凡生言笑动静，娼罔不密察，使优邀之饮，潜告生曰：君但言延我入舟，我欲有言于君耳。生从之，娼人生舟，戚戚无欢容，中夜，低语生曰：我淮安蔡指挥女也。吾父调襄阳卫，挈家以行，舟人王贼，乘父醉挤之水，并母死焉。以我色，独留犯之，呼为妻。吾父资素丰，贼厚载欲商于他，复为盗劫，罄焉。遂以余资买小舟，俾我学歌舞为娼。君能复我仇，我终身事君耳。生许诺。翌日，优来曰：二姐未起乎？生骂曰：贼不知死所，尚觅二姐乎！优知事泄，投于水，生持娼归家。按小说有蔡女忍辱报仇一事，即此也。

《茶香室续钞》十六　国朝赵吉士《寄园寄所寄》引《鸿书》云：昆山舟师杨姓者，与金姓者善。金死，有子曰三，年十七，杨怜之，招入府，杨一女年相若，因以妻三。岁余，三沾疾尪羸，杨悔恨。一日，江行泊孤岛下，赚其拾薪，弃之去。三欲归无路，转入林中，有八大篚，盖盗所劫财。三更临江滨，适有他舟，三招之来，悉以篚入舟，抵仪真，启视皆金珠也，即售得如干，服食起居非故矣。一日行过河下，杨舟适在，三使人顾其舟。先是，杨弃三时，女哭不欲生，父母强之更纳婿，不从。及三登舟，女窃视，惊曰：客状甚似吾婿。母罟之，遂不敢言。三顾女佯谓舟人曰：何不向船尾取破毡笠戴之？盖三初登舟有是言也。于是妻觉之，出见，相与抱哭，欢如平生。杨夫妇罗拜请罪，三亦不之较，寻同归三家。会剧寇刘六、刘七叛入吴，三出金帛募死士，直捣狼山之穴，缚其渠魁，授武骑尉，妻亦从封云。按小说中有宋金郎事，即此。但据此，则金其姓而非名，殆传闻之异乎？

今古奇闻

《春在堂随笔》十　南宋临安有刘贵者，字君荐，妻王氏，妾陈氏。一日携其妻往祝妻父寿，妻父王翁以其贫也，予钱十五贯，使营什一，留女而遣婿先归，途遇其友，同饮而醉。及归，妾见所负钱，问其故。刘贵醉后戏之曰：吾因家贫，不能共活，已赁汝于人矣，此赁钱也。明日当送汝去。言已就枕，即入睡乡。妾思告知其父母，乃之邻人朱三老家，告以故，且寄宿焉，黎明即行；而刘贵固孰睡未醒。有贼入其家，窃其钱；刘警觉，起而追之。适地下有斧，贼即取斧，斫刘杀之，尽负钱去。次日，邻人见其门久而不启，入视得状。朱三老乃言夜间其妾借宿事，因共追寻。妾行路未半，力疲少憩；有崔宁者自城中卖丝，亦得钱十五贯，与之同憩。追者至，并要之归，闻于官，谓妾与崔有奸，杀其夫，窃资偕亡也，竟尸于市。后其妻以夫死家贫，其父王翁使人迎之归，途遇大雨，避入林中，为盗所得，据为妻。偶言及数年前曾为贼入人家，杀其主人，得钱十五贯。妻乃知杀其夫者即此盗也，乘间出告于临安府，事乃白。杀盗，没其家资，以其半给其妻，妻遂入尼庵以终。按此事不知出何书，余于国初人所作小说曰《今古奇闻》者见之，与今梨园所演《十五贯》事绝异，且事在南宋，非明时也。疑自宋相传有十五贯冤狱，后人改易其本末，附会作况太守事耳。《十五贯传奇》乃国朝吴县朱素臣作，去况远矣。

案：《十五贯戏言成大祸》一篇，盖取自《醒世恒言》之卷三十三。原本大祸作巧祸，下有注云：宋本作《错斩崔宁》。可知此篇本宋人作；曾有单行本，见钱曾《也是园书目》卷十《宋人词话》类，亦在缪荃孙所刻残本《京本通俗小说》卷十五中。余所见《今古奇闻》二十二卷，为王冶梅翻刻日本国本，中有发逆字，当为清咸丰同治时书，曲园乃云清初人作，岂王氏翻本又有所增益欤？

聊斋志异

《国朝诗人征略》十四 蒲松龄字留仙，号柳泉，山东淄川人，诸生，有《聊斋集》。

又引《山左诗钞》 柳泉屡试不利，遂肆力于古文，以余闲搜抉奇怪，著为《志异》一书。

又引《松轩随笔》 小说家谈狐说鬼之书，以《聊斋》为第一。渔洋有《聊斋志异书后》一绝云：姑妄言之妄听之，豆棚瓜架雨如丝。料应厌作人间语，爱听秋坟鬼唱诗。

《冷庐杂识》六 蒲氏松龄《聊斋志异》流播海内，几于家有其书。相传渔洋山人爱重此书，欲以五百金购之不能得。此说不足信。蒲氏书固雅令，然其描绘狐鬼，多属寓言，荒幻浮华，奚裨后学？视渔洋所著《香祖笔记》《居易录》等书，足以扶翼风雅，增益见闻者，体裁迥殊。而谓渔洋乃欲假以传耶？

《桐阴清话》一 国朝小说家谈狐说鬼之书，以淄川蒲留仙松龄《聊斋志异》为第一。闻其书初成，就正于王渔洋，王欲以百千市其稿，蒲坚不与，因加评陟而还之，并书后一绝云：姑妄言之妄听之，豆棚瓜架雨如丝，料应厌作人间语，爱听秋坟鬼唱时。余谓得狐为妻，得鬼为友，亦事之韵者。

《虫鸣漫录》二 《聊斋》为蒲留仙殚精竭虑之作，为本朝稗史必传之书。其中未及检点者颇多。最可笑者，《贾奉雉》一段：贾既坐蒲团百余年，其妻大睡不醒，迨其归来，已是曾元之世，又复应试为官，行部至海滨，见一舟，笙歌腾沸，接引而去。贾之识为郎生，固宜，何以云仆识其人，盖郎生也？夫此仆为贾生归后所用，不得识郎生，为贾未遇仙时所用，则早与其子孙沦灭矣。文人逞才，率多漏笔，此类是也。

《春在堂随笔》六　蒲留仙《聊斋志异》一书，脍炙人口久矣；然世所传本皆十六卷，但云湖前辈评本亦然。乃今又见乾隆间余历亭、王约轩摘钞本，分十八卷，以类相从，首孝，次弟，终仙鬼狐妖，凡分门类二十有六；字句微有异同，且有一二条为今本所无者。卷首有乾隆丁亥横山王金范序，其略云：柳泉蒲子，以玩世之意，作觉世之言，其书汗漫，亥豕既多，甲乙紊乱；又以未经付梓，钞写[1]传讹，寖失其旧。己亥春，余给事历亭，同姓约轩，假得曾氏家藏钞本，删繁就简，分门别类，几阅寒暑，始得成帙。然则其书亦旧本也，其异同处多不如今本，不知谁是留仙真迹。至所分门类，则无甚深意，殊觉无谓。又删异史氏曰四字，其评语亦不全。惟今本所无诸条，好事者宜录补之。

同上八　纪文达公尝言：《聊斋志异》一书，才子之笔，非著书者之笔也。先君子亦云：蒲留仙，才人也，其所藻绘，未脱唐、宋小说窠臼；若纪文达《阅微草堂五种》，专为劝惩起见，叙事简，说理透，不屑屑于描头画角，非留仙所及。余著《右台仙馆笔记》，以《阅微》为法，而不袭《聊斋》笔意，秉先君子之训也。然《聊斋》藻绘，不失为古艳，后之继《聊斋》而作者，则俗艳而已。甚或庸恶不甚入目，犹自诩为步武《聊斋》，何留仙之不幸也。留仙有文集，世罕知之；朱兰坡前辈《国朝古文汇钞》曾录其文二篇，其用意，其造句，均以纤巧胜，犹之乎《志异》也。留仙之子名立德，字东石，亦有文集，笔意颇肖其父云。

案：俞鸿渐语在《印雪轩随笔》中，今录入《阅微草堂笔记》目下。

同上九　《搜神记》载吴时有徐光者，尝行术于市里，从人乞瓜，其主勿与，便从索瓣，杖地种之。俄而瓜生，蔓延生花成实，乃取食之，因赐观者。鬻者反视所出卖，皆亡耗矣。按蒲留仙《聊斋志异》有术人种桃事即本此，乃知小说家多依仿古事而为之也。

同上十　定远方濬颐《梦园丛说》云：叔平言吾邑按谓桐城地当孔道，明季张献忠八次来犯不能破，良由官民戮力，众志成城故也。时邑侯为直隶进士杨公尔铭，年甫弱冠，丰姿玉映，貌如处子，而折狱明决，善治军事，赏罚无私，战守有法，兵民皆严惮之。每出巡城，著小靴，长不及六寸，扶仆从肩，缓缓而行，人多疑为女子，即《聊斋》所志易钗而弁之颜氏也。大约颜、杨音近而讹传之耳。又得凤阳巡抚史可法，庐州守将靖南伯黄得功为外援，献贼相戒不再犯桐城。邑侯杨公以行取入都，代者为张公，忘其名，办善后亦极有法。今杨公张公史公黄公皆各有专祠。按《聊斋》所记颜氏事，初以为小说家装点语耳，今乃知其力守危城，身当大敌，至今犹庙食一方，洵奇女子哉。案头无《聊斋志异》，俟假得其书，当更证之。

《茶香室丛钞》十七　国朝周春《辽诗话》附载《染庄社记》，金至宁中兴平路猛安蒲察盂里撰，出《永平府志》。其事甚奇，云：契丹时，辽兴军凤燊者，行货，路收一卵，归置锦囊系脐下。月余，出蛇如簪，饲之以肉，渐长盈丈，围将尺许，乃纵之于野。尝命以名曰雅；雅知人，恋恋然，但不能言而去。数岁益大，始食野禽，继而噬人。有司募能捕者；燊知其必雅，乃抵放处，呼其名而至，叙故旧而数其罪。蛇遂俯首伏诛，其血流及近村，土石悉染红，而庄以名。庄老以燊能施恩除害而祀之，雅能知恩伏罪而配焉。按《聊斋志异》所载大青、小青事，似即本此。凤燊姓名甚奇。周云：凤疑即凮，古风字；燊疑燊字之讹。

国朝宋长白《柳亭诗话》云：西山潭柘寺有巨蛇二，呼大青、小青，闻磬声即出。是蛇名大青，小青，实有之也。

又云：王梧溪《题虎树亭》诗：舟泊东西客，诗招大小青。注云：宋聪禅师住华亭时，有二虎噬人，师降伏之，命名曰大青、小青。师卒，虎亦死，弟子瘗之塔旁，逾年生银杏树二。今主僧隐公辟亭树间，扁曰虎树。是虎亦有大青、小青之名。

按《水经·浊漳水篇》注，武强渊之西南侧有武强县故治。耆宿云：邑人有行于途者，见一小蛇，疑其有灵，持而养之，名曰担生。长而吞噬人，里中患之，遂捕系狱；担生负而奔，邑沦为湖。是古有此事，雅与二青，均因此附会也。

《茶香室三钞》七　宋钱易《南部新书》云：吉顼之父哲为冀州长史，与顼娶南官县丞崔敬女。崔不许，因有故胁之，花车卒至，崔妻郑氏抱女大哭曰：我家门户底，不曾有吉郎。女坚卧不起；小女自当，登车而去。顼后入相。按近人小说中有姊妹易嫁事，观此乃知此等事古已有之。

《茶香室三钞》二十九　国朝龚炜《巢林笔谈》云：明季如皋令王岫，性好蝶，案下得笞罪者，许以输蝶免，每饮客，辄纵之以为乐。按蒲留仙《聊斋志异》载此，为长山王进士岫生事。

《荀学斋日记》己集下　《双槐岁钞》有《陈御史断狱》一条云：武昌陈御史孟机智按闽，有张生者，杀人，当死。疑其有冤，询之。生曰：邻居王妪许女我，已纳聘矣。父母殁，我贫无资，彼遂背盟；女执不从，阴遣婢期我某所，归我金币，俾成礼。谋诸同舍杨生，杨生力止我，不果赴。是夕，女与婢皆被杀。妪执我送官，不胜考掠，故诬服。即遣人执杨生至，色变股栗，遂伏罪，张生获释，人以为神智。有声宣正间，至右都御史。案此即梨园院本《钗钏记》所从出也。小说之《聊斋志异》有《胭脂》一事，云是施愚山为山东提学道，辨济南诸生秋隼冤狱，又弋腔演剧有《拾钗记》，亦曰《法门寺》，谓刘瑾所出冤狱者，疑皆由此附会。

《三借庐笔谈》十　蒲留仙先生《聊斋志异》，用笔精简，寓意处全无迹相，盖脱胎于诸子，非仅抗手于《左史》龙门也。相传先生居乡里，落拓无偶，性尤怪僻，为村中童子师，食贫自给，不求于人。作此书时，每临晨，携一大磁罂，中贮苦茗，具淡巴菰一包，置行人大道旁；下陈芦衬，坐于上，烟茗置身畔。见行道者过，必强执与语，搜奇说异，随人所知，渴则饮以茗，或奉以烟，必令畅谈乃已。偶闻一事，归而粉饰之。如是二十余寒暑，此书方告蒇，故笔法超绝。王阮亭闻其名，特访之，避不见，三访皆然。先生尝曰，此人虽风雅，终有贵家气，田夫不惯作缘也。其高致如此。既而渔洋欲以三千金售其稿，代刊之，执不可。又托人数请，先生鉴其诚，令急足持稿往，阮亭一夜读竟，略加数评，使者仍持归。时人服先生之高，品为落落难合云。

《新世说》二　蒲留仙研精训典，究心古学，目击清初乱离时事，思欲假借狐鬼，纂成一书，以抒狐愤而谂识者。历二十年，遂成《聊斋志异》十六卷，就正于王阮亭，王欲以重金易其稿，而公不肯，因加评语以还之，并书后一绝云：姑妄言之姑听之，豆棚瓜架雨如丝。料应厌作人间语，爱听秋坟鬼唱诗。蒲名松龄，山东淄川人，康熙辛卯岁贡，以文章风节著一时。顾以不得志于有司，乃决然舍去，一肆力于古文词，悲愤感慨，自成一家言。其书不为《四库全书》说部所收者，盖以《罗刹海市》一则，含有讥讽满人，非刺时政之意，如云女子效男儿装，乃言旗俗，遂与美不见容，丑乃愈贵诸事，同遭摈斥也。

同上六　蒲留仙居乡里，落拓无偶，性尤怪诞，为村中童子师以自给，不求于人。其作《聊斋志异》时，每临晨携一大瓷罂，中贮苦茗，又具淡巴菰一包，置行人大道旁；下陈芦席，坐于上，烟茗置身畔。见行者过，必强执与语，搜奇说异，随人所知，渴则饮以茗，或奉以烟，必令畅谈乃已。偶闻一事，归而润色之。如是二十余年，此书方告成，故笔法超绝。王阮亭闻其名而访之，避不见，曰：此人虽风雅，终有贵家气，田夫不惯作缘也。

案：王渔洋欲市《聊斋志异》稿及蒲留仙强执路人使说异闻二事，最为无稽，而世人偏艳传之，可异也。余所见关于蒲氏事迹之文，尚有张元所撰《墓表》，附《聊斋文集》末，及《淄川县志》之《蒲松龄传》，在吕湛恩《详注聊斋志异》卷端。李桓《耆献类征》四百三十一文艺九蒲松龄下所录，亦止《淄川县志》及张维屏《诗人征略》引《江左诗钞》；惟末有注云：按蒲先生又著有《省身录》《怀刑录》《历字文》《日用俗字》《农桑经》等书。

女仙外史

《通俗编》三十七　《明史·成祖纪》：永乐十八年二月，蒲台妖妇唐赛儿作乱，安远侯柳升帅师讨之，三月辛巳，败贼于卸石，赛儿逸去。甲申，山东都指挥金事卫青败贼于安邱，指挥王真败贼于诸城，献俘京师。按杂说，唐赛儿夫死，祭墓径山麓，见石罅露出石匣，发视得妖书，取以究习，遂得通诸术。削发为尼，以其教施于村里，凡衣食财物，随须以术运至。细民翕然从之，渐至数万。官军不能获，朝命集数路击之，屡战，杀伤甚众。既而捕得，将伏法，刃不能入。不得已，复下狱，三木被体，铁绲系足，俄皆自解脱，竟遁去，不知所终。好事者演其事，谓之《女仙外史》。

案：《野获编》二十九所载，与此所谓杂说者颇不同。其文云：永乐十八年，山东鱼台县妖妇唐赛儿，本县民林三妻，少诵佛经，自号佛母，诡言能知前后成败事。又能剪纸为人马相斗；往来益都、诸城、安邱、莒州、即墨、寿光诸州县，拥众先据益都。指挥高凤等讨之，俱陷殁。上命使驰驿招抚之，不报。乃遣总兵安远侯柳升等讨之，贼众败去；余党渐俘至京师，而贼首不得。上以赛儿久稽大刑，虑削发为尼，或遁女道士中，命北京，山东境内尼及女道士悉逮至京师面讯；既又命在外有司，凡军民妇女出家为尼及道姑者，悉送之京师，而赛儿终不获。一云：赛儿至故夫林三墓所，发土得一石匣，中有兵书宝剑。赛儿秘之，因以叛，后终逸去，盖神人所祐助云。

《茶香室丛钞》十七　国朝刘廷玑《在园杂志》云：吴人吕文兆熊性情孤冷，举止怪僻。所衍《女仙外史》百回，亦荒诞，而平生学问心事，皆寄托于此。案《女仙外史》一书，余在京师曾见之，不知为吕文兆所作也。

案：本书有陈弈禧[1]序、刘廷玑品题及作者序跋，可略知吕熊事迹及成书时代，今最录之。逸田叟吕熊字文兆，文章经济，精奥卓拔，奇士也，其生平著述，如《诗经六艺辨》《明史断》《续广舆志》，发明三唐六义，并诗古文诸稿几数百卷^{陈序}。康熙四十年，刘廷玑之任江西学使，八月望维舟龙游，熊从玉山来见，云将作《女仙外史》。四十一年，熊客于江西学使署。四十二年，廷玑落职；冬，旅于清江浦。次年，熊自南来，云《外史》已成^{品题}。其自序当为此时作，自称古稀，则生于明末或清初也。四十七年，陈弈禧补江西南安守，遇熊于淮南，延之修郡乘；熊以《外史》示之，请序^{陈序}。五十年，遂梓行^{自跋}。

1　应作"陈奕禧"。——编者注

儒林外史

《茶香室续钞》十三　国朝叶名澧《桥西杂记》云：坊间所刊《儒林外史》五十卷。全椒吴敬梓所著也。字敏轩，一字文木，乾隆间人，尝以博学鸿词荐，不赴。袭父祖业，甚富；素不习治生，性复豪上，不数年而产尽，醉中辄诵樊川人生直合扬州死之句，后竟如所言。程鱼门吏部为作传。按嘉兴李富孙《鹤征后录》载不就试者二十五人，无吴敬梓，唯有吴檠字青然，全椒人，乃与试而未用者，恐非其人也。

《关陇舆中偶忆编》　小说家如《儒林外史》，臧否人物，隐有所指，可与《聊斋》《谐铎》并传。

《茶香室丛钞》十七　唐冯翊《桂苑丛谈》云：进士张祜自称豪侠，一夕有非常人装饰甚武，腰剑手囊，贮一物，流血于外，入门谓曰：此非张侠士居乎？曰：然。客曰：有一仇人，十年莫得，今夜获之，喜不可已。指囊曰：此其首也。问张曰：有酒否？张命酒饮之。客曰，此去三数里有一义士，余欲报之，则平生恩仇毕矣。闻公气义，可假余十万缗，立欲酬之。此后赴汤蹈火无所惮。张深喜其说，乃倾囊与之。客曰：快哉，无所恨也！乃留囊首而去，期以却回；及期不至。张虑囊首为累，遣家人埋之，乃豕首也。按今稗官家有敷衍此事者，莫知其本此，故记之。

野叟曝言

《江阴艺文志》凡例　夏二铭先生之《野叟曝言》。

《光绪江阴县志》十《文苑传》　夏敬渠字懋修，诸生，英敏绩学，通史经，旁及诸子百家礼乐兵刑天文算数之学，靡不淹贯。壮游京师，有贵显闻而致焉，议偶不合，指尺不稍避，致为动容加礼，欲延致宾馆，敬渠谢弗往。生平足迹几遍海内，所交尽贤豪。著有《纲目举正》《经史余论》《全史约编》《学古编》，诗文集若干卷。

按：志列敬渠于赵曦明之后，凤应韶之前，则乾隆时人也。所著四种之外，金武祥《江阴艺文志》下又举有《唐诗臆解》《亦吾吟》《鼠肝集》《五都吟》《吴歈吟》《瓠麟吟》《秣鞨吟》《浣玉集诗钞》二卷续四卷。注云：见《江上诗钞》。《小说小话》云：二铭有《种玉堂集》。半农见借《浣玉轩集》一部，凡四卷，题曾侄孙子沐辑校。首有《浣玉轩著书目》，为《纲目举正》四卷；《全史约论》无卷数；《医学发蒙》四卷；《浣玉轩文集》四卷，即合《经史余论》及《学古编》等所成；《浣玉轩诗集》二卷则辑《亦吾吟》《向日吟》《五都吟》《鼠肝吟》《吴歈吟》《秣鞨吟》《瓠麟吟》等编为一者也；又有《唐诗臆解》二卷。诸书为嘉庆间其子祖燿所辑，今皆不存。《纲目举正》下有祖燿案语云：是书既成，携入闽中，祈故友福建抚军富公纲奏呈，未果；归，遇乾隆丙午南巡，赴苏迎銮，拟躬进献，又有所阻云云。今俗传二铭将献《野叟曝言》，为其女设谋阻止者，盖即由此误传。

红楼梦

《随园诗话》二　康熙间，曹栋亭为江宁织造，每出，拥八驺，必携书一本，观玩不辍。人问公何好学？曰：非也。我非地方官，百姓见我必起立；我心不安，故借此遮目耳。素与江宁太守陈鹏年不相得；及陈获罪，乃密疏荐陈，人以此重之。其子雪芹，撰《红楼梦》一书，备记风月繁华之盛；明我斋读而羡之。当时红楼中有某校书，尤艳，我斋题云：病容憔悴胜桃花，午汗潮回热转加。犹恐意中人看出，强言今日较差些。威仪棣棣若山河，应把风流夺绮罗，不似小家拘束态，笑时偏少默时多。

案：曹寅字栋亭，雪芹之祖也，此误。

《国朝诗人征略》二编九引《听松庐诗话》　容若原名成德，大学士明珠子，世所传《红楼梦》贾宝玉，盖即其人也。《红楼梦》所云，乃其髫龄时事。其诗善言情，又好言愁，摘录两首，可想见其人。……幽谷有美人，无言若有思。含颦但斜睇，吁嗟怜者谁？予本多情人，寸心聊自持，私心托远梦，初日照帘帷。诗中美人，即林黛玉耶？

同上引《松轩随笔》　容若《无题》起句云：是谁看月是谁愁？余为作出句云：同我惜花同我病。两句中皆有黛玉在。

《劝戒四录》四　《红楼梦》一书，诲淫之甚者也。乾隆五十年以后，其书始传。为演说故相明珠家事：以宝玉隐明珠之名，以甄真宝玉贾假宝玉乱其绪，以开卷之秦氏为人情之始，以卷终之小青为点睛之笔。摹写柔情，婉娈万状，启人淫窦，导人邪机。自是而有《续红楼梦》《后红楼梦》《红楼后梦》《红楼重梦》《红楼复梦》《红楼再梦》《红楼幻梦》《红楼圆梦》诸刻，曼衍支离，不可究诘。评者尚嫌其手笔远逊原书，而不知原书实为厉阶，诸刻特衍海淫之谬种，其弊一也。满洲[1]玉研农先生麟，家大人座主也，尝语家大人曰：《红楼梦》一书，我满洲无识者流，每以为奇宝，往往向人夸耀，以为助我铺张。甚至串成戏出，演作弹词，观者之为感叹欷歔，声泪俱下，谓此曾经我所在场目击者。其实毫无影响，自欺欺人，不值我在旁齿冷也。其稍有识者，无不以此书为诬蔑我满人，可耻可恨。若果尤而效之，岂但书所云骄奢淫佚，将由恶终者哉？我做安徽学政时，曾经出示严禁，而力量不能及远，徒唤奈何。有一庠士颇擅才笔，私撰《红楼梦节要》一书，已付书坊剞劂，经我访出，曾褫其衿，焚其版，一时观听，颇为肃然；惜他处无有仿而行之者。那绎堂先生亦极言《红楼梦》一书为邪说诐行之尤，无非糟蹋旗人，实堪痛恨，我拟奏请通行禁绝，又恐立言不能得体，是以隐忍未行，则与我有同心矣。此书全部中无一人是真的；惟属笔之曹雪芹实有其人，然以老贡生槁死牖下，徒抱伯道之嗟，身后萧条，更无人稍为矜恤，则未必非编造淫书之显报矣。

《桐阴清话》七　《樗散轩丛谈》载《红楼梦》实才子书也，或言是康熙间京师某府西宾常州某孝廉手笔。巨家间有之，然皆抄录无刊本；乾隆某年，苏大司寇家因是书被鼠伤，付琉璃厂书坊装订，坊中人借以抄出，刊板刷印渔利。其书一百二十回；第原书仅止八十回，余所目击，后四十回不知何人所续云云。案《红楼梦》八十回以后，皆高兰墅鹗所补，见《船山诗注》。

《粟香随笔》五　容若名性德，原名成德，满洲人，十八举乡试，十九成进士，大学士明珠子，生长华阀，勤于学问，《通志堂经解》即其所刻，又辑《全唐诗选》，自著有《通志堂集》。有绝句云：绿槐

1　该词的使用并无贬义，共有两种含义。一是满族的旧称。1635年，皇太极改女真为满洲，辛亥革命后称满族。二是旧时指我国东北一带，清末日俄势力入侵，称东三省为满洲。——编者注

阴转小阑干，八尺龙须玉簟寒，自把红窗开一扇，放他明月枕边看。张南山谓其最近韩冬郎。

《燕下乡脞录》五　姜西溟太史与其同年李修撰蟠，同典康熙己卯顺天乡试，获咎。……时盖因士论沸腾，有老姜全无辣气、小李大有甜头之谣，风闻于上，以致被逮；姜竟卒于请室。第前辈多纪述此事，而不能定其关节之有无。昔读《鲒埼亭集》先生墓表，称满朝臣僚皆知先生之无罪，而王新城亦有我为刑官，令西溟以非罪死，何以谢天下之语，知同时公论，早以西溟之连染为冤。嗣闻先师徐柳泉先生云：小说《红楼梦》一书，即记故相明珠家事：金钗十二，皆纳兰侍御所奉为上客者也。宝钗影高澹人；妙玉即影西溟先生，妙为少女，姜亦妇人之美称，如玉如英，义可通假，妙玉以看经入园，犹先生以借藏书就馆相府，以妙玉之孤洁而横罹盗窟，并被以丧身失节之名，以先生之贞廉而瘐死圜扉，并加以嗜利受赇之谤，作者盖深痛之也。徐先生言之甚详，惜余不尽记忆。……

案：《脞录》后改名《郎潜纪闻二笔》，此条在卷三。

《郎潜纪闻三笔》一　康熙己卯夏四月，上南巡回驭，驻跸于江宁织造曹寅之署。曹世受国恩，与亲臣世臣之列，爰奉母孙氏朝谒。上见之色喜，且劳之曰：此吾家老人也。赏赉甚渥，会庭中萱花盛开，遂御书萱瑞堂三字以赐。考史，大臣母高年召见者，或给扶，或赐币，或称老福，从无亲洒翰墨之事。曹氏母子，洵昌黎所云上祥下瑞无休期矣。

案：此与《红楼梦》无大关系，惟曹寅之母姓孙，又曾朝谒得厚赉，则为考雪芹家世者所未道及，故拈出之。

《茶香室三钞》七　国朝朱彝尊《静志居诗话》云：赵彩姬字今燕，名冠北里，时曲中有刘、董、罗、葛、段、赵、何、蒋、王、杨、马、褚，先后齐名，所称十二钗也。按此，则今小说中所称金陵十二钗，亦非无本。

同上九　国朝礼亲王昭梿《啸亭杂录》云：明太傅广置田产，市买奴仆，厚加赏赉，使其充足，无事外求；立主家，长司理家务，奴隶有不法者，许主家立毙杖下。所逐出之奴，皆无容之者，曰：伊于明府尚不能存，何况他处也，故其下爱戴，罔敢不法。其后田产丰盈，日进斗金，子孙历世富豪。至成安时，以倨傲和相故婴法网，籍没其产，有天府所未有者。

世传《红楼梦》小说为演说明珠家事，今观此，则明珠之子纳兰成德至成安籍没时，几及百年矣，于事固不合也。

《啸亭杂录》又载癸酉之变云：有侍卫那伦者，纳兰太傅明珠后也。少时，家巨富，凡涤面银器，日易其一，晚年贫窭，一冠数年，人多笑之。是日应值太和门，闻警趋入，遂被害。按此亦可见明珠家之久富矣。

又云：纳兰侍卫宁秀，为明珠太傅曾孙，生时有髭数十茎，罗罗颐下。年弱冠，颜貌苍老，宛如四五十人，未三十即下世；其家因之日替，亦一异也。小说所称生有异征者，岂即斯人欤？

夜谭随录

《啸亭续录》三　有满州县令和邦额著《夜谈随录》行世，皆鬼怪不经之事，效《聊斋志异》之辙，文笔粗犷，殊不及也。其中有记与狐为友者云，与若辈为友，终为所害，用意已属狂谬。至陆生楠之事，直为悖逆之词，指斥不法，乃敢公然行世，初无所论劾者，亦侥幸之至矣。

耳食录

《国朝诗人征略》五十三　乐钧初名宫谱，字元淑，号莲裳，江西临川人，嘉庆六年举人，有《青芝山馆诗文集》。

《国朝诗人征略》五十引《听松庐文钞》　莲裳初名宫谱，少日喜为奇丽之文，曾撰《耳食录》一书。壮岁韵语益工，兼工骈体。既登贤书，屡试不第。忆辛未春闱后，访余于万明寺，既而彼此报罢出都，遂不复相见。闻其橐笔江湖，为诸侯客，郁郁不得志，竟侘傺以终。才士偃蹇，自古叹之。然其诗文足以传世，珠光剑气，讵受尘埋。以之位置于蓉裳、芙初之间，允堪伯仲。

同上二编五十三引《听松庐诗话》　江西诗家，蒋苕生后，当推乐莲裳、吴兰雪。两人同为江西人，同为孝廉，同为翁覃谿先生弟子，同以才名遨游王侯公卿间。莲裳久居幕府，兰雪久居京师，晚岁诗名，吴盛于乐。然合两集观之，香苏应酬投赠，外心较多，不如青芝多内心也。

阅微草堂笔记

《印雪轩随笔》二 《聊斋志异》一书，脍炙人口，而余所醉心者，尤在《阅微草堂五种》。盖蒲留仙才人也，其所藻缋，未脱唐宋人小说窠臼；若《五种》，专为劝惩起见，叙事简，说理透，垂戒切，初不屑屑于描头画角，而敷宣妙义，舌可生花，指示群迷，头能点石，非留仙所及也。微嫌其中排击宋儒语过多，然亦自有平情之论，令人首肯。至若《谐铎》《夜谈随录》等书，皆欲步武留仙者。饭后茶余，尚可资以解闷，降而至于袁随园之《子不语》，则直付之一炬可矣。

《国朝诗人征略》三十五引《听松庐文钞》 或言纪文达公博览淹贯，何以不著书？余曰：文达一生精力，具见于《四库全书提要》，又何必更著书？今人目中所见书不多，故偶有一知半解，便自矜为创获，不知其说或为古人所已言，或为昔人所已驳，其不为床上之床、屋下之屋者，盖亦鲜矣。文达之不轻著书，正以目逾万卷，胸有千秋故也。或又言文达不著书，何以喜撰小说？余曰：此文达之深心也，盖考据辨论诸书，至于今已大备，且其书非留心学问者多不寓目；而稗官小说，搜神志怪，谈狐说鬼之书，则无人不乐观之。故文达即于此寓劝戒之方，含箴规之意。托之于小说而其书易行，出之以谐谈而其言易人。然则《阅微草堂笔记》数种，其觉梦之清钟，迷津之宝筏乎？观者慎无以小说忽之。

《射鹰楼诗话》二十 河间纪文达公著《滦阳销夏录》《槐西杂记》《如是我闻》《姑妄听之》四种，总名曰《阅微草堂集》。其托狐鬼以劝世可也，而托狐鬼以讽刺宋儒则不可。宋儒虽不无可议，不妨直言其弊，托狐鬼以讽刺之，近于狎侮前人，岂君子所出此乎？建宁吴厚园茂才诗云：莫易雌黄前辈错，寸心也自细评量。真和易之言。

《吹网录》五　纪文达公《滦阳续录》载其座师介野园宗伯丁丑年所作《恩荣宴》诗曰：鹦鹉新班宴御园，摧颓老鹤也乘轩。龙津桥上黄金榜，四见门生作状元。文达自言鹦鹉新班不知出典，当时拟问公，竟因循忘之。郭频伽明经《灵芬馆诗话》谓元遗山《探花词》五首中有句云：殿前鹦鹉唤新班，是此公所本，然去一唤字，于理未协。此以唤字属鹦鹉，故谓去之未协。余偶检《中州集》，第八卷即载前诗，是金吏部尚书张大节所作，题为《同新进士吕子成辈宴集状元楼》。诗中所异者，御园为杏园，摧颓为不妨，四见为三见，作状元为是状元耳。介公殆见此诗，事颇类己，偶书之而略改数字。见者误为公作欤？至鹦鹉新班，当是金源故事，尚须博考。频伽亦以此诗为介公作，故谓遗山句是其所本。若就金人而言，据《中州集》小传，张大节于明昌初已请老，计在遗山之前数十年，应是遗山诗本之张句，唤字之可去与否，亦难以臆定也。考元初王鹗《汝南遗事》总论注：吕子成名造，承安二年词赋状元。核之《遗山年谱》，是年才八岁耳。雷甘溪浚曰：元遗山《探花词》：禁里苍龙启九关，殿前鹦鹉唤新班。似只是鹦鹉唤人意，并无所本；唤字自不可去。鹦鹉新班当别有出，二说各不相涉。

《国朝先正事略》二十《纪文达公事略》　公于书无所不通，尤深汉《易》，力辟图书之谬。一生精力，备注于《四库提要》及《目录》，不复自为撰著。今人所见狭，偶有一得，辄自矜创获，而不知皆古人所已言，或为其所已辟。公胸有千秋，故不轻著书，其所欲言，悉于《四库书目》发之，而惟以觉世之心，自托于小说稗官之列，其感人为易入。自文集外，所著《阅微草堂笔记》凡七种，中多见道之言。

《新庵笔记》四　今之文学家，类各有一笔记，而所记往往不足观。近百年来，惟纪氏之《阅微草堂笔记》用笔流畅，剖理透辟，洵称杰构。而其全集所传，转少出奇之文，则其平日载笔，意匠经营，煞费苦衷而不以轻心掉之，概可想见。虽狐鬼蛇神，教忠教孝诸条，过于迂腐，要亦时势限之。……

《新世说》二　纪晓岚于书无所不通，尤深汉《易》，力辟图书之谬。一生精力，备注于《四库提要》一书，此外不复为撰著。尝谓今人所见狭，偶有一得，辄自矜创获，而不知皆古人所已言，或为其所已辟。故公胸有千秋，而不轻著一书，其所欲言者，悉于《四库提要》中阐发之，而惟以觉世之心。自托于小说稗官之列。公文集外，所著为《阅微草堂笔记》七种。

案：笔记实止五种，此承李元度《先正事略》之误。

六合内外琐言　蟫史

《玉尘集》上　屠进士绅弱冠即通籍。其为诗有隽才，余最爱其《佳禾篇赠何明府》云云，《七古送陈伯玉》云云，《十月朔偕黄仲则饮旗亭》云云，《忆上人某》云云。近体亦佳，记其一联云：风雨十年留铁瓮，云山千古话铜官。有《笏岩近藁》，余及赵君味辛为之序。

《北江诗话》　屠州守绅诗如栽盆红药，蓄沼文鱼。

同上　屠刺史绅生平好色，正室至四五娶，妾媵仍不在此数，卒以此得暴疾，卒。余久之，哭以诗云：闲情究累韩光政，醇酒终伤魏信陵。盖伤之也。

《客窗偶笔》一　余家半里许西观村屠氏，世业农。乾隆壬午癸未，屠氏子名绅字笏岩，乡会联捷，授云南师宗令，擢寻甸州牧，今任广州别驾。……笏岩幼孤，资质聪敏，蚤擅才名，年十三游邑庠，十九捷乡荐，二十成进士。……岁丁未，笏岩迁爱甸州刺史，入觐回滇，过常郡，余与晤于蒋颍州太守立庵斋，灯昏画烛，鼓打谯楼，为余歌《赤壁赋》，余填《凤凰台上忆吹箫》赠之。……迄今鱼雁音乖，云山望杳，四方奔走，故我依然，而每忆浩歌，犹觉洋洋盈耳也。

《习园藏稿鸦亭诗话合序》　……余先生恳挚周洽，相对如老经师。屠先生则负不可一世之概，挥金如土，避俗若仇，于今人中皆不能多见者。辛酉春夏间，予以选人赴吏部，屠先生适候补入都，饮酒赋诗，晨夕相往来。予出京十二日，而先生顿卒于客寓，遗爱云亡，老成凋谢，晨星零雨，愈用黯然。……

《江阴县志》十四《选举表》　屠绅，乾隆二十七年壬午乡举，乾隆二十八年癸未甲科。字贤书，寻甸州知州。

《粟香随笔》二　屠笏岩刺史名绅，又号贤书，所居西贯，与余居前后相望。先曾祖《客窗笔记》中《屠氏善报》一条，即纪其先代积累之由，今则式微甚矣。所著有《六合内外琐言》二十卷，署黍余裔孙编，《蟫史》二十卷，署磊砢山人撰。近年上海以洋版刷印，流传颇广。洪稚存太史言其诗如蓄沼文鱼，栽盆红药。庚申乱后，迄未见其诗集也。余《杂忆乡居》诗云：州守风流忆往时，忽焉旧泽鲜留遗，《琐言》《蟫史》犹传遍，不见文鱼红药诗。

《粟香三笔》五　陆祁生先生《崇百药斋五哀诗》《哀广州通判屠君绅》云：心期郁郁向谁陈，论定斯人我最真。游戏文章都奥衍，猖狂意气剧酸辛。怜才热泪倾如水，垂老柔乡葬此身。却悔临歧殊草草，危言含意未全伸。即咏笏岩刺史也。其所著《六合内外琐言》初名《琐蛣杂记》，吴谷人祭酒有序，乃以吴锡麒署姬金麟，其诙诡如此。

《六合内外琐言》及《蟫史》二种，县志皆不载；仅载其《酌酒与储玉琴》诗一首云：当筵那复问悲欢，念尔茫茫感百端，风雨十年家铁瓮，云山一夕话铜官。谁怜冷锻嵇康灶，我愧虚弹贡禹冠，今夜蓉城好明月，醉中犹得坐团圞。余见《亦有生斋集》有《屠贤书诗序》，称其旷朗出尘，时得神解，惜无由见其全集也。

燕山外史

《光绪嘉兴府志》五十三《秀水艺术传》　陈球字蕴斋，诸生。家贫，以卖画自给。工骈俪，喜传奇，尝取明冯祭酒梦桢叙窦生事，演成《燕山外史》，事属野稗，才华淹博。《墨香居画识》称其善山水。新纂

又八十二《经籍志》子部小说家　陈球《燕山外史》八卷。

品花宝鉴

《梦华琐簿》 常州陈少逸撰《品花宝鉴》，用小说演义体，凡六十回。此体自元人《水浒传》《西游记》始，继之以《三国志演义》，至今家弦户诵，盖以其通俗易晓，市井细人多乐之。又得金圣叹诸人为野狐教主，以之论禅悦，论文法，张皇扬诩，耳食者几奉为金科玉律矣。《红楼梦》《石头记》出，尽脱窠臼，别辟蹊径，以小李将军金碧山水楼台树石人物之笔，描写闺房小儿女喁喁私语，绘影绘声，如见其人，如闻其语。竹枝词所云：开谈不说《红楼梦》，纵读诗书也枉然。记一时风气，非真有所不足于此书也。余自幼酷嗜《红楼梦》，寝馈以之。十六七岁时，每有所见，记于别纸，积日既久，遂得二千余签，拟汰而存之，更为补苴掇拾，葺成《红楼梦注》，凡朝章国典之外，一切鄙言琐事，与是书关涉者，悉汇而记之，不贤者识其小者，似不无小补焉。其禅悦文法，托诸空言，概在所屏，似与耳食者不同。今匆匆十余年，未能脱稿，殊自惭也。嘉庆间，新出《镜花缘》一书，《韵鹤轩笔谈》亟称之，推许过当，余独窃不谓然：作者自命为博物君子，不惜獭祭填写，是何不径作类书，而必为小说耶？即如放榜谒师之日，百人群饮，行令纠酒，乃至累三四卷不能毕其一日之事，阅者昏昏欲睡矣。作者犹津津有味，何其不惮烦也？《红楼梦》叙述儿女子事，真天地间不可无一不可有二之作；陈君乃师其意而变其体，为诸伶人写照，吾每谓文人以择题为第一义，正谓此也。正如《金瓶梅》极力摹绘市井小人，《红楼梦》反其意而师之，极力摹绘阀阅大家，如积薪然，后来者居上矣。顾余有私见，欲献而商之者：《宝鉴》中所称士大夫，我辈为尊亲贤者讳，礼固宜之。至其中小人如奚老土之类，夫也不良，歌以诼之，不忍斥言，亦忠厚之至。独至杜琴言纳十伶官，亦别立名目，此大不必。若辈方幸得附骥尾而名益显，奈何忍使湮没弗彰乎？桐仙为余言，杜琴言即桐仙也，书中推为第一，未知信否？其十人者，曰杜琴言、袁宝珠、苏蕙芳、陆素兰、金漱芳、林春喜、李玉林、王兰保、桂保、秦琪官。十人者皆不知何所指，不能求其人以实之。素兰春喜玉林虽有其人，皆与此书所述不称，必别有所谓也。余丁酉夏从严州友吴立臣达案头见之，迫欲借抄，未得其便。闻季卿言，少逸馆内城一尚书郎家，咫尺天涯，未能一握手为笑，殊恨无缘。暇日作尺一书致少逸，述鄙见质之，方把笔而难作，书未及达也。立臣亦缘事论城旦。所谓《品花宝鉴》者，不知落谁何人之手，或者如欧公文，有蚊龙妒且护之耶？《宝鉴》是年仅成前三十回；及己酉，少逸游广西归京，乃足成六十卷。余壬子乃见其刊本。戊辰九月，掌生记。

案：少逸，名森，见所作《梅花梦传奇》，今有手稿影印本。

花月痕

《睢棋山庄文集》五《魏子安墓志铭》　咸丰中，予归自永安，羸病儿死。稍间，或言曰："魏子安至自蜀矣。"予跃然，乃就君而谒焉。君时困甚，授徒不足以自给而意气自若，一见如旧，踪迹日益亲。其后各饥驱奔走，不常相聚。今年春，予之漳州。君挈家之延平，予与君约："予幸得早归，当买舟西上，作十日欢。"乃君解装不及旬，而竟长往矣。悲夫！君名秀仁，字子安，一字子敦，侯官人。父本唐，历官教职，有重名，世所称为魏解元者。君其长子，尽传其家学，而独权奇有气。少不利童试，年二十八，始补弟子员，即连举丙午乡试。当是时，教谕君官于外，夫人持家务，诸妇佐饔飧，兄弟抱书，互相师友，家门方隆盛。君复才名四溢，倾其侪辈，当路能言之士，多折节下交，而君独居深念，忽高瞻远瞩，若有不得于其意者。既累应春官不第，乃游晋、游秦、游蜀。故乡先达，与一时能为祸福之人，莫不爱君重君，而卒不能为君大力。君见时事多可危，手无尺寸，言不见异，而亢脏抑郁之气，无所发舒，因遁为稗官小说，托于儿女子之私，名其书曰：《花月痕》。其言绝沉痛。阅者讶之，而君初不以自明，益与为惝恍诙谑，而人终莫之测。最后主讲成都之芙蓉书院。于是君年四十矣。剧贼起粤西、蹂躏湖南、北，盘踞金陵，浙闽皆警，闻问累月不通。君悬目万里，生死皆疑。既而弟殉难；既而父弃养。欲归无路，仰天椎胸，不自存济。而蜀寇蠢动。焚掠惨酷，资装俱尽。挟其残书稚妾，寄命一舟，侦东伺西，与贼上下。君愤廉耻之不立，刑赏之不平，吏治之坏，而兵食战守之无可恃也，乃出其闻见，指陈利弊，慎择而谨发之，为《咄呭录》。复依准邸报，博考名臣章奏，通人诗文，集为诗话，相辅而行。君著书满家，而此二书，为尤不朽：盖时务之蓍龟；功罪之金鉴；春秋之义；变《风》变《雅》之旨也！后世必有取焉。然而世乃不甚传，独传其《花月痕》。嗟乎，知君固亦不易耶？君既归，益寂寞无所向，米盐琐碎，百忧劳心。叩门请乞，苟求一饱。又以其间修治所著书，晨抄暝写，汲汲顾影若不及。一年数病，头童齿豁；而忽遭母夫人之变，形神益复支离。卒，年五十有六。葬于某山之原。君性疏直不龌龊，既数与世龃龉，乃摧方为圆，见俗客亦谬为恭敬，周旋惟恐不当，顾其人方出户，君或讥诮随之。家无隔宿粮。得钱，辄置酒欢会。穷交数辈，抵掌高论，君目光如电，声如洪钟，嬉笑谐谑，千人皆废。遇素所心折者，则出其书相质证，或能指瑕蹈隙，君敬听唯唯，退，即篝灯点窜，不如意，则尽弃其旧：盖其知人善下，精进不吝，有如此者！予之闻君名也，由于苕川。苕川实未见君，见所为《荔枝词》而善之。今苕川殁矣，君又继之，使余以悲苕川者悲君，君如有知，能无憾耶？然君书俱在，谓非后死者之责耶？乃录其部目，而系之铭。畀君弟若子，使刻于石，以诏来者。

《陕南石经考》四卷	《熹平石经遗文考》一卷
《正始石经遗文考》一卷	《开成石经校文》十二卷
《石经订顾录》二卷	《西蜀石经残本》一卷
《北宋石经残本》一卷	《南宋石经残本》一卷
《洛阳汉魏石经考》一卷	《西安开成石经考》一卷
《益都石经考》一卷	《开封石经考》一卷
《临安石经考》一卷	《陕南山馆诗话》十卷
《呭呭录》四卷	《寋寋录》二卷
《彤史拾遗》四卷	《三朝说论》四卷

《故我论诗录》二卷　　　　　《论诗琐录》二卷

《丹铅杂识》四卷　　　　　　《榕阴杂掇》二卷

《蚕桑琐录》一卷　　　　　　《湖壖闲话》一卷

《惩恶录》一卷　　　　　　　《幕录》二卷

《巴山唳音录》一卷　　　　　《春明撷录》四卷

《铜仙残泪》一卷　　　　　　《陔南山馆文录》四卷

《陔南山馆骈体文抄》一卷　　《陔南山馆诗集》二卷

《碧花凝唾集》一卷

铭曰：有美一人黔而丰，腰脚不健精神充，胸有炉锤笔有风，百炼元气贯当中。蚩蚩者婆醉者翁，秃乌狡兔争西东。傍立侧睨让乃公，笑骂非慢拜非恭。大声疾呼宣不聪，著书百卷完天功。

《课余续录》一　　子安为魏丈又瓶本唐教授之长子。教授五子，次子愉秀孚，秀才，长于礼，三子寿起，秀才，长于书，皆有遗著。而制作之才，子安为最，撰述宏富，详予所作墓志铭。然而今之盛传者，则在其《花月痕》小说。是时子安旅居山西，就太原知府保眠琴太守馆。太守延师课子，不一人，亦不一途：课经，课史，课诗，课文，课字画，课骑射，下而课弹唱，课拳棒，亦皆有师，人占一时，课毕即退。子安则课诗之师也，巳时登席，授五言四韵一首，命题拟一首，事毕矣。岁修三百金。以故子安多暇日；欲读书，又苦丛杂，无聊极，乃创为小说，以自写照。其书中所称韦莹字痴珠者，即子安也。方草一两回，适太守入其室，见之，大欢喜。乃与子安约：十日成一回，一回成，则张盛席，招菊部，为先生润笔寿。于是浸淫数十回，成巨帙焉。是《花月痕》者，乃子安花天月地，沉酣醉梦中，嘻笑[1]怒骂，而一泻其肮脏不平之气者也。虽曰《虞初》之续，实为玩

1　现代汉语常用"嬉笑"。——编者注

世之雄。子安既没,予谓子愉曰:"《花月痕》虽小说,毕竟是才人吐属。其中诗文,词赋,歌曲,无一不备,且皆娴雅,市侩大腹贾未必能解。若载之京华,悬之五都之市,落拓之京员,需次之穷宦,既无力看花,又无量饮酒,昏闷欲死,一见此书,必且破其炭敬别敬之余囊,乱掷金钱,负之而趋矣。于是捆载而归,为子安刻他书,岂不妙哉!"子愉亦以为然,逡巡未及行,其同宗或取而刻之,闻亦颇获利市;近又闻上海已有翻本矣。子安所著书,以《石经》为大宗,其《订顾录》二卷,是为亭林诤友。而予尤赏其《陜南诗话》十卷,附《咄咄录》四卷,是为庀史,必传之作。是时子安游秦,居同乡王文勤公节署。子安、文勤之年家子也。文勤爱重其才,招入幕府。《石经》既近在咫尺,朝夕可以摩挲,故考订较精。节署四方文报所集,而一时名人诗文集亦易备,子安据以成编,其中夷务,海寇,发贼,回逆,捻匪;时政得失,无不罗列。虽传闻异词,而大略可以根据。惟采诗过繁,不无玉石杂糅之患。予题其后曰:"诗史一笔兼,孤愤固无两。偏舟养羁魂,乱离忆畴曩,匪惟大事记,变风此遗响。"又哭子安句云:"忧乐兼家国,千夫气不如。乱离垂死地,功罪敢言书。"云云,亦为此发也。盖子安客川陕十余年,身经丧乱,事多目击,固异日金匮石渠,编摩之所不废也。……

包公案

　　《茶香室三钞》二十三　明郑仲夔《耳新》云：周季侯令仁和，有神君之称。尝出行，忽怪风起，吹所张盖，卷落纱帽翅。执盖人请罪曰：小人因张清风，随至冒触。周沉思良久，属能干捕差二人，令往拘张清风，两人商曰：捕风捉影，安有此理？乃相与登酒楼，楼上有谈某疾笃，诸医无效。一人曰：若请张青峰去，必有生理。二差因问张青峰状，潜往其家，值张远出，拘其妻至县。周讯之，妇曰：渠本非吾夫。吾夫病，请渠调治，渠见妾姿容，投毒致夫死，复谋娶妾。一日渠酒后自吐真情，妾即欲寻死，因念无人伸冤[1]，偷生至此；今遇天台，冤伸有日。但渠为某氏延去，须就其处拘之。周命前差往拘，一讯果服。按今小说家演包孝肃事，有捕落帽风一事，不知其本此也。

1　现代汉语常用"申冤"。——编者注

施公案

《燕下乡脞录》四　少时即闻父老言施世纶为清官；入都后，则闻院曲盲词有演唱其政绩者，盖由小说中刻有《施公案》一书，比公为宋之包孝肃，明之海忠介，故俗口流传，至今不泯也。按公当官，实廉强能恤下。初，知江南秦州，值淮安下河被水，诏遣两大臣莅淮州督堤工，从者驿骚闾里，白其不法者治之。湖广兵变，援剿官兵过境，沿途攘夺，公具刍粮以应，而令人各持一梃，列而待，有犯者治之，兵皆敛手去。守扬州江宁，所至民怀，以父忧去按公为靖海侯琅次子，乞留者万人，不得请，乃人投一文钱，建双亭于府限衙前，名一文亭。累迁督漕运，奉命勘陕西灾，全陕积储多虚耗，而西安凤翔为甚，将具疏，总督鄂海以公子知会宁也，微词要挟，公笑曰：吾自入官，身且不顾，何有子？卒劾之，鄂以失察罢。公平生得力在不侮鳏寡、不畏强御二语，盖二百年茅檐妇孺之口，不尽无凭也。

三侠五义

《小说小话》《三侠五义》一书，曲园俞氏就石玉昆本序行，易其名为《七侠五义》。书中三侠，谓南侠，北侠，双侠也。曲园因其人数为四，疑有错误，遂凑入智化等，又改小义士艾虎为小侠而称七侠。常笑曲园赅博而不知有三王〔禹汤文武亦四人，三侠盖用其例〕，岂非怪事？此书人物地址称谓，多寓游戏，作者亦无一定宗旨。俗本《龙图公案》中有五鼠闹东京一事，作者殆恶其荒陋而另出机杼，借题发挥，章回小说家本有此一种。如元人《二郎神》杂剧，因杨戬擅作威福，比之灌口神而作；而《西游记》《封神榜》即以灌口神为杨戬，侈叙其神通。《水浒记》有西门潘氏通奸一段，而《金瓶梅》之百余回洋洋大篇，即从此出，皆其一例也。然豪情壮采，可集《剑侠传》之大成，排《水浒记》之壁垒。而又有一特色，为二书所不及者，则自始至终百万余言，除梦兆冤魂以外，绝无神怪妖妄之谈如《水浒记》高唐州芒砀山诸回，实耐庵败笔，而摹写人情冷暖，世途险恶，亦曲尽其妙，不独为侠义添颊毫也。宜其为鸿儒欣赏，而刺激社会之力，至今未衰焉。

青楼梦

《三借庐笔谈》四　余幼作客，历馆胥门，几及十年，所交亦众，惟趋炎逐热，俱非同心，独吟香一人可共患难。君姓俞名达，自号慕真山人，中年累于情，比来扬州梦醒，志在山林，而尘缧羁牵，遽难摆脱，甲申初夏，遽以风疾亡。著有《醉红轩笔话》《花间棒》《吴中考古录》《闲鸥集》等书。诗亦清新不俗，《夜过青浦》云：一櫂长驱去，篷窗兴不孤。港收陈墓镇，风送淀山湖。樯影月扶直，船声浪激粗。鱼龙多变幻，放眼亦仙乎。《游磨盘山》云：鸟道盘盘壁万寻，支筇选胜独登临，寺余半角佛犹古，径转三叉云更深：夕照淡扶孤塔直，西风寒酿暮钟沉，题诗一笑留鸿爪，要与山林证素心。《舟次浒关》云：篷窗屈指算征邮，犹听吴音到耳柔。分付征帆迟一夕，要留明日别苏州。《遨游真娘墓》云：何处埋香土一抔，墓前短碣没蒿莱。芳魂地下曾知否，踏遍斜阳我独来。杂句如《晚眺》云：一湾流水环溪曲，半角斜阳落塔尖。《遣怀》云：贫惹人嫌休算辱，愁须自遣不妨瞒。《题虎邱寺壁》云：坏塔风凄铃语寂，荒池水激剑光浮。《纵笔》云：惟有痴情难学佛，独无媚骨不如人。五言如《山中》云：林深酣鸟乐，山静笑人忙。《流太湖》云：势挟鱼龙壮，声骄鹰隼呼。《梦中得句》云：花浓忙乱蝶，波静稳闲鸥。皆佳。

官场现形记

《新庵笔记》三 昔南亭亭长李伯元征君创《游戏报》,一时靡然从风,效颦者踵相接也。南亭乃喟然曰:何善步趋而不知变哉?遂设《繁华报》,别树一帜,一纸风行,千言日试,虽滑稽玩世之文,而识者咸推重之。丙午三月,征君赴修文之召,惜秋生欧阳巨源继之。……

二十年目睹之怪现状

《我佛山人笔记》一　果报之说，儒者不谈，然有时相值之巧，虽欲谓之非果报而不得者，使非余亲见之，犹未敢以为信也。临桂某甲，讳其姓名，本宦家子，与其弟同寓上海，瞰其弟之私蓄，欲分之，弟不可。甲父宦天津，甲惑于妇言，密达书于父，诬其弟以秽事。父得书大怒，驰书促其少子死。甲得父书，持以迫其弟；弟泣求免，不可，遂仰药。甲即谋鬻其弟妇，弟妇惧，奔余求救，余许以明日往责甲，及明日往，其弟妇已在妓院矣。即走妓院威其鸨，迫令退还，为之择配，谓事已了矣。不数日，有人走告余，谓甲妇为人拐逃，甲已悔恨而为僧。以甲之非人也，一笑置之。阅数月，又有以异事来告者，谓某乙利甲妇之储藏，诱拐之，既尽所有，狂恣凌虐，妇不堪其苦，已奔某妓院，俨然娼矣。某妓院，即甲鬻弟妇处也。初不信，访之果然。妇且笑语承迎，略不自愧。呜呼，请君入瓮，其报何酷且速哉！此事余引入所撰《二十年目睹之怪现状》中，而变易其姓名，彰其恶而讳其人，存厚道也。

《新庵笔记》三　《涤庵丛话》载曾见某报刊娄西任庸子投函云：吴研人先生小说巨子，其在横滨则著《痛史》，在歇浦则作《上海游骖录》与《怪现状》，识者敬之。不意其晚年作一《还我灵魂记》，又何说也？因作挽联曰：百战文坛真福将，十年前死是完人。评说确切，盖棺定论，研人有知，当亦俯首矣云云。按趼人元字茧人，某女士为画扇，误署茧仁，趼人喟曰：僵蚕我矣！讴易为趼人，盖茧趼音同也。《涤庵丛话》竟体误作趼人，则涤庵庸子二子之所以知趼人者，亦云仅矣。趼人性强毅，平生不欲下人，坐是坎壈没身，死而有知，讵俯首于此一二无聊之语，吾知其必不然矣。趼人先生及余皆尝任横滨新小说社译著事，自沪邮稿，虽后先东渡日本，然别有所营，非事著书也。其在沪所成小说，无虑三十余种，《游骖录》《怪现状》特九牛之一毛。且所著因人因地因时，各有变态，触类旁通，辄以命笔，一无成见，而文章自臻妙境。其为读者敬爱，讵止此三作乎哉？不可与言而与之言，失言，先生为市侩作《还我灵魂记》，犹是失言之过。所作酬应文字，类此者不知凡几，殆亦文人通病，乌得以咎趼人？是记别辟蹊径，文致殊佳，惜天不永年，遂使此药与斯文同腐，于先生何憾焉。同时日报主笔如病鸳、云水、玉声诸君，且受庸药肆剧场，专事歌颂，则又何说？古之人有为文谀墓以致重金者，今人独不可以谀药邪？《还我灵魂记》甫脱稿，市侩立奉三百金以去；先生即资以寿老母，开筵称觞，名流毕集。李怀霜先生尝为骈俪之文，庆其有古稀现存，刊载《天铎报》，信而有征。为人子者苟同此心，何必前死十年，始为完人？夫完人界说，亦至泛滥，将以功业盖世，声施烂然，无纤毫疵病者为完人乎？则凡人之所难，趼人非其类也。将以乡郋、自好，无毁无誉者为完人乎？则趼人怒目翕张，不屑为也。瑕瑜互见，即非完人，则势必胥纳天下人于伪君子之途而后可，是岂趼人先生之所自许哉？余知趼人最稔，不得不写其真以告涤庵庸子。其行谊，则怀霜先生《我佛山人传》言之綦详，不更赞一辞。

《我佛山人笔记序》 南海吴趼人先生以小说名于世，每有撰述，无不倾动一时。余于清光绪丙午丁未之际，创刊《月月小说》，延先生主笔政。此报颇有名；后未几，先生即归道山，报亦停刊。先生著述，以《二十年目睹之怪现状》一书为最著，固妇孺能道之。其他零星文字，散逸不收，市上有拾其遗稿为之刊布者，曰《趼廛笔记》，曰《我佛山人札记小说》，约数种。或自报纸采录，或且杂以伪作，要非先生所乐为刊布者也。……民国四年三月，休宁汪维甫序。

《新世说》四　吴趼人自号我佛山人，神宇轩然，望而知为高逸之士，惟目甚短视。每有所著述，下笔万言，不加点窜，然恒以静夜为之，昧爽乃少休。以酒为粮，或逾月不一饭。吴名沃尧，广东南海人，光绪时以小说名于沪。

源流

《七修类稿》二十二　小说起宋仁宗时。盖时太平盛久，国家闲暇，日欲进一奇怪之事以娱之，故小说得胜头回之后，即云话说赵宋某年。间阎淘真之本之起，亦曰：太祖太宗真宗帝，四帝仁宗有道君。国初瞿存斋过汴之诗，有陌头盲女无愁恨、能拨琵琶说赵家。皆指宋也。若夫近时苏刻几十家小说者，乃文章家之一体，诗话传记之流也，又非如此之小说。

《两般秋雨盦随笔》一　小说起于宋仁宗时，太平已久，国家闲暇，日进一奇怪之事以娱之，名曰小说；而今之小说，则纪载[1]矣。传奇者，裴铏著小说，多奇异可以传示，故号传奇；而今之传奇，则曲本矣。

《归田琐记》七　小说九百，本自《虞初》，此子部之支流也。而吾乡村里辄将故事编成七言可弹可唱者，通谓之小说。据《七修类稿》云，起于宋时，宋仁宗朝，太平盛久，国家闲暇，日欲进一奇怪之事以娱之，故小说兴。如云话说赵宋某年，又云太祖太宗真宗帝，四帝仁宗有道君。瞿存斋诗所谓陌头盲女无愁恨、能拨琵琶说赵家。则其来亦古矣。

案：宋时市井间所谓小说，乃杂剧中说话之一种，详见《都城纪胜》《东京梦华录》《梦粱录》及《古杭梦游录》，非因进讲宫中而起也，郎瑛说非，二梁更承其误。

《通俗编》七　《新论》：小说家合丛残小语，近取譬谕，以作短书。按古凡杂说短记，不本经典者，概比小道，谓之小说，乃诸子

1　现代汉语常用"记载"。——编者注

杂家之流，非若今之秽诞言也。《辍耕录》言宋有诨词小说，乃始指今小说矣。《水东日记》：书坊射利之徒，伪为小说杂书，农工商贩，抄写绘画，家蓄而人有之；痴骏妇女，尤所酷好，因目为女《通鉴》。《七修类稿》：小说起宋仁宗时，盖时太平日久，国家闲暇，欲进新奇之事以娱之，故小说每得胜头回之后，即云话说赵宋某年。

　　《九九消夏录》十二　《永乐大典》有平话一门，所收至伙，皆优人以前代轶事敷衍而口说之。见《四库全书提要》杂史类附注。按《七修类稿》云：小说起宋仁宗时，国家闲暇，日欲进一奇怪之事以娱之，故小说得胜头回之后，即云话说赵宋某年云云。此即平话也。《永乐大典》所收，必多此等书；如得见之，亦足消闲而娱老矣。

　　宋刘斧所著《青琐高议》，每条各有七字标目，如《张乖崖明断分财》《回处士磨镜题诗》之类，颇与平话体例相近。明万历间，播州宣慰使杨应龙叛，郭子章巡抚贵州，与李化龙同讨平之。化龙时巡抚四川，进总督四川湖广贵州军务；事平，化龙有《平播全书》之作。其后一二武弁，造作平话，以播事全归化龙一人之功。子章不平，作《平播始末》二卷以辨其诬。据此，知明人于时事亦有平话也。

　　同上　明杨东明所绘《河南饥民图》，至今犹有刻本，乃东明万历中所上也。图凡十有四，前十三图绘饥民之状，各系以说；末一图乃东明拜疏之象，亦有说曰："这望阙叩头的就是刑科右给事中小臣杨东明。"诸说皆俚俗之语，冀人主阅之，易于动听，亦深费苦心矣。

　　明薛梦李《教家类纂》一书，首以图说，绘画故事而系之以说云：这一个门内站的人是某朝某人云云。疑明代通行小说平话，有此体也。

评刻

《书影》一　叶文通名昼，无锡人，多读书，有才情，留心二氏学，故为诡异之行。迹其生平，多似何心隐。或自称锦翁，或自称叶五叶，或称叶不夜，最后名梁无知，谓梁谿无人知之也。当温陵《焚藏书》盛行时，坊间种种借温陵之名以行者，如《四书第一评》《第二评》《水浒传》《琵琶》《拜月》诸评，皆出文通手。文通自有《中庸颂》《法海雪》《悦容编》诸集；今所传者，独《悦容编》耳。文通甲子乙丑间游吾梁，与雍邱侯五汝戬倡为海金社，合八郡知名之士，人镌一集以行。中州文社之盛，自海金社始。后误纳一丽质，为其夫殴死。文通气息仅属，犹鸣冤邑令前，惜乎无有白其事者。侯汝戬言，其遗骸至今旅泊雍邱郭外。

案：尝见《水浒传》二种：一曰《忠义水浒传》，凡一百回，有李贽序，一曰《新镌李氏藏本忠义水浒全书》，凡一百二十回，有楚人杨定见序。卷中并有批语，称出李卓吾手，而肤陋殊甚，殆即叶文通辈所为。

《劝戒四录》四　汪棣香曰：施耐庵成《水浒传》，奸盗之事，描写如画，子孙三世皆哑。金圣叹评而刻之，复评刻《西厢记》等书，卒陷大辟，并无子孙。盖《水浒传》诲盗，《两厢记》诲淫，皆邪书之最可恨者。

《茶香室丛钞》十七　国朝刘廷玑在《在园杂识》云：《三国演义》叙述不乖正史，而桃园结义，战阵回合，不脱稗官窠臼。杭永年一仿圣叹笔意批之，似属效颦，然亦有开生面处。《西游》为证道之书，邱长春借说金丹奥旨，汪澹漪批注处，大半摸索皮毛，即《通书》之太极无极，何能一语道破邪?《金瓶梅》以淫说法，彭城张竹坡为之先总大纲，次则逐卷逐段分注批点，可以继武圣叹。按金圣叹评《水浒》，人人知之。至《三国演义》为杭永年评，《西游》为汪澹漪评，《金瓶梅》为张竹坡评，则知者鲜矣。《金瓶梅》余未寓目，至《西游记》，每回必有悟一子评，其即汪澹漪乎? 惟邱长春别有《西游记》，非此书也。刘氏沿袭俗说，失之。

禁黜

《癸巳存稿》九　顺治七年正月，颁行清字《三国演义》。此如明时文渊阁书，有《黄氏女书》也。《黄氏女书》为念佛，《三国演义》为关圣，一时人心所向，不以书之真伪论。其小说之禁，顺治九年题准，琐语淫词通行严禁。康熙四十八年六月议准，淫词小说及各种秘药，地方官严禁。五十三年四月九卿议定，坊肆小说淫词严查禁绝，板与书尽销毁，违者治罪，印者流，卖者徒。乾隆元年复准，淫词秽说，迭架盈箱，列肆租赁，限文到三日销毁；官故纵者照禁止邪教不能察缉例，降二级调用。嘉庆七年禁坊肆不经小说，此后不准再行编造。十五年六月御史伯依保奏禁《灯草和尚》《如意君传》《浓情快史》《株林野史》《肉蒲团》等。谕旨不得令吏胥等借端坊市纷纷搜查，致有滋扰。十八年十月，又禁止淫词小说。

《十驾斋养新录》十八　唐士大夫多浮薄轻佻，所作小说，无非奇诡妖艳之事，任意编造，诳惑后辈。而牛僧孺《周秦行纪》尤为狂诞，至称德宗为沈婆儿，则几于大不敬矣。李卫公《穷愁志》载其文，意在族灭其家而始快，虽怨毒之词，未免过当，而僧孺之妄谈，实有以招之也。或云僧孺本无此记，卫公门客伪造耳。宋元以后，士之能自立者，皆耻而不为矣。而市井无赖，别有说书一家，演义盲词，日增月益，诲淫劝杀，为风俗人心之害，较之唐人小说，殆有甚焉。

《求益斋文集》五《佩雅堂书目》小说类序　昔许文正公有言：弓矢所以待盗也，使盗得之，亦将待人。信哉斯言，自文字作而简策兴，圣贤遗训，借以不坠，而惑世诬民之书，亦因是得传。有为书至陋若嬉戏不足道，而亦能为害者，如小说是已。《虞初》《齐谐》，其来已久，魏晋至唐，作者寖广，宋以后尤多，其诡诞鄙亵亦日益甚。观者犹且废时失业，放荡心气，况于为之者哉？下至间巷小人，转相慕效，更为传奇演义之类，蛊诳愚蒙，败坏风俗，流毒尤甚。夫人幸而读书，能文辞，既不能立言，有补于世，汲汲焉思以著述取名，斯已陋矣。然亦何事不可为者？何致降而为小说，敝神劳思，取媚流俗，甘为识者所耻笑，甚矣其不自重也！然亦学术之衰，无良师友教诲规益之助，故邪辟污下，至于此极而不自悟其非。呜呼，可哀也已！魏晋以来小说，传世既久，余家亦间有之，其辞或稍雅驯，姑列于目；而论其失，以为后戒焉。

《啸亭杂录》十　按纪晓岚宗伯《滦阳续录》载五火神事，力辨其妄。因思委巷琐谈，虽不足与辩，然使村夫野妇闻之，足使颠倒黑白。如关公释曹操，潘美陷杨业，此显然者。近有《承运传》，载朱棣篡逆事，乃以铁、景二公为奸佞。又有《正统传》，以于忠肃为元恶大憝。又本朝《佛抚院》盲词，以李文襄公之芳为奸臣，包庇其弟。此皆以忠为奸，使人竖发。不知作俑者始自何人？任使流传后世，不加禁止，亦有司之过也。

《啸亭续录》二　自金圣叹好批小说，以为其文法毕具，逼肖龙门，故世之续编者，汗牛充栋，牛鬼蛇神，至士大夫家几上无不陈《水浒传》《金瓶梅》以为把玩。余以小说初无一佳者；其他庸劣者无足论，即以前二书论之。《水浒传》官阶地里，虽皆本之宋代，然桃花山既为鲁达由代郡之汴京路，何以三山聚义时，反在青州？北京之汴，不过数程，杨志奚急行数十日尚未至，又纡至山东郓城，何也？此皆地理未明之故。一百八人原难铺排，然亦必各见圭角，始为著书体裁，如太史公《汉兴诸王侯》是也。今于鲁达、林冲，详为铺叙，至卢俊义、关胜辈，乃天罡著名者，反皆草率成章，初无一见长者，又于马麟、蒋敬等四五人，层叠见出，初不能辨其眉目。太史公之笔，固如是乎？至三打祝家庄后，文字益加卑鄙，直与《续传》无异，此善读书人必能辨别者。《金瓶梅》其淫亵不待言；至叙宋代事，除《水浒》所有外，俱不能得其要领，以宋明二代官名羼乱其间，最属可笑。是人尚未见商辂《宋元通鉴》者，无论宋金正史，弇州山人何至简陋若此，必为赝作无疑也。世人于古今经史，略不过目，而津津于淫邪庸鄙之书，称赞不已，甚无谓也。

杂说

《五杂组》十五 小说野偟诸书，稗官所不载者，虽极幻妄无当，然亦有至理存焉。如《水浒传》无论已。《西游记》曼衍虚诞，而其纵横变化，以猿为心之神，以猪为意之驰，其始之放纵，上天下地，莫能禁制，而归于紧箍一咒，能使心猿驯伏，至死靡他，盖亦求放心之喻，非浪作也。《华光》小说则皆五行生克之理，火之炽也，亦上天下地，莫之扑灭，而真武以水制之，始归正道。其他诸传记之寓言者，亦皆有可采。惟《三国演义》与《钱唐记》《宣和遗事》《杨六郎》等书，俚而无味矣。何者，事太实则近腐，可以悦里巷小儿，而不足为士君子道也。

凡为小说及杂剧戏文，须是虚实相半[1]，方为游戏三昧之笔，亦要景情造极而止，不必问其有无也。古今小说家如《西京杂记》《飞燕外传》《天宝遗事》诸书，《虬髯》《红线》《隐娘》《白猿》诸传，杂剧家如《琵琶》《西厢记》《荆钗》《蒙正》等词，岂必真有是事哉？近来作小说稍涉怪诞，人便笑其不经。而新出杂剧，若《浣纱》《青衫》《义乳》《孤儿》等作，必事事考之正史，年月不合，姓字不同，不敢作也。如此，则看史传足矣，何名为戏？

《觚胜续编》一 传奇演义，即诗歌纪传之变而为通俗者，哀艳奇恣，各有专家。其文章近于游戏，大约空中结撰，寄姓氏于有无之间有征其诡幻。然博考之，皆有所本。如《水浒》传三十六天罡，本于龚圣与之《三十六赞》，其《赞》首呼保义宋江终扑天雕李应，《水浒》名号，悉与相符，惟易尺八腿刘唐为赤发鬼，易铁天王晁盖

---

1 现代汉语常用"相伴"。——编者注

为托塔天王，则与龚《赞》稍异耳。《琵琶记》所称牛丞相，即僧孺。僧孺子牛蔚与同年友邓敞相善，强以女弟妻之。而牛氏甚贤，邓元配李氏亦婉顺有谦德；邓携牛氏归，牛李二人各以门第年齿相让，结为姊妹。其事本《玉泉子》，作者以归伯喈，盖憾其有愧于忠，而以不尽孝讥之也，古以孝称者，莫著于王氏，哀祥其首也。若夫《万里寻亲》，则《滇南恸哭记》亦系王绅之事。故近时传奇行世者，两孝子皆姓王。岂无所本而命意乎？

《香祖笔记》十　小说演义，亦各有所据。如《水浒传》《平妖传》之类，予尝详之《居易录》中。又如《警世通言》有《拗相公》一篇，述王安石罢相归金陵事，极快人意，乃因卢多逊谪岭南事而稍附益之耳。故野史传奇，往往存三代之直，反胜秽史曲笔者倍蓰。前辈谓村中儿童听说三国事闻昭烈帝败则颦蹙，曹操败则欢喜踊跃，正此谓也。礼失而求之野，惟史亦然。

《茶香室丛钞》十七　《平妖传》《禅真逸史》《金瓶梅》，皆平话也。《倭袍》《珍珠塔》《三笑姻缘》，皆弹词也。乃《曲海》所载，则皆有曲本。学问无穷，即此可见矣。

《小说小话》　闻罗贯中有十七史演义，今惟《三国演义》流行最广据陈鼎《黔滇纪游·关索岭考》，则以《三国演义》为王实甫作，不知何本，于其次则《隋唐演义》亦稍传布，余无可稽矣。兹据余少时所见而能追忆者，依历史时代，不问良劣，略次于左——

《开辟传》　颠顸无可观。

《禹会涂山记》　点窜古书，颇见赅博，惟大战防风氏一段，未脱俗套。闻此书系某名士与座客赌胜，穷一日夜之力所成，不知是原本否？

《采女传》　系叙彭祖兴霸，娶八十一妻，生百五十子，皆擅才智。殷不能制，物色得采女，进于彭祖，以房中术杀之。设想颇奇，但多淫秽语。

《封神榜》 相传为一老儒所作,以板值代奁赠嫁女者。

《西周志》 铺张昭王南征,穆王见西王母及平徐偃王事。较《列国志》稍有变化,而语多不根。

《东周列国志》 亦见经营惨澹之功,惟《左》《国》《史记》之叙事,妙绝千古,妄为变换铺张,不免点金成铁。

《前后七国志》 恶劣。

《西汉演义》 平衍。

《昭阳趣史》 本《飞燕外传》,不脱通常色情小说习气。

《东汉演义》 与《西汉演义》如出一手。

《班定远平西记》 杜撰无理,不如近人所著杂剧也。

《三国演义》 武人奉为孙、吴,伧父信逾陈、裴,重译者数国,颇见价值。

《后三国志》 恶劣。

《两晋演义》 平衍。

《南北史演义》 稍有兴味,惟装点鬼怪,殊为蛇足。

《禅真逸史》 有前后篇。书中主人公前编为林澹然,后编为瞿琰,至点缀以薛举、杜伏威诸人之三生因果,凭空结撰,不知其命意何在。

《梁武帝外传》 与《东西汉演义》伯仲。

《隋炀艳史》 不俗。

《隋唐演义》 证引颇宏富,自隋平陈至唐玄宗复辟止,贯穿百数十年事迹,一丝不紊,颇见力量,信足与《三国演义》抗行。

《说唐》《征东》《征西》 皆恶劣。盖《隋唐演义》词旨渊雅,不合社会之程度,黠者另编此等书,以徇俗好。凡余所评为恶劣者,皆最得社会之欢迎,所谓都都平丈我,学生满堂坐,俗情大抵如是,岂止叶公之好龙哉！

《锦香亭》 以雷万春甥女为主，而间以睢阳守城事，不伦不类，亦恶札也。

《反唐》《绿牡丹》 与《说唐》等略同。

《则天外史》 颇有依据，笔亦姚冶，可与《隋炀艳史》相匹；非《浓情快史》《如意君传》《狄公案》等所能望其项背也。

《残唐演义》《飞龙传》《太祖下江南》《金枪传》《万花楼》《平南传》《平西传》 皆恶劣。

《平妖传》 虽涉神怪，然王则本以妖妄煽乱，非节外生枝。而如张鸾、严三点、赵无暇、诸葛遂，多目神事，皆有所本。叙次亦明爽，不可与《许旌阳传》《升仙传》《四游记》诸书、鬼笑灵谭，绝无意识者等观。

《水浒传》 已有专论。

《英雄谱》 即罗贯中之《续水浒》。笔墨亦远不如前集，无论宗旨，宜金采之极口诋斥也。

《水浒后传》 处处模仿前传，而失之毫厘，缪以千里[2]。

《荡寇志》 警绝处几欲驾耐庵而上之_{如陈丽卿、杨腾蛟诸传，及高平山采药，苟冠仙指迷各段，皆耐庵展齿所未经}，惜通体不相称；而一百八人之因果，虽针锋相对，未免过露痕迹。

《精忠传》 平衍。

《岳传》 较《精忠传》稍有兴会，而失之荒俚。岳忠武为我国武士道中之山海麟凤，即就其本传铺张，已足震铄古今[3]，此书多设支节[4]，反令忠武减色。凡通俗历史小说中，于第一流人物，辄暗加抑置，谓并世似彼者有若而人，胜彼者有若而人。如《说唐》中之

2　现代汉语常用"谬以千里"。——编者注
3　现代汉语常用"震烁古今"。——编者注
4　现代汉语常用"枝节"。——编者注

106

秦琼、尉迟恭，《英烈传》中之常开平，此书之忠武，皆若侥幸成名者。意谓天下之大，成名者不过数人，其无名之英雄，沦落不偶者盖不知凡几焉，然而矫诬亦甚矣。

《后精忠传》 以孟珙为主人翁，程度与《岳传》相似，而稍有新意。

《采石战记》 书中虽以叙虞允文战功为主，而多记完颜亮秽乱事，直海陵之外史耳。

《雪窖冰天录》 即《阿计替南渡录》而变为章回小说。然著者熟于宋人稗史，其增益者颇有所依据。

《贾平章外传》 其叙述闲静，即为《红梅阁传奇》所本。襄樊城守数回，涉及神怪，殊觉无谓。

《双忠记》 以张顺、张贵为主人翁，虽寥寥短简，尚能传二张忠勇之神。

《楚材晋用记》 以谭峭为仙人，而张元昊、叩马书生、施宜生、张宏范等，皆出其门下，作者之用意，盖不胜其沉痛也。

《大元龙兴记》 铺扬蒙古功德，诚觍然无耻。然崇拜番僧回将，虏丑毕陈；而侈述元之发祥，较苍猿白鹿尤觉可笑，亦可谓不善献媚者矣。

《庚申君外传》 大半采《演揲儿传》，加以装点，无甚历史小说价值，然宫禁秘事，多有所本。

《奇男子传》 元末群盗，史多不详，此书足补其阙。惟以常开平与扩廓为伍胥、申胥变相，未免拟不于伦。

《英烈传》 一称《云合奇踪》。相传为郭勋觊觎袭爵，使人为此书以张其祖功。书甚恶劣，尚不能出《东西汉演义》上，而托名天池，抑何可笑。

《真英烈传》 似因反对前书而作。开国诸将中，于郭英多所痛诋而盛述傅友德、胡德济^{即平话中之王于}、邵荣^{即平话中之蒋忠}功业。平川之役，特表万胜，而所谓飞天将铁甲将者，亦多有来历，胜前书多矣^{今日说平话者，当即以此为蓝本}。又此书中谓沐黔国为高后私生子，而懿文与永乐则皆畜养于中官者。永乐为庚申君遗腹，其母瓮妃，蓝玉北征时俘获，太祖纳诸宫中，而玉曾染指焉。故玉之祸，不仅为长乐之功狗，且因于长信之奇货也。以上散见于明人野史中；而瓮妃一事，张岱《陶庵梦忆》、刘献廷《广阳杂记》中皆载之，未必尽委巷之谈也。

《女仙外史》 青州唐赛儿之乱，奉惠帝年号，而《石匮奇书》^{即谷应泰《明史纪事本末》}原本中，更盛述赛儿奇迹，即是书所本也。作者江南吕某，书中军师吕律，即作者自命。国初王士祯、刘廷玑辈，皆诧为说部中之奇作。平心论之，其言魔仙佛并称三教，理想殊奇特；而即以成祖惨酷刑法，对待一辈靖难功臣，请君入瓮，痛快无似。至全书结构，则仍未脱四大奇书之窠臼也。

《西洋记》 记郑和出使海外事。国土方物，尚不谬于史乘，而仙佛鬼怪，随手扭捏，较《封神榜》《西游记》尤荒唐矣。近时硕儒有推崇此书而引以考据者，毋亦好奇之过欤？

《鱼服记》 惠帝遁荒一事，千古疑案。此书事迹，作者谓得诸程济后人，殆与今日亲见福尔摩斯之子而得闻奇案者同一可笑^{作者为本朝人而言遇程济子}。惟所记山川方物，颇有可观，而组织处亦见苦心。

《鸥鸧记》 其体格颇特别，似分非分，似连非连。^{章回小说有两体，平常皆以一人一事联络，而中分回目。若《今古奇观》《贪欢报》《国色天香》之类，皆一事为一回}此书自高煦称兵以及寔镅、宸濠而至靖江王为止，或数回叙一事，或一回叙数事，虽事有详略，不能匀称，然亦见其力量之弱矣。

《太妃北征录》 此书余未见首尾，约有百余回，笔意颇恣肆。太妃不知指何人，盖合周天后辽萧后为一人者。而清唐国招亲一段，尤极怪异。

《正统传》 大约系石亨、曹吉祥之党徒所为。书中以于忠肃为元凶大憝，可谓丧心病狂。然明人小说，以私怨背公理，是其积习；惟此书与《承运传》亦记靖难事者，痛诋方、炼、景、铁诸公，不留余地，颠倒是非为尤甚耳。若以张江陵为巨奸，杨武陵为大忠者，固数见不鲜矣。

《野叟曝言》 作者江阴夏某名二铭，著有《浣玉堂集》，亦多偏驳。此书原缺数回，不知何人补全，先后词气多不贯，文白即其自命，盖析夏字为姓名也。康熙中，当道诸公争尚程朱学说，而排斥陆王，作者曾从某相国讲学，故雅意迎合，书中所谓时太师者虽若影射彭时，实指某相国也。其平生至友[5]为王某、徐某，则所谓匡无外、余双人者是也。同邑仇家周某，则所谓吴天门者是也。夫小说虽无所不包，然终须天然凑合，方有情趣。若此书之忽而讲学，忽而说经，忽而谈兵论文，忽而诲淫语怪，语录不成语录，史论不成史论，经解不成经解，诗话不成诗话，小说不成小说，《杂事秘辛》与昌黎《原道》同编，香奁妆品与庙堂礼器并设，阳阿激楚与云门咸池共奏，岂不可厌？且作文最患其尽，小说兼文学美术两性质，更不宜尽；而作者乃以尽之一字为其唯一之妙诀，真别有肺肠也。其竭力贡献尊王法圣之奴隶性，以取媚于权要者，固无足深论矣。

《萃忠录》 表扬于忠肃诸公大节，与《正统传》正相反。然笔下枯槁无味，视盲词中《再造天》，直一丘之貉耳。

《玉蟾记》 亦似为夺门案中诸忠吐气，然庸劣特甚。

《武皇西巡记》 作者署名江南旧史。观其序言，大约乾隆中官江南，因供应巡幸不善而被议者，故作此以指斥。词采颇丰蔚，所叙事实亦似得之躬历,非叔孙通绵蕞所习之强作解事者比。

《豹房秘史》 妖艳在《隋炀艳史》上。唯《艳史》皆有所依据,而此书则多凭空结撰,犹《金瓶梅》之借《水浒》武松传中一事而发抒其胸中怨毒耳。

《伟人传》 以徐武功、韩襄毅、王新建、王威宁四人为主,盖小说中之合传体也。然事迹多不经,全乖于本传。又四人功业虽可颉颃,而以人格论,则不免老子、韩非之诮。

明人小说,以序述武宗荒晏,宸濠举兵,及江浙倭乱,严氏奸恶者为最伙,然多无甚价值,故不备列。

《金齿余生录》 署名为用修自著,然未必真出其手,因词气多不类也。叙述议大礼事,亦多与史矛盾,唯记苗族风尚,颇瑰异可观。

《骖鸾录》 叙世宗崇道事,盖《周穆汉武内外传》之流。唯书中李福建、陶仲文、蓝道行,皆实有其人,事迹则出之装点耳。

《青词宰相传》 夏贵溪亦佞幸一流,人格在张孚敬下,幸为严氏所倾陷,死非其罪,故世多惜之;又得《鸣凤记》等为之极力推崇,俨然蹇蹇老臣矣。此书则极力丑诋之,无异章惇、蔡京,又未免太过。扬之则登天,抑之则置渊,文人之笔锋,诚可畏哉!小说,犹其小焉者也。

《绿野仙踪》 盖神怪小说而点缀以历史者也。其叙神仙之变化飞升,多未经人道语;而以大盗、市侩、浪子、猿、狐为道器,其愤世尤深,烧丹一节,虽以唐小说中《杜子春传》为蓝本,而能别出机杼,且合之近日催眠学家所实验者,固确有此理,非若《女仙外史》之好强作解事而实毫无根据者比也。唯平倭一节,诋胡梅林不留余地,不知何意?梅林将业,虽不足观,然功过尚足相掩,在当时节镇中,不可谓非佼佼者,正未容一笔抹煞[6]也。相如江陵,将如梅林,

---

6 现代汉语常用"一笔抹杀"。——编者注

而门人小说中每痛毁之，盖必别有不满意于当时社会者在焉。

《东楼秽史》 笔力恣肆，尤出《金瓶梅》上，所不及《金瓶梅》者，彼洋洋百余回，全叙家人琐屑，不涉门外事，而此则国政，兵务，神仙，鬼怪，参杂[7]其间，不及五十回，已成强弩之末矣。

《大红袍》 笔颇整饬，非今日坊间通行之本；而一传一不传，殊觉可怪。我国章回小说界中，每一书出，辄有真赝两本，如此书及《隋唐演义》与《说唐》是也。然真而雅者，每乏赏音，赝而俗者，易投时好；一小说也，而其遭际如此，亦可以觇我国民之程度矣。尚有所谓《福寿大红袍》者，盲词也，盖就赝本更翻者，则其庸恶陋劣，无待言矣。

《梼杌闲评》 魏忠贤之外史也，亦有奇伟可喜处。唯以傅应星为忠贤所生，且极口推崇之，不知其命意所在。今坊间翻刻，易其名曰《明珠缘》。

《护国录》 书中所谓张阁老、朱国公者，不知指何人。叙三案事，尚未全失实，唯颇不满意于沈四明及王之采；而文致郑国泰，视为梁冀一流，虽下流所归，而不知郑之庸劣，实不足以当之。欲甚其罪，而反重其身价，世间事往往有此。

《卖辽东传》 曾见传钞残本，虽多落窠臼，而颇多逸闻。惟冯布政父子奔逃一回，即涿州与东林构怨之一原因者，则阙之矣。

《瑶华传》 平空[8]构一福藩女为主，亦能别出手眼者。虽荒诞秽亵，不可究诘，然较之《隔帘花影》《绮楼重梦》等蝇矢污璧者，倜乎远矣。

《甲申痛史》 书中以怀宗为成祖后身，流寇则靖难诸臣转世报仇者。其荒邈无稽，与《续水浒》之宋江为杨幺，卢俊义为王魔，及

7　现代汉语常用"掺杂"。——编者注
8　现代汉语常用"凭空"。——编者注

《三分梦》之韩、彭、英布转世为昭、烈、操权者，如出一辙。此固小说家之陋习，而亦可见我国民因果报应之说，中于心者深也。成祖转生为怀宗之说，《霜猿集》等亦载之，而以流寇为胡蓝案中人，则《西堂乐府》亦有此类怪谈，彼稗官家，固无足责也。

《陆沉纪事》　自萨尔浒之战起至睿忠亲王入关止。其事迹皆魏源《开国龙兴纪》所不及知者。虽多道路流传语，而作者见闻较近，且无忌讳，亦不能尽指为齐东语也。书中于辽东李氏、佟氏逸事，特多铺张；而九莲菩萨会文殊一回，稽之礼亲王《啸亭杂录》，亦非全出傅会也。

《铁冠图》　此书共有三本。今所通行之《新史奇观》，即其中之一，而亦不完全，盖因有所触忌而窜改也。其一则全言因果报应，与《甲申痛史》大致相同。其一以毛文龙为主人翁，吴、耿、孔、尚皆其偏裨耿、孔、尚确系文龙养孙，而以洪辽阳为出毛门下，因至长白山，拟师边大绥故智，为神所呵，遂知天命有在，幡然归顺此事于明人野史中亦曾见之，盖顾亭林逸事，殊极荒谬。唯五龙会一节五龙盖谓世祖，明怀宗、唐王及闽、献皆逃禅，就一师受记，尚有所本，今说评话者，似即据此为蓝本。

《海角遗编》　记常熟严械等举兵事。原本有四卷，后附题赞书中诸人诗一卷，今传钞者，仅有首二卷也。

《江阴城守记》　即《荆驼逸史》中之一种，而易为通俗小说。书中四王八将，皆有姓氏，而稽之别种纪载，几若亡是公。且国初王之阵亡者，仅有尼堪与孔有德，事在滇粤，不在江阴也。大约所谓王者，系军中绰号，如流寇中混世王、小秦王之类耳，非封爵也。又当鼎革时，草泽之投诚者，每要求高爵，或权宜假借，以戢反侧，虽未经奏请，而相呼以自贵，亦未可知。苏郡之变，有所谓八大王者，亦其伦也。

《殷顽志》　专记大岚山朱三太子、一念和尚等之变，而于各处举义旗者多不及，名殊未称。闻尚有《沙溪妖乱志》一书，亦记朱三、一念事，余未之见也。

《鲸鲵录》　此书搜罗颇广，自鲁监国，越中水师及闽之郑氏，太湖之吴易、黄蜚等义兵，而群盗如赤脚张三等亦附列焉。惟满家峒伏莽，地占平原，而谓有隧道可通莱州入海，则真齐东之语矣。《投笔集》中有所谓阮姑娘者，当即此书中阮进之妹，飞龙、飞蛟，不知谁属。

《台湾外纪》　此延平别传也。从飞黄椎埋以至克塽舆榇，首尾数十年事迹甚详备。作者见闻较近，当有所根据，惟叙次散漫，多近乎断烂朝报，不甚合章回小说体裁焉。

《前后十叛王记》　国初武略，世多侈言前后三藩，而此书独称十王。盖于宏光、隆武、永历之外，加入鲁王及李定国、孙可望为前六王，而以孙延龄为孔有德婿，更其姓为孔延龄，而附于吴、尚、耿为后四王。然明之三藩，不可云叛，而孙、李人格，绝然相反，又岂可并列，亦好奇之过也。然书中所记张勇激变，王辅臣、傅宏烈伪降，及射猎杀孙可望事，皆与刘献廷《广阳杂记》所载相合，亦非漫无根据者。

《毗舍耶小劫记》　记朱一贵之乱也。一贵本明裔见日本人《朱一贵事》。所谓鸭母，其实龙孙也。惟一贵骤起骤灭，荡平不过旬月，书中时间，未免延长。又以杜君英为郑忠英，指为克塽之后，不知何本。

《平台记》　事迹与前书略同。惟词意多鄙倍，蓝鼎元《平台纪略》序中所指，当即是书。

《年大将军平西记》　脱胎于《封神榜》《西洋记》，而魄力远逊之；然较《征东》《平南》诸书，则倜乎远矣。惟合金山、青海为一地又以噶尔丹策妄布坦拉为罗卜藏丹津将帅，及以哈敦为阿奴名，本朝人演本朝事，而颠倒纰缪至此，殊令人齿冷。我乡徐太史兆昀素推重是书，大约因书中神怪各节，所谓阵图法宝者皆有寓意而偏嗜之，然不免好奇之过也。

《蟫史》 此小说中之协律郎诗，魁纪公文也。书中主人甘鼎，盖指傅鼐，傅之材力，在明韩襄毅、王威宁右，而未竟其用，举世悼惜，故好事者撰为是书，以同时一切战绩，归傅一身，致崇拜之意。但惧干忌讳，故出之以廋词隐语，饰之以牛鬼蛇神，以炫阅者之耳目。但细考之，书中人物事迹，仍历历显露如玉石之为琅玕，余舜佐之为李侍尧，斛斯贵之为福康安，贺兰观之为海兰察，龙木兰之为龙幺妹，木宏纲之为柴大纪，梅飒采、严多稼之为林爽文、庄大田。其余若群网、鸳鸯二城，则诸罗、凤山也。青黄黑赤白五苗，则九股十三姓诸种也。五斗米贼，则川陕各号之白莲教匪也。当时朝议甚惜齐王氏之才，有欲抚之使平苗自赎者，故尊之为锁骨菩萨，别树一帜，不混于五斗米贼中。陈文述曾令常熟，为诸名士所推服，所谓都毛子者，殆即其人也。余不备述。虽章回小说乎，而有如《庄》《列》者，有如《竹书》《路史》者，有如《易林》《太玄》者，有如《山海》《岳渎》《神异经》者，有如《杂事秘辛》《飞燕外传》《周秦行记》者。盖奄有《水浒记》《西游记》《金瓶梅》诸特色，而无一语袭其窠臼，虽好用词藻，及侈陈五行机祥，而乏真情逸致，然不可谓非奇作也。小说界中之富于特别思想者，除《西游补》外，无能逮者，但不便于通俗耳。按此书笔意，颇与说部中《璅蛣杂记》一名《六合内外琐言》相似，但彼系散篇，此为长本，劳逸难易固不同也。乾嘉中文字，能为此狡狯伎俩者，惟舒位、王昙，究不知谁作也。或即舒位所作。盖舒参戎幕时，曾与龙幺妹有情愫，其赠诗所谓上马一双金齿屐、乘骑十八玉腰奴者是也。书中盛述木兰神通，若有味乎其言之，当非无故。而所谓桑蝎生者，意即作者自指焉。

《鼎盛万年清》 此书有真赝二本。真本事迹与《南巡纪事》相出入，尚有稗乘价值。今坊间所发行者，盖赝本也，三四集下，尤恶劣万状，则赝之赝者也。古今伪书极多，心劳日拙，已觉无谓。而章回小说之下乘者，亦复袭其风气［如此书及《说唐》《大红袍》《铁冠图》之类］，是可见人心之日下，挟叶公之好者日多，而冯贽、杨慎等作俑之流极无已焉。

吾国小说，具历史性质者，正指不胜屈。而鄙人见闻浅狭，且记忆力日减退，有志其书名而事迹不能追省者，亦有事迹了然而忘其书名者，随手掇拾，挂一漏万。海内博雅君子见之，宁无辽豕之诮？

《新世说》二乾隆时小说盛行，其言之雅驯者，言情之作则莫如曹雪芹之《红楼梦》，讥世之书则莫如吴文木之《儒林外史》。曹以婉转缠绵胜，思理精妙，神与物游，有将军欲以巧胜人，盘马弯弓故不发之致；吴以精刻廉悍胜，穷形尽相，惟妙惟肖，有箭在弦上不得不发之势，所谓各造其极也。曹名未详，江南上元人。吴名敬梓，安徽全椒人。

引用书目

都穆《听雨纪谈》一卷

朗瑛《七修类稿》五十一卷《续稿》七卷

高儒《百川书志》二十卷

田汝成《西湖游览志余》二十六卷

王圻《续文献通考》二百五十四卷

周弘祖《古今书刻》二卷

胡应麟《少室山房笔丛》四十八卷

沈德符《野获编》三十卷《补遗》四卷

谢肇淛《五杂组[1]》十六卷

王骥德《曲律》四卷

《天启淮安府志》二十四卷

徐树丕《识小录》四卷

以上明人著作

周亮工《因树书屋书影》十卷

《康熙淮安府志》十三卷

王晫《今世说》八卷

钮琇《觚胜》八卷《续编》四卷

王士禛《居易录》三十四卷 《香祖笔记》十二卷 《古夫于亭杂录》六卷

朱彝尊《明诗综》一百卷

钱曾《也是园书目》十卷

---

1 应作"五杂俎"。——编者注

洪亮吉《玉麈集》二卷 《北江诗话》二卷

顾公燮《消夏闲记摘抄》三卷

袁枚《随园诗话》十六卷

桂馥《晚学集》八卷

金捧阊《客窗偶笔》四卷《二笔》一卷

钱大昕《十驾斋养新录》二十卷

翟灏《通俗编》三十八卷

焦循《剧说》六卷

师范《习园藏稿鹗亭诗话合序》

之江抱阳生《甲申朝事小纪》八卷

沈涛《交翠轩笔记》四卷

梁绍壬《两般秋雨盦随笔²》八卷

张维屏《国朝诗人征略》六十卷《二编》六十四卷

杨懋建《梦华琐簿》一卷

俞鸿渐《印雪轩随笔》四卷

梁章钜《浪迹丛谈》十卷《续谈》八卷 《归田琐记》八卷

丁晏《石亭记事续编》一卷

俞正燮《癸巳存稿》十五卷

梁拱辰³《劝戒近录》《续录》《三录》《四录》各六卷

姚元之《竹叶亭杂记》八卷

林昌彝《射鹰楼诗话》二十四卷

张祥河《关陇舆中偶忆编》一卷

陆以湉《冷庐杂识》八卷

倪鸿《桐阴清话》八卷

焦东周生《扬州梦》四卷

---

2 即"两般秋雨庵的随笔"。——编者注
3 应作"梁恭辰"。——编者注

叶廷琯《吹网录》六卷

王侃《江州笔谈》二卷

谢章铤《赌棋山庄文集》七卷 《课余续录》五卷

《同治山阳县志》二十一卷

严元照《蕙櫋杂记》一卷

吴玉搢《山阳志遗》四卷

李元度《国朝先正事略》六十卷

采蘅子《虫鸣漫录》二卷

光绪《江阴县志》三十卷

光绪《嘉兴府志》八十八卷

昭梿《啸亭杂录》十卷《续录》三卷

陈康祺《郎潜纪闻》十四卷 《燕下乡脞录》十六卷 《郎潜纪闻三笔》十二卷

光绪《淮安府志》四十卷

俞樾《春在堂随笔》十卷 《茶香室丛钞》二十三卷《续钞》二十五卷《三钞》二十九卷 《九九消夏录》十四卷

邹弢《三借庐笔谈》十二卷

金武祥《粟香随笔》至《五笔》各八卷 《江阴艺文志》一卷

李慈铭《荀学斋日记》十卷

杨文会《等不等观杂录》八卷

以上清人著作

周桂笙《新庵笔记》四卷

吴沃尧《我佛山人笔记》四卷

《小说小话》

易宗夔《新世说》八卷

唐宋传奇集

序例

　　东越胡应麟在明代，博涉四部，尝云："凡变异之谈，盛于六朝，然多是传录舛讹，未必尽幻设语。至唐人，乃作意好奇，假小说以寄笔端。如《毛颖》《南柯》之类尚可，若《东阳夜怪》称成自虚，《玄怪录》元无有，皆但可付之一笑，其文气亦卑下亡足论。宋人所记，乃多有近实者，而文彩无足观。"其言盖几是也。厌于诗赋，旁求新途，藻思横流，小说斯灿。而后贤秉正，视同土沙，仅赖《太平广记》等之所包容，得存什一。顾复缘贾人贸利，撮拾雕镌，如《说海》，如《古今逸史》，如《五朝小说》，如《龙威秘书》，如《唐人说荟》，如《艺苑捃华》，为欲总目烂然，见者眩惑，往往妄制篇目，改题撰人，晋唐稗传，黥劓几尽。夫蚁子惜鼻，固犹香象，嫫母护面，讵逊毛嫱，则彼虽小说，夙称卑卑不足厕九流之列者乎，而换头削足，仍亦骇心之厄也。昔尝病之，发意匡正。先辑自汉至隋小说，为《钩沉》五部讫；渐复录唐宋传奇之作，将欲汇为一编，较之通行本子，稍足凭信。而屡更颠沛，不遑理董，委诸行箧，分饱蟫蠹而已。今夏失业，幽居南中，偶见郑振铎君所编《中国短篇小说集》，埽荡烟埃，斥伪返本，积年堙郁，一旦霍然。惜《夜怪录》尚题王洙，《灵应传》未删于逖，盖于故旧，犹存眷恋。继复读大兴徐松《登科记考》，积微成昭，钩稽渊密，而于李征及第，乃引李景亮《人虎传》作证。此明人妄署，非景亮文。弥叹虽短书俚说，一遭篡乱，固贻害于谈文，亦飞灾于考史也。顿忆旧稿，发箧谛观，黯澹[1]有加，渝敝则未。乃略依时代次第，循览一周。谅哉，王度

---

[1]　现代汉语常用"黯淡"。——编者注

《古镜》，犹有六朝志怪余风，而大增华艳。千里《杨倡》，柳珵《上清》，遂极庳弱，与诗运同。宋好劝惩，撅实而泥，飞动之致，眇不可期，传奇命脉，至斯以绝。惟自大历以至大中中，作者云蒸，郁术文苑，沈既济许尧佐擢秀于前，蒋防元稹振采于后，而李公佐白行简陈鸿、沈亚之辈，则其卓异也。特《夜怪》一录，显托空无，逮今允成陈言，在唐实犹新意，胡君顾贬之至此，窃未能同耳。自审所录，虽无秘文，而曩曾用心，仍自珍惜。复念近数年中，能恳恳顾及唐宋传奇者，当不多有。持此涓滴，注彼说渊，献我同流，比之芹子，或亦将稍减其考索之劳，而得玩绎之乐耶。于是杜门摅书，重加勘定，匝月始就，凡八卷，可校印。结愿知幸，方欣已歇。顾旧乡而不行，弄飞光于有尽，嗟夫，此亦岂所以善吾生，然而不得已也。犹有杂例，并缀左方：

一，本集所取资者，为明刊本《文苑英华》；清黄晟刊本《太平广记》，校以明许自昌刻本；涵芬楼影印宋本《资治通鉴考异》；董康刻士礼居本《青琐高议》，校以明张梦锡刊本及旧钞本；明翻宋本《百川学海》；明钞本原本《说郛》；明顾元庆刊本《文房小说》；清胡珽排印本《琳琅秘室丛书》等。

一，本集所取，专在单篇。若一书中之一篇，则虽事极煊赫，或本书已亡，亦不收采。如袁郊《甘泽谣》之《红线》，李复言《续玄怪录》之《杜子春》，裴铏《传奇》之《昆仑奴》《聂隐娘》等是也。皇甫枚《飞烟传》，虽亦是《三水小牍》逸文，然《太平广记》引则不云出于何书，似曾单行，故仍入录。

一，本集所取，唐文从宽，宋制则颇加决择。凡明清人所辑丛刊，有妄作者，辄加审正，黜其伪欺，非敢刊落，以求信也。日本有《游仙窟》，为唐张文成作，本当置《白猿传》之次，以章矛尘君方图版行，故不编入。

一，本集所取文章，有复见于不同之书，或不同之本，得以互校者，则互校之。字句有异，惟从其是。亦不历举某字某本作某，以省纷烦。倘读者更欲详知，则卷末具记某篇出于何书何卷，自可覆检原书，得其究竟。

一，向来涉猎杂书，遇有关于唐宋传奇，足资参证者，时亦写取，以备遗忘。比因奔驰，颇复散失。客中又不易得书，殊无可作。今但会集丛残，稍益以近来所见，并为一卷，缀之末简，聊存旧闻。

一，唐人传奇，大为金元以来曲家所取资，耳目所及，亦举一二。第于词曲之事，素未用心，转贩故书，谅多讹略，精研博考，以俟专家。

一，本集篇卷无多，而成就颇亦匪易。先经许广平君为之选录，最多者《太平广记》中文。惟所据仅黄晟本，甚虑讹误。去年由魏建功君校以北京大学图书馆所藏明长洲许自昌刊本，乃始释然。逮今缀缉杂札，拟置卷末，而旧稿潦草，复多沮疑，蒋径三君为致书籍十余种，俾得检寻，遂以就绪。至陶元庆君所作书衣，则已贻我于年余之前者矣。广赖众力，才成此编，谨藉空言，普铭高谊云尔。

中华民国十有六年九月十日，鲁迅校毕题记。时大夜弥天，璧月澄照，饕蚊遥叹，余在广州。

古镜记

[隋末唐初] 王度

隋汾阴侯生，天下奇士也。王度常以师礼事之。临终，赠度以古镜，曰："持此，则百邪远人。"度受而宝之。镜横径八寸，鼻作麒麟蹲伏之象。绕鼻列四方，龟龙凤虎，依方陈布。四方外又设八卦，卦外置十二辰位，而具畜焉。辰畜之外，又置二十四字，周绕轮廓，文体似隶，点画无缺，而非字书所有也。侯生云："二十四气之象形。"承日照之，则背上文画，墨入影内，纤毫无失。举而扣之，清音徐引，竟日方绝。嗟乎，此则非凡镜之所同也。宜其见赏高贤，自称灵物。侯生常云："昔者吾闻黄帝铸十五镜，其第一横径一尺五寸，法满月之数也。以其相差各校一寸，此第八镜也。"虽岁祀攸远，图书寂寞，而高人所述，不可诬矣。

昔杨氏纳环，累代延庆；张公丧剑，其身亦终。今度遭世扰攘，居常郁怏，王室如毁，生涯何地，宝镜复去，哀哉！今具其异迹，列之于后，数千载之下，傥有得者，知其所由耳。

大业七年五月，度自御史罢归河东，适遇侯生卒，而得此镜。至其年六月，度归长安，至长乐坡，宿于主人程雄家。雄新受寄一婢，颇甚端丽，名曰鹦鹉。度既税驾，将整冠履，引镜自照。鹦鹉遥见，即便叩首流血，云："不敢往。"度因召主人问其故。雄云："两月前，有一客携此婢从东来。时婢病甚，客便寄留，云'还日当取'。比不复来，不知其婢之由也。"度疑精魅，引镜逼之。便云："乞命，即变形。"度即掩镜曰："汝先自叙，然后变形，当舍汝命。"婢再拜自陈云："某是华山府君庙前长松下千岁老狸，大行变惑，罪合至死。遂为府君捕逐，逃于河渭之间，为下邽陈思恭义女，蒙养甚厚。嫁鹦鹉与同乡人柴华。鹦鹉与华意不相惬，逃而东；出韩城县，为行人李无傲所执。无傲，粗暴丈夫也，遂将鹦鹉游行数岁，昨随至此，忽尔见留。不意遭逢天镜，隐形无路。"度又谓曰："汝本老狐，变形为人，岂不害人也？"婢曰："变形事人，非有害也。但逃匿幻惑，神道所恶，自当至死耳。"度又谓曰："欲舍汝，可乎？"鹦鹉曰："辱公厚赐，岂敢忘德。然天镜一照，不可逃形。但久为人形，羞复故体。愿缄于匣，许尽醉而终。"度又谓曰："缄镜于匣，汝不逃乎？"鹦鹉笑曰："公适有美言，尚许相舍。缄镜而走，岂不终恩？但天镜一临，窜迹无路，惟希数刻之命，以尽一生之欢耳。"度登时为匣镜；又为致酒，悉召雄家邻里，与宴谑。婢顷大醉，奋衣起舞而歌曰："宝镜宝镜！哀哉予命！自我高形，于今几姓？生虽可乐，死必不伤。何为眷恋，守此一方！"歌讫，再拜，化为老狸而死。一座惊叹。

大业八年四月一日，太阳亏。度时在台直，昼卧厅阁，觉日渐昏。诸吏告度以日蚀甚。整衣时，引镜出，自觉镜亦昏昧，无复光色，度以宝镜之作，合于阴阳光景之妙。不然，岂合以太阳失曜而宝镜亦无光乎？叹怪未已，俄而光彩出，日亦渐明。比及日复，镜亦精朗如故。自此之后，每日月薄蚀，镜亦昏昧。

其年八月十五日，友人薛侠者，获一铜剑，长四尺。剑连于靶；靶盘龙凤之状，左文如火焰，右文如水波，光彩灼烁，非常物也。侠持过度，曰："此剑侠常试之，每月十五日，天地清朗，置之暗室，自然有光，傍照数丈。侠持之有日月矣。明公好奇爱古，如饥如渴，愿与君今夕一试。"度喜甚。其夜，果遇天地清霁。密闭一室，无复脱隙，与侠同宿。度亦出宝镜，置于座侧。俄而镜上吐光，明照一室，相视如昼。剑横其侧，无复光彩。侠大惊，曰："请内镜于匣。"度从其言，然后剑乃吐光，不过一二尺耳。侠抚剑叹曰："天下神物，亦有相伏之理也。"是后每至月望，则出镜于暗室，光尝照数丈。若月影入室，则无光也。岂太阳太阴之耀，不可敌也乎？

其年冬，兼著作郎，奉诏撰国史，欲为苏绰立传。度家有奴曰豹生，年七十矣。本苏氏部曲，颇涉史传，略解属文，见度传草，因悲不自胜。度问其故。谓度曰："豹生常受苏公厚遇，今见苏公言验，是以悲耳。郎君所有宝镜，是苏公友人河南苗季子所遗苏公者。苏公爱之甚。苏公临亡之岁，戚戚不乐，常召苗生谓曰：'自度死日不久，不知此镜当入谁手？今欲以著筮一卦，先生幸观之也。'便顾豹生取著，苏公自揲布卦。卦讫，苏公曰：'我死十余年，我家当失此镜，不知所在。然天地神物，动静有征。今河汾之间，往往有宝气，与卦兆相合，镜其往彼乎？'季子曰：'亦为人所得乎？'苏公又详其卦，云：'先入侯家，复归王氏。过此以往，莫知所之也。'"豹生言讫涕泣。度问苏氏，果云旧有此镜，苏公薨后，亦失所在，如豹生之言。故度为苏公传，亦具言其事于末篇，论苏公著筮绝伦，默而独用，谓此也。

大业九年正月朔旦，有一胡僧，行乞而至度家。弟勣出见之。觉其神彩不俗，更邀入室，而为具食，坐语良久。胡僧谓勣曰："檀越家似有绝世宝镜也。可得见耶？"勣曰："法师何以得知之？"僧曰："贫道受明录秘术，颇识宝气。檀越宅上，每日常有碧光连日，绛气属月，此宝镜气也。贫道见之两年矣。今择良日，故欲一观。"勣出之。僧跪捧欣跃，义谓勣曰："此镜有数种灵相，皆当未见。但以金膏涂之，珠粉拭之，举以照日，必影彻墙壁。"僧又叹息曰："更作法试，应照见腑脏。所恨卒无药耳。但以金烟薰之，玉水洗之，复以金膏珠粉如法拭之，藏之泥中，亦不晦矣。"遂留金烟玉水等法，行之无不获验。而胡僧遂不复见。

其年秋，度出兼芮城令。令厅前有一枣树，围可数丈，不知几百年矣。前后令至，皆祠谒此树，否则殃祸立及也。度以为妖由人兴，淫祀宜绝。县吏皆叩头请度。度不得已，为之以祀。然阴念此树当有精魅所托，人不能除，养成其势。乃密悬此镜于树之间。其夜二鼓许，闻其厅前磊落有声，若雷霆者。遂起视之，则风雨晦暝，缠绕此树，电光晃耀，忽上忽下。至明，有一大蛇，紫鳞赤尾，绿头白角，额上有王字，身被数创，死于树。度便下收镜。命吏出蛇，焚于县门外。仍掘树，树心有一穴，于地渐大，有巨蛇蟠泊之迹。既而坟之，妖怪遂绝。

其年冬，度以御史带芮城令，持节河北道，开仓粮赈给陕东。时天下大饥，百姓疾病，蒲陕之间，疠疫尤甚。有河北人张龙驹，为度下小吏，其家良贱数十口，一时遇疾。度悯之，赍此入其家，使龙驹持镜夜照。诸病者见镜，皆惊起，云；"见龙驹持一月来相照。光阴所及，如冰著体，冷彻腑脏。"即时热定，至晚并愈。以为无害于镜，而所济于众，令密持此镜，遍巡百姓。其夜，镜于匣中冷然自鸣，声甚彻远，良久乃止。度心独怪。明早，龙驹来谓度曰："龙驹昨忽梦一人，龙头蛇身，朱冠紫服，谓龙驹：我即镜精也，名曰紫珍。常有德于君家，故来相托。为我谢王公，百姓有罪，天与之疾，奈何使我反天救物！且病至后月，当渐愈，无为我苦。"度感其灵怪，因此志之。至后月，病果渐愈，如其言也。

大业十年，度弟勣自六合丞弃官归，又将遍游山水，以为长往之策。度止之曰："今天下向乱，盗贼充斥，欲安之乎？且吾与汝同气，未尝远别。此行也，似将高蹈。昔尚子平游五岳，不知所之。汝若追踵前贤，吾所不堪也。"便涕泣对勣。勣曰："意已决矣，必不可留。兄今之达人，当无所不体。孔子曰："匹夫不夺其志矣。'人生百年，忽同过隙，得情则乐，失志则悲，安遂其欲，圣人之义也。"度不得已，与之决别。勣曰："此别也，亦有所求。兄所宝镜，非尘俗物也。勣将抗志云路，栖踪烟霞，欲兄以此为赠。"度曰："吾何惜于汝也。"即以与之。勣得镜，遂行，不言所适。

至大业十三年夏六月，始归长安，以镜归，谓度曰："此镜真宝物也！辞兄之后，先游嵩山少室，降石梁，坐玉坛。属日暮，遇一嵌岩，有一石堂，可容三五人，勣栖息止焉。月夜二更后，有两人：一貌胡，须眉皓而瘦，称山公；一面阔，白须，眉长，黑而矮，称毛生。谓勣曰：'何人斯居也？'勣曰：'寻幽探穴访奇者。'二人坐与勣谈久，往往有异义出于言外。勣疑其精怪，引手潜后，开匣取镜。镜光出而二人失声俯伏。矮者化为龟，胡者化为猿。悬镜至晓，二身俱殒。龟身带绿毛；猿身带白毛。

"即入箕山，渡颍水，历太和，视玉井。井傍有池，水湛然绿色。问樵夫，曰：'此灵湫耳。村间每八节祭之，以祈福祐。若一祭有阙，即池水出黑云，大雹浸堤坏阜。'勣引镜照之，池水沸涌，有雷如震。忽尔池水腾出，池中不遗涓滴。可行二百余步，水落于地。有一鱼，可长丈余，粗细大于臂，首红额白，身作青黄间色，无鳞有涎，龙形蛇角，嘴尖，状如鲟鱼，动而有光，在于泥水，困而不能远去。勣谓鲛也，失水而无能为耳。刃而为炙，甚膏，有味，以充数朝口腹。遂出于宋汴。

"汴主人张珂家有女子患，入夜，哀痛之声，实不堪忍。勣问其故。病来已经年岁，白日即安，夜常如此。勣停一宿，及闻女子声，遂开镜照之。病者曰：'戴冠郎被杀！'其病者床下，有大雄鸡，死矣，乃是主人七八岁老鸡也。

"游江南，将渡广陵扬子江，忽暗云覆水，黑风波涌，舟子失容，虑有覆没。勋携镜上舟，照江中数步，明朗彻底，风云四敛，波涛遂息，须臾之间，达济天堑。跻摄山巍芳岭，或攀绝顶，或入深洞，逢其群鸟环人而噪，数熊当路而蹲，以镜挥之，熊鸟奔骇。是时利涉浙江，遇潮出海，涛声振吼，数百里而闻。舟人曰：'涛既近，未可渡南。若不回舟，吾辈必葬鱼腹。'勋出镜照，江波不进，屹如云立。四面江水豁开五十余步，水渐清浅，鼋鼍散走。举帆翩翩，直入南浦。然后却视，涛波洪涌，高数十丈。而至所渡之所也，遂登天台，周览洞壑。夜行佩之山谷，去身百步，四面光彻，纤微皆见，林间宿鸟，惊而乱飞。还履会稽，逢异人张始鸾，授勋《周髀》《九章》及明堂六甲之事。与陈永同归。

"更游豫章，见道士许藏秘，云是旌阳七代孙，有咒登刀履火之术。说妖怪之次，更言丰城县仓督李敬慎家有三女，遭魅病，人莫能识。藏秘疗之无效。勋故人曰赵丹，有才器，任丰城县尉。勋因过之。丹命祇承人指勋停处。勋谓曰：'欲得仓督李敬慎家居止。'丹遽命敬为主，礼勋。因问其故。敬曰：'三女同居堂内阁子，每至日晚，即靓妆衔服。黄昏后，即归所居阁子，灭灯烛。听之，窃与人言笑声。及至晓眠，非唤不觉。日日渐瘦，不能下食。制之不令妆梳，即欲自缢投井。无奈之何。'

"勋谓敬曰：'引示阁子之处。'其阁东有窗。恐其门闭固而难启，遂昼日先刻断窗棂四条，却以物支柱之，如旧。至日暮，敬报勋曰：'妆梳入阁矣。'至一更，听之，言笑自然。勋拔窗棂子，持镜入阁，照之。三女叫云：'杀我婿也！'初不见一物。悬镜至明，有一鼠狼，首尾长一尺三四寸，身无毛齿；有一老鼠，亦无毛齿，其肥大可重五斤；又有守宫，大如人手，身披鳞甲，焕烂五色，头上有两角，长可半寸，尾长五寸已上，尾头一寸色白，并于壁孔前死矣。从此疾愈。

"其后寻真至庐山，婆娑数月，或栖息长林，或露宿草莽，虎豹接尾，豺狼连迹，举镜视之，莫不窜伏。庐山处士苏宾，奇识之士也，洞明《易》道，藏往知来，谓勣曰：'天下神物，必不久居人间。今宇宙丧乱，他乡未必可止。吾子此镜尚在，足下卫，幸速归家乡也。'勣然其言，即时北归。便游河北，夜梦镜谓勣曰：'我蒙卿兄厚礼，今当舍人间远去，欲得一别，卿请早归长安也。'勣梦中许之。及晓，独居思之，恍恍发悸，即时西首秦路。今既见兄，勣不负诺矣。终恐此灵物亦非兄所有。"数月，勣还河东。

大业十三年七月十五日，匣中悲鸣，其声纤远，俄而渐大，若龙咆虎吼；良久乃定。开匣视之，即失镜矣。

补江总白猿传

　　梁大同末，遣平南将军蔺钦南征，至桂林，破李师、古陈彻。别将欧阳纥略地至长乐，悉平诸洞，深入深阻。纥妻纤白，甚美。其部人曰："将军何为挈丽人经此？地有神，善窃少女，而美者尤所难免。宜谨护之。"纥甚疑惧，夜勒兵环其庐，匿妇密室中，谨闭甚固，而以女奴十余伺守之。尔夕阴风晦黑，至五更，寂然无闻。守者怠而假寐，忽若有物惊悟者，即已失妻矣。关扃如故，莫知所出。出门山险，咫尺迷闷，不可寻逐。迨明，绝无其迹。

　　纥大愤痛，誓不徒还。因辞疾，驻其军，日往四遐，即深陵险以索之。既逾月，忽于百里之外丛篁上，得其妻绣履一只，虽侵雨濡，犹可辨识。纥尤凄悼，求之益坚。选壮士三十人，持兵负粮，岩栖野食。又旬余，远所舍约二百里，南望一山，葱秀迥出。至其下，有深溪环之，乃编木以度。绝岩翠竹之间，时见红彩，闻笑语音，扪萝引缆而陟其上，则嘉树列植，间以名花，其下绿芜，丰软如毯。清迥岑寂，杳然殊境。东向石门有妇人数十，帔服鲜泽，嬉游歌笑，出入其中。见人皆慢视迟立，至则问曰："何因来此？"纥具以对。相视叹曰："贤妻至此月余矣。今病在床，宜遣视之。"入其门，以木为扉。中宽辟若堂者三。四壁设床，悉施锦荐。其妻卧石榻上，重茵累席，珍食盈前。

　　纥就视之。回眸一睇，即疾挥手令去。诸妇人曰："我等与公之妻，比来久者十年。此神物所居，力能杀人，虽百夫操兵，不能制也。幸其未返，宜速避之。但求美酒两斛，食犬十头，麻数十斤，当相与谋杀之。其来必以正午。后慎勿太早。以十日为期。"因促之去。纥亦遽退。

遂求醇醪与麻犬，如期而往。妇人曰："彼好酒，往往致醉。醉必骋力，俾吾等以彩练缚手足于床，一踊皆断。尝纫三幅，则力尽不解。今麻隐帛中束之，度不能矣。遍体皆如铁，唯脐下数寸，常护蔽之，此必不能御兵刃。"指其旁一岩曰："此其食廪。当隐于是，静而伺之。酒置花下，犬散林中，待吾计成，招之即出。"如其言，屏气以俟。

日晡，有物如匹练，自他山下，透至若飞，径入洞中。少选，有美髯丈夫长六尺余，白衣曳杖，拥诸妇人而出。见犬惊视，腾身执之，披裂吮咀，食之致饱。妇人竞玉杯进酒，谐笑甚欢。既饮数斗，则扶之而去。又闻嬉笑之音。良久，妇人出招之，乃持兵而入。见大白猿，缚四足于床头，顾人蹙缩，求脱不得，目光如电。竞兵之，如中铁石，刺其脐下，即饮刃，血射如注。乃大叹咤曰："此天杀我，岂尔之能。然尔妇已孕，勿杀其子，将逢圣帝，必大其宗。"言绝乃死。

搜其藏，宝器丰积，珍羞盈品，罗列几案。凡人世所珍，靡不充备，名香数斛，宝剑一双。妇人三十辈，皆绝其色。久者至十年。云，色衰必被提去，莫知所置。又捕采唯止其身，更无党类。旦盥洗，着帽，加白袷，被素罗衣，不知寒暑。遍身白毛，长数寸。所居常读木简，字若符篆，了不可识；已，则置石磴下。晴昼或舞双剑，环身电飞，光圆若月。其饮食无常，喜啖果栗，尤嗜犬，咀而饮其血。日始逾午，即欻然而逝。半昼往返数千里，及晚必归，此其常也。所须无不立得。夜就诸床嬲戏，一夕皆周，未尝寐。言语淹详，华旨会利。然其状，即猨玃类也。今岁木落之初，忽怆然曰："吾为山神所诉，将得死罪。亦求护之于众灵，庶几可免。"前月哉生魄，石磴生火，焚其简书。怅然自失曰："吾已千岁，而无子。今有子，死期至矣。"因顾诸女，汍澜者久，且曰："此山复绝，未尝有人至。上高而望，绝不见樵者。下多虎狼怪兽。今能至者，非天假之何耶？"

纥即取宝玉珍丽及诸妇人以归，犹有知其家者。纥妻周岁生一子，厥状肖焉。后纥为陈武帝所诛。素与江总善。爱其子聪悟绝人，常留养之，故免于难。及长，果文学善书，知名于时。

离魂记

［唐］陈玄祐

天授三年，清河张镒，因官家于衡州。性简静，寡知友。无子，有女二人。其长早亡，幼女倩娘，端妍绝伦。镒外甥太原王宙，幼聪悟，美容范。镒常器重，每曰："他时当以倩娘妻之。"后各长成，宙与倩娘常私感想于寤寐，家人莫知其状。后有宾寮之选者求之，镒许焉。女闻而郁抑。宙亦深恚恨，托以当调，请赴京，止之不可，遂厚遣之。宙阴恨悲恸，决别上船。日暮，至山郭数里。夜方半，宙不寐，忽闻岸上有一人行声甚速，须臾至船。问之，乃倩娘徒行跣足而至。宙惊喜发狂，执手问其从来。泣曰："君厚意如此，寝梦相感。今将夺我此志，又知君深情不易，思将杀身奉报，是以亡命来奔。"宙非意所望，欣跃特甚。遂匿倩娘于船，连夜遁去。倍道兼行，数月至蜀。凡五年，生两子，与镒绝信。其妻常思父母，涕泣言曰："吾曩日不能相负，弃大义而来奔君。向今五年，恩慈间阻，覆载之下，胡颜独存也？"宙哀之，曰："将归，无苦。"遂俱归衡州。既至，宙独身先至镒家，首谢其事，镒曰："倩娘病在闺中数年，何其诡说也！"宙曰："见在舟中！"镒大惊，促使人验之。果见倩娘在船中，颜色怡畅。讯使者曰，"大人安否？"家人异之，疾走报镒。室中女闻喜而起，饰妆更衣，笑而不语，出与相迎，翕然而合为一体，其衣裳皆重。其家以事不正，秘之。惟亲戚间有潜知之者。后四十年间，夫妻皆丧。二男并孝廉擢第，至丞尉。

玄祐少常闻此说，而多异同，或谓其虚。大历末，遇莱芜县令张仲规，因备述其本末。镒则仲规堂叔，而说极备悉，故记之。

枕中记

[唐] 沈既济

　　开元七年，道士有吕翁者，得神仙术，行邯郸道中，息邸舍，摄帽弛带，隐囊而坐。俄见旅中少年，乃卢生也。衣短褐，乘青驹，将适于田，亦止于邸中，与翁共席而坐，言笑殊畅。久之，卢生顾其衣装敝亵，乃长叹息曰："大丈夫生世不谐，困如是也！"翁曰："观子形体，无苦无恙，谈谐方适，而叹其困者，何也？"生曰："吾此苟生耳。何适之谓？"翁曰："此不谓适，而何谓适？"答曰："士之生世，当建功树名，出将入相，列鼎而食，选声而听，使族益昌而家益肥，然后可以言适乎！吾尝志于学，富于游艺，自惟当年，青紫可拾。今已适壮，犹勤畎亩，非困而何？"言讫，而目昏思寐。时主人方蒸黍。翁乃探囊中枕以授之，曰："子枕吾枕，当令子荣适如志。"其枕青甆，而窍其两端。

　　生俯首就之，见其窍渐大，明朗。乃举身而入，遂至其家。数月，娶清河崔氏女。女容甚丽，生资愈厚。生大悦，由是衣装服驭，日益鲜盛。明年，举进士，登第；释褐秘校；应制，转渭南尉；俄迁监察御史；转起居舍人，知制诰。三载，出典同州，迁陕牧。生性好土功，自陕西凿河八十里，以济不通。邦人利之，刻石纪德。移节汴州，领河南道采访使，征为京兆尹。是岁，神武皇帝方事戎狄，恢宏土宇。会吐蕃悉抹逻及烛龙莽布支攻陷瓜沙，而节度使王君㦞新被杀，河湟震动。帝思将帅之才，遂除生御史中丞，河西道节度。大破戎虏，斩首七千级，开地九百里，筑三大城以遮要害。边人立石于居延山以颂之。归朝册勋，恩礼极盛。转吏部侍郎，迁户部尚书兼御史大夫。

时望清重，群情翕习。大为时宰所忌，以飞语中之，贬为端州刺史。三年，征为常侍。未几，同中书门下平章事。与萧中令嵩裴侍中光庭同执大政十余年，嘉谟密命，一日三接，献替启沃，号为贤相。同列害之，复诬与边将交结，所图不轨。下制狱。府吏引从至其门而急收之。生惶骇不测，谓妻子曰："吾家山东，有良田五顷，足以御寒馁，何苦求禄？而今及此，思衣短褐，乘青驹，行邯郸道中，不可得也。"引刃自刎。其妻救之，获免。其罹者皆死，独生为中官保之，减罪死，投驩州。数年，帝知冤，复追为中书令，封燕国公，恩旨殊异。生五子，曰俭，曰传，曰位，曰倜，曰倚，皆有才器。俭进士登第，为考功员外；传为侍御史；位为大常丞；倜为万年尉；倚最贤，年二十八，为左襄。其姻媾皆天下望族。有孙十余人。两窜荒徼，再登台铉，出入中外，徊翔台阁，五十余年，崇盛赫奕。性颇奢荡，甚好佚乐，后庭声色，皆第一绮丽。前后赐良田，甲第，佳人，名马，不可胜数。

后年渐衰迈，屡乞骸骨，不许。病，中人候问，相踵于道，名医上药，无不至焉。将殁，上疏曰："臣本山东诸生，以田圃为娱。偶逢圣运，得列官叙。过蒙殊奖，特秩鸿私，出拥节旄，入升台辅。周旋中外，绵历岁时。有忝天恩，无裨圣化。负乘贻寇，履薄增忧，日惧一日，不知老至。今年逾八十，位极三事，钟漏并歇，筋骸俱耄，弥留沉顿，待时益尽。顾无成效，上答休明，空负深恩，永辞圣代。无任感恋之至。谨奉表陈谢。"诏曰："卿以俊德，作朕元辅。出拥藩翰，入赞雍熙，升平二纪，实卿所赖。比婴疾疹，日谓痊平。岂斯沉痼，良用悯恻。今令骠骑大将军高力士就第候省。其勉加针石，为予自爱。犹冀无妄，期于有瘳。"是夕，薨。

卢生欠伸而悟，见其身方偃于邸舍，吕翁坐其傍，主人蒸黍未熟，触类如故。生蹶然而兴，曰："岂其梦寐也？"翁谓生曰："人生之适，亦如是矣。"生怃然良久，谢曰："夫宠辱之道，穷达之运，得丧之理，死生之情，尽知之矣。此先生所以窒吾欲也。敢不受教！"稽首再拜而去。

任氏传

[唐]沈既济

　　任氏，女妖也。有韦使君者，名崟，第九，信安王祎之外孙。少落拓，好饮酒。其从父妹婿曰郑六，不记其名。早习武艺，亦好酒色，贫无家，托身于妻族。与崟相得，游处不间。

　　天宝九年夏六月，崟与郑子偕行于长安陌中，将会饮于新昌里。至宣平之南，郑子辞有故，请间去，继至饮所。崟乘白马而东。郑子乘驴而南，入升平之北门。偶值三妇人行于道中，中有白衣者，容色姝丽。郑子见之惊悦，策其驴，忽先之，忽后之，将挑而未敢。白衣时时盼睐，意有所受。郑子戏之曰："美艳若此，而徒行，何也？"白衣笑曰："有乘不解相假，不徒行何为？"郑子曰："劣乘不足以代佳人之步，今辄以相奉。某得步从，足矣。"相视大笑。同行者更相眩诱，稍已狎昵。郑子随之东，至乐游园，已昏黑矣。见一宅，土垣车门，室宇甚严。白衣将入，顾曰"愿少踟蹰"而入。女奴从者一人，留于门屏间，问其姓第。郑子既告，亦问之。对曰："姓任氏，第二十。"少顷，延入。郑系驴于门，置帽于鞍。始见妇人年三十余，与之承迎，即任氏姊也。列烛置膳，举酒数觞。任氏更妆而出，酣饮极欢。夜久而寝，其妍姿美质，歌笑态度，举措皆艳，殆非人世所有。将晓，任氏曰："可去矣。某兄弟名系教坊，职属南衙，晨兴将出，不可淹留。"乃约后期而去。

　　既行，及里门，门扃未发。门旁有胡人鬻饼之舍，方张灯炽炉。郑子憩其帘下，坐以候鼓，因与主人言。郑子指宿所以问之曰："自此东转，有门者，谁氏之宅？"主人曰："此隤墉弃地，无第宅也。"郑子曰："适过之，曷以云无？"与之固争。主人适悟，乃曰："吁！我知之矣。此中有一狐，多诱男子偶宿，尝三见矣。今子亦遇乎？"郑子赧而隐曰："无。"质明，复视其所，见土垣车门如故。窥其中，皆蓁荒及废圃耳。既归，见崟。崟责以失期。郑子不泄，以他事对。然想其艳冶，愿复一见之，心尝存之不忘。

经十许日，郑子游，入西市衣肆，瞥然见之，曩女奴从。郑子遽呼之。任氏侧身周旋于稠人中以避焉。郑子连呼前迫，方背立，以扇障其后，曰："公知之，何相近焉？"郑子曰："虽知之，何患？"对曰："事可愧耻，难施面目。"郑子曰："勤想如是，忍相弃乎？"对曰："安敢弃也，惧公之见恶耳。"郑子发誓，词旨益切。任氏乃回眸去扇，光彩艳丽如初，谓郑子曰："人间如某之比者非一，公自不识耳，无独怪也。"郑子请之与叙欢。对曰："凡某之流，为人恶忌者，非他，为其伤人耳。某则不然。若公未见恶，愿终己以奉巾栉。"郑子许与谋栖止。任氏曰："从此而东，大树出于栋间者，门巷幽静，可税以居。前时自宣平之南，乘白马而东者，非君妻之昆弟乎？其家多什器，可以假用。"是时崟伯叔从役于四方，三院什器，皆贮藏之。郑子如言访其舍，而诣崟假什器。问其所用。郑子曰："新获一丽人，已税得其舍，假其以备用。"崟笑曰："观子之貌，必获诡陋。何丽之绝也。"

崟乃悉假帷榻席之具，使家僮之惠黠者，随以觇之。俄而奔走返命，气吁汗洽。崟迎问之："有乎？"又问"容若何？"曰："奇怪也！天下未尝见之矣。"崟姻族广茂，且夙从逸游，多识美丽。乃问曰："孰若某美？"僮曰："非其伦也！"崟遍比其佳者四五人，皆曰"非其伦"。是时吴王之女有第六者，则崟之内妹，秾艳如神仙，中表素推第一。崟问曰："孰与吴王家第六女美？"又曰："非其伦也。"崟抚手大骇曰:"天下岂有斯人乎?"遽命汲水澡颈,巾首膏唇而往。

既至,郑子适出。崟入门,见小僮拥篲方扫,有一女奴在其门,他无所见。征于小僮。小僮笑曰:"无之。"崟周视室内,见红裳出于户下。迫而察焉,见任氏戢身匿于扇间。崟引出就明而观之,殆过于所传矣。崟爱之发狂,乃拥而凌之,不服。崟以力制之,方急,则曰:"服矣。请少回旋。"既从,则捍御如初,如是者数四。崟乃悉力急持之。任氏力竭,汗若濡雨。自度不免,乃纵体不复拒抗,而神色惨变。崟问曰:"何色之不悦?"任氏长叹息曰:"郑六之可哀也!"崟曰:"何谓?"对曰:"郑生有六尺之躯,而不能庇一妇人,岂丈夫哉!且公少豪侈,多获佳丽,遇某之比者众矣。而郑生,穷贱耳。所称惬者,唯某而已。忍以有余之心,而夺人之不足乎?哀其穷馁不能自立,衣公之衣,食公之食,故为公所系耳。若糠糗可给,不当至是。"崟豪俊有义烈,闻其言,遽置之。敛衽而谢曰:"不敢。"俄而郑子至,与崟相视哈乐。自是,凡任氏之薪粒牲饩,皆崟给焉。任氏时有经过,出入或车马舆步,不常所止。崟日与之游,甚欢。每相狎昵,无所不至,唯不及乱而已。是以崟爱之重之,无所吝惜;一食一饮,未尝忘焉。

任氏知其爱己,因言以谢曰:"愧公之见爱甚矣。顾以陋质,不足以答厚意。且不能负郑生,故不得遂公欢。某,秦人也,生长秦城;家本伶伦,中表姻族,多为人宠媵,以是长安狭斜,悉与之通。或有姝丽,悦而不得者,为公致之可矣。愿持此以报德。"崟曰:"幸甚!"鄽中有鬻衣之妇曰张十五娘者,肌体凝洁,崟常悦之。因问任氏识之乎。对曰:"是某表娣妹,致之易耳。"旬余,果致之。数月厌罢。任氏曰:"市人易致,不足以展效。或有幽绝之难谋者,试言之,愿得尽智力焉。"崟曰:"昨者寒食,与二三子游于千福寺。

见刁将军缅张乐于殿堂。有善吹笙者，年二八，双鬟垂耳，娇姿艳绝。当识之乎？”任氏曰：“此宠奴也。其母即妾之内姊也。求之可也。”崟拜于席下。任氏许之。乃出入刁家。月余，崟促问其计。任氏愿得双缣以为赂。崟依给焉。后二日，任氏与崟方食，而缅使苍头控青骊以逆任氏。任氏闻召，笑谓崟曰：“谐矣。”

初，任氏加宠奴以病，针饵莫减。其母与缅忧之方甚，将征诸巫。任氏密赂巫者，指其所居，使言从就为吉。及视疾，巫曰：“不利在家，宜出居东南某所，以取生气。”缅与其母详其地，则任氏之第在焉。缅遂请居。任氏谬辞以逼狭，勤请而后许。乃辇服玩，并其母偕送于任氏。至，则疾愈。未数日，任氏密引崟以通之，经月乃孕。其母惧，遽归以就缅，由是遂绝。

他日，任氏谓郑子曰：“公能致钱五六千乎？将为谋利。”郑子曰：“可。”遂假求于人，获钱六千。任氏曰：“鬻马于市者，马之股有疵，可买以居之。”郑子如市，果见一人牵马求售者，瘠在左股。郑子买以归。其妻昆弟皆嗤之，曰：“是弃物也。买将何为？”无何，任氏曰：“马可鬻矣。当获三万。”郑子乃卖之。有酬二万，郑子不与。一市尽曰：“彼何苦而贵买，此何爱而不鬻？”郑子乘之以归，买者随至其门，累增其估，至二万五千也。不与，曰：“非三万不鬻。”其妻昆弟聚而诟之。郑子不获已，遂卖，卒不登三万。既而密伺买者，征其由。乃昭应县之御马疵股者，死三岁矣，斯吏不时除籍。官征其估，计钱六万。设其以半买之，所获尚多矣。若有马以备数，则三年刍粟之估，皆吏得之。且所偿盖寡，是以买耳。

任氏又以衣服故弊，乞衣于崟。崟将买全采与之。任氏不欲，曰：“愿得成制者。”崟召市人张大为买之，使见任氏，问所欲。张大见之，惊谓崟曰：“此必天人贵戚，为郎所窃。且非人间所宜有者，愿速归之，无及于祸。”其容色之动人也如此。竟买衣之成者而不自纫缝也，不晓其意。

后岁余，郑子武调，授槐里府果毅尉，在金城县。时郑子方有妻室，虽昼游于外，而夜寝于内，多恨不得专其夕。将之官，邀与任氏俱去。任氏不欲往，曰："旬月同行，不足以为欢。请计给粮饩，端居以迟归。"郑子恳请，任氏愈不可。郑子乃求鉴资助。鉴与更劝勉，且诘其故。任氏良久，曰："有巫者言某是岁不利西行，故不欲耳。"郑子甚惑也，不思其他，与鉴大笑曰："明智若此，而为妖惑，何哉！"固请之，任氏曰："倘巫者言可征，徒为公死，何益？"二子曰："岂有斯理乎？"恳请如初。任氏不得已，遂行。鉴以马借之，出祖于临皋，挥袂别去。信宿，至马嵬。任氏乘马居其前，郑子乘驴居其后，女奴别乘，又在其后。是时西门圉人教猎狗于洛川，已旬日矣。适值于道，苍犬腾出于草间。郑子见任氏欻然坠于地，复本形而南驰。苍犬逐之。郑子随走叫呼，不能止。里余，为犬所获。郑子衔涕出囊中钱，赎以瘗之，削木为记。回睇其马，啮草于路隅，衣服悉委于鞍上，履袜犹悬于镫间，若蝉蜕然。唯首饰坠地，余无所见。女奴亦逝矣。

旬余，郑子还城。鉴见之喜，迎问曰："任子无恙乎？"郑子玄然对曰："殁矣。"鉴闻之亦恸，相持于室，尽哀。徐问疾故。答曰："为犬所害。"鉴曰："犬虽猛，安能害人？"答曰："非人。"鉴骇曰："非人，何者？"郑子方述本末。鉴惊讶叹息不能已。明日，命驾与郑子俱适马嵬，发瘗视之，长恸而归。追思前事，唯衣不自制，与人颇异焉。其后郑子为总监使，家甚富，有枥马十余匹。年六十五，卒。大历中，沈既济居钟陵，尝与鉴游，屡言其事，故最详悉。后鉴为殿中侍御史，兼陇州刺史，遂殁而不返。

嗟乎，异物之情也有人焉！遇暴不失节，徇人以至死，虽今妇人，有不如者矣。惜郑生非精人，徒悦其色而不征其情性。向使渊识之士，必能揆变化之理，察神人之际，著文章之美，传要妙之情，不止于赏玩风态而已。惜哉！

建中二年，既济自左拾遗于金吴将军裴冀、京兆少尹孙成、户部郎中崔需、右拾遗陆淳，皆适居东南，自秦徂吴，水陆同道。时前拾遗朱放，因旅游而随焉。浮颍涉淮，方舟沿流，昼宴夜话，各征其异说。众君子闻任氏之事，共深叹骇，因请既济传之，以志异云。沈既济撰。

卷二

编次郑钦悦辨大同古铭论

[唐]李吉甫

天宝中，有商洛隐者任升之，尝贻右补阙郑钦悦书，曰："升之白。顷退居商洛，久阙披陈，山林独住，交亲两绝。意有所问，别日垂访。升之五代祖仕梁为太常。初仕南阳王帐下，于钟山悬岸圮圹之中得古铭，不言姓氏。小篆文云：'龟言土，蓍言水，甸服黄钟启灵址。瘗在三上庚，堕遇七中巳，六千三百浃辰交，二九重三四百圮。'文虽剥落，仍且分明。大雨之后，才堕而获。即梁武大同四年。数日，遇盂兰大会，从驾同泰寺。录示史官姚晉并诸学官，详议数月，无能知者。筐笥之内，遗文尚在。足下学乃天生而知，计舍运筹而会，前贤所不及，近古所未闻。愿采其旨要，会其归趣，著之遗简，以成先祖之志，深所望焉。乐安任升之白。"

数日，钦悦即复书曰："使至，忽辱简翰，用浣襟怀。不遗旧情，俯见推访。又示以大同古铭。前贤未达，仆非远识，安敢轻言，良增怀愧也。属在途路，无所披求，据鞍运思，颇有所得。

"发圹者未知谁氏之子，卜宅者实为绝代之贤，藏往知来，有若指掌，契终论始，不差锱铢，隗炤之预识龚使，无以过也。不说葬者之岁月，先识圮时之日辰，以圮之日，却求初兆，事可知矣。姚史官亦为当世达识，复与诸儒详之，沉吟月余，竟不知其指趣，岂止于是哉？原卜者之意，隐其事，微其言，当待仆为龚使耳。不然，何忽见顾访也？"

"谨稽诸历术，测以微词，试一探言，庶会微旨。当梁武帝大同四年，岁次戊午。言'甸服'者，五百也；'黄钟'者，十一也。五百一十一年而圮。从大同四年，上求五百一十一年，得汉光武帝建武四年戊子岁也。'三上庚'，三月上旬之庚也。其年三月辛巳朔，十日得庚寅，是三月初葬于钟山也。'七中巳'，乃七月戊午朔，十二日得己巳，是初圮堕之日，是日己巳可知矣。'浃辰'，十二也。从建武四年三月至大同四年七月，总六千三百一十二月，每月一交，故云'六千三百浃辰交'也。'二九'为十八，'重三'为六。末言'四百'，则六为千，十八为万可知。从建武四年三月十日庚寅初葬，至大同四年七月十二日己巳初圮，计一十八万六千四百日，故云'二九重三四百圮'也。其所言者，但说年月日数耳。据年，则五百一十一，会于甸服黄钟；言月，则六千三百一十二，会于六千三百浃辰交；论日，则一十八万六千四百，会于二九重三四百圮。从三上庚至于七中巳，据历计之，无所差也。所言年则月日，但差一数，则不相照会矣。原卜者之意，当待仆言之。吾子之问，契使然也。从吏已久，艺业荒芜，古人之意，复难远测。足下更询能者，时报焉。使还，不代。郑钦悦白。"

记贞元中，李吉甫任尚书屯田员外郎，兼太常博士。时宗人巽为户部郎中，于南宫暇日，语及近代儒术之士，谓吉甫曰："故右补阙集贤殿直学士郑钦悦，于术数研精，思通玄奥，盖僧一行所不逮。以其夭阏，当世名不甚闻。子知之乎？"吉甫对曰："兄何以核诸？"巽曰："天宝中，商洛隐者任升之，自言五代祖仕梁为太常。大同四年，于钟山下获古铭。其文隐秘，博求时儒，莫晓其旨。因缄其铭，诚诸子曰：'我代代子孙，以此铭访于通人。倘有知者，吾无所恨。'至升之，颇耽道博雅。闻钦悦之名，即告以先祖之意。钦悦曰：'子当录以示我。我试思之。'升之书遗其铭。会钦悦适奉朝使，方授驾于长乐驿。得铭而绎之，行及滋水，凡二十里，则释然悟矣。故其书曰：'据鞍运思，颇有所得。'不亦异乎？"

辛未岁，吉甫转驾部员外郎，钦悦子克钧自京兆府司录授司门员外郎，吉甫数以巽之说质焉。虽且符其言，然克钧自云亡其草。每想其微言至赜，而不获见，吉甫甚惜之。壬申岁，吉甫贬明州长史。海岛之中，有隐者姓张氏，名玄阳，以明《易经》为州将所重，召置阁下。因讲《周易》卜筮之事，即以钦悦之书示吉甫。吉甫喜得其书，抃逾获宝，即编次之。仍为著论，曰："夫一邱之土，无情也。遇雨而圮，偶然也。穷象数者，已悬定于十八万六千四百日之前。矧于理乱之运，穷达之命，圣贤不逢，君臣偶合。则姜牙得璜而尚父，仲尼无凤而旅人，傅说梦达于岩野，子房神授于圮上，亦必定之符也。然而孔不暇暖其席，墨不俟黔其突，何经营如彼？孟去齐而接淅，贾造湘而投吊，又眷恋如此。岂大圣大贤，犹惑于性命之理欤？将浼身存教，示人道之不可废欤？余不可得而知也。"

钦悦寻自右补阙历殿中侍御史，为时宰李林甫所恶，斥摈于外，不显其身。故余叙其所闻，系于二篇之后，以著蓍筮之神明，聪哲之悬解，奇偶之有数，贻诸好事，为后学之奇玩焉。时贞元九年十一月二十八日，赵郡李吉甫记。

柳氏传

[唐]许尧佐

天宝中，昌黎韩翊有诗名，性颇落托，羁滞贫甚。有李生者，与翊友善，家累千金，负气爱才。其幸姬曰柳氏，艳绝一时，喜谈谑，善讴咏。李生居之别第，与翊为宴歌之地。而馆翊于其侧。翊素知名，其所候问，皆当时之彦。柳氏自门窥之，谓其侍者曰："韩夫子岂长贫贱者乎！"遂属意焉。李生素重翊，无所吝惜。后知其意，乃具膳请翊饮，酒酣，李生曰："柳夫人容色非常，韩秀才文章特异。欲以柳荐枕于韩君，可乎？"翊惊栗，避席曰："蒙君之恩，解衣辍食久之。岂宜夺所爱乎？"李坚请之。柳氏知其意诚，乃再拜，引衣接席。李坐翊于客位，引满极欢。李生又以资三十万，佐翊之费。翊仰柳氏之色，柳氏慕翊之才，两情皆获，喜可知也。

明年，礼部侍郎杨度擢翊上第，屏居间岁。柳氏谓翊曰："荣名及亲，昔人所尚。岂宜以濯浣之贱，稽采兰之美乎？且用器资物，足以待君之来也。"翊于是省家于清池。岁余，乏食，鬻妆具以自给。

天宝末，盗覆二京，士女奔骇。柳氏以艳独异，且惧不免，乃剪发毁形，寄迹法灵寺。是时候希逸自平卢节度淄青，素藉翊名，请为书记。泊宣皇帝以神武返正，翊乃遣使间行求柳氏，以练囊盛麸金，题之曰："章台柳，章台柳！昔日青青今在否？纵使长条似旧垂，亦应攀折他人手。"柳氏捧金呜咽，左右凄悯，答之曰："杨柳枝，芳菲节，所恨年年赠离别。一叶随风忽报秋，纵使君来岂堪折！"

无何，有蕃将沙吒利者，初立功，窃知柳氏之色，劫以归第，宠之专房。及希逸除左仆射，入觐，翊得从行。至京师，已失柳氏所止，叹想不已。偶于龙首冈见苍头以骏牛驾辎轩，从两女奴。翊偶随之。自车中问曰："得非韩员外乎？某乃柳氏也。"使女奴窃言失身沙吒利，阻同车者，请诘旦幸相待于道政里门。及期而往，以轻素结玉合，实以香膏，自车中授之，曰："当遂永诀，愿置诚念。"乃回车，以手挥之，轻袖摇摇，香车辚辚，目断意迷，失于惊尘。翊大不胜情。

会淄青诸将合乐酒楼，使人请翊。翊强应之，然意色皆丧，音韵凄咽。有虞候许俊者，以材力自负，抚剑言曰："必有故。愿一效用。"翊不得已，具以告。俊曰："请足下数字，当立致之。"乃衣缦胡，佩双鞬，从一骑，径造沙吒利之第。候其出行里余，乃被衽执辔，犯关排闼，急趋而呼曰："将军中恶，使召夫人！"仆侍辟易，无敢仰视。遂升堂，出翊札示柳氏，挟之跨鞍马，逸尘断鞅，倏忽乃至。引裾而前曰："幸不辱命。"四座惊叹。柳氏与翊执手涕泣，相与罢酒。

是时沙吒利恩宠殊等，翊俊惧祸，乃诣希逸。希逸大惊曰："吾平生所为事，俊乃能尔乎？"遂献状曰："检校尚书金部员外郎兼御史韩翊，久列参佐，累彰勋效，顷从乡赋。有妾柳氏，阻绝凶寇，依止名尼。今文明抚运，遐迩率化。将军沙吒利凶恣挠法，凭恃微功，驱有志之妾，干无为之政。臣部将兼御史中丞许俊，族本幽蓟，雄心勇决，却夺柳氏，归于韩翊。义切中抱，虽昭感激之诚，事不先闻，固乏训齐之令。"寻有诏，柳氏宜还韩翊，沙吒利赐钱二百万。柳氏归翊，翊后累迁至中书舍人。

然即柳氏，志防闲而不克者；许俊，慕感激而不达者也。向使柳氏以色选，则当熊辞辇之诚可继；许俊以才举，则曹柯渑池之功可建。夫事由迹彰，功待事立。惜郁堙不偶，义勇徒激，皆不入于正。斯岂变之正乎？盖所遇然也。

柳毅传

[唐]李朝威

仪凤中，有儒生柳毅者，应举下第，将还湘滨。念乡人有客于泾阳者，遂往告别。至六七里，鸟起马惊，疾逸道左。又六七里，乃止。见有妇人，牧羊于道畔。毅怪视之，乃殊色也。然而蛾脸不舒，巾袖无光，凝听翔立，若有所伺。毅诘之曰："子何苦而自辱如是？"妇始楚而谢，终泣而对曰："贱妾不幸，今日见辱问于长者。然而恨贯肌骨，亦何能愧避，幸一闻焉。妾，洞庭龙君小女也。父母配嫁泾川次子，而夫婿乐逸，为婢仆所惑，日以厌薄，既而将诉于舅姑，舅姑爱其子，不能御。迨诉频切，又得罪舅姑。舅姑毁黜以至此。"言讫，歔欷流涕，悲不自胜。又曰："洞庭于兹，相远不知其几多也？长天茫茫，信耗莫通。心目断尽，无所知哀。闻君将还吴，密通洞庭。或以尺书，寄托侍者，未卜将以为可乎？"毅曰："吾义夫也。闻子之说，气血俱动，恨无毛羽，不能奋飞。是何可否之谓乎！然而洞庭，深水也。吾行尘间，宁可致意耶？唯恐道途显晦，不相通达，致负诚托，又乖恳愿。子有何术，可导我邪？"女悲泣且谢，曰："负载珍重，不复言矣。脱获回耗，虽死必谢。君不许，何敢言。既许而问，则洞庭之与京邑，不足为异也。"

毅请闻之。女曰："洞庭之阴，有大橘树焉，乡人谓之社橘。君当解去兹带，束以他物。然后叩树三发，当有应者。因而随之，无有碍矣。幸君子书叙之外，悉以心诚之话倚托，千万无渝！"毅曰："敬闻命矣。"

女遂于襦间解书，再拜以进，东望愁泣，若不自胜。毅深为之戚。乃置书囊中，因复问曰："吾不知子之牧羊，何所用哉？神祇岂宰杀乎？"女曰："非羊也，雨工也。""何为雨工？"曰："雷霆之类也。"毅顾视之，则皆矫顾怒步，饮龁甚异。而大小毛角，则无别羊焉。毅又曰："吾为使者，他日归洞庭，幸勿相避。"女曰："宁止不避，当如亲戚耳。"语竟，引别东去。不数十步，回望女与羊，俱亡所见矣。

其夕，至邑而别其友。月余到乡。还家，乃访于洞庭。洞庭之阴果有社橘。遂易带向树，三击而止。俄有武夫出于波间，再拜请曰："贵客将自何所至也？"毅不告其实，曰："走谒大王耳。"武夫揭水指路，引毅以进。谓毅曰："当闭目，数息可达矣。"毅如其言，遂至其宫。始见台阁相向，门户千万，奇草珍木，无所不有。夫乃止毅，停于大室之隅，曰："客当居此以伺焉。"毅曰："此何所也？"夫曰："此灵虚殿也。"谛视之，则人间珍宝，毕尽于此。柱以白璧，砌以青玉，床以珊瑚，帘以水精，雕琉璃于翠楣，饰琥珀于虹栋。奇秀深杳，不可殚言。然而王久不至。毅谓夫曰："洞庭君安在哉？"曰："吾君方幸玄珠阁，与太阳道士讲《火经》，少选当毕。"毅曰："何谓《火经》？"夫曰："吾君，龙也。龙以水为神，举一滴可包陵谷。道士，乃人也。人以火为神圣，发一灯可燎阿房。然而灵用不同，玄化各异。太阳道士精于人理，吾君邀以听焉。"

语毕而官门辟。景从云合，而见一人，披紫衣，执青玉。夫跃曰："此吾君也！"乃至前以告之。君望毅而问曰："岂非人间之人乎？"毅对曰："然。"毅而设拜，君亦拜，命坐于灵虚之下。谓毅曰："水府幽深，寡人暗昧，夫子不远千里，将有为乎？"毅曰："毅，大王之乡人也。长于楚，游学于秦。昨下第，闲驱泾水之涘，见大王爱女牧羊于野，风鬟雨鬓，所不忍视。毅因诘之。谓毅曰：'为夫婿所薄，舅姑不念，以至于此。'悲泗淋漓，诚怛人心。遂托书于毅。毅许之，今以至此。"因取书进之。洞庭君览毕，以袖掩面而泣曰："老父之罪，不诊坚听，坐贻聋瞽，使闺窗孺弱，远罹构害。公，乃陌上人也，而能急之。幸被齿发，何敢负德！"词毕，又哀咤良久。左右皆流涕。时有宦人密视君者，君以书授之，令达宫中。须臾，宫中皆恸哭。君惊谓左右曰："疾告宫中，无使有声。恐钱塘所知。"毅曰："钱塘，何人也？"曰："寡人之爱弟。昔为钱塘长，今则致政矣。"毅曰："何故不使知？"曰："以其勇过人耳。昔尧遭洪水九年者，乃此子一怒也。近与天将失意，塞其五山。上帝以寡人有薄德于古今，遂宽其同气之罪。然犹縻系于此，故钱塘之人，日日候焉。"语未毕，而大声忽发，天拆地裂，宫殿摆簸，云烟沸涌。俄有赤龙长千余尺，电目血舌，朱鳞火鬣，项掣金琐，锁牵玉柱，千雷万霆，激绕其身，霰雪雨雹，一时皆下。乃擘青天而飞去。毅恐蹶仆地。君亲起持之曰："无惧。固无害。"毅良久稍安，乃获自定。因告辞曰："愿得生归，以避复来。"君曰："必不如此。其去则然，其来则不然。幸为少尽缱绻。"因命酌互举，以款人事。

俄而祥风庆云，融融怡怡，幢节玲珑，箫韶以随。红妆千万，笑语熙熙，后有一人，自然蛾眉，明珰满身，绡縠参差。迫而视之，乃前寄辞者。然若喜若悲，零泪如丝。须臾，红烟蔽其左，紫气舒其右，香气环旋，入于宫中。君笑谓毅曰："泾水之囚人至矣。"君乃辞归宫中。须臾，又闻怨苦，久而不已。有顷，君复出，与毅饮食。又有一人，披紫裳，执青玉，貌耸神溢，立于君左。君谓毅曰："此钱塘也。"毅起，趋拜之。钱塘亦尽礼相接，谓毅曰："女侄不幸，为顽童所辱。赖明君子信义昭彰，致达远冤。不然者，是为泾陵之土矣。飨德怀恩，词不悉心。"毅拜退辞谢，俯仰唯唯。

然后回告兄曰："向者辰发灵虚，已至泾阳，午战于彼，未还于此。中间驰至九天，以告上帝。帝知其冤，而宥其失。前所遣责，因而获免。然而刚肠激发，不遑辞候。惊扰宫中，复忤宾客。愧惕惭惧，不知所失。"因退而再拜。君曰："所杀几何？"曰："六十万。""伤稼乎？"曰："八百里。""无情郎安在？"曰："食之矣。"君怃然曰："顽童之为是心也，诚不可忍。然汝亦太草草。赖上帝显圣，谅其至冤。不然者，吾何辞焉。从此已去，勿复如是。"钱塘复再拜。是夕，遂宿毅于凝光殿。

明日，又宴毅于凝碧宫。会友戚，张广乐，具以醪醴，罗以甘洁。初，箛角鼙鼓，旌旗剑戟，舞万夫于其右。中有一夫前曰："此《钱塘破阵乐》。"旌铤杰气，顾骤悍栗，坐客视之，毛发皆竖。复有金石丝竹，罗绮珠翠，舞千女于其左。中有一女前进曰："此《贵主还宫乐》。"清音宛转，如诉如慕，坐客听之，不觉泪下。二舞既毕，龙君大悦，锡以纨绮，颁于舞人。然后密席贯坐，纵酒极娱。

酒酣，洞庭君乃击席而歌曰："大天苍苍兮，大地茫茫，人各有志兮，何可思量。狐神鼠圣兮，薄社依墙。雷霆一发兮，其孰敢当。荷贞人兮信义长，令骨肉兮还故乡。齐言惭愧兮何时忘！"洞庭君歌罢，钱塘君再拜而歌曰："上天配合兮，生死有途。此不当妇兮，彼不当夫。腹心辛苦兮，泾水之隅。风霜满鬓兮，雨雪罗襦。赖明公兮引素书，令骨肉兮家如初。永言珍重兮无时无。"钱塘君歌阕，洞庭君俱起，奉觞于毅。毅踧踖而受爵，饮讫，复以二觞奉二君。乃歌曰："碧云悠悠兮，泾水东流。伤美人兮，雨泣花愁。尺书远达兮，以解君忧。哀冤果雪兮，还处其休。荷和雅兮感甘羞。山家寂寞兮难久留。欲将辞去兮悲绸缪。"歌罢，皆呼万岁。洞庭君因出碧玉箱，贮以开水犀；钱塘君复出红珀盘，贮以照夜玑，皆起进毅。毅辞谢而受。然后宫中之人，咸以绡彩珠璧，投于毅侧。重叠焕赫，须臾埋没前后。毅笑语四顾，愧揖不暇。洎酒阑欢极，毅辞起，复宿于凝光殿。

翌日，又宴毅于清光阁。钱塘因酒，作色，踞谓毅曰："不闻猛石可裂不可卷，义士可杀不可羞邪？愚有衷曲，欲一陈于公。如可，则俱在云霄；如不可，则皆夷粪壤。足下以为何如哉？"毅曰："请闻之。"钱塘曰："泾阳之妻，则洞庭君之爱女也。淑性茂质，为九姻所重。不幸见辱于匪人。今则绝矣。将欲求托高义，世为亲戚。使受恩者知其所归，怀爱者知其所付，岂不为君子始终之道者？"

毅肃然而作，欻然而笑曰："诚不知钱塘君孱困如是！毅始闻跨九州，怀五岳，泄其愤怒；复见断金锁，擘玉柱，赴其急难。毅以为刚决明直，无如君者。盖犯之者不避其死，感之者不爱其生，此真丈夫之志。奈何箫管方洽，亲宾正和，不顾其道，以威加人？岂仆之素望哉！若遇公于洪波之中，玄山之间，鼓以鳞须，被以云雨，将迫毅以死，毅则以禽兽视之，亦何恨哉！今体被衣冠，坐谈礼义，尽五常之志性，负百行之微旨，虽人世贤杰，有不如者。况江河灵类乎？而欲以蠢然之躯，悍然之性，乘酒假气，将迫于人，岂近直哉！且毅之质，不足以藏王一甲之间。然而敢以不伏之心，胜王不道之气。惟王筹之！"钱塘乃逡巡致谢曰："寡人生长宫房，不闻正论。向者词述疏狂，妄突高明。退自循顾，戾不容责。幸君子不为此乖间可也。"其夕，复欢宴，其乐如旧。毅与钱塘，遂为知心友。

明日，毅辞归。洞庭君夫人别宴毅于潜景殿。男女仆妾等，悉出预会。夫人泣谓毅曰："骨肉受君子深恩，恨不得展愧戴，遂至睽别。"使前泾阳女当席拜毅以致谢。夫人又曰："此别岂有复相遇之日乎？"毅其始虽不诺钱塘之请，然当此席，殊有叹恨之色。宴罢，辞别，满宫凄然。赠遗珍宝，怪不可述。

毅于是复循途出江岸，见从者十余人，担囊以随，至其家而辞去。毅因适广陵宝肆，鬻其所得。百未发一，财以盈兆。故淮右富族，咸以为莫如。遂娶于张氏。亡，又娶韩氏。数月，韩氏又亡。徙家金陵。常以鳏旷多感，或谋新匹。有媒氏告之曰："有卢氏女，范阳人也。父名曰浩，尝为清流宰。晚岁好道，独游云泉，今则不知所在矣。母曰郑氏。前年适清河张氏，不幸而张夫早亡。母怜其少，惜其慧美，欲择德以配焉。不识何如？"毅乃卜日就礼。既而男女二姓，俱为豪族，法用礼物，尽其丰盛。金陵之士，莫不健仰。居月余，毅因晚入户，视其妻，深觉类于龙女，而逸艳丰厚，则又过之。因与话昔事。妻谓毅曰："人世岂有如是之理乎？然君与余有一子。"毅益重之。

既产，逾月，乃秾饰换服，召亲戚。相会之间，笑谓毅曰："君不忆余之于昔也？"毅曰："夙为洞庭君女传书，至今为忆。"妻曰："余即洞庭君之女也。泾川之冤，君使得白。衔君之恩，誓心求报。洎钱塘季父论亲不从，遂至睽违，天各一方，不能相问。父母欲配嫁于濯锦小儿某。惟以心誓难移，亲命难背，既为君子弃绝，分无见期。而当初之冤，虽得以告诸父母，而誓报不得其志，复欲驰白于君子。值君子累娶，当娶于张，已而又娶于韩。洎张韩继卒，君卜居于兹，故余之父母乃喜余得遂报君之意。今日获奉君子，咸善终世，死无恨矣。"因呜咽，泣涕交下。对毅曰："始不言者，知君无重色之心。今乃言者，知君有感余之意。妇人匪薄，不足以确厚永心。故因君爱子，以托相生。未知君意如何？愁惧兼心，不能自解。君附书之日，笑谓妾曰：'他日归洞庭，慎无相避。'诚不知当此之际，君岂有意于今日之事乎？其后季父请于君，君固不许。君乃诚将不可邪，抑忿然邪？君其话之！"

毅曰："似有命者。仆始见君子，长泾之隅，枉抑憔悴，诚有不平之志。然自约其心者，达君之冤，余无及也。以言慎勿相避者，偶然耳，岂有意哉？洎钱塘逼迫之际，唯理有不可直，乃激人之怒耳。夫始以义行为之志，宁有杀其婿而纳其妻者邪？一不可也。善素以操真为志尚，宁有屈于己而伏于心者乎？二不可也。且以率肆胸臆，酬酢纷纶，唯直是图，不遑避害。然而将别之日，见君有依然之容，心甚恨之。终以人事扼束，无由报谢。吁！今日，君，卢氏也，又家于人间。则吾始心未为惑矣。从此以往，永奉欢好，心无纤虑也。"妻因深感娇泣，良久不已。有顷，谓毅曰："勿以他类，遂为无心，固当知报耳。夫龙寿万岁，今与君同之。水陆无往不适。君不以为妄也。"毅嘉之曰："吾不知国客乃复为神仙之饵。"乃相与观洞庭。既至，而宾主盛礼，不可具纪。

后居南海，仅四十年，其邸第舆马珍鲜服玩，虽侯伯之室，无以加也。毅之族咸遂濡泽。以其春秋积序，容状不衰，南海之人，靡不惊异。洎开元中，上方属意于神仙之事，精索道术。毅不得安，遂相与归洞庭。凡十余岁，莫知其踪。

至开元末，毅之表弟薛嘏为京畿令，谪官东南。经洞庭，晴昼长望，俄见碧山出于远波。舟人皆侧立，曰："此本无山，恐水怪耳。"指顾之际，山与舟相逼，乃有彩船自山驰来，迎问于嘏。其中有一人呼之曰："柳公来候耳。"嘏省然记之，乃促至山下，摄衣疾上。山有宫阙如人世，见毅立于宫室之中，前列丝竹，后罗珠翠，物玩之盛，殊倍人间。毅词理益玄，容颜益少。初迎嘏于砌，持嘏手曰："别来瞬息，而发毛已黄。"嘏笑曰："兄为神仙，弟为枯骨，命也。"毅因出药五十丸遗嘏，曰："此药一丸可增一岁耳。岁满复来，无久居人世，以自苦也。"欢宴毕，嘏乃辞行。自是已后，遂绝影响。嘏常以是事告于人世。殆四纪，嘏亦不知所在。

陇西李朝威叙而叹曰：五虫之长，必以灵者，别斯见矣。人，裸也，移信鳞虫。洞庭含纳大直，钱塘迅疾磊落，宜有承焉。嘏咏而不载，独可邻其境。愚义之，为斯文。

李章武传

[唐]李景亮

  李章武，字飞，其先中山人。生而敏博，遇事便了。工文学，皆得极至。虽弘道自高，恶为洁饰，而容貌闲美，即之温然。与清河崔信友善。信亦雅士，多聚古物。以章武精敏，每访辨论，皆洞达玄微，研究原本，时人比晋之张华。

  贞元三年，崔信任华州别驾，章武自长安诣之。数日，出行，于市北街见一妇人，甚美。因绐信云："须州外与亲故知闻。"遂赁舍于美人之家。主人姓王，此则其子妇也。乃悦而私焉。居月余日所，计用直三万余，子妇所供费倍之。既而两心克谐，情好弥切。无何，章武系事，告归长安，殷勤叙别。章武留交颈鸳鸯绮一端，仍赠诗曰："鸳鸯绮，知结几千丝。别后寻交颈，应伤未别时。"子妇答白玉指环一，又赠诗曰："捻指环相思，见环重相忆。愿君永持玩，循环无终极。"章武有仆杨果者，子妇赉钱一千，以奖其敬事之勤。既别，积八九年。章武家长安，亦无从与之相闻。

  至贞元十一年，因友人张元宗寓居下邽县，章武又自京师与元会。忽思曩好，乃回车涉渭而访之。日暝，达华州，将舍于王氏之室。至其门，则阒无行迹，但外有宾榻而已。章武以为下里或废业即农，暂居郊野，或亲宾邀聚，未始归复。但休止其门，将别适他舍。见东邻之妇，就而访之。乃云："王氏之长老，皆舍业而出游，其子妇殁已再周矣。"又详与之谈，即云："某姓杨，第六，为东邻妻。"复访郎何姓。章武具语之。又云："曩曾有僮姓杨名果乎？"

曰："有之。"因泣告曰："某为里中妇五年，与王氏相善。尝云：'我夫室犹如传舍，阅人多矣。其于往来见调者，皆殚财穷产，甘辞厚誓，未尝动心。顷岁有李十八郎，曾舍于我家。我初见之，不觉自失。后遂私侍枕席，实蒙欢爱。今与之别累年矣。思慕之心，或竟日不食，终夜无寝。我家人故不可托。复被彼夫东西，不时会遇。脱有至者，愿以物色名氏求之。如不参差，相托祗奉，并语深意。但有仆夫杨果，即是。'不二三年，子妇寝疾。临终，复见托曰：'我本寒微，曾辱君子厚顾，心常感念。久以成疾，自料不治。曩所奉托，万一至此，愿申九泉衔恨，千古睽离之叹。仍乞留止此，冀神会于仿佛之中。'"章武乃求邻妇为开门，命从者市薪刍食物。

方将具细席，忽有一妇人，持帚，出房扫地。邻妇亦不之识。章武因访所从者，云是舍中人。又逼而诘之，即徐曰："王家亡妇感郎恩情深，将见会。恐生怪怖，故使相闻。"章武许诺，云："章武所由来者，正为此也。虽显晦殊途，人皆忌惮，而思念情至，实所不疑。"言毕，执帚人欣然而去，逡巡映门，即不复见。乃具饮馔，呼祭。自食饮毕，安寝。

至二更许，灯在床之东南，忽尔稍暗，如此再三。章武心知有变，因命移烛背墙，置室东西隅。旋闻室北角悉窣有声；如有人形，冉冉而至。五六步，即可辨其状。视衣服，乃主人子妇也。与昔见不异，但举止浮急，音调轻清耳。

章武下床，迎拥携手，款若平生之欢。自云："在冥录以来，都忘亲戚。但思君子之心，如平昔耳。"章武倍与狎匿，亦无他异。但数请令人视明星，若出，当须还，不可久住。每交欢之昵，即恳托在邻妇杨氏，云："非此人，谁达幽恨？"至五更，有人告可还。子妇泣下床，与章武连臂出门，仰望天汉，遂呜咽悲怨。

却入室，自于裙带上解锦囊，囊中取一物以赠之。其色绀碧，质又坚密，似玉而冷，状如小叶。章武不之识也。子妇曰："此所谓'靺鞨宝'，出昆仑玄圃中。彼亦不可得。妾近于西岳与玉京夫人戏，见此物在众宝珰上，爱而访之。夫人遂假以相授，云：'洞天群仙，每得此一宝，皆为光荣。'以郎奉玄道，有精识，故以投献，常愿宝之，此非人间之有。"遂赠诗曰："河汉已倾斜，神魂欲超越。愿郎更回抱，终天从此诀。"章武取白玉宝簪一以酬之，并答诗曰："分从幽显隔，岂谓有佳期。宁辞重重别，所叹去何之。"因相持泣，良久。子妇又赠诗曰："昔辞怀后会，今别便终天。新悲与旧恨，千古闭穷泉。"章武答曰："后期杳无约，前恨已相寻。别路无行信，何因得寄心。"款曲叙别讫，遂却赴西北隅。行数步，犹回顾拭泪云："李郎无舍，念此泉下人。"复哽咽伫立，视天欲明，急趋至角，即不复见。但空室窅然，寒灯半灭而已。

章武乃促装，却自下邽归长安武定堡。下邽郡官与张元宗携酒宴饮，既酣，章武怀念，因即事赋诗曰："水不西归月暂圆，令人惆怅古城边。萧条明早分岐路，知更相逢何岁年。"吟毕，与郡官别。独行数里，又自讽诵。忽闻空中有叹赏，音调凄恻。更审听之，乃王氏子妇也。自云："冥中各有地分。今于此别，无日交会。知郎思眷，故冒阴司之责，远来奉送。千万自爱！"章武愈感之。及至长安，与道友陇西李助话，亦感其诚而赋曰："石沉辽海阔，剑别楚天长，会合知无日，离心满夕阳。"

章武既事东平丞相府，因闲，召玉工视所得靺鞨宝，工亦不知，不敢雕刻。后奉使大梁，又召玉工，粗能辨，乃因其形，雕作檞叶象。奉使上京，每以此物贮怀中。至市东街，偶见一胡僧，忽近马叩头云："君有宝玉在怀，乞一见尔。"乃引于静处开视。僧捧玩移时，云："此天上至物，非人间有也。"

章武后往来华州，访遗杨六娘，至今不绝。

霍小玉传

[唐]蒋防

大历中，陇西李生名益，年二十，以进士擢第。其明年，拔萃，俟试于天官。夏六月，至长安，舍于新昌里。生门族清华，少有才思，丽词嘉句，时谓无双。先达丈人，翕然推伏。每自矜风调，思得佳偶，博求名妓，久而未谐。长安有媒鲍十一娘者，故薛驸马家青衣也，折券从良，十余年矣。性便辟，巧言语，豪家戚里，无不经过，追风挟策，推为渠帅。常受生诚托厚赂，意颇德之。

经数月，李方闲居舍之南亭。申未间，忽闻扣门甚急，云是鲍十一娘至。摄衣从之，迎问曰："鲍卿，今日何故忽然而来？"鲍笑曰："苏姑子作好梦也未？有一仙人，谪在下界，不邀财货，但慕风流。如此色目，共十郎相当矣。"生闻之惊跃，神飞体轻，引鲍手且拜且谢曰："一生作奴，死亦不惮。"因问其名居。鲍具说曰："故霍王小女，字小玉，王甚爱之。母曰净持。净持即王之宠婢也。王之初薨，诸弟兄以其出自贱庶，不甚收录。因分与资财，遣居于外，易姓为郑氏，人亦不知其王女。姿质秾艳，一生未见，高情逸态，事事过人，音乐诗书，无不通解。昨遣某求一好儿郎，格调相称者。某具说十郎。他亦知有李十郎名字，非常欢惬。住在胜业坊古寺曲，甫上车门宅是也。已与他作期约。明日午时，但至曲头觅桂子。即得矣。"

鲍既去，生便备行计。遂令家僮秋鸿，于从兄京兆参军尚公处假青骊驹，黄金勒。其夕，生澣衣沐浴，修饰容仪，喜跃交并，通夕不寐。迟明，巾帻，引镜自照，惟惧不谐也。徘徊之间，至于亭午。遂命驾疾驱，直抵胜业。

至约之所，果见青衣立候，迎问曰："莫是李十郎否？"即下马，令牵入屋底，急急锁门。见鲍果从内出来，遥笑曰："何等儿郎，造次入此？"生调诮未毕，引入中门。庭间有四樱桃树，西北悬一鹦鹉笼，见生人来，即语曰："有人入来，急下帘者！"生本性雅淡，心犹疑惧，忽见鸟语，愕然不敢进。逡巡，鲍引净持下阶相迎，延入对坐。

年可四十余，绰约多姿，谈笑甚媚。因谓生曰："素闻十郎才调风流，今又见容仪雅秀，名下固无虚士。某有一女子，虽拙教训，颜色不至丑陋，得配君子，颇为相宜。频见鲍十一娘说意旨，今亦便令承奉箕帚。"生谢曰："鄙拙庸愚，不意顾盼，倘垂采录，生死为荣。"遂命酒馔，即令小玉自堂东阁子中而出。生即拜迎。但觉一室之中，若琼林玉树，互相照曜，转盼精彩射人。既而遂坐母侧。母谓曰："汝尝爱念'开帘风动竹，疑是故人来'。即此十郎诗也。尔终日吟想，何如一见。"玉乃低鬟微笑，细语曰："见面不如闻名。才子岂能无貌？"生遂连起拜曰："小娘子爱才，鄙夫重色。两好相映，才貌相兼。"母女相顾而笑，遂举酒数巡。生起，请玉唱歌，初不肯，母固强之。发声清亮，曲度精奇。

酒阑，及暝，鲍引生就西院憩息。闲庭邃宇，帘幕甚华。鲍令侍儿桂子、浣沙与生脱靴解带。须臾，玉至，言叙温和，辞气宛媚。解罗衣之际，态有余妍，低帏昵枕，极其欢爱。生自以为巫山洛浦不过也。中宵之夜，玉忽流涕观生曰："妾本倡家，自知非匹。今以色爱，托其仁贤。但虑一旦色衰，恩移情替，使女萝无托，秋扇见捐。极欢之际，不觉悲至。"生闻之，不胜感叹，乃引臂替枕，徐谓玉曰："平生志愿，今日获从，粉骨碎身，誓不相舍。夫人何发此言！请以素缣，著之盟约。"玉因收泪，命侍儿樱桃褰幄执烛，授生笔研。

玉管弦之暇，雅好诗书，筐箱笔研，皆王家之旧物。遂取绣囊，出越姬乌丝栏素缣三尺以授生。生素多才思，援笔成章，引谕山河，指诚日月，句句恳切，闻之动人。染毕，命藏于宝箧之内。自尔婉娈相得，若翡翠之在云路也。如此二岁，日夜相从。

其后年春，生以书判拔萃登科，授郑县主簿。至四月，将之官，便拜庆于东洛。长安亲戚，多就筵饯。时春物尚余，夏景初丽，酒阑宾散，离思萦怀。玉谓生曰："以君才地名声，人多景慕，愿结婚媾，固亦众矣。况堂有严亲，室无冢妇，君之此去，必就佳姻。盟约之言，徒虚语耳。然妾有短愿，欲辄指陈。永委君心，复能听否？"生惊怪曰："有何罪过，忽发此辞？试说所言，必当敬奉。"

玉曰："妾年始十八，君才二十有二，迨君壮室之秋，犹有八岁。一生欢爱，愿毕此期。然后妙选高门，以谐秦晋，亦未为晚。妾便舍弃人事，剪发披缁，夙昔之愿，于此足矣。"生且愧且感，不觉涕流。因谓玉曰："皎日之誓，死生以之，与卿偕老，犹恐未惬素志，岂敢辄有二三。固请不疑，但端居相待。至八月，必当却到华州，寻使奉迎，相见非远。"更数日，生遂诀别东去。

到任旬日，求假往东都觐亲。未至家日，太夫人已与商量表妹卢氏，言约已定。太夫人素严毅，生逡巡不敢辞让。遂就礼谢，便有近期。卢亦甲族也，嫁女于他门，聘财必以百万为约，不满此数，义在不行。生家素贫，事须求贷，便托假故，远投亲知，涉历江淮，自秋及夏。生自以孤负盟约，大愆回期。寂不知闻，欲断其望。遥托亲故，不遗漏言。

玉自生逾期，数访音信。虚词诡说，日日不同。博求师巫，遍询卜筮，怀忧抱恨，周岁有余。羸卧空闺，遂成沉疾。虽生之书题竟绝，而玉之想望不移，略遣亲知，使通消息。寻求既切，资用屡空，往往私令侍婢潜卖箧中服玩之物，多托于西市寄附铺侯景先家货卖。

曾令侍婢浣沙将紫玉钗一只，诣景先家贷之。路逢内作老玉工，见浣沙所执，前来认之曰："此钗，吾所作也。昔岁霍王小女将欲上鬟，令我作此，酬我万钱。我尝不忘。汝是何人，从何而得？"浣沙曰："我小娘子，即霍王女也。家事破散，失身于人。夫婿昨向东都，更无消息。恺怏成疾，今欲二年。令我卖此，略遗于人，使求音信。"玉工凄然下泣曰："贵人男女，失机落节，一至于此。我残年向尽，见此盛衰，不胜伤感。"遂引至延先公主宅，具言前事。公主亦为之悲叹良久，给钱十二万焉。

时生所定卢氏女在长安，生既毕于聘财，还归郑县。其年腊月，又请假入城就亲。潜卜静居，不令人知。有明经崔久明者，生之中表弟也。性甚长厚，昔岁常与生同欢于郑氏之室，杯盘笑语，曾不相间。每得生信，必诚告于玉。玉常以薪刍衣服，资给于崔。崔颇感之。生既至，崔具以诚告玉。玉恨叹曰："天下岂有是事乎！"遍请亲朋，多方召致。生自以愆期负约，又知玉疾候沉绵，惭耻忍割，终不肯往。晨出暮归，欲以回避。玉日夜涕泣，都忘寝食，期一相见，竟无因由。冤愤益深，委顿床枕。自是长安中稍有知者。风流之士，共感玉之多情；豪侠之伦，皆怒生之薄行。

时已三月，人多春游。生与同辈五六人，诣崇敬寺玩牡丹花，步于西廊，递吟诗句。有京兆韦夏卿者，生之密友，时亦同行。谓生曰："风光甚丽，草木荣华。伤哉郑卿，衔冤空室！足下终能弃置，实是忍人。丈夫之心，不宜如此。足下宜为思之！"

叹让之际，忽有一豪士，衣轻黄纻衫，挟弓弹，丰神隽美，衣服轻华，唯有一剪头胡雏从后，潜行而听之。俄而前揖生曰："公非李十郎者乎！某族本山东，姻连外戚。虽乏文藻，心尝乐贤。仰公声华，常思观止。今日幸会，得睹清扬。某之敝居，去此不远，亦有声乐，足以娱情。妖姬八九人，骏马十数匹，唯公所欲。但愿一过。"生之侪辈，共聆斯语，更相叹美。因与豪士策马同行，疾转数坊，遂至胜业。生以近郑之所止，意不欲过，便托事故，欲回马首。豪士曰："敝居咫尺，忍相弃乎？"乃挽挟其马，牵引而行。迁延之间，已及郑曲。生神情恍惚，鞭马欲回。豪士遽命奴仆数人，抱持而进。疾走推入车门，便令锁却，报云："李十郎至也！"一家惊喜，声闻于外。

先此一夕，玉梦黄衫丈夫抱生来，至席，使玉脱鞋。惊寤而告母。因自解曰："鞋者，谐也。夫妇再合。脱者，解也。既合而解，亦当永诀。由此征之，必遂相见，相见之后，当死矣。"凌晨，请母妆梳。母以其久病，心意惑乱，不甚信之。黾勉之间，强为妆梳。妆梳才毕，而生果至。玉沉绵日久，转侧须人。忽闻生来，歘然自起，更衣而出，恍若有神。遂与生相见，含怒凝视，不复有言。赢质娇姿，如不胜致，时复掩袂，返顾李生。感物伤人，坐皆欷歔。顷之，有酒肴数十盘，自外而来。一座惊视，遽问其故，悉是豪士之所致也。因遂陈设，相就而坐。玉乃侧身转面，斜视生良久，遂举杯酒，酬地曰："我为女子，薄命如斯。君是丈夫，负心若此。韶颜稚齿，饮恨而终。慈母在堂，不能供养。绮罗弦管，从此永休。征痛黄泉，皆君所致。李君李君，今当永诀！我死之后，必为厉鬼，使君妻妾，终日不安！"乃引左手握其臂，掷杯于地，长恸号哭数声而绝。母乃举尸，置于生怀，令唤之，遂不复苏矣。

生为之缟素，旦夕哭泣甚哀。将葬之夕，生忽见玉缞帏之中，容貌妍丽，宛若平生。著石榴裙，紫襦裆，红绿帔子。斜身倚帏，手引绣带，顾谓生曰："愧君相送，尚有余情。幽冥之中，能不感叹。"言毕,遂不复见。明日,葬于长安御宿原。生至墓所,尽哀而返。

　　后月余,就礼于卢氏。伤情感物,郁郁不乐。夏五月,与卢氏偕行,归于郑县。至县旬日,生方与卢氏寝,忽帐外叱叱作声。生惊视之,则见一男子,年可二十余,姿状温美,藏身映幔,连招卢氏。生惶遽走起,绕幔数匝,倏然不见。生自此心怀疑恶,猜忌万端,夫妻之间,无聊生矣。或有亲情,曲相劝喻。生意稍解。

　　后旬日,生复自外归,卢氏方鼓琴于床,忽见自门抛一斑犀钿花合子,方圆一寸余,中有轻绢,作同心结,坠于卢氏怀中。生开而视之,见相思子二,叩头虫一,发杀觜一,驴驹媚少许。生当时愤怒叫吼,声如豺虎,引琴撞击其妻,诘令实告。卢氏亦终不自明。尔后往往暴加捶楚,备诸毒虐,竟讼于公庭而遣之。

　　卢氏既出,生或侍婢媵妾之属,暂同枕席,便加妒忌。或有因而杀之者。生尝游广陵,得名姬曰营十一娘,容态润媚,生甚悦之,每相对坐,尝谓营曰:“我尝于某处得某姬,犯某事,我以某法杀之。”日日陈说,欲令惧己,以肃清闺门。出则以浴斛覆营于床,周回封署,归必详视,然后乃开。又畜一短剑,甚利,顾谓侍婢曰:“此信州葛溪铁,唯断作罪过头!”大凡生所见妇人,辄加猜忌,至于三娶,率皆如初焉。

古岳渎经

[唐]李公佐

　　贞元丁丑岁，陇西李公佐泛潇湘苍梧。偶遇征南从事弘农杨衡，泊舟古岸，淹留佛寺，江空月浮，征异话奇。杨告公佐云："永泰中，李汤任楚州刺史时，有渔人，夜钓于龟山之下。其钓因物所制，不复出。渔者健水，疾沉于下五十丈。见大铁锁，盘绕山足，寻不知极。遂告汤。汤命渔人及能水者数十，获其锁，力莫能制。加以牛五十余头。锁乃振动，稍稍就岸。时无风涛，惊浪翻涌。观者大骇。锁之末见一兽，状有如猿，白首长鬐，雪牙金爪，闯然上岸，高五丈许。蹲踞之状若猿猴。但两目不能开，兀若昏昧。目鼻水流如泉，涎沫腥秽，人不可近。久，乃引颈伸欠，双目忽开，光彩若电。顾视人焉，欲发狂怒。观者奔走。兽亦徐徐引锁拽牛，入水去，竟不复出。时楚多知名士，与汤相顾愕栗，不知其由尔。乃渔者时知锁所，其兽竟不复见。"

　　公佐至元和八年冬，自常州饯送给事中孟简至朱方，廉使薛公苹馆待礼备。时扶风马植，范阳卢简能，河东裴蘧，皆同馆之，环炉会语终夕焉。公佐复说前事，如杨所言。

　　至九年春，公佐访古东吴，从太守元公锡泛洞庭，登包山，宿道者周焦君庐。入灵洞，探仙书。石穴间得古《岳渎经》第八卷，文字古奇，编次蠹毁，一不能解。公佐与焦君共详读之："禹理水，三至桐柏山，惊风走雷，石号木鸣，五伯拥川，天老肃兵，不能兴。

禹怒，召集百灵，搜命夔龙。桐柏千君长稽首请命。禹因囚鸿蒙氏，章商氏，兜卢氏，犁娄氏。乃获淮涡水神，名无支祁，善应对言语，辨江淮之浅深，原隰之远近。形若猿猴，缩鼻高额，青躯白首，金目雪牙。颈伸百尺，力逾九象，搏击腾踔疾奔，轻利倏忽，闻视不可久。禹授之章律，不能制；授之鸟木由，不能制；授之庚辰，能制。鸱脾桓木魅水灵山袄石怪，奔号聚绕，以数千载。庚辰以战逐去。颈锁大索，鼻穿金铃，徙淮阴之龟山之足下。俾淮水永安流注海也。庚辰之后，皆图此形者，免淮涛风雨之难。"即李汤之见，与杨衡之说，与《岳渎经》符矣。

南柯太守传

[唐]李公佐

东平淳于棼，吴楚游侠之士。嗜酒使气，不守细行。累巨产，养豪客。曾以武艺补淮南军裨将，因使酒忤帅，斥逐落魄，纵诞饮酒为事。家住广陵郡东十里。所居宅南有大古槐一株，枝干修密，清阴数亩。淳于生日与群豪，大饮其下。

贞元七年九月，因沉醉致疾。时二友人于坐扶生归家，卧于堂东庑之下。二友谓生曰："子其寝矣！余将秣马濯足，俟子小愈而去。"生解巾就枕，昏然忽忽，仿佛若梦。见二紫衣使者，跪拜生曰："槐安国王遣小臣致命奉邀。"生不觉下榻整衣，随二使至门。见青油小车，驾以四牡，左右从者七八，扶生上车，出大户，指古槐穴而去。使者即驱入穴中。生意颇甚异之，不敢致问。忽见山川风候草木道路，与人世甚殊。前行数十里，有郛郭城堞。车舆人物，不绝于路。生左右传车者传呼甚严，行者亦争辟于左右。又入大城，朱门重楼，楼上有金书，题曰："大槐安国。"执门者趋拜奔走。旋有一骑传呼曰："王以驸马远降，令且息东华馆。"因前导而去。

俄见一门洞开，生降车而入。彩槛雕楹，华木珍果，列植于庭下；几案茵褥，帘帏肴膳，陈设于庭上。生心甚自悦。复有呼曰："右相且至。"生降阶祗奉。有一人紫衣象简前趋，宾主之仪敬尽焉。右相曰："寡君不以弊国远僻，奉迎君子，托以姻亲。"生曰："某以贱劣之躯，岂敢是望。"右相因请生同诣其所。行可百步，入朱门。矛戟斧钺，布列左右，军吏数百，辟易道侧。生有平生酒徒周弁者，亦趋其中。生私心悦之，不敢前问。右相引生升广殿，御卫严肃，若至尊之所。见一人长大端严，居正位，衣素练服，簪朱华冠。生战栗，不敢仰视，左右侍者令生拜。王曰："前奉贤尊命，不弃小国，许令次女瑶芳，奉事君子。"生但俯伏而已，不敢致词。王曰："且就宾宇，续造仪式。"有旨，右相亦与生偕还馆舍。生思念之，意以为父在边将，因殁虏中，不知存亡。将谓父北蕃交逊，而致兹事。心甚迷惑，不知其由。

是夕，羔雁币帛，威容仪度，妓乐丝竹，肴膳灯烛，车骑礼物之用，无不咸备。有群女，或称华阳姑，或称青溪姑，或称上仙子，或称下仙子，若是者数辈。皆侍从数十，冠翠凤冠，衣金霞帔，彩碧金钿，目不可视。遨游戏乐，往来其门，争以淳于郎为戏弄。风态妖丽，言词巧艳，生莫能对。复有一女谓生曰："昨上巳日，吾从灵芝夫人过禅智寺，于天竺院观石延舞《婆罗门》。吾与诸女坐北牖石榻上，时君少年，亦解骑来看。君独强来亲洽，言调笑谑。吾与穷英妹结绛巾，挂于竹枝上，君独不忆念之乎？又七月十六日，吾于孝感侍上真子，听契玄法师讲《观音经》。吾于讲下舍金凤钗两只，上真子舍水犀合子一枚。时君亦讲筵中于师处请钗合视之。赏叹再三，嗟异良久。顾余辈曰：'人之与物，皆非世间所有。'或问吾氏，或访吾里。吾亦不答。情意恋恋，瞩盼不舍。君岂不思念之乎？"生曰："中心藏之，何日忘之。"群女曰："不意今日与君为眷属。"复有三人，冠带甚伟，前拜生曰："奉命为驸马相者。"中一人与生且故。生指曰："子非冯翊田子华乎？"田曰："然。"生前，执手叙旧久之。生谓曰："子何以居此？"子华曰："吾放游，获受知于右相武成侯段公，因以栖托。"生复问曰："周弁在此，知之乎？"子华曰："周生，贵人也。职为司隶，权势甚盛。吾数蒙庇护。"言笑甚欢。俄传声曰："驸马可进矣。"三子取剑佩冕服，更衣之。子华曰:"不意今日获睹盛礼,无以相忘也。"有仙姬数十,奏诸异乐,婉转清亮,曲调凄悲,非人间之所闻听。有执烛引导者,亦数十。左右见金翠步障,彩碧玲珑,不断数里。生端坐车中,心意恍惚,甚不自安。田子华数言笑以解之。向者群女姑娣,各乘凤翼辇,亦往来其间。至一门,号"修仪宫"。群仙姑娣亦纷然在侧,令生降车辇拜,揖让升降,一如人间。撤障去扇,见一女子,云号金枝公主。年可十四五,俨若神仙。交欢之礼,颇亦明显。生自尔情义日洽,荣耀日盛。出入车服,游宴宾御,次于王者。

王命生与群寮备武卫,大猎于国西灵龟山。山阜峻秀,川泽广远,林树丰茂,飞禽走兽,无不蓄之。师徒大获,竟夕而还。

生因他日,启王曰:"臣顷结好之日,大王云奉臣父之命。臣父顷佐边将,用兵失利,陷没胡中。尔来绝书信十八岁矣。王既知所在,臣请一往拜观。"王遽谓曰:"亲家翁职守北土,信问不绝。卿但具书状知闻,未用便去。"遂命妻致馈贺之礼,一以遣之。数夕还答。生验书本意,皆父平生之迹。书中忆念教诲,情意委曲,皆如昔年。复问生亲戚存亡,闾里兴废。复言路道乖远,风烟阻绝。词意悲苦,言语哀伤。又不令生来觐,云:"岁在丁丑,当与女相见。"生捧书悲咽,情不自堪。

他日,妻谓生曰:"子岂不思为政乎?"生曰:"我放荡不习政事。"妻曰:"卿但为之。余当奉赞。"妻遂白于王。累日,谓生曰:"吾南柯政事不理,太守黜废。欲借卿才,可曲屈之。便与小女同行。"生敦授教命。王遂敕有司备太守行李。因出金玉锦绣,箱奁仆妾车马,列于广衢,以饯公主之行。生少游侠,曾不敢有望,至是甚悦。因上表曰:"臣将门余子,素无艺术,猥当大任,必败朝章。自悲负乘,坐致覆𫗧。今欲广求贤哲,以赞不逮。伏见司隶颍川周弁,忠亮刚直,守法不回,有毗佐之器。处士冯翊田子华,清慎通变，达政化之源。二人与臣有十年之旧，备知才用，可托政事。周请署南柯司宪，田请署司农。庶使臣政绩有闻，宪章不紊也。"王并依表以遣之。

其夕，王与夫人饯于国南。王谓生曰："南柯国之大郡，土地丰壤，人物豪盛，非惠政不能以治之。况有周、田二赞。卿其勉之，以副国念。"夫人戒公主曰："淳于郎性刚好酒，加之少年。为妇之道，贵乎柔顺。尔善事之，吾无忧矣。南柯虽封境不遥，晨昏有间。今日瞬别，宁不沾巾。"生与妻拜首南去，登车拥骑，言笑甚欢。累夕达郡。郡有官吏、僧道、耆老、音乐、车舆、武卫、銮铃，争来迎奉。人物阗咽，钟鼓喧哗，不绝十数里。见雉堞台观，佳气郁郁。入大城门，门亦有大榜，题以金字，曰"南柯郡城"。见朱轩棨户，森然深邃。生下车，省风俗，疗病苦，政事委以周、田，郡中大理。自守郡二十载，风化广被，百姓歌谣，建功德碑，立生祠宇。王甚重之。赐食邑，锡爵位，居台辅。周、田皆以政治著闻，递迁大位。生有五男二女。男以门荫授官，女亦娉于王族。荣耀显赫，一时之盛，代莫比之。

是岁，有檀萝国者，来伐是郡。王命生练将训师以征之。乃表周弁将兵三万，以拒贼之众于瑶台城。弁刚勇轻敌，师徒败绩。弁单骑裸身潜遁，夜归城。贼亦收辎重铠甲而还。生因囚弁以请罪。王并舍之。是月，司宪周弁疽发背，卒。生妻公主遘疾，旬日又薨。生因请罢郡，护丧赴国。王许之。便以司农田子华行南柯太守事。生哀恸发引，威仪在途，男女叫号，人吏奠馔，攀辕遮道者不可胜数。遂达于国。王与夫人素衣哭于郊，候灵舆之至。谥公主曰"顺仪公主"。备仪仗羽葆鼓吹，葬于国东十里盘龙冈。是月，故司宪子荣信，亦护丧赴国。

生久镇外藩，结好中国，贵门豪族，靡不是洽。自罢郡还国，出入无恒，交游宾从，威福日盛。王意疑惮之。时有国人上表云："玄象谪见，国有大恐。都邑迁徙，宗庙崩坏。衅起他族，事在萧墙。"时议以生伦僭之应也。遂夺生侍卫，禁生游从，处之私第。生自恃守郡多年，曾无败政，流言怨悖，郁郁不乐。王亦知之，因命生曰："姻亲二十余年，不幸小女夭枉，不得与君子偕老，良用痛伤。"夫人因留孙自鞠育之。又谓生曰："卿离家多时，可暂归本里，一见亲族。诸孙留此，无以为念。后三年，当令迎卿。"生曰："此乃家矣，何更归焉？"王笑曰："卿本人间，家非在此。"生忽若惛睡，瞢然久之，方乃发悟前事，遂流涕请还。

王顾左右以送生。生再拜而去，复见前二紫衣使者从焉。至大户外，见所乘车甚劣，左右亲使御仆，遂无一人，心甚叹异。生上车，行可数里，复出大城。宛是昔年东来之途，山川原野，依然如旧。所送二使者，甚无威势。生逾怏怏。生问使者曰："广陵郡何时可到？"二使讴歌自若，久乃答曰："少顷即至。"俄出一穴，见本里闾巷，不改往日，潸然自悲，不觉流涕。二使者引生下车，入其门，升其阶，已身卧于堂东庑之下。生甚惊畏，不敢前近。二使因大呼生之姓名数声，生遂发寤如初。见家之僮仆拥篲于庭，二客濯足于榻，斜日未隐于西垣，余樽尚湛于东牖。梦中倏忽，若度一世矣。

生感念嗟叹，遂呼二客而语之。惊骇，因与生出外，寻槐下穴。生指曰："此即梦中所惊人处。"二客将谓狐狸木媚之所为祟。遂命仆夫荷斤斧，断拥肿，折查枿，寻穴究源。旁可袤丈。有大穴，根洞然明朗，可容一榻。上有积土壤以为城郭台殿之状。有蚁数斛，隐聚其中。中有小台，其色若丹。二大蚁处之，素翼朱首，长可三寸。左右大蚁数十辅之，诸蚁不敢近。此其王矣。即槐安国都也。又穷一穴，直上南枝可四丈，宛转方中，亦有土城小楼，群蚁亦处其中，即生所领南柯郡也。又一穴：西去二丈，磅礴空坏，嵌窅异状。中有一腐龟壳，大如斗。积雨浸润，小草丛生，繁茂翳荟，掩映振壳，即生所猎灵龟山也。又穷一穴：东去丈余，古根盘屈，若龙虺之状。中有小土壤，高尺余，即生所葬妻盘龙冈之墓也。追想前事，感叹于怀，披阅穷迹，皆符所梦。不欲二客壤之，遽令掩塞如旧。是夕，风雨暴发。旦视其穴，遂失群蚁，莫知所去。故先言"国有大恐，都邑迁徙"，此其验矣。复念檀萝征伐之事，又请二客访迹于外。宅东一里有古涸涧，侧有大檀树一株，藤萝拥织，上不见日。旁有小穴，亦有群蚁隐聚其间。檀萝之国，岂非此耶？嗟乎！蚁之灵异，犹不可穷，况山藏木伏之大者所变化乎？时生酒徒周弁、田子华并居六合县，不与生过从旬日矣。生遽遣家僮疾往候之。周生暴疾已逝，田子华亦寝疾于床。生感南柯之浮虚，悟人世之倏忽，遂栖心道门，绝弃酒色。后三年，岁在丁丑，亦终于家。时年四十七，将符宿契之限矣。

公佐贞元十八年秋八月，自吴之洛，暂泊淮浦，偶觇淳于生棼，询访遗迹，翻覆再三，事皆摭实，辄编录成传，以资好事。虽稽神语怪，事涉非经，而窃位著生，冀将为戒。后之君子，幸以南柯为偶然，无以名位骄于天壤间云。

前华州参军李肇赞曰：

贵极禄位，权倾国都，达人视此，蚁聚何殊。

庐江冯媪传

［唐］李公佐

冯媪者，庐江里中啬夫之妇，穷寡无子，为乡民贱弃。元和四年，淮楚大歉。媪逐食于舒，途经牧犊墅。暝值风雨，止于桑下。忽见路隅一室，灯烛荧荧。媪因诣求宿。见一女子，年二十余，容服美丽，携三岁儿，倚门悲泣。前，又见老叟与媪，据床而坐。神气惨戚，言语呫嗫，有若征索财物，追逐之状。见冯媪至，叟媪默然舍去。女久乃止泣，入户备饩食，理床榻，邀媪食息焉。媪问其故。女复泣曰："此儿父，我之夫也。明日别娶。"媪曰："向者二老人，何人也？于汝何求，而发怒？"女曰："我舅姑也。今嗣子别娶，征我筐筥刀尺祭祀旧物，以授新人。我不忍与，是有斯责。"媪曰："汝前夫何在？"女曰："我淮阴令梁倩女，适董氏七年。有二男一女。男皆随父，女即此也。今前邑中董江，即其人也。江官为酂丞，家累巨产。"发言不胜呜咽，媪不之异。又久困寒饿，得美食甘寝，不复言。女泣至晓。

媪辞去，行二十里，至桐城县。县东有甲第，张帘帷，具羔雁，人物纷然，云今有官家礼事。媪问其郎，即董江也。媪曰："董有妻，何更娶焉？"邑人曰："董妻及女亡矣。"媪曰："昨宵我遇雨，寄宿董妻梁氏舍，何得言亡？"邑人询其处，即董妻墓也。询其二老容貌，即董江之先父母也。董江本舒州人，里中之人皆得详之。有告董江者，董以妖妄罪之，令部者迫逐媪去。媪言于邑人，邑人皆为感叹。是夕，董竟就婚焉。

元和六年夏五月，江淮从事李公佐使至京，回次汉南，与渤海高钺，天水赵儹，河南宇文鼎会于传舍。宵话征异，各尽见闻。钺具道其事，公佐为之传。

谢小娥传

[唐]李公佐

　　小娥，姓谢氏，豫章人，估客女也。生八岁，丧母；嫁历阳侠士段居贞。居贞负气重义，交游豪俊。小娥父畜巨产，隐名商贾间，常与段婿同舟货，往来江湖。时小娥年十四，始及笄。父与夫俱为盗所杀，尽掠金帛。段之弟兄，谢之生侄，与童仆辈数十，悉沉于江。小娥亦伤胸折足，漂流水中，为他船所获，经夕而活。因流转乞食至上元县，依妙果寺尼净悟之室。初，父之死也，小娥梦父谓曰："杀我者，车中猴，门东草。"又数日，复梦其夫谓曰："杀我者，禾中走，一日夫。"小娥不自解悟，常书此语，广求智者辨之，历年不能得。

　　元和八年春，余罢江西从事，扁舟东下，淹泊建业，登瓦官寺阁。有僧齐物者，重贤好学，与余善。因告余曰："有孀妇名小娥者，每来寺中，示我十二字谜语，某不能辨。"余遂请齐公书于纸，乃凭槛书空，凝思默虑。坐客未倦，予悟其文。令寺童疾召小娥前至，询访其由。小娥呜咽良久，乃曰："我父及夫，皆为贼所杀。迩后尝梦父告曰：'杀我者，车中猴，门东草。'又梦夫告曰：'杀我者，禾中走，一日夫。'岁久无人悟之。"余曰："若然者，吾审详矣。杀汝父是申兰，杀汝夫是申春。且车中猴，车字去上下各一画，是申字；又申属猴，故曰车中猴。草下有门，门中有东，乃兰字也。又，禾中走是穿田过，亦是申字也。一日夫者，夫上更一画，下有日，是春字也。杀汝父是申兰，杀汝夫是申春，足可明矣。"小娥恸哭再拜，书申兰申春四字于衣中，誓将访杀二贼，以复其冤。娥因问余姓氏官族，垂涕而去。

尔后小娥便为男子服，佣保于江湖间。岁余，至浔阳郡，见竹户上有纸榜子，云："召佣者。"小娥乃应召诣门，问其主，乃申兰也。兰引归，娥心愤貌顺，在兰左右，甚见亲爱。金帛出入之数，无不委娥。已二岁余，竟不知娥之女人也。先是谢氏之金宝锦绣，衣物器具，悉掠在兰家，小娥每执旧物，未尝不暗泣移时。兰与春，宗昆弟也。时春一家住大江北独树浦，与兰往来密洽。兰与春同去经月，多获财帛而归。每留娥与兰妻兰氏同守家室，酒肉衣服，给娥甚丰。若一日，春携文鲤兼酒诣兰，娥私叹曰："李君精悟玄鉴，皆符梦言。此乃天启其心，志将就矣。"是夕，兰与春会群贼，毕至酣饮。暨诸凶既去，春沉醉，卧于内室，兰亦露寝于庭。小娥潜锁春于内，抽佩刀先断兰首，呼号邻人并至，春擒于内，兰死于外，获赃收货，数至千万。初，兰、春有党数十，暗记其名，悉擒就戮。时浔阳太守张公，善其志行，为具其事上旌表，乃得免死。时元和十二年夏岁也。

复父夫之仇毕，归本里，见亲属。里中豪族争求聘，娥誓心不嫁。遂剪发披褐，访道于牛头山，师事大士尼将律师。娥志坚行苦，霜春雨薪，不倦筋力，十三年四月，始受具戒于泗州开元寺，竟以小娥为法号，不忘本也。

其年夏月，余始归长安，途经泗滨，过善义寺谒大德尼令。操戒新见者数十，净发鲜帔，威仪雍容，列侍师之左右。中有一尼问师曰："此官岂非洪州李判官二十三郎者乎？"师曰："然。"曰："使我获报家仇，得雪冤耻，是判官恩德也。"顾余悲泣。余不之识，询访其由。娥对曰："某名小娥，顷乞食媪妇也。判官时为辨申兰申春二贼名字，岂不忆念乎？"余曰："初不相记，今即悟也。"娥因泣，具写记申兰申春，复父夫之仇，志愿相毕，经营终始艰苦之状。小娥又谓余曰："报判官恩，当有日矣。"岂徒然哉！嗟乎！余能辨二盗之姓名，小娥又能竟复父夫之仇冤，神道不昧，昭然可知。小娥厚貌深辞，聪敏端特，炼指跛足，誓求真如。爰自入道，衣无絮帛，斋无盐酪，非律仪禅理，口无所言。后数日，告我归牛头山，扁舟泛淮，云游南国，不复再遇。

君子曰："誓志不舍，复父夫之仇，节也。佣保杂处，不知女人，贞也。女子之行，唯贞与节能终始全之而已。如小娥，足以儆天下逆道乱常之心，足以观天下贞夫孝妇之节。"余备详前事，发明隐文，暗与冥会，符于人心。知善不录，非《春秋》之义也。故作传以旌美之。

李娃传

[唐]白行简

　　汧国夫人李娃，长安之倡女也，节行瑰奇，有足称者，故监察御史白行简为传述。

　　天宝中，有常州刺史荥阳公者，略其名氏，不书。时望甚崇，家徒甚殷。知命之年，有一子，始弱冠矣，俊朗有词藻，迥然不群，深为时辈推伏。其父爱而器之，曰："此吾家千里驹也。"应乡赋秀才举，将行，乃盛其服玩车马之饰，计其京师薪储之费，谓之曰："吾观尔之才，当一战而霸。今备二载之用，且丰尔之给，将为其志也。"生亦自负，视上第如指掌。

　　自毗陵发，月余抵长安，居于布政里。尝游东市还，自平康东门入，将访友于西南。至鸣珂曲，见一宅，门庭不甚广，而室宇严邃。阖一扉，有娃方凭一双鬟青衣立，妖姿要妙，绝代未有。生忽见之，不觉停骖久之，徘徊不能去。乃诈坠鞭于地，候其从者，敕取之。累眄于娃，娃回眸凝睇，情甚相慕。竟不敢措辞而去。生自尔意若有失，乃密征其友游长安之熟者，以讯之。友曰："此狭邪女李氏宅也。"曰："娃可求乎？"对曰："李氏颇赡。前与通之者贵戚豪族，所得甚广。非累百万，不能动其志也。"生曰："苟患其不谐，虽百万，何惜。"

　　他日，乃洁其衣服，盛宾从，而往叩其门。俄有侍儿启扃。生曰："此谁之第耶？"侍儿不答，驰走大呼曰："前时遗策郎也！"娃大悦曰："尔姑止之。吾当整妆易服而出。"生闻之私喜。乃引至萧墙间，见一姥垂白上偻，即娃母也。生跪拜前致词曰："闻兹地有隙院，愿税以居，信乎？"姥曰："惧其浅陋湫隘，不足以辱长者所处，安敢言直耶。"延生于迟宾之馆，馆宇甚丽。与生偶坐，因曰："某有女娇小，技艺薄劣，欣见宾客，愿将见之。"乃命娃出。明眸皓腕，举步艳冶。生遽惊起，莫敢仰视，与之拜毕，叙寒燠，触类妍媚，目所未睹。复坐，烹茶斟酒，器用甚洁。

久之，日暮，鼓声四动。姥访其居远近。生绐之曰："在延平门外数里。"冀其远而见留也。姥曰："鼓已发矣。当速归，无犯禁。"生曰："幸接欢笑，不知日之云夕。道里辽阔，城内又无亲戚，将若之何？"娃曰："不见责僻陋，方将居之，宿何害焉。"生数目姥。姥曰："唯唯。"生乃召其家僮，持双缣，请以备一宵之馔。娃笑而止曰："宾主之仪，且不然也。今夕之费，愿以贫窭之家随其粗粝以进之。其余以俟他辰。"固辞，终不许。

俄徙坐西堂，帷幙帘榻，焕然夺目；妆奁衾枕，亦皆侈丽，乃张烛进馔，品味甚盛。彻馔，姥起。生娃谈话方切，诙谐调笑，无所不至。生曰："前偶过卿门，遇卿适在屏间。厥后心常勤念，虽寝与食，未尝或舍。"娃答曰："我心亦如之。"生曰："今之来，非直求居而已，愿偿平生之志。但未知命也若何？"言未终，姥至，询其故，具以告。姥笑曰："男女之际，大欲存焉。情苟相得，虽父母之命，不能制也。女子固陋，曷足以荐君子之枕席？"生遂下阶，拜而谢之曰："愿以己为厮养。"姥遂目之为郎，饮酺而散。及旦，尽徙其囊橐，因家于李之第。自是生屏迹戢身，不复与亲知相闻。日会倡优侪类，狎戏游宴。囊中尽空，乃鬻骏乘，及其家童。

岁余，资才仆马荡然。迩来姥意渐怠，娃情弥笃。他日，娃谓生曰："与郎相知一年，尚无孕嗣。常闻竹林神者，报应如响，将致荐酹求之，可乎？"生不知其计，大喜。乃质衣于肆，以备牢醴，与娃同谒祠宇而祷祝焉，信宿而返。策驴而后，至里北门，娃谓生曰："此东转小曲中，某之姨宅也。将憩而觐之，可乎？"生如其言，前行不逾百步，果见一车门。窥其际，甚弘敞。其青衣自车后止之曰："至矣。"生下，适有一人出访曰："谁？"曰："李娃也。"乃入告，俄有一妪至，年可四十余，与生相迎，曰："吾甥来否？"娃下车，妪迎访之曰："何久疏绝？"相视而笑，娃引生拜之。既见，遂偕入西戟门偏院。中有山亭，竹树葱蒨，池榭幽绝。生谓娃曰："此姨之私第耶？"笑而不答，以他语对。俄献茶果，甚珍奇。

食顷，有一人控大宛，汗流驰至，曰："姥遇暴疾颇甚，殆不识人。宜速归。"娃谓姨曰："方寸乱矣。某骑而前去，当令返乘，便与郎偕来。"生拟随。其姨与侍儿偶语，以手挥之，令生止于户外，曰："姥且殁矣。当与某议丧事以济其急。奈何遽相随而去？"乃止，共计其凶仪斋祭之用。日晚，乘不至。姨言曰："无复命，何也？郎骤往觇之，某当继至。"生遂往，至旧宅，门扃钥甚密，以泥缄之。生大骇，诘其邻人。邻人曰："李本税而居，约已周矣。第主自收。姥徙居，而且再宿矣。"征："徙何处？"曰："不详其所。"生将驰赴宣阳，以诘其姨，日已晚矣，计程不能达。乃弛其装服，质馔而食，赁榻而寝。生恚怒方甚，自昏达旦，目不交睫。

质明，乃策蹇而去。既至，连扣其扉，食顷无人应。生大呼数四，有宦者徐出。生遽访之："姨氏在乎？"曰："无之。"生曰："昨暮在此，何故匿之？"访其谁氏之第。曰："此崔尚书宅。昨者有一人税此院，云迟中表之远至者。未暮去矣。"

生惶惑发狂，罔知所措，因返访布政旧邸。邸主哀而进膳。生怨懑，绝食三日，遘疾甚笃，旬余愈甚。邸主惧其不起，徙之于凶肆之中。绵缀移时，合肆之人共伤叹而互饲之。后稍愈，杖而能起。由是凶肆日假之，令执繐帷，获其直以自给，累月，渐复壮，每听其哀歌，自叹不及逝者，辄呜咽流涕，不能自止。归则效之。生，聪敏者也。无何，曲尽其妙，虽长安无有伦比。

初，二肆之佣凶器者，互争胜负。其东肆长知生妙绝，乃醵钱二万索顾焉。其党耆旧，共较其所能者，阴教生新声，而相赞和。累旬，人莫知之。其二肆长相谓曰："我欲各阅所佣之器于天门街，以较优劣。不胜者罚直五万，以备酒馔之用，可乎？"二肆许诺。乃邀立符契，署以保证，然后阅之。士女大和会，聚至数万。于是里胥告于贼曹，贼曹闻于京尹。四方之士，尽赴趋焉，巷无居人。自旦阅之，及亭午，历举辇舆威仪之具，西肆皆不胜，师有惭色。乃置层榻于南隅，有长髯者拥铎而进，翊卫数人。于是奋髯扬眉，扼腕顿颡而登，乃歌《白马》之词。恃其夙胜，顾眄左右，旁若无人。齐声赞扬之，自以为独步一时，不可得而屈也。有顷，东肆长于北隅上设连榻，有乌巾少年，左右五六人，秉翣而至，即生也。整衣服，俯仰甚徐，申喉发调，容若不胜。乃歌《薤露》之章，举声清越，响振林木，曲度未终，闻者歔欷掩泣。西肆长为众所诮，益惭耻。密置所输之直于前，乃潜遁焉。四座愕眙，莫之测也。

先是，天子方下诏，俾外方之牧，岁一至阙下，谓之入计。时也适遇生之父在京师，与同列者易服章窃往观焉。有老竖，即生乳母婿也，见生之举措辞气，将认之而未敢，乃泫然流涕。生父惊而诘之。因告曰："歌者之貌，酷似郎之亡子。"父曰："吾子以多财为盗所害。奚至是耶？"言讫，亦泣。及归，竖间驰往，访于同党曰："向歌者谁？若斯之妙欤？"皆曰："某氏之子。"征其名，且易之矣。竖凛然大惊；徐往，迫而察之。生见竖色动，回翔将匿于众中。竖遂持其袂曰："岂非某乎？"相持而泣，遂载以归。

至其室，父责曰："志行若此，污辱吾门。何施面目，复相见也？"乃徒行出，至曲江西杏园东，去其衣服，以马鞭鞭之数百。生不胜其苦而毙。父弃之而去。其师命相狎昵者阴随之，归告同党，共加伤叹。令二人赍苇席瘗焉。至，则心下微温。举之，良久，气稍通。因共荷而归，以苇筒灌勺饮，经宿乃活。月余，手足不能自举。其楚挞之处皆溃烂，秽甚。同辈患之。一夕，弃于道周。行路咸伤之，往往投其余食，得以充肠。十旬，方杖策而起。被布裘，裘有百结，缊缕如悬鹑。持一破瓯，巡于闾里，以乞食为事。自秋徂冬，夜入于粪壤窟室，昼则周游廛肆。

一旦大雪，生为冻馁所驱，冒雪而出，乞食之声甚苦。闻见者莫不凄恻。时雪方甚，人家外户多不发。至安邑东门，循理垣北转第七八，有一门独启左扉，即娃之第也。生不知之，遂连声疾呼"饥冻之甚"，音响凄切，所不忍听。娃自阁中闻之，谓侍儿曰："此必生也。我辨其音矣。"连步而出。见生枯瘠疥厉，殆非人状。娃意感焉，乃谓曰："岂非某郎也？"生愤懑绝倒，口不能言，颔颐而已。娃前抱其颈，以绣襦拥而归于西厢。失声长恸曰："令子一朝及此，我之罪也！"绝而复苏。姥大骇，奔至，曰："何也？"娃曰："某郎。"姥遽曰："当逐之。奈何令至此？"娃敛容却睇曰："不然。此良家子也。当昔驱高车，持金装，至某之室，不逾期而荡尽。且互设诡计，舍而逐之，殆非人。令其失志，不得齿于人伦。父子之道，天性也。使其情绝，杀而弃之。又困踣若此。天下之人尽知为某也。生亲戚满朝，一旦当权者熟察其本末，祸将及矣。况欺天负人，鬼神不佑，无自贻其殃也。某为姥子，迨今有二十岁矣。计其费，不啻直千金。今姥年六十余，愿计二十年衣食之用以赎身，当与此子别卜所诣。所诣非遥，晨昏得以温清。某愿足矣。"姥度其志不可夺，因许之。

给姥之余，有百金。北隅四五家，税一隙院。乃与生沐浴，易其衣服；为汤粥，通其肠；次以酥乳润其脏。旬余，方荐水陆之馔。头巾履袜，皆取珍异者衣之。未数月，肌肤稍腴；卒岁，平愈如初。

异时，娃谓生曰："体已康矣，志已壮矣。渊思寂虑，默想曩昔之艺业，可温习乎？"生思之，曰："十得二三耳。"娃命车出游，生骑而从。至旗亭南偏门鬻坟典之肆，令生拣而市之，计费百金，尽载以归。因令生斥弃百虑以志学，俾夜作昼，孜孜矻矻。娃常偶坐，宵分乃寐。伺其疲倦，即谕之缀诗赋。

二岁而业大就，海内文籍，莫不该览。生谓娃曰："可策名试艺矣。"娃曰："未也。且令精熟，以俟百战。"更一年，曰："可行矣。"于是遂一上登甲科，声振礼闱。虽前辈见其文，罔不敛衽敬羡，愿友之而不可得。娃曰："未也。今秀士苟获擢一科第，则自谓可以取中朝之显职，擅天下之美名。子行秽迹鄙，不侔于他士。当砻淬利器，以求再捷。方可以连衡多士，争霸群英。"生由是益自勤苦，声价弥甚。

其年，遇大比，诏征四方之隽，生应直言极谏科，策名第一，授成都府参军。三事以降，皆其友也。将之官，娃谓生曰："今之复于本躯，某不相负也。愿以残年，归养老姥。君当结媛鼎族，以奉蒸尝。中外婚媾，无自黩也。勉思自爱。某从此去矣。"生泣曰："子若弃我，当自到以就死。"娃固辞不从，生勤请弥恳。娃曰："送子涉江，至于剑门，当令我回。"生许诺。

月余，至剑门。未及发而除书至，生父由常州诏入，拜成都尹，兼剑南采访使。浃辰，父到。生因投刺，谒于邮亭。父不敢认，见其祖父官讳，方大惊，命登阶，抚背恸哭移时，曰："吾与尔父子如初。"因诘其由，具陈其本末。大奇之，诘娃安在。曰："送某至此，当令复还。"父曰："不可。"翌日，命驾与生先之成都，留娃于剑门，筑别馆以处之。明日，命媒氏通二姓之好，备六礼以迎之，遂如秦晋之偶。娃既备礼，岁时伏腊，妇道甚修，治家严整，极为亲所眷。向后数岁，生父母偕殁，持孝甚至。有灵芝产于倚庐，一穗三秀。

本道上闻。又有白燕数十，巢其层甍。天子异之，宠锡加等。终制，累迁清显之任。十年间，至数郡。娃封汧国夫人。有四子，皆为大官，其卑者犹为太原尹。弟兄姻媾皆甲门，内外隆盛，莫之与京。

嗟乎，倡荡之姬，节行如是，虽古先烈女，不能逾也。焉得不为之叹息哉！

予伯祖尝牧晋州，转户部，为水陆运使。三任皆与生为代，故暗详其事。贞元中，予与陇西公佐话妇人操烈之品格，因遂述汧国之事。公佐拊掌竦听，命予为传。乃握管濡翰，疏而存之。时乙亥岁秋八月，太原白行简云。

三梦记

[唐]白行简

人之梦，异于常者有之：或彼梦有所往而此遇之者，或此有所为而彼梦之者，或两相通梦者。天后时，刘幽求为朝邑丞。常奉使，夜归。未及家十余里，适有佛堂院，路出其侧。闻寺中歌笑欢洽。寺垣短缺，尽得睹其中。刘俯身窥之，见十数人儿女杂坐，罗列盘撰，环绕之而共食。见其妻在坐中语笑。刘初愕然，不测其故。久之，且思其不当至此，复不能舍之。又熟视容止言笑，无异。将就察之，寺门闭不得入。刘掷瓦击之，中其罍洗，破迸走散，因忽不见。刘逾垣直入，与从者同视，殿庑皆无人，寺扃如故。刘讶益甚，遂驰归。比至其家，妻方寝。闻刘至，乃叙寒暄讫，妻笑曰："向梦中与数十人游一寺，皆不相识，会食于殿庭。有人自外以瓦砾投之，杯盘狼藉，因而遂觉。"刘亦具陈其见。盖所谓彼梦有所往而此遇之也。

元和四年，河南元微之为监察御史，奉使剑外。去逾旬，予与仲兄乐天，陇西李杓直同游曲江。诣慈恩佛舍，偏历僧院，淹留移时。日已晚，同诣杓直修行里第，命酒对酬，甚欢畅。兄停杯久之，曰："微之当达梁矣。"命题一篇于屋壁。其词曰："春来无计破春愁，醉折花枝作酒筹。忽忆故人天际去，计程今日到梁州。"实二十一日也。十许日，会梁州使适至，获微之书一函，后记《纪梦》诗一篇，其词曰："梦君兄弟曲江头，也入慈恩院里游。属吏唤人排马去，觉来身在古梁州。"日月与游寺题诗日月率同。盖所谓此有所为而彼梦之者矣。

贞元中，扶风窦质与京兆韦旬同自亳入秦，宿潼关逆旅。窦梦至华岳祠，见一女巫，黑而长，青裙素襦，迎路拜揖，请为之祝神。窦不获已，遂听之。问其姓，自称赵氏。及觉，具告于韦。明日，至祠下，有巫迎客，容资妆服，皆所梦也。顾谓韦曰："梦有征也。"乃命从者视囊中，得钱二镮，与之。巫抚掌大笑，谓同辈曰："如所梦矣！"韦惊问之。对曰："昨梦二人从东来，一髯而短者祝醑，获钱二镮焉。及旦，乃遍述于同辈。今则验矣。"窦因问巫之姓。同辈曰："赵氏。"自始及末，若合符契。盖所谓两相通梦者矣。

行简曰：《春秋》及子史，言梦者多，然未有载此三梦者也。世人之梦亦众矣，亦未有此三梦。岂偶然也，抑亦必前定也？予不能知。今备记其事，以存录焉。

长恨传

[唐]陈鸿

开元中，泰阶平，四海无事。玄宗在位岁久，倦于旰食宵衣，政无大小，始委于右丞相，稍深居游宴，以声色自娱。先是，元献皇后、武淑妃皆有宠，相次即世。宫中虽良家子千数，无可悦目者。上心忽忽不乐。

时每岁十月，驾幸华清宫，内外命妇，熠耀景从，浴日余波，赐以汤沐，春风灵液，淡荡其间。上心油然，若有所遇，顾左右前后，粉色如土。诏高力士潜搜外宫，得弘农杨玄琰女于寿邸，既笄矣。鬒发腻理，纤秾中度，举止闲冶，如汉武帝李夫人。别疏汤泉，诏赐藻莹。既出水，体弱力微，若不任罗绮。光彩焕发，转动照人。上甚悦。进见之日，奏《霓裳羽衣曲》以导之；定情之夕，授金钗钿合以固之。又命戴步摇，垂金珰。明年，册为贵妃，半后服用。由是冶其容，敏其词，婉娈万态，以中上意。上益嬖焉。时省风九州，泥金五岳，骊山雪夜，上阳春朝，与上行同辇，居同室，宴专席，寝专房。虽有三夫人，九嫔，二十七世妇，八十一御妻，暨后宫才人，乐府妓女，使天子无顾盼意。自是六宫无复进幸者。非徒殊艳尤态致是，盖才智明慧，善巧便佞，先意希旨，有不可形容者。

叔父昆弟皆列位清贵，爵为通侯。姊妹封国夫人，富埒王宫，车服邸第，与大长公主侔矣。而恩泽势力，则又过之，出入禁门不问，京师长吏为之侧目。故当时谣咏有云："生女勿悲酸，生男勿喜欢。"又曰："男不封侯女作妃，看女却为门上楣。"其人心羡慕如此。

天宝末，兄国忠盗丞相位，愚弄国柄。及安禄山引兵向阙，以讨杨氏为词。潼关不守，翠华南幸，出咸阳，道次马嵬亭。六军徘徊，持戟不进。从官郎吏伏上马前，请诛晁错以谢天下。国忠奉氂缨盘水，死于道周。左右之意未快。上问之。当时敢言者，请以贵妃塞天下怨。上知不免，而不忍见其死，反袂掩面，使牵之而去。仓皇展转，竟就死于尺组之下。

既而玄宗狩成都，肃宗受禅灵武。明年，大赦改元，大驾还都。尊玄宗为太上皇，就养南宫。自南宫迁于西内。时移事去，乐尽悲来。每至春之日，冬之夜，池莲夏开，宫槐秋落，梨园弟子，玉琯发音，闻《霓裳羽衣》一声，则天颜不怡，左右欷歔。三载一意，其念不衰。求之梦魂，杳不能得。

适有道士自蜀来，知上皇心念杨妃如是，自言有李少君之术。玄宗大喜，命致其神。方士乃竭其术以索之，不至。又能游神驭气，出天界，没地府，以求之，不见。又旁求四虚上下，东极天海，跨蓬壶。见最高仙山，上多楼阙，西厢下有洞户，东向，阖其门，署曰："玉妃太真院。"方士抽簪叩扉，有双鬟童女，出应其门。方士造次未及言，而双鬟复入。俄有碧衣侍女又至，诘其所从。方士因称唐天子使者，且致其命。碧衣云："玉妃方寝，请少待之。"于时云海沉沉，洞天日晓，琼户重阖，悄然无声。方士屏息敛足，拱手门下。

久之，而碧衣延入，且曰："玉妃出。"见一人冠金莲，披紫绡，佩红玉，曳凤舄，左右侍者七八人，揖方士问皇帝安否，次问天宝十四载已还事。言讫悯然，指碧衣取金钗钿合，各折其半，授使者曰："为我谢太上皇，谨献是物，寻旧好也。"方士受辞与信，将行，色有不足。玉妃固征其意。复前跪致词："请当时一事，不为他人闻者，验于太上皇。不然，恐钿合金钗，负新垣平之诈也。"

　　玉妃茫然退立，若有所思，徐而言曰："昔天宝十载，侍辇避暑于骊山宫。秋七月，牵牛织女相见之夕，秦人风俗，是夜张锦绣，陈饮食，树瓜华，焚香于庭，号为乞巧。宫掖间尤尚之。时夜殆半，休侍卫于东西厢，独侍上。上凭肩而立，因仰天感牛女事，密相誓心，愿世世为夫妇。言毕，执手各呜咽。此独君王知之耳。"因自悲曰："由此一念，又不得居此。复堕下界，且结后缘。若为天，或为人，决再相见，好合如旧。"因言："太上皇亦不久人间，幸惟自安，无自苦耳。"使者还奏太上皇，皇心震悼，日日不豫。其年夏四月，南宫晏驾。

　　元和元年冬十二月，太原白乐天自校书郎尉于盩厔。鸿与琅邪王质夫家于是邑，暇日相携游仙游寺，话及此事，相与感叹。质夫举酒于乐天前曰："夫希代之事，非遇出世之才润色之，则与时消没，不闻于世。乐天深于诗，多于情者也。试为歌之。如何？"乐天因为《长恨歌》。意者不但感其事，亦欲惩尤物，窒乱阶，垂于将来者也。歌既成，使鸿传焉。世所不闻者，予非开元遗民，不得知。世所知者，有《玄宗本纪》在。今但传《长恨歌》云尔。

　　汉皇重色思倾国，御宇多年求不得。杨家有女初长成，养在深闺人未识。天生丽质难自弃，一朝选在君王侧。回头一笑百媚生，六宫粉黛无颜色。春寒赐浴华清池，温泉水滑洗凝脂，侍儿扶起娇无力，始是新承恩泽时。云鬓花冠金步摇，芙蓉帐里暖春宵。春宵苦短日高起，从此君王不早期。承欢侍寝无容暇，春从春游夜专夜。后宫佳丽三千人，三千宠爱在一身，金屋妆成娇侍夜，玉楼宴罢醉和春。姊妹弟兄皆列士，可怜光彩生门户，遂令天下父母心，不重生男重生女。

　　骊宫高处入青云，仙乐风飘处处闻。缓歌慢舞凝丝竹，尽日君王听不足。渔阳鞞鼓动地来，惊破《霓裳羽衣》曲。九重城阙烟尘生，千乘万骑西南行。翠华摇摇行复止，西出都门百余里，六军不发知奈何，宛转娥眉马前死。花钿委地无人收，翠翘金雀玉搔头，君王掩面救不得，回看血泪相和流。

黄埃散漫风萧索，云栈萦回登剑阁。峨眉山上少行人，旌旗无光日色薄。蜀江水碧蜀山青，圣主朝朝暮暮情，行宫见月伤心色，夜雨闻铃肠断声。天旋地转回龙驭，到此踌躇不能去，马嵬坡下尘土中，不见玉颜空死处。君臣相顾尽沾衣，东望都门信马归。

归来池苑皆依旧，太液芙蓉未央柳。芙蓉如面柳如眉，对此如何不泪垂？春风桃李花开日，秋雨梧桐叶落时。西宫南内多秋草，落叶满阶红不扫。梨园弟子白发新，椒房阿监青蛾老。夕殿萤飞思悄然，秋灯挑尽未成眠，迟迟钟漏初长夜，耿耿星河欲曙天。鸳鸯瓦冷霜华重，旧枕故衾谁与共？悠悠生死别经年，魂魄不曾来入梦。

临邛方士鸿都客，能以精神致魂魄。为感君王展转恩，遂教方士殷勤觅。排空驭气奔如电，升天入地求之遍，上穷碧落下黄泉，两处茫茫皆不见。忽闻海上有仙山，山在虚无缥渺间。楼殿玲珑五云起，其间绰约多仙子。中有一人名玉妃，雪肤花貌参差是。金阙西厢叩玉扃，转教小玉报双成。闻道汉家天子使，九华帐下梦中惊。揽衣推枕起徘徊，珠箔银钩迤逦开。云髻半偏新睡觉，花冠不整下堂来。风吹仙袂飘飘举，犹似《霓裳羽衣》舞，玉容寂寞泪阑干，梨花一枝春带雨。含情凝睇谢君王，一别音容两渺茫，昭阳殿里恩爱绝，蓬莱宫中日月长。回头下问人寰处，不见长安见尘雾。空持旧物表深情，钿合金钗寄将去。钗留一股合一扇，钗擘黄金合分钿。但教心似金钿坚，天上人间会相见。临别殷勤重寄词，词中有誓两心知，七月七日长生殿，夜半无人私语时。在天愿为比翼鸟，在地愿为连理枝。天长地久有时尽，此恨绵绵无尽期！

东城老父传

［唐］陈鸿

老父，姓贾名昌，长安宣阳里人。开元元年癸丑生。元和庚寅岁，九十八年矣。视听不衰，言甚安徐，心力不耗，语太平事历历可听。

父忠，长九尺，力能倒曳牛，以材官为中宫幕士。景龙四年，持幕竿随玄宗入大明宫，诛韦氏，奉睿宗朝群后，遂为景云功臣，以长刀备亲卫。诏徙家东云龙门。

昌生七岁，蹻捷过人，能抟柱乘梁，善应对，解鸟语音。玄宗在藩邸时，乐民间清明节斗鸡戏。及即位，治鸡坊于两宫间。索长安雄鸡，金毫铁距高冠昂尾千数，养于鸡坊。选六军小儿五百人，使驯扰教饲。上之好之，民风尤甚。诸王子家，外戚家，贵主家，侯家，倾帑破产市鸡，以偿鸡直。都中男女，以弄鸡为事；贫者弄假鸡。帝出游，见昌弄木鸡于云龙门道旁，召入，为鸡坊小儿，衣食右龙武军。三尺童子，入鸡群，如狎群小，壮者、弱者、勇者、怯者，水谷之时，疾病之候，悉能知之。举二鸡，鸡畏而驯，使令如人。护鸡坊中谒者王承恩言于玄宗，召试殿庭，皆中玄宗意。即日为五百小儿长。加之以忠厚谨密，天子甚爱幸之。金帛之赐，日至其家。

开元十三年，笼鸡三百，从封东岳。父忠死太山下，得子礼奉尸归葬雍州。县官为葬器丧车，乘传洛阳道。十四年三月，衣斗鸡服，会玄宗于温泉。当时天下号为"神鸡童"。时人为之语曰："生儿不用识文字，斗鸡走马胜读书。贾家小儿年十三，富贵荣华代不如。能令金距期胜负，白罗绣衫随软舆，父死长安千里外，差夫持道挽丧车。"

昭成皇后之在相王府，诞圣于八月五日。中兴之后，制为千秋节。赐天下民牛酒乐三日，命之曰酺，以为常也。大合乐于宫中，岁或酺于洛。元会与清明节，率皆在骊山。每至是日，万乐具举，六宫毕从。昌冠雕翠金华冠，锦袖绣襦袴，执铎拂道。群鸡叙立于广场，顾眄如神，指挥风生。树毛振翼，砺吻磨距，抑怒待胜，进退有期。随鞭指低昂，不失昌度。胜负既决，强者前，弱者后，随昌雁行，归于鸡坊。角觗万夫，跳剑寻橦，蹴毬踏绳，舞于竿颠者，索气沮色，逡巡不敢入。岂教猱扰龙之徒欤？二十三年，玄宗为娶梨园弟子潘大同女，男服珮玉，女服绣襦，皆出御府。昌男至信至德。天宝中，妻潘氏以歌舞重幸于杨贵妃。夫妇席宠四十年，恩泽不渝，岂不敏于伎，谨于心乎？上生于乙酉鸡辰，使人朝服斗鸡，兆乱于太平矣。上心不悟。十四载，胡羯陷洛，潼关不守。大驾幸成都，奔卫乘舆。夜出便门，马踏道阱。伤足，不能进，杖入南山。每进鸡之日，则向西南大哭。

禄山往年朝于京师，识昌于横门外。及乱二京，以千金购昌长安洛阳市。昌变姓名，依于佛舍，除地击钟，施力于佛。泊太上皇归兴庆宫，肃宗受命于别殿，昌还旧里。居室为兵掠，家无遗物。布衣憔悴，不复得入禁门矣。明日，复出长安南门，道见妻儿于招国里，菜色黯焉。儿荷薪，妻负故絮。昌聚哭，诀于道。遂长逝息长安佛寺，学大师佛旨。

大历元年，依资圣寺大德僧运平住东市海池，立陁罗尼石幢。书能纪姓名；读释氏经，亦能了其深义至道，以善心化市井人。建僧房佛舍，植美甘木。昼把土拥根，汲水灌竹，夜正观于禅室。建中三年，僧运平人寿尽。服礼毕，奉舍利塔于长安东门外镇国寺东偏，手植松柏百株。构小舍，居于塔下，朝夕焚香洒扫，事师如生。顺宗在东宫，舍钱三十万，为昌立大师影堂及斋舍。又立外屋，居游民，取佣给。昌因日食粥一杯，浆水一升，卧草席，絮衣。过是，悉归于佛。妻潘氏后亦不知所往。贞元中，长子至信衣并州甲，通大司徒燧入觐，省昌于长寿里。昌如己不生，绝之使去。次子至德归，贩缯洛阳市，来往长安间，岁以金帛奉昌，皆绝之。遂俱去，不复来。

元和中，颍川陈鸿祖携友人出春明门，见竹柏森然，香烟闻于道，下马观昌于塔下。听其言，忘日之暮。宿鸿祖于斋舍，话身之出处，皆有条贯。遂及王制。鸿祖问开元之理乱。昌曰："老人少时，以斗鸡求媚于上。上倡优畜之，家于外宫，安足以知朝廷之事。然有以为吾子言者。老人见黄门侍郎杜暹出为碛西节度，摄御史大夫，始假风宪以威远。见哥舒翰之镇凉州也，下石堡，戍青海城，出白龙，逾葱岭，界铁关，总管河左道，七命始摄御史大夫。见张说之领幽州也，每岁入关，辄长辕挽辐车辇河间、蓟州佣调缯布，驾辖连轵，坌入关门。输于王府，江淮绮縠，巴蜀锦绣，后宫玩好而已。河州墩煌道，岁屯田，实边食，余粟转输灵州，漕下黄河，入太原仓，备关中凶年。关中粟米，藏于百姓。天子幸五岳，从官千乘万骑，不食于民。老人岁时伏腊得归休，行都市间，见有卖白衫白迭布。行邻比廛间，有人禳病，法用皂布一匹，持重价不克致，竟以幞头罗代之。近者，老人扶杖出门，阅街衢中，东西南北视之，见白衫者不满百。岂天下之人皆执兵乎？开元十二年，诏三省侍郎有缺，先求曾任刺史者。郎官缺，先求曾任县令者。及老人见四十三省郎吏，有理刑才名，大者出刺郡，小者镇县。自老人居大道旁，往往有郡太守休马于此，皆惨然不乐朝廷沙汰使治郡。开元取士，孝弟理人而已。不闻进士宏词拔萃之为其得人也。大略如此。"因泣下。

复言曰："上皇北臣穿卢，东臣鸡林，南臣滇池，西臣昆夷，三岁一来会。朝觐之礼容，临照之恩泽，衣之锦絮，饲之酒食，使展事而去，都中无留外国宾。今北胡与京师杂处，娶妻生子。长安中少年，有胡心矣。吾子视首饰靴服之制，不与向同，得非物妖乎？"鸿祖默不敢应而去。

开元升平源

[唐]吴兢

　　姚元崇初拒太平得罪，上颇德之。既诛太平，方任元崇以相，进拜同州刺史。张说素不叶，命赵彦昭骤弹之，不许。居无何，上将猎于渭滨，密召元崇会于行所。初，元崇闻上讲武于骊山，谓所亲曰："准式，车驾行幸，三百里内刺史合朝觐。元崇必为权臣所挤，若何？"参军李景初进曰："某有儿母者，其父即教坊长，入内。相公倘致厚赂，使其冒法进状，可达。"公然之，辄效。燕公说使姜皎入曰："陛下久卜十河东总管，重难其人。臣有所得，何以见赏？"上曰："谁邪？如惬，有万金之赐。"乃曰："冯翊太守姚元崇，文武全材，即其人也。"上曰："此张说意也。卿罔上，当诛。"皎首服万死。即诏中官追赴行在。

　　上方猎于渭滨。公至，拜首。上言："卿颇知猎乎？"元崇曰："臣少孤，居广成泽，目不知书，唯以射猎为事。四十年，方遇张憬藏，谓臣当以文学备位将相，无为自弃。尔来折节读书。今虽官位过忝，至于驰射，老而犹能。"于是呼鹰放犬，迟速称旨。上大悦。上曰："朕久不见卿，思有顾问，卿可于宰相行中行！"公行犹后。上纵辔久之，顾曰："卿行何后？"公曰："臣官疏贱，不合参宰相行。"上曰："可兵部尚书同平章事。"公不谢，上顾讶焉。

　　至顿，上命宰臣坐。公跪奏："臣适奉作弼之诏不谢者，欲以十事上献。有不可行，臣不敢奉诏。"上曰："悉数之！朕当量力而行，然后定可否。"公曰："自垂拱已来，朝廷以刑法理天下。臣请圣政先仁义，可乎？"上曰："朕深心有望于公也。"

又曰："圣朝自丧师青海，未有牵复之悔。臣请三数十年不求边功，可乎？"上曰："可。"

又曰："自太后临朝以来，喉舌之任，或出于阉人之口。臣请中官不预公事，可乎？"上曰："怀之久矣。"

又曰："自武氏诸亲，猥侵清切权要之地，继以韦庶、人安乐、太平用事，班序荒杂。臣请国亲不任台省官。凡有斜封待阙员外等官，悉请停罢，可乎？"上曰："朕素志也。"

又曰："比来近密佞幸之徒，冒犯宪纲者，皆以宠免。臣请行法，可乎？"上曰："朕切齿久矣。"又曰："比因豪家戚里，贡献求媚，延及公卿方镇，亦为之。臣请除租庸，赋税之外，悉杜塞之，可乎？"上曰："愿行之。"

又曰："太后造福先寺，中宗造圣善寺，上皇造金仙玉真观，皆费巨百万，耗蠹生灵。凡寺观宫殿，臣请止绝建造，可乎？"上曰："朕每睹之，心即不安，而况敢为者哉！"

又曰："先朝亵狎大臣，或亏君臣之敬。臣请陛下接之以礼，可乎？"上曰："事诚当然。有何不可？"

又曰："自燕钦融韦月将献直得罪，由是谏臣沮色。臣请凡在臣子，皆得触龙鳞，犯忌讳，可乎？"上曰："朕非唯能容之，亦能行之。"

又曰："吕氏产禄几危西京，马邓阎梁，亦乱东汉，万古寒心，国朝为甚。臣请陛下书之史册，永为殷鉴，作万代法，可乎？"上乃潸然良久曰："此事真可为刻肌刻骨者也！"

公再拜曰："此诚陛下致仁政之初，是臣千年一遇之日，臣敢当弼谐之地。天下幸甚，天下幸甚！"又再拜，蹈舞称万岁者三。从官千万，皆出涕。

上曰："坐！"公坐于燕公之下。燕公让不敢坐。上问。对曰："元崇是先朝旧臣，合首坐。"公曰："张说是紫微宫使，今臣是客宰相，不合首坐。"上曰："可。紫微宫使居首坐！"

卷四

莺莺传

［唐］元稹

　　贞元中，有张生者，性温茂，美风容，内秉坚孤，非礼不可入。或朋从游宴，扰杂其间，他人皆汹汹拳拳，若将不及，张生容顺而已，终不能乱。以是年二十三未尝近女色。知者诘之。谢而言曰："登徒子非好色者，是有凶行。余真好色者，而适不我值。何以言之？大凡物之尤者，未尝不留连于心，是知其非忘情者也。"诘者识之。

　　无几何，张生游于蒲。蒲之东十余里，有僧舍曰普救寺，张生寓焉。适有崔氏孀妇，将归长安，路出于蒲，亦止兹寺。崔氏妇，郑女也。张出于郑，绪其亲，乃异派之从母。是岁，浑瑊薨于蒲。有中人丁文雅，不善于军，军人因丧而扰，大掠蒲人。崔氏之家，财产甚厚，多奴仆。旅寓惶骇，不知所托。先是，张与蒲将之党有善，请吏护之，遂不及于难。十余日，廉使杜确将天子命以总戎节，令于军，军由是戢。

　　郑厚张之德甚，因饰馔以命张，中堂宴之。复谓张曰："姨之孤嫠未亡，提携幼稚。不幸属师徒大溃，实不保其身。弱子幼女，犹君之生。岂可比常恩哉！今俾以仁兄礼奉见，冀所以报恩也。"命其子，曰欢郎，可十余岁，容甚温美。次命女："出拜尔兄，尔兄活尔。"久之，辞疾。郑怒曰："张兄保尔之命。不然，尔且掳矣。能复远嫌乎？"久之，乃至。常服睟容，不加新饰，垂鬟接黛，双脸销红而已。颜色艳异,光辉动人。张惊,为之礼。因坐郑旁,以郑之抑而见也,凝睇怨绝,若不胜其体者。问其年纪。郑曰:"今天子甲子岁之七月,终今贞元庚辰,生年十七矣。"张生稍以词导之,不对。终席而罢。

张自是惑之,愿致其情,无由得也。崔之婢曰红娘。生私为之礼者数四,乘间遂道其衷。婢果惊沮,腼然而奔。张生悔之。翼日,婢复至。张生乃羞而谢之,不复云所求矣。婢因谓张曰:"郎之言,所不敢言,亦不敢泄。然而崔之姻族,君所详也。何不因其德而求娶焉?"张曰:"余始自孩提,性不苟合。或时纨绮间居,曾莫流盼。不为当年,终有所蔽。昨日一席间,几不自持。数日来行忘止,食忘饱,恐不能逾旦暮,若因媒氏而娶,纳采问名,则三数月间,索我于枯鱼之肆矣。尔其谓我何?"婢曰:"崔之贞慎自保,虽所尊不可以非语犯之。下人之谋,固难入矣。然而善属文,往往沉吟章句,怨慕者久之。君试为喻情诗以乱之。不然,则无由也。"张大喜,立缀《春词》二首以授之。

是夕,红娘复至,持彩笺以授张,曰:"崔所命也。"题其篇曰《明月三五夜》。其词曰:"待月西厢下,迎风户半开,拂墙花影动,疑是玉人来。"张亦微喻其旨。是夕,岁二月旬有四日矣。崔之东有杏花一株,攀援可逾。

既望之夕,张因梯其树而逾焉。达于西厢,则户半开矣。红娘寝于床。生因惊之。红娘骇曰:"郎何以至?"张因绐之曰:"崔氏之笺召我也。尔为我告之。"无几,红娘复来,连曰:"至矣,至矣!"张生且喜且骇,必谓获济。及崔至,则端服严容,大数张曰:"兄之恩,活我之家,厚矣。是以慈母以弱子幼女见托。奈何因不令之婢,致淫逸之词。始以护人之乱为义,而终掠乱以求之。是以乱易乱,其去几何?诚欲寝其词,则保人之奸,不义。明之于母，则背人之惠，不祥。将寄于婢仆，又惧不得发其真诚。是用托短章，愿自陈启。犹惧兄之见难，是用鄙靡之词，以求其必至。非礼之动，能不愧心？特愿以礼自持。无及于乱！"言毕，翻然而逝。张自失者久之。复逾而出，于是绝望。

数夕，张生临轩独寝，忽有人觉之。惊骇而起，则红娘敛衾携枕而至，抚张曰："至矣，至矣！睡何为哉！"并枕重衾而去。张生拭目危坐久之，犹疑梦寐。然而修谨以俟。俄而红娘捧崔氏而至。至，则娇羞融冶，力不能运支体，曩时端庄，不复同矣。是夕，旬有八日也。斜月晶莹，幽辉半床。张生飘飘然，且疑神仙之徒，不谓从人间至矣。有顷，寺钟鸣，天将晓。红娘促去。崔氏娇啼宛转，红娘又捧之而去，终夕无一言。张生辨色而兴，自疑曰："岂其梦邪？"及明，睹妆在臂，香在衣，泪光荧荧然，犹莹于茵席而已。是后又十余日，杳不复知。张生赋《会真诗》三十韵，未毕，而红娘适至，因授之，以贻崔氏。自是复容。朝隐而出，暮隐而入，同安于曩所谓西厢者，几一月矣。张生常诘郑氏之情。则曰："我不可奈何矣。"因欲就成之。

无何，张生将之长安，先以情谕之。崔氏宛无难词，然而愁怨之容动人矣。将行之再夕，不可复见，而张生遂西下。数月，复游于蒲，会于崔氏者又累月。崔氏甚工刀札，善属文。求索再三，终不可见。往往张生自以文挑，亦不甚睹览。大略崔之出入者，艺必穷极，而貌若不知；言则敏辩，而寡于酬对。待张之意甚厚，然未尝以词继之。时愁艳幽邃，恒若不识，喜愠之容，亦罕形见。异时独夜操琴，愁弄凄恻。张窃听之。求之，则终不复鼓矣。以是愈惑之。

张生俄以文调及期，又当西去。当去之夕，不复自言其情，愁叹于崔氏之侧。崔已阴知将诀矣，恭貌怡声，徐谓张曰："始乱之，终弃之，固其宜矣。愚不敢恨。必也君乱之，君终之，君之惠也。

则殁身之誓，其有终矣。又何必深感于此行？然而君既不怿，无以奉宁。君常谓我善鼓琴，向时羞颜，所不能及。今且往矣，既君此诚。"因命拂琴，鼓《霓裳羽衣序》，不数声，哀音怨乱，不复知其是曲也。左右皆歔欷。崔亦遽止之，投琴，泣下流连，趋归郑所，遂不复至。明旦而张行。

明年，文战不胜，张遂止于京。因贻书于崔，以广其意。崔氏缄报之词，粗载于此，曰："捧览来问，抚爱过深。儿女之情，悲喜交集，兼惠花胜一合，口脂五寸，致耀首膏唇之饰。虽荷殊恩，谁复为容？睹物增怀，但积悲叹耳。伏承便于京中就业，进修之道，固在便安。但恨僻陋之人，永以遐弃。命也如此，知复何言！自去秋已来，常忽忽如有所失。于喧哗之下，或勉为语笑，闲宵自处，无不泪零。乃至梦寐之间，亦多感咽，离忧之思，绸缪缱绻，暂若寻常。幽会未终，惊魂已断。虽半衾如暖，而思之甚遥。一昨拜辞，倏逾旧岁。长安行乐之地，触绪牵情。何幸不忘幽微，眷念无致。鄙薄之志，无以奉酬。至于终始之盟，则固不忒。鄙昔中表相因，或同宴处。婢仆见诱，遂致私诚。儿女之心，不能自固。君子有援琴之挑，鄙人无投梭之拒。及荐寝席，义盛意深。愚陋之情，永谓终托。岂期既见君子，而不能定情。致有自献之羞，不复明侍巾帻。没身永恨，含叹何言！倘仁人用心，俯遂幽眇，虽死之日，犹生之年。如或达士略情，舍小从大，以先配为丑行，以要盟为可欺。则当骨化形销，丹诚不泯，因风委露，犹托清尘。存没之诚，言尽于此。临纸呜咽，情不能申。千万珍重，珍重千万！

玉环一枚，是儿婴年所弄，寄充君子下体所佩。玉取其坚润不渝，环取其终始不绝。兼乱丝一絇，文竹茶碾子一枚。此数物不足见珍。意者欲君子如玉之真，弊志如环不解。泪痕在竹，愁绪萦丝。因物达情，永以为好耳。心迩身遐，拜会无期。幽愤所钟，千里神合。千万珍重！春风多厉，强饭为嘉。慎言自保，无以鄙为深念。"

张生发其书于所知，由是时人多闻之。所善杨巨源好属词，因为赋《崔娘诗》一绝云："清润潘郎玉不如，中庭蕙草雪销初。风流才子多春思，肠断萧娘一纸书。"河南元稹亦续生《会真诗》三十韵，诗曰："微月透帘栊，萤光度碧空。遥天初缥缈，低树渐葱胧。龙吹过庭竹，鸾歌拂井桐。罗绡垂薄雾，环佩响轻风。绛节随金母，云心捧玉童。更深人悄悄，晨会雨蒙蒙。珠莹光文履，花明隐绣龙。瑶钗行彩凤，罗帔掩丹虹。言自瑶华浦，将朝碧玉宫。因游洛城北，偶向宋家东。戏调初微拒，柔情已暗通。低鬟蝉影动，回步玉尘蒙。转面流花雪，登床抱绮丛。鸳鸯交颈舞，翡翠合欢龙。眉黛羞偏聚，唇朱暖更融。气清兰蕊馥，肤润玉肌丰。无力慵移腕，多娇爱敛躬。汗流珠点点，发乱绿葱葱。方喜千年会，俄闻五夜穷。留连时有恨，缱绻意难终。慢脸含愁态，芳词誓素衷。赠环明运合，留结表心同。啼粉流宵镜，残灯远暗虫。华光犹苒苒，旭日渐曈曈。乘鸾还归洛，吹箫亦上嵩。衣香犹染麝，枕腻尚残红。冪冪临塘草，飘飘思渚蓬。素琴鸣怨鹤，清汉望归鸿。海阔诚难渡，天高不易冲。行云无处所，箫史在楼中。"

张之友闻之者莫不耸异之，然而张志亦绝矣。稹特与张厚，因征其词。张曰："大凡天之所命尤物也，不妖其身，必妖于人。使崔氏子遇合富贵，乘宠娇，不为云，不为雨，为蛟为螭，吾不知其所变化矣。昔殷之辛、周之幽，据百万之国，其势甚厚。然而一女子败之。溃其众，屠其身，至今为天下僇笑。予之德不足以胜妖孽，是用忍情。"于时坐者皆为深叹。

后岁余，崔已委身于人，张亦有所娶。适经所居，乃因其夫言于崔，求以外兄见。夫语之，而崔终不为出。张怨念之诚，动于颜色。崔知之，潜赋一章，词曰："自从消瘦减容光，万转千回懒下床。不为旁人羞不起，为郎憔悴却羞郎。"竟不之见。后数日，张生将行，又赋一章以谢绝云："弃置今何道，当时且自亲。还将旧时意，怜取眼前人。"自是，绝不复知矣。时人多许张为善补过者。予常于朋会之中，往往及此意者，夫使知者不为，为之者不惑。

贞元岁九月，执事李公垂宿于予靖安里第，语及于是。公垂卓然称异，遂为《莺莺歌》以传之。崔氏小名莺莺，公垂以命篇。

周秦行纪

［唐］牛僧孺

余贞元中举进士落第，归宛、叶间。至伊阙南道鸣皋山下，将宿大安民舍。会暮，失道，不至。更十余里，行一道，甚易。夜月始出，忽闻有异香气，因趋进行，不如近远。见火明，意谓庄家。更前驱，至一大宅。门庭若富豪家。有黄衣阍人曰："郎君何至？"余答曰："僧孺，姓牛，应进士落第往家。本往大安民舍，误道来此。直乞宿，无他。"中有小鬟青衣出，责黄衣曰："门外谁何？"黄衣曰："有客。"黄衣入告，少时，出曰："请郎君入。"余问谁氏宅。黄衣曰："第进，无须问。"

入十余门，至大殿。殿蔽以珠帘，有朱衣紫衣人百数，立阶陛间。左右曰："拜殿下。"帘中语曰："妾汉文帝母薄太后。此是庙，郎不当来。何辱至？"余曰："臣家宛下，将归，失道。恐死豺虎，敢托命乞宿。太后幸听受。"太后遣轴帘，避席曰："妾故汉文君母，君唐朝名士，不相君臣，幸希简敬，便上殿来见。"太后着练衣，状貌瑰伟，不甚妆饰。劳余曰："行役无苦乎？"召坐。

食顷问，殿内庖厨声。太后曰："今夜风月甚佳，偶有二女伴相寻。况又遇嘉宾，不可不成一会。"呼左右"屈两个娘子出见秀才。"良久，有女二人从中至，从者数百。前立者一人，狭腰长面，多发不妆，衣青衣，仅可二十余。太后曰："此高祖戚夫人。"余下拜，夫人亦拜。更有一人，圆题柔脸稳身，貌舒态逸，光彩射远近，时时好瞬，多服花绣，年低薄后。后顾指曰："此元帝王嫱。"余拜如戚夫人，王嫱复拜。各就坐。坐定，太后使紫衣中贵人曰："迎杨家潘家来。"

久之，空中见五色云下，闻笑语声浸近。太后曰："杨潘至矣。"忽车音马迹相杂，罗绮焕耀，旁视不给。有二女子从云中下，余起立于侧。见前一人纤腰身修，晬容，甚闲暇，衣黄衣，冠玉冠，年三十以来。太后顾指曰："此是唐朝太真妃子。"予即伏谒，肃拜如臣礼。太真曰："妾得罪先帝，<small>先帝谓肃宗也。</small>皇朝不置妾在后妃数中。设此礼，岂不虚乎？不敢受。"却答拜。更一人厚肌敏视，身小，材质洁白，齿极卑，被宽博衣。太后顾而指曰："此齐潘淑妃。"余拜如王昭君，妃复拜。既而太后命进馔。少时，馔至，芳洁万端，皆不得名字。粗欲充腹，不能足食。已，更具酒。其器尽宝玉。太后语太真曰："何久不来相看？"太真谨容对曰："三郎<small>天宝中，宫人呼玄宗多曰三郎</small>数幸华清宫，扈从不暇至。"太后又谓潘妃曰："子亦不来，何也？"潘妃匿笑不禁，不成对。太真乃视潘妃而对曰："潘妃向玉奴<small>太真名也</small>说，懊恼东昏候疏狂，终日出猎，故不得时谒耳。"太后问余："今天子为谁？"余对曰："今皇帝名适，代宗皇帝长子。"太真笑曰："沈婆儿作天子也，大奇！"太后曰："何如主？"余对曰："小臣不足以知君德。"太后曰："然无嫌，但言之。"余曰："民间传英明圣武。"太后首肯三四。

太后命进酒加乐，乐妓皆年少女子。酒环行数周，乐亦随辍。太后请戚夫人鼓琴，夫人约指以玉环，光照于手，<small>《西京杂记》云：高祖与夫人百炼金环，照见指骨也。</small>引琴而鼓，声甚怨。太后曰："牛秀才邂逅逆旅到此，诸娘子又偶相访，今无以尽平生欢。牛秀才固才士。盍各赋诗言志，不亦善乎？"遂各授与笺笔，逡巡诗成。太后诗曰："月寝花宫得奉君，至今犹愧管夫人。汉家旧日笙歌地，烟草几经秋又春。"王嫱诗曰："雪里穹庐不见春，汉衣虽旧泪长新。如今犹恨毛延寿，爱把丹青错画人。"戚夫人诗曰："自别汉宫休楚舞，不能妆粉恨君王。无金岂得迎商叟，吕氏何曾畏木强。"太真诗曰："金钗堕地别君王，红泪流珠满御床。云雨马嵬分散后，骊宫无复听《霓裳》。"潘妃诗曰："秋月春风几度归，江山犹是郉宫非。东昏旧作莲花地，空想曾拖金缕衣。"再三趣余作诗。余不得辞，遂应教作诗曰："香风引到大罗天，月地云阶拜洞仙。共道人间惆怅事，不知今夕是何年。"

别有善笛女子，短鬓，衫吴带，貌甚美，多媚，潘妃偕来。太后以接坐居之。时令吹笛，往往亦及酒。太后顾而谓曰："识此否？石家绿珠也。潘妃养作妹，故潘妃与俱来。"太后因曰："绿珠岂能无诗乎？"绿珠拜谢，作诗曰："此地原非昔日人，笛声空怨赵王伦。红残绿碎花枝下，金谷千年更不春。"

诗毕，酒既至。太后曰："牛秀才远来，今夕谁人与伴？"戚夫人先起辞曰："如意儿长成，固不可。且不宜如此。况实为非乎？"潘妃辞曰："东昏以玉儿妃名，身死国除，玉儿不拟负他。"绿珠辞曰："石卫尉性严忌，今有死，不可及乱。"太后曰："太真今朝先帝贵妃，不可言其他。"乃顾谓王嫱曰："昭君始嫁呼韩单于，复为株絫若鞮单于妇，固自用。且苦寒地胡鬼何能为？昭君幸无辞。"昭君不对，低眉羞恨。俄各归休。余为左右送入昭君院。

会将旦，侍人告起得也。昭君泣以持别，忽闻外有太后命，余遂出见太后。太后曰："此非郎君久留地，宜亟还。便别矣。幸无忘向来欢。"更索酒。酒再行，戚夫人、潘妃、绿珠皆泣下，竟辞去。太后使朱衣人送往大安，抵西道，旋失使人所在，时始明矣。

余就大安里，问其里人。里人云："去此十余里有薄后庙。"余却回望庙宇，荒毁不可入。非向者所见矣。余衣上香经十余日不歇，竟不知其如何。

湘中怨辞 并序

[唐]沈亚之

《湘中怨》者，事本怪媚，为学者未尝有述。然而淫溺之人，往往不寤。今欲概其论，以著诚而已。从生韦敖，善撰乐府，故牵而广之，以应其咏。

垂拱年中，驾幸上阳宫。大学进士郑生，晨发铜驼里，乘晓月度洛桥。闻桥下有哭声，甚哀。生下马，循声索之。见有艳女，繁然蒙袖曰："我孤，养于兄。嫂恶，常苦我。今欲赴水，故留哀须臾。"生曰："能遂我归之乎？"女应曰："婢御无悔！"遂与居，号曰氾人。能诵楚人《九歌》《招魂》《九辨》之书，亦尝拟其调，赋为怨句，其词丽绝，世莫有属者。因撰《光风词》，曰："隆佳秀兮昭盛时。播薰绿兮淑华归。愿室荑与处荽兮，潜重房以饰姿。见雅态之韶羞兮，蒙长霭以为帏。醉融光兮渺弥，迷千里兮涵洇湄，晨陶陶兮暮熙熙。舞婑娜之秋条兮，娉盈盈以披迟。酡游颜兮倡蔓卉，縠流电兮石发髓施。"生居贫，氾人尝解箧，出轻绡一端，与卖，胡人酬之千金。

居数岁，生游长安。是夕，谓生曰："我湘中蛟宫之娣也，谪而从君。今岁满，无以久留君所，欲为诀耳。"即相持啼泣。生留之，不能，竟去。后十余年，生之兄为岳州刺史。会上巳日，与家徒登岳阳楼，望鄂渚，张宴。乐酣，生愁吟曰："情无垠兮荡洋洋，怀佳期兮属三湘。"声未终，有画舻浮漾而来。中为彩楼，高百尺余，其上施帏帐，栏笼画饰。帷褰，有弹弦鼓吹者，皆神仙蛾眉，被服烟霓，裾袖皆广长。其中一人起舞，含颦凄怨，形类汜人。舞而歌曰："沂青山兮江之隅。拖湘波兮裦绿裾。荷卷卷兮未舒。匪同归兮将焉如！"舞毕，敛袖，翔然凝望。楼中纵观方怡。须臾，风涛崩怒，遂迷所往。

元和十三年，余闻之于朋中，因悉补其词，题之曰《湘中怨》，盖欲使南昭嗣《烟中之志》，为偶倡也。

异梦录

[唐]沈亚之

元和十年，亚之以记室从陇西公军泾州。而长安中贤士，皆来客之。五月十八日，陇西公与客期，宴于东池便馆。既坐，陇西公曰："余少从邢凤游，得记其异，请语之。"客曰："愿备听。"陇西公曰："凤帅家子，无他能。后寓居长安平康里南，以钱百万质得故豪家洞门曲房之第，即其寝而昼偃。梦一美人，自西楹来，环步从容，执卷且吟。为古妆，而高鬟长眉，衣方领，绣带修绅，被广袖之襦。凤大说曰：'丽者何自而临我哉？'美人笑曰：'此妾家也。而君容妾宇下，焉有自邪？'凤曰：'愿示其书之目。'美人曰：'妾好诗，而常缀此。'凤曰：'丽人幸少留，得观览。'于是美人授诗，坐西床。凤发卷，示其首篇，题之曰《春阳曲》，才四句。其后他篇，皆累数十句。美人曰：'君必欲传之，无令过一篇。'凤即起，从东庑下几上取彩笺，传《春阳曲》。其词曰：'长安少女踏春阳，何处春阳不断肠。舞袖弓弯浑忘却，罗衣空换九秋霜。'凤卒诗，谓曰：'何谓弓弯？'曰：'昔年父母使妾学此舞。'美人乃起，整衣张袖，舞数拍，为弓弯以示凤。既罢，美人泫然良久，即辞去。凤曰：'愿复少留。'须臾间，竟去。"

凤亦觉，昏然忘有所记。及更衣，于襟袖得其词，惊视，复省所梦。事在贞元中。后凤为余言如是。是日，监军使与宾府郡佐，及宴客陇西独孤铉、范阳卢简辞、常山张又新、武功苏涤、皆叹息曰："可记。"故亚之退而著录。

　　明日，客有后至者，渤海高允中、京兆韦谅、晋昌唐炎、广汉李瑀、吴兴姚合，洎亚之，复集于明玉泉，因出所著以示之。于是姚合曰："吾友王炎者，元和初，夕梦游吴，侍吴王久。闻宫中出辇，鸣筂箫击鼓，言葬西施。王悼悲不止，立诏词客作挽歌。炎遂应教，诗曰：'西望吴王国，云书凤字牌，连江起珠帐，择水葬金钗，满地红心草，三层碧玉阶，春风无处所，凄恨不胜怀。'词进，王甚嘉之。及寤，能记其事。炎，本太原人也。"

秦梦记

［唐］沈亚之

　　大和初，沈亚之将之邠，出长安城，客橐泉邸舍。春时，昼梦入秦，主内史廖家。内史廖举亚之。秦公召之殿，膝前席曰："寡人欲强国，愿知其方。先生何以教寡人？"亚之以昆彭、齐桓对。公悦，遂试补中涓秦官名，使佐西乞伐河西晋秦郊也。亚之帅将卒前，攻下五城，还报，公大悦。起劳曰："大夫良苦，休矣。"居久之，公幼女弄玉婿萧史先死。公谓亚之曰："微大夫，晋五城非寡人有。盛德大夫。寡人有爱女，而欲与大夫备酒埽，可乎？"亚之少自立，雅不欲幸臣蓄之。固辞，不得请，拜左庶长，尚公主，赐金二百斤。民间犹谓萧家公主。

　　其日，有黄衣中贵骑疾马来，迎亚之人，宫阙甚严。呼公主出，鬖发，著偏袖衣，装不多饰。其芳姝明媚，笔不可模样。侍女祇承，分立左右者数百人。召见亚之便馆，居亚之于宫。题其门曰"翠微宫"，宫人呼"沈郎院"。虽备位下大夫，由公主故，出入禁卫。

　　公主喜凤箫，每吹箫，必翠微宫高楼上，声调远逸，能悲人，闻者莫不自废。公主七月七日生，亚之尝无贶寿。内史廖曾为秦以女乐遗西戎，戎主与廖水犀小合。亚之从廖得以献公主。主悦，尝爱重，结裙带之上。穆公遇亚之礼兼同列，恩赐相望于道。复一年春，秦公之始平，公主忽无疾卒。公追伤不已。将葬咸阳原，公命亚之作挽歌，应教而作曰："泣葬一枝红，生同死不同。金钿坠芳草，香绣满春风。旧日闻箫处，高楼当月中。梨花寒食夜，深闭翠微宫。"进公，公读词，善之。时宫中有出声若不忍者，公随泣下。又使亚之作墓志铭，独忆其铭，曰："白杨风哭兮石鬣髯莎。杂英满地兮春色烟和。珠愁粉瘦兮不生绮罗。深深埋玉兮其恨如何！"亚之亦送葬咸阳原，宫中十四人殉之。亚之以悼惆过戚，被病，卧在翠微宫。然处殿外室，不入宫中矣。

居月余，病良已。公谓亚之曰："本以小女相托久要，不谓不得周奉君子，而先物故。敝秦区区小国，不足辱大夫。然寡人每见子，即不能不悲悼。大夫盍适大国乎？"亚之对曰："臣无状，肺腑公室，待罪右庶长，不能从死公主。幸免罪戾，使得归骨父母国，臣不忘君恩，如今日。"将去，公命酒高会，声秦声，舞秦舞，舞者击髀拊髀呜呜，而音有不快，声甚怨。公执酒亚之前曰："予顾此声少善。愿沈郎赓扬歌以塞别。"公命遂进笔砚。亚之受命，立为歌，辞曰："击髀舞，恨满烟光无处所，泪如雨，欲拟著辞不成语。金凤衔红旧绣衣，几度宫中同看舞。人闲春日正欢乐，日暮东风何处去？"歌卒，授舞者，杂其声而道之，四座皆泣。既，再拜辞去。公复命至翠微宫，与公主侍人别。重入殿内时，见珠翠遗碎青阶下，窗纱檀点依然。宫人泣对亚之。亚之感咽良久，因题宫门，诗曰："君王多感放东归，从此秦宫不复期。春景自伤秦丧主，落花如雨泪胭脂。"竟别去。公命车驾送出函谷关。出关已，送吏曰："公命尽此。且去。"亚之与别，未卒，忽惊觉，卧邸舍。

明日，亚之与友人崔九万具道。九万，博陵人，谙古。谓余曰："《皇览》云：'秦穆公葬雍橐泉祈年宫下。'非其神灵凭乎？"亚之更求得秦时地志，说如九万云。呜呼！弄玉既仙矣，恶又死乎？

无双传

[唐]薛调

王仙客者，建中中朝臣刘震之甥也。初，仙客父亡，与母同归外氏。震有女曰无双，小仙客数岁，皆幼稚，戏弄相狎。震之妻常戏呼仙客为王郎子。如是者凡数岁，而震奉孀姊及抚仙客尤至。一旦，王氏姊疾，且重，召震约曰："我一子，念之可知也。恨不见其婚室。无双端丽聪慧，我深念之。异日无令归他族。我以仙客为托。尔诚许我，瞑目无所恨也。"震曰："姊宜安静自颐养，无以他事自挠。"其姊竟不痊。

仙客护丧，归葬襄邓。服阕，思念："身世孤子如此，宜求婚娶，以广后嗣。无双长成矣。我舅氏岂以位尊官显，而废旧约耶？"于是饰装抵京师。时震为尚书租庸使，门馆赫奕，冠盖填塞。仙客既觐，置于学舍，弟子为伍。舅甥之分，依然如故，但寂然不闻选取之议。又于窗隙间窥见无双，姿质明艳，若神仙中人。仙客发狂，唯恐姻亲之事不谐也。遂鬻囊橐，得钱数百万。舅氏舅母左右给使，达于厮养，皆厚遗之。又因复设酒馔，中门之内，皆得入之矣。诸表同处，悉敬事之。遇舅母生日，市新奇以献，雕镂犀玉，以为首饰。舅母大喜。

又旬日，仙客遣老妪，以求亲之事闻于舅母。舅母曰："是我所愿也。即当议其事。"又数夕，有青衣告仙客曰："娘子适以亲情事言于阿郎，阿郎云：'向前亦未许也。'模样云云，恐是参差也。"仙客闻之，心气俱丧，达旦不寐，恐舅氏之见弃也。然奉事不敢懈怠。

一日，震趋朝，至日初出，忽然走马入宅，汗流气促，唯言："锁却大门，锁却大门！"一家惶骇，不测其由，良久，乃言："泾原兵士反，姚令言领兵入含元殿，天子出苑北门，百官奔赴行在。我以妻女为念，略归部署。疾召仙客与我勾当家事。我嫁与尔无双。"仙客闻命，惊喜拜谢。乃装金银罗锦二十驮，谓仙客曰："汝易衣服，押领此物出开远门，觅一深隙店安下。我与汝舅母及无双出启夏门，绕城续至。"

仙客依所教。至日落，城外店中待久不至。城门自午后扃锁，南望目断。遂乘骢，秉烛绕城至启夏门。门亦锁。守门者不一，持白梃，或立，或坐。仙客下马，徐问曰："城中有何事如此？"又问："今日有何人出此？"门者曰："朱太尉已作天子。午后有一人重戴，领妇人四五辈，欲出此门。街中人皆识，云是租庸使刘尚书。门司不敢放出。近夜，追骑至，一时驱向北去矣。"仙客失声恸哭，却归店。三更向尽，城门忽开，见火炬如昼。兵士皆持兵挺刃，传呼斩斫使出城，搜城外朝官。仙客舍辎骑惊走，归襄阳，村居三年。

后知克复，京师重整，海内无事。乃入京，访舅氏消息，至新昌南街，立马彷徨之际，忽有一人马前拜，熟视之，乃旧使苍头塞鸿也。鸿本王家生，其舅常使得力，遂留之。握手垂涕。仙客谓鸿曰："阿舅、舅母安否？"鸿云："并在兴化宅。"仙客喜极云："我便过街去。"鸿曰："某已得从良，客户有一小宅子，贩缯为业。今日已夜，郎君且就客户一宿。来早同去未晚。"遂引至所居，饮馔甚备。至昏黑，乃闻报曰："尚书受伪命官，与夫人皆处极刑。无双已入掖庭矣。"仙客哀冤号绝，感动邻里。谓鸿曰："四海至广，举目无亲戚，未知托身之所。"又问曰："旧家人谁在？"鸿曰："唯无双所使婢采蘋者，今在金吾将军王遂中宅。"仙客曰："无双固无见期。得见采蘋，死亦足矣。"由是乃刺谒，以从侄礼见遂中，具道本末，愿纳厚价以赎采蘋。遂中深见相知，感其事而许之。仙客税屋，与鸿蘋居。塞鸿每言："郎君年渐长，合求官职。悒悒不乐，何以遣时？"仙客感其言，以情恳告遂中。遂中荐见仙客于京兆君李齐运。齐运以仙客前衔，为富平县尹，知长乐驿。

累月，忽报有中使押领内家三十人往园陵，以备洒扫，宿长乐驿，毡车子十乘下讫。仙客谓塞鸿曰："我闻宫嫔选在掖庭，多是衣冠子女。我恐无双在焉。汝为我一窥，可乎？"鸿曰："宫嫔数千，岂便及无双。"仙客曰："汝但去，人事亦未可定。"因令塞鸿假为驿吏，烹茗于帘外。仍给钱三千，约曰："坚守茗具，无暂舍去。忽有所睹，即疾报来。"塞鸿唯唯而去。

宫人悉在帘下，不可得见之，但夜语喧哗而已。至夜深，群动皆息。塞鸿涤器构火，不敢辄寐。忽闻帘下语曰："塞鸿，塞鸿，汝争得知我在此耶？郎健否？"言讫，呜咽，塞鸿曰："郎君见知此驿。今日疑娘子在此，令塞鸿问候。"又曰："我不久语。明日我去后，汝于东北舍阁子中紫褥下，取书送郎君。"言讫，便去。忽闻帘下极闹，云："内家中恶。"中使索汤药甚急，乃无双也。塞鸿疾告仙客，仙客惊曰："我何得一见？"塞鸿曰："今方修渭桥。郎君可假作理桥官，车子过桥时，近车子立。无双若认得，必开帘子，当得瞥见耳。"仙客如其言。至第三车子，果开帘子，窥见，真无双也。仙客悲感怨慕，不胜其情。塞鸿于阁子中褥下得书送仙客。花笺五幅，皆无双真迹，词理哀切，叙述周尽，仙客览之，茹恨涕下。自此永诀矣。其书后云："常见敕使说富平县古押衙人间有心人。今能求之否？"

仙客遂申府，请解驿务，归本官。遂寻访古押衙，则居于村墅。仙客造谒，见古生。生所愿，必力致之，缯采宝玉之赠，不可胜纪。一年未开口，秩满，闲居于县。古生忽来，谓仙客曰："洪一武夫，年且老，何所用？郎君于某竭分。察郎君之意，将有求于老夫。老夫乃一片有心人也。感郎君之深恩，愿粉身以答效。"仙客泣拜，以实告古生。古生仰天，以手拍脑数四，曰："此事大不易。然与郎试求，不可朝夕便望。"仙客拜曰："但生前得见，岂敢以迟晚为限耶。"半岁无消息。

一日，扣门，乃古生送书。书云："茅山使者回。且来此。"仙客奔马去。见古生，生乃无一言。又启使者。复云："杀却也。且吃茶。"夜深，谓仙客曰："宅中有女家人识无双否？"仙客以采蘋对。仙客立取而至。古生端相，且笑且喜云："借留三五日。郎君且归。"后累日，忽传说曰："有高品过，处置园陵宫人。"仙客心甚异之。令塞鸿探所杀者，乃无双也。仙客号哭，乃叹曰："本望古生。今死矣！为之奈何！"流涕歔欷，不能自已。是夕更深，闻叩门甚急。及开门，乃古生也。领一篼子入，谓仙客曰："此无双也。今死矣。心头微暖，后日当活，微灌汤药，切须静密。"言讫，仙客抱入阁子中，独守之。至明，遍体有暖气。见仙客，哭一声遂绝。救疗至夜，方愈。

古生又曰："暂借塞鸿于舍后掘一坑。"坑稍深，抽刀断塞鸿头于坑中。仙客惊怕。古生曰："郎君莫怕。今日报郎君恩足矣。此闻茅山道士有药术。其药服之者立死，三日却活。某使人专求，得一丸。昨令采蘋假作中使，以无双逆党，赐此药令自尽。至陵下，托以亲故，百缣赎其尸。凡道路邮传，皆厚赂矣，必免漏泄。茅山使者及舁篼人，在野外处置讫。老夫为郎君，亦自刎。君不得更居此。门外有檐子一十人，马五匹，绢二百匹。五更挈无双便发，变姓名浪迹以避祸。"言讫，举刀。仙客救之，头已落矣。遂并尸盖覆讫。

未明发，历四蜀下峡，寓居于渚宫。悄不闻京兆之耗，乃挈家归襄邓别业，与无双偕老矣。男女成群。

噫，人生之契阔会合多矣，罕有若斯之比。常谓古今所无。无双遭乱世籍没，而仙客之志，死而不夺。卒遇古生之奇法取之，冤死者十余人。艰难走窜后，得归故乡，为夫妇五十年，何其异哉！

上清传

［唐］柳珵

贞元壬申岁春三月，相国窦公居光福里第，月夜闲步于中庭。有常所宠青衣上清者，乃曰："今欲启事。郎须到堂前，方敢言之。"窦公亟上堂。上清曰："庭树上有人，恐惊郎，请谨避之。"窦公曰："陆贽久欲倾夺吾权位。今有人在庭树上，吾祸将至。且此事将奏与不奏皆受祸，必窜死于道路。汝在辈流中，不可多得。吾身死家破，汝定为宫婢。圣君若顾问，善为我辞焉。"上清泣曰："诚如是，死生以之！"

窦公下阶，大呼曰："树上君子，应是陆贽使来。能全老夫性命，敢不厚报！"树上应声而下，乃衣缞粗者也。曰："家有大丧。贫甚，不办葬礼。伏知相公推心济物，所以卜夜而来。幸相公无怪。"公曰："某罄所有，堂封绢千匹而已。方拟修私庙次。今且辍赠，可乎？"缞者拜谢。窦公答之，如礼。又曰："便辞相公。请左右赍所赐绢。掷于墙外。某先于街中俟之。"窦公依其请。命仆，使侦其绝踪且久，方敢归寝。

翌日，执金吾先奏其事。窦公得次，又奏之。德宗厉声曰："卿交通节将，蓄养侠刺。位崇台鼎，更欲何求？"窦公顿首曰："臣起自刀笔小才，官以至贵。皆陛下奖拔，实不由人。今不幸至此，抑乃仇家所为耳。陛下忽震雷霆之怒，臣便合万死。"中使下殿宣曰："卿且归私第，待候进止。"越月，贬郴州别驾。会宣武节度刘士宁通好于郴州，廉使条疏上闻。德宗曰："交通节将，信而有征。"流窦于骧州，没入家资。一簪不著身，竟未达流所，诏自尽。上清果隶名掖庭。

后数年，以善应对，能煎茶，数得在帝左右。德宗谓曰："宫掖间人数不少。汝了事。从何得至此？"上清对曰："妾本故宰相窦参家女奴。窦某妻早亡，故妾得陪扫洒。及窦某家破，幸得填宫。既侍龙颜，如在天上。"德宗曰："窦某罪不止养侠刺，亦甚有脏污。前时纳官银器至多。"上清流涕而言曰："窦某自御史中丞，历度支，户部，盐铁三使，至宰相。首尾六年，月入数十万。前后非时赏赐，当亦不知纪极。乃者郴州所送纳官银物，皆是恩赐。当部录日，妾在郴州，亲见州县希陆贽意旨刮去。所进银器，上刻作藩镇官衔姓名，诬为赃物。伏乞陛下验之。"于是宣索窦某没官银器覆视，其刮字处，皆如上清言。时贞元十二年。德宗又问蓄养侠刺事。上清曰："本实无。悉是陆贽陷害，使人为之。"德宗怒陆贽曰："这獠奴！我脱却伊绿衫，便与紫衫着。又常唤伊作陆九。我任使窦参，方称意次，须教我枉杀却他。及至权入伊手，其为软弱，甚于泥团。"乃下诏雪窦参。

时裴延龄探知陆贽恩衰，得恣行媒孽。贽竟受谴不回。后上清特敕丹书度为女道士，终嫁为金忠义妻。世以陆贽门生名位多显达者，世不可传说，故此事绝无人知。

杨娼传

［唐］房千里

　　杨娼者，长安里中之殊色也，态度甚都，复以冶容自喜。王公巨人享客，竞邀致席上。虽不饮者，必为之引满尽欢。长安诸儿，一造其室，殆至亡生破产而不悔。由是娼之名冠诸籍中，大售于时矣。岭南帅甲，贵游子也。妻本戚里女，遇帅甚悍。先约：设有异志者，当取死白刃下。帅幼贵，喜滛，内苦其妻，莫之措意。乃阴出重赂，削去娼之籍，而挈之南海。馆之他舍，公余而同，夕隐而归。娼有慧性，事帅尤谨。平居以女职自守，非其理不妄发。复厚帅之左右，咸能得其欢心。故帅益嬖之。

　　会间岁，帅得病，且不起。思一见娼，而惮其妻。帅素与监军使厚，密遣导意，使为方略。监军乃绐其妻曰："将军病甚，思得善奉侍煎调者视之，瘳当速矣。某有善婢，久给事贵室，动得人意。请夫人听以婢安将军四体，如何？"妻曰："中贵人，信人也。果然，于吾无苦耳。可促召婢来。"监军即命娼冒为婢以见帅。计未行而事泄。帅之妻乃拥健婢数十，列白梃，炽膏镬于廷而伺之矣。须其至，当投之沸鬲。帅闻而大恐，促命止娼之至。且曰："此自我意，几累于渠。今幸吾之未死也，必使脱其虎喙。不然，且无及矣。"乃大遗其奇宝，命家僮榜轻舸，卫娼北归。自是，帅之愤益深，不逾旬而物故。娼之行，适及洪矣。问至，娼乃尽返帅之赂，设位而哭，曰："将军由妾而死。将军且死，妾安用生为？妾岂孤将军者耶？"即撤奠而死之。

　　夫娼，以色事人者也，非其利则不合矣。而杨能报帅以死，义也；却帅之赂，廉也。虽为娼，差足多乎。

飞烟传

[唐]皇甫枚

　　临淮武公业，咸通中任河南府功曹参军。爱妾曰飞烟，姓步氏，容止纤丽，若不胜绮罗。善秦声，好文笔，尤工击瓯，其韵与丝竹合。公业甚嬖之。其比邻，天水赵氏第也，亦衣缨之族，不能斥言。其子曰象，秀端有文，才弱冠矣。时方居丧礼。忽一日，于南垣隙中窥见飞烟，神气俱丧，废食忘寐。乃厚赂公业之阍，以情告之。阍有难色，复为厚利所动。乃令其妻伺飞烟间处，具以象意言焉。飞烟闻之，但含笑凝睇而不答。

　　门媪尽以语象。象发狂心荡，不知所持，乃取薛涛笺，题绝句曰：“一睹倾城貌，尘心只自猜。不随箫史去，拟学阿兰来。”以所题密缄之，祈门媪达飞烟。烟读毕，吁嗟良久，谓媪曰：“我亦曾窥见赵郎，大好才貌。此生薄福，不得当之。”盖鄙武生粗悍，非良配耳。乃复酬篇，写于金凤笺，曰：“绿惨双娥不自持，只缘幽恨在新诗。郎心应似琴心怨，脉脉春情更拟谁。”封付门媪，令遗象。象启缄，吟讽数四，拊掌喜曰：“吾事谐矣。”又以剡溪玉叶纸，赋诗以谢，曰：“珍重佳人赠好音，彩笺芳翰两情深，薄于蝉翼难供恨，密似蝇头未写心。疑是落花迷碧洞，只思轻雨洒幽襟。百回消息千回梦，裁作长谣寄绿琴。”诗去旬日，门媪不复来。象尤恐事泄，或飞烟追悔。

　　春夕，于前庭独坐，赋诗曰：“绿暗红藏起暝烟，独将幽恨小庭前。沉沉良夜与谁语，星隔银河月半天。”明日，晨起吟际，而门媪来。传飞烟语曰："勿讶旬日无信，盖以微有不安。"因授象以连蝉锦香囊并碧苔笺，诗曰："强力严妆倚绣栊，暗题蝉锦思难穷，近来赢得伤春病，柳弱花欹怯晓风。"象结锦香囊于怀，细读小简，又恐飞烟幽思增疾，乃剪乌丝阑为回械，曰："春景迟迟，人心悄悄。自因窥觌，长役梦魂。虽羽驾尘襟，难于会合，而丹诚皎日，誓以周旋。昨日瑶台青鸟忽来，殷勤寄语。蝉锦香囊之赠，芬馥盈怀，佩服徒增，翘恋弥切。况又闻乘春多感，芳履乖和，耗冰雪之妍姿，郁蕙兰之佳气。忧抑之极，恨不翻飞。企望宽情，无至憔悴。莫孤短愿，宁爽后期。惝恍寸心，书岂能尽？兼持菲什，仰继华篇。伏惟试赐凝睇。"诗曰："应见伤情为九春，想封蝉锦绿蛾颦。叩头为报烟卿道，第一风流最损人。"阇媪既得回报，径赍诣飞烟阁中。

武生为府掾属，公务繁夥，或数夜一直，或竟日不归。此时恰值生入府曹。飞烟拆书，得以款曲寻绎。既而长太息曰："丈夫之志，女子之情，心契魂交，视远如近也。"于是阖户垂幌，为书曰："下妾不幸，垂髫而孤。中间为媒妁所欺，遂匹合于琐类。每至清风明月，移玉柱以增怀。秋帐冬钉，泛金徽而寄恨。岂谓公子，忽贶好音。发华缄而思飞，讽丽句而目断。所恨洛川波隔，贾午墙高。连云不及于秦台，荐梦尚遥于楚岫。犹望天从素恳，神假微机，一拜清光，九殒无恨。兼题短什，用寄幽怀。伏惟特赐吟讽也。"诗曰："画帘春燕须同宿，兰浦双鸳肯独飞。长恨桃源诸女伴，等闲花里送郎归。"封讫，召阇媪，令达于象。象览书及诗，以飞烟意稍切，喜不自持，但静室焚香虔祷以俟息。

一日将夕，阇媪促步而至，笑且拜曰："赵郎愿见神仙否？"象惊，连问之。传飞烟语曰："值今夜功曹府直，可谓良时。妾家后庭，即君之前垣也。若不渝惠好，专望来仪。方寸万重，悉候晤语。"既曛黑，象乃乘梯而登，飞烟已令重榻于下。既下，见飞烟靓妆盛服，立于庭前。交拜讫，俱以喜极不能言。乃相携自后门入堂中，遂背釭解幌，尽缱绻之意焉。及晓钟初动，复送象于垣下，飞烟执象手曰："今日相遇，乃前生姻缘耳。勿谓妾无玉洁松贞之志，放荡如斯。直以郎之风调，不能自顾。愿深鉴之。"象曰："挹希世之貌，见出人之心。已誓幽庸，永奉欢洽。"言讫，象逾垣而归。明日，托阃媪赠飞烟诗曰："十洞三清虽路阻，有心还得傍瑶台。瑞香风引思深夜，知是蕊宫仙驭来。"飞烟览诗微笑，复赠象诗曰："相思只怕不相识，相见还愁却别君。愿得化为松上鹤，一双飞去入行云。"封付阃媪，仍令语象曰："赖值儿家有小小篇咏。不然，君作几许大才面目？"兹不盈旬，常得一期于后庭矣。展幽微之思，罄宿昔之心。以为鬼鸟不知，人神相助。或景物寓目，歌咏寄情，来往便繁，不能悉载。如是者周岁。

无何，飞烟数以细过挞其女奴，奴阴衔之，乘间尽以告公业。公业曰："汝慎勿扬声！我当伺察之。"后至当赴直日，乃密陈状请假。迨夜，如常入直，遂潜于里门。街鼓既作，匍伏而归。循墙至后庭，见飞烟方倚户微吟，象则据垣斜睇。公业不胜其愤，挺前欲擒。象觉，跳去。业搏之，得其半襦。乃入室，呼飞烟诘之。飞烟色动声战，而不以实告。公业愈怒，缚之大柱，鞭楚血流。但云："生得相亲，死亦何恨。"深夜，公业怠而假寐。飞烟呼其所爱女仆曰："与我一杯水。"水至，饮尽而绝。公业起，将复笞之，已死矣。乃解缚，举置阁中，连呼之，声言飞烟暴疾致殒。数日，窆之北邙。而里巷间皆知其强死矣。象因变服，易名远，自窜于江浙间。

洛中才士有著《飞烟传》者，传中崔、李二生，常与武掾游处。崔诗末句云："恰似传花人饮散，空床抛下最繁枝。"其夕，梦飞烟谢曰："妾貌虽不迨桃李，而零落过之。捧君佳什，愧仰无已。"李生诗末句云："艳魄香魂如有在，还应羞见坠楼人。"其夕，梦飞烟戟手而詈曰：“士有百行，君得全乎？何至务矜片言，苦相诋斥。当屈君于地下面证之。”数日，李生卒。时人异焉。远后调授汝州鲁山县主簿，陇西李垣代之。咸通末，予复代垣，而与远少相狎，故洛中秘事，亦知之。而垣复为手记，故得以传焉。

三水人曰：噫，艳冶之貌，则代有之矣；洁朗之操，则人鲜闻乎。故士矜才则德薄，女衒色则情私。若能如执盈，如临深，则皆为端士淑女矣。飞烟之罪虽不可逭，察其心，亦可悲矣。

虬髯客传

[唐]杜光庭

隋炀帝之幸江都也，命司空杨素守西京。素骄贵，又以时乱，天下之权重望崇者，莫我若也，奢贵自奉，礼异人臣。每公卿入言，宾客上谒，未尝不踞床而见，令美人捧出。侍婢罗列，颇僭于上。末年愈甚，无复知所负荷，有扶危持颠之心。

一日，卫公李靖以布衣上谒，献奇策。素亦踞见。公前揖曰："天下方乱，英雄竞起。公为帝室重臣，须以收罗豪杰为心，不宜踞见宾客。"素敛容而起，谢公，与语，大悦，收其策而退。当公之骋辩也，一妓有殊色，执红拂，立于前，独目公。公既去，而执拂者临轩指吏曰："问去者处士第几？住何处？"公具以对。妓诵而去。公归逆旅。

其夜五更初，忽闻叩门而声低者，公起问焉。乃紫衣戴帽人，扶揭一囊。公问谁。曰："妾，杨家之红拂妓也。"公遽延入。脱衣去帽，乃十八九佳丽人也。素面画衣而拜。公惊答拜。曰："妾侍杨司空久，阅天下之人多矣。无如公者，丝萝非独生，愿托乔木，故来奔耳。"公曰："杨司空权重京师，如何？"曰："彼尸居余气，不足畏也。诸妓知其无成，去者众矣。彼亦不甚逐也。计之详矣。幸无疑焉。"问其姓。曰："张。"问其伯仲之次。曰："最长。"观其肌肤，仪状，言词，气性，真天人也。公不自意获之，愈喜愈惧，瞬息万虑不安。而窥户者无停屦。数日，亦闻追讨之声，意亦非峻。乃雄服乘马，排闼而去，将归太原。

　　行次灵石旅舍，既设床，炉中烹肉且熟。张氏以发长委地，立梳床前。公方刷马。忽有一人，中形，赤髯而虬，乘蹇驴而来。投革囊于炉前，取枕欹卧，看张梳头。公怒甚，未决，犹刷马。张熟视其面，一手握发，一手映身摇示公，令勿怒。急急梳头毕，敛衽前问其姓。卧客笑曰："姓张。"对曰："妾亦姓张，合是妹。"遂拜之。问第几。曰："第三。"因问妹第几。曰："最长。"遂喜曰："今多幸逢一妹。"张氏遥呼："李郎且来见三兄！"公骤拜之。遂环坐。曰："煮者何肉？"曰："羊肉，计已熟矣。"客曰："饥。"公出市胡饼，客抽腰间匕首，切肉共食。食竟，余肉乱切送驴前食之，甚速。客曰："观李郎之行，贫士也。何以致斯异人？"曰："靖虽贫，亦有心者焉。他人见问，故不言。兄之问，则不隐耳。"具言其由。曰："然则将何之？"曰："将避地太原。"曰："然吾故非君所致也。"曰："有酒乎？"曰："主人西，则酒肆也。"

　　公取酒一斗。既巡，客曰："吾有少下酒物，李郎能同之乎？"曰："不敢。"于是开革囊，取一人头并心肝。却头囊中，以匕首切心肝，共食之。曰："此人天下负心者，衔之十年，今始获之。吾憾释矣。"又曰："观李郎仪形器宇，真丈夫也。亦闻太原有异人乎？"曰："尝识一人，愚谓之真人也，其余，将帅而已。"曰："何姓？"曰："靖之同姓。"曰："年几？"曰："仅二十。"曰："今何为？"曰："州将之子。"曰："似矣。亦须见之。李郎能致吾一见乎？"曰："靖之友刘文静者，与之狎。因文静见之可也。然兄何为？"曰："望气者言太原有奇气，使访之。李郎明发，何日到太原？"靖计之日。曰："达之明日日方曙，候我于汾阳桥。"言讫，乘驴而去，其行若飞，回顾已失。公与张氏且惊且喜，久之，曰："烈士不欺人。固无畏。"促鞭而行。

　　及期，入太原。果复相见。大喜，偕诣刘氏。诈谓文静曰："以善相者思见郎君，请迎之。"文静素奇其人，一旦闻有客善相，遽致使迎之。使回而至，不衫不履，裼裘而来，神气扬扬，貌与常异。虬髯默居末坐，见之心死，饮数杯，招靖曰："真天子也！"公以告刘，刘益喜，自负。既出，而虬髯曰："吾得十八九矣。然须道兄见。李郎宜与一妹复入京，某日午时，访我于马行东酒楼下。下有此驴及瘦驴，即我与道兄俱在其上矣。到即登焉。"又别而去。

公与张氏复应之。及期访焉，宛见二乘。揽衣登楼，虬髯与一道士方对饮，见公惊喜，召坐。围饮十数巡，曰："楼下柜中有钱十万。择一深隐处驻一妹。某日复会我于汾阳桥。"如期至，即道士与虬髯已到矣。俱谒文静。时方奕棋，揖而话心焉。文静飞书迎文皇看棋。道士对奕，虬髯与公傍侍焉。俄而文皇到来，精采惊人，长揖而坐，神气清朗，满坐风生，顾盼炜如也。道士一见惨然，下棋子曰："此局全输矣！于此失却局哉！救无路矣！复奚言！"罢奕而请去。既出，谓虬髯曰："此世界非公世界。他方可也。勉之，勿以为念。"因共入京。虬髯曰："计李郎之程，某日方到。到之明日，可与一妹同诣某坊曲小宅相访。李郎相从一妹，悬然如磬。欲令新妇祇谒，兼议从容，无前却也。"言毕，吁嗟而去。

公策马而归。即到京，遂与张氏同往。乃一小版门子，叩之，有应者，拜曰："三郎令候李郎一娘子久矣。"延入重门，门愈壮。婢四十人，罗列廷前。奴二十人，引公入东厅。厅之陈设，穷极珍异，箱中妆奁冠镜首饰之盛，非人间之物。巾栉妆饰毕，请更衣，衣又珍异。既毕，传云："三郎来！"乃虬髯纱帽裼裘而来，亦有龙虎之状，欢然相见，催其妻出拜，盖亦天人耳。遂延中堂，陈设盘筵之盛，虽王公家不侔也。四人对馔讫，陈女乐二十人，列奏于前，似从天降，非人间之曲。食毕，行酒。

家人自东堂舁出二十床，各以锦绣帕覆之。既陈，尽去其帕，乃文簿钥匙耳。虬髯曰："此尽宝货泉贝之数。吾之所有，悉以充赠。何者？欲于此世界求事，当龙战三二十载，建少功业。今既有主，住亦何为？太原李氏，真英主也。三五年内，即当太平。李郎以奇特之才，辅清平之主，竭心尽善，必极人臣。一妹以天人之姿，蕴不世之艺，从夫之贵，以盛轩裳。非一妹不能识李郎，非李郎不能荣一妹。起陆之贵，际会如期，虎啸风生，龙吟云萃，固非偶然也。持余之赠，以佐真主，赞功业也，勉之哉！此后十年，当东南数千里外有异事，是吾得事之秋也。一妹与李郎可沥酒东南相贺。"因命家童列拜，曰："李郎一妹，是汝主也！"言讫，与其妻从一奴，乘马而去。数步，遂不复见。公据其宅，乃为豪家，得以助文皇缔构之资，遂匡天下。

贞观十年，公以左仆射平章事。适南蛮入奏曰："有海船千艘，甲兵十万，入扶余国，杀其主自立。国已定矣。"公心知虬髯得事也。归告张氏，具衣拜贺，沥酒东南祝拜之。乃知真人之兴也，非英雄所冀。况非英雄乎？人臣之谬思乱者，乃螳臂之拒走轮耳。我皇家垂福万叶，岂虚然哉。或曰："卫公之兵法，半乃虬髯所传耳。"

卷五

冥音录

庐江尉李侃者，陇西人，家于洛之河南。太和初，卒于官。有外妇崔氏，本广陵倡家。生二女，既孤且幼，孀母抚之以道，近于成人。因寓家庐江。侃既死，虽侃之宗亲，居显要者，绝不相闻。庐江之人，咸哀其孤藐而能自强。崔氏性酷嗜音，虽贫苦求活，常以弦歌自娱。有女弟菼奴，风容不下，善鼓筝，为古今绝妙，知名于时。年十七，未嫁而卒。人多伤焉。

二女幼传其艺。长女适邑人丁玄夫，性识不甚聪慧。幼时，每教其艺，小有所未至，其母辄加鞭箠，终莫究其妙。每心念其姨，曰："我，姨之甥也。今乃死生殊途，恩爱久绝。姨之生乃聪明，死何蔑然，而不能以力祐助，使我心开目明，粗及流辈哉？"每至节朔，辄举觞酹地，哀咽流涕。如此者八岁。母亦哀而悯焉。

开成五年四月三日，因夜寐，惊起号泣，谓其母曰："向者梦姨执手泣曰：'我自辞人世，在阴司簿属教坊，授曲于博士李元凭。元凭屡荐我于宪宗皇帝。帝召居宫。一年，以我更直穆宗皇帝宫中，以筝导诸妃，出入一年。上帝诛郑注，天下大醮。唐氏诸帝宫中互选妓乐，以进神尧、太宗二宫。我复得侍宪宗。每一月之中，五日一直长秋殿。余日得肆游观，但不得出宫禁耳。汝之情恳，我乃知也。但无由得来。近日襄阳公主以我为女，思念颇至，得出入主第，私许我归，成汝之愿。汝早图之！阴中法严，帝或闻之，当获大谴。亦上累于主。'"复与其母相持而泣。

翼日，乃洒扫一室，列虚筵，设酒果，仿佛如有所见。因执筝就坐，闭目弹之，随指有得。初，授人间之曲，十日不得一曲。此一日获十曲。曲之名品，殆非生人之意。声调哀怨，幽幽然鹘啼鬼啸，闻之者莫不欷歔。曲有《迎君乐》正商调二十八叠，《槲林叹》分丝调四十四叠，《秦王赏金歌》小石调二十八叠，《广陵散》正商调二十八叠，《行路难》正商调二十八叠，《上江虹》正商调二十八叠，《晋城仙》小石调二十八叠，《丝竹赏金歌》小石调二十八叠，《红窗影》双柱调四十叠。

十曲毕，惨然谓女曰："此皆宫闱中新翻曲，帝尤所爱重。《槲林叹》《红窗影》等，每宴饮，即飞球舞盏，为佐酒长夜之欢。穆宗敕修文舍人元稹撰，其词数十首，甚美。宴酣，令宫人递歌之。帝亲执玉如意，击节而和之。帝秘其调极切，恐为诸国所得，故不敢泄。岁摄提，地府当有大变，得以流传人世。幽明路异，人鬼道殊，今者人事相接，亦万代一时，非偶然也。会以吾之十曲，献阳地天子，不可使无闻于明代。"

于是县白州，州白府。刺史崔玙亲召试之。则丝桐之音，铦钺可听。其差琴调不类秦声。乃以众乐合之，则宫商调殊不同矣。

母令小女再拜求传十曲，亦备得之。至暮，诀去。数日复来，曰："闻扬州连帅欲取汝。恐有谬误，汝可一一弹之。"又留一曲曰《思归乐》。无何，州府果令送至扬州，一无差错。廉使故相李德裕议表其事。女寻卒。

东阳夜怪录

前进士王洙，字学源，其先琅琊人。元和十三年春擢第。尝居邹鲁间名山习业。洙自云，前四年时，因随籍入贡，暮次荥阳逆旅。值彭城客秀才成自虚者，以家事不得就举，言旋故里。遇洙，因话辛勤往复之意。自虚字致本，语及人间目睹之异。

是岁，自虚十有一月八日东还。乃元和八年也。翼日，到渭南县，方属阴曀，不知时之早晚。县宰黎谓留饮数巡。自虚恃所乘壮，乃命僮仆辎重，悉令先于赤水店俟宿，聊踟蹰焉。东出县郭门，则阴风刮地，飞雪雾天，行未数里，迨将昏黑。自虚僮仆，既悉令前去，道上又行人已绝，无可问程。至是不知所届矣。路出东阳驿南，寻赤水谷口道。去驿不三四里，有下坞。林月依微，略辨佛庙，自虚启扉，投身突入。雪势愈甚。自虚窃意佛宇之居，有住僧，将求委焉，则策马入。其后才认北横数间空屋，寂无灯烛。

久之倾听，微似有喘息声。遂系马于西面柱，连问："院主和尚，今夜慈悲相救。"徐闻人应："老病僧智高在此。适僮仆已出使村中教化，无从以致火烛。雪若是，复当深夜，客何为者？自何而来？四绝亲邻，何以取济？今夕脱不恶其病秽，且此相就，则免暴露。兼撤所藉刍藁分用，委质可矣。"自虚他计既穷，闻此内亦颇喜。乃问："高公生缘何乡？何故栖此？又俗姓云何？既接恩容，当还审其出处。"曰："贫道俗姓安，以本身肉鞍之故也，生在碛西。本因舍力，随缘来诣中国。到此未几，房院疏芜。秀才卒降，无以供待，不垂见怪为幸。"自虚如此问答，颇忘前倦。乃谓高公曰："方知探宝化城如来，非妄立喻。今高公是我导师矣。高公本宗，固有如是降伏其心之教。"

俄则沓沓然若数人联步而至者。遂闻云："极好雪。师丈在否？"高公未应间，闻一人云："曹长先行。"或曰："朱八丈合先行。"又闻人曰："路甚宽，曹长不合苦让，偕行可也。"自虚窃谓人多，私心益壮。有顷，即似悉造座隅矣。内谓一人曰："师丈，此有宿客乎？"高公对曰："适有客来诣宿耳。"自虚昏昏然，莫审其形质。唯最前一人俯檐映雪，仿佛若见着皂裘者，背及肋有搭白补处。其人先发问自虚云："客何故瑀瑀_{丘主反}然犯雪昏夜至此？"自虚则具以实告。其人因请自虚姓名。对曰："进士成自虚。"自虚亦从而语曰："暗中不可悉揖清扬，他日无以为子孙之旧。请各称其官及名氏。"便闻一人云："前河阴转运巡官，试左骁卫胄曹参军卢倚马。"次一人云："桃林客，副轻车将军朱中正。"次一人曰："去文，姓敬。"次一人曰："锐金，姓奚。"此时则似周坐矣。

初，因成公应举，倚马旁及论文。倚马曰："某儿童时，即闻人咏师丈《聚雪为山》诗，今犹记得。今夜景象宛在目中。师丈，有之乎？"高公曰："其词谓何？试言之。"倚马曰："所记云：谁家扫雪满庭前，万壑千峰在一拳。吾心不觉侵衣冷，曾向此中居几年。"自虚茫然如失，口呿眸眙，尤所不测。高公乃曰："雪山是吾家山。往年偶见小儿聚雪，屹有峰峦山状，西望故国，怅然因作是诗。曹长大聪明，如何记得。贫道旧时恶句，不因曹长诚念在口，实亦遗忘。"

倚马曰："师丈骋逸步于遐荒，脱尘机_{机当为羁}于维絷，巍巍道德，可谓首出侪流。如小子之徒，望尘奔走，曷_{曷当为羯}敢窥其高远哉！倚马今春以公事到城，受性顽钝，阙下桂玉，煎迫不堪。且夕羁_{羁当为饥}旅，虽勤劳夙夜，料入况微，负荷非轻，常惧刑责。近蒙本院转一虚衔_{谓空驱作替驴}，意在苦求脱免。昨晚出长乐城下宿，自悲尘中劳役，慨然有山鹿野麋之志。因寄同侣，成两篇恶诗。对诸作者，辄欲口占，去就未敢。"自虚曰："今夕何夕，得闻佳句。"倚马又谦曰："不揆荒浅。况师丈文宗在此，敢呈丑拙邪？"自虚苦请曰："愿闻，愿闻！"倚马因朗吟其诗曰："长安城东洛阳道，车轮不息尘浩浩。争利贪前竞着鞭，相逢尽是尘中老。_其一日晚长川不计程，离群独步不能鸣。赖有青青河畔草，春来犹得慰_{慰当作喂 羁羁当作饥}情。"合座咸曰："大高作！"倚马谦曰："拙恶，拙恶！"

中正谓高公曰："比闻朔漠之士，吟讽师丈佳句绝多。今此是颍川，况侧聆卢曹长所念，开洗昏鄙，意爽神清。新制的多，满座渴咏。岂不能见示三两首，以沃群瞩。"高公请俟他日。中正又曰："眷彼名公悉至，何惜兔园。雅论高谈，抑一时之盛事。今去市肆苦远，夜艾兴余，杯筯固不可求，炮炙无由而致。宾主礼阙，惭恧空多。吾辈方以观心朵颐_{谓乾草之性与师丈同}，而诸公通宵无以充腹，赧然何补。"

高公曰："吾闻嘉话可以忘乎饥渴。只如八郎，力济生人，动循轨辙，攻城犒士，为己所长。但以十二因缘，皆从触起。茫茫苦海，烦恼随生。何地而可见菩提_{提当为蹄}，何门而得离火宅_{亦用事讥之}？"中正对曰："以愚所谓：覆辙相寻，轮回恶道，先后报应，事甚分明。引领修行，义归于此。"高公大笑，乃曰："释氏尚其清净，道成则为正觉_{觉当为角}。觉则佛也。如八郎向来之谈，深得之矣。"倚马大笑。

自虚又曰："适来朱将军再三有请和尚新制。在小生下情，实愿观宝。和尚岂以自虚远客，非我法中而见鄙之乎？且和尚器识非凡，岸谷深峻，必当格韵才思，贯绝一时，妍妙清新，摆落俗态。岂终秘咳唾之余思，不吟一两篇以开耳目乎？"高公曰："深荷秀才苦请，事则难于固违。况老僧残疾衰羸，习读久废，章句之道，本非所长。却是朱八无端挑抉吾短。然于病中，偶有两篇自述，匠石能听之乎？"曰："愿闻。"其诗曰："拥褐藏名无定踪，流沙千里度衰容。传得南宗心地后，此身应便老双峰。为有阎浮珍重因，远离西国越咸秦。自从无力休行道，且作头陀不系身。"又闻满座称好声，移时不定。

去文忽于座内云："昔王子猷访戴安道于山阴，雪夜皎然，及门而返。遂传'何必见戴'之论。当时皆重逸兴。今成君可谓以文会友，下视袁安、蒋诩。吾少年时颇负隽气，性好鹰鹯。曾于此时，畋游驰骋。吾故林在长安之巽维，御宿川之东畴此处地名荀家将也。咏雪有献曹州房一篇，不觉诗狂所攻，辄污泥高鉴耳。"因吟诗曰："爱此飘摇六出公，轻琼洽絮舞长空。当时正逐秦丞相，腾踯川原喜北风。'献诗讫，曹州房颇甚赏仆此诗，因难云：'呼雪为公，得无检束乎？'余遂征古人尚有呼竹为君，后贤以为名论，用以证之。曹州房结舌莫知所对。然曹州房素非知诗者。乌大尝谓吾曰：'难得臭味同。'斯言不妄。今涉彼远官，参东州军事，又见《古今注》，相去数千。苗十以五五之数故第十气候哑吒，凭恃群亲，索人承事。鲁无君子者，斯焉取诸！"锐金曰："安敢当。不见苗生几日？"曰："涉旬矣。""然则苗子何在？"去文曰："亦应非远。知吾辈会于此，计合解来。"居无几，苗生遽至。去文伪为喜意，拊背曰："适我愿兮！"去文遂引苗生与自虚相揖。自虚先称名氏。苗生曰："介立姓苗。"宾主相谕之词，颇甚稠沓。

锐金居其侧，曰："此时则苦吟之矣。诸公皆由老奚诗病又发，如何如何？"自虚曰："向者承奚生眷与之分非浅，何为尚吝瑰宝，大失所望。"锐金退而逡巡曰："敢不贻广席一噱乎？"辄念三篇近诗云："舞镜争鸾彩，临场定鹘拳。正思仙仗日，翘首仰楼前。""养斗形如木，迎春质似泥。信如风雨在，何惮迹卑栖。""为脱田文难，常怀纪涓恩。欲知疏野态，霜晓叫荒村。"锐金吟讫，暗中亦大闻称赏声。

高公曰:"诸贤勿以武士见待朱将军。此公甚精名理,又善属文。而乃犹无所言。皮里臧否吾辈,抑将不可。况成君远客,一夕之聚,空门所谓多生有缘,宿鸟同树者也。得不因此留异时之谈端哉!"中正起曰:"师丈此言,乃与中正树荆棘耳。苟众情疑阻,敢不唯命是听。然虑探手作事,自贻伊戚,如何?"高公曰:"请诸贤静听。"中正诗曰:"乱鲁负虚名,游秦感宁生。候惊丞相喘,用识葛卢鸣。黍稷兹农兴,轩车乏道情。近来筋力退,一志在归耕。"高公叹曰:"朱八文华若此,未离散秩,引驾者又何人哉!屈甚,屈甚!"

倚马曰:"扶风二兄偶有所系意属自虚所乘,吾家龟兹,苍文毙甚,乐喧厌静,好事挥霍,兴在结束,勇于前驱谓般轻赍首队头驴。此会不至,恨可知也。"去文谓介立曰:"胃家兄弟,居处匪遥,莫往莫来,安用尚志。《诗》云'朋友攸摄',而使尚有遐心。必须折简见招,鄙意颇成其美。"介立曰:"某本欲访胃大去,方以论文兴酬,不觉迟迟耳。敬君命予。今且请诸公不起。介立略到胃家即回。不然,便拉胃氏昆季同至,可乎?"皆曰:"诺。"介立乃去。

无何。去文于众前窃是非介立曰:"蠡兹为人,有甚爪距,颇闻洁廉,善主仓库。其如蜡姑之丑,难以掩于物论何?"殊不知介立与胃氏相携而来。及门,瞥闻其说。介立攘袂大怒曰:"天生苗介立,斗伯比之直下。得姓于楚远祖梦皇茹,分二十族,祀典配享,至于《礼经》谓《郊特牲》八蜡迎虎迎猫猫也。奈何一敬去文,盘瓠之余,长细无别,非人伦所齿,只合驯狎稚子,狯守酒旗,谄同妖狐,窃脂媚灶,安敢言人之长短。我若不呈薄艺,敬子谓我咸秩无文,使诸人异日貌我。今对师丈念一篇恶诗,且看如何?"诗曰:"为惭食肉主恩深,日晏蟠蜿卧锦衾。且学志人知白黑,那将好爵动吾心。"自虚颇甚佳叹。去文曰:"卿不详本末,厚加矫诬。我实春秋向戌之后。

卿以我为盘瓠裔，如辰阳比房，于吾殊所乖阔。"中正深以两家献酬未绝为病，乃曰："吾愿作宜僚以释二忿，可乎？昔我逢丑父实与向家梦皋，春秋时屡同盟会。今座上有名客，二子何乃互毁祖宗，语中忽有绽露。是取笑于成公齿冷也。且尽吟咏，固请息喧。"

于是介立即引胃氏昆仲与自虚相见。初襜襜然若自色。二人来前，长曰胃藏瓠，次曰藏立。自虚亦称姓名。藏瓠又巡座云："令兄令弟。"介立乃于广众延誉胃氏昆弟："潜迹草野，行著及于名族，上参列宿，亲密内达肝胆。况秦之八水，实贯天府，故林二十族，多是咸京。闻弟新有《题旧业》诗，时称甚美。如何，得闻乎？"藏瓠对曰："小子谬厕宾筵，作者云集，欲出口吻，先增惭怍。今不得已，尘污诸贤耳目。"诗曰："鸟鼠是家川，周王昔猎贤。一从离子卯鼠兔皆变为猬也，应见海桑田。"介立称好。"弟他日必负重名，公道若存，斯文不朽。"藏瓠敛躬谢曰："藏瓠幽蛰所宜，幸陪群彦。兄揄扬太过。小子谬当重言，若负芒刺。"座客皆笑。

时自虚方聆诸客嘉什，不暇自念己文。但曰："诸公清才绮靡，皆是目牛游刃。"中正将谓有讥，潜然遁去。高公求之，不得，曰："朱八不告而退，何也？"倚马对曰："朱八世与炮氏为仇，恶闻发硎之说而去耳。"自虚谢不敏。此时去文独与自虚论诘，语自虚曰："凡人行藏卷舒，君子尚其达节；摇尾求食，猛虎所以见几。或为知己吠鸣，不可以主人无德而废斯义也。去文不才，亦有两篇言志奉呈。"诗曰："事君同乐义同忧，那校糟糠满志休。不是守株空待兔，终当逐鹿出林邱。""少年尝负饥鹰用，内愿曾无宠鹤心。秋草驱除思去宇，平原毛血兴从禽。"自虚赏激无限，全忘一夕之苦。方欲自夸旧制，忽闻远寺撞钟，则比膊铿然声尽矣。注目略无所睹。但觉风雪透窗，臊秽扑鼻。唯窣飒如有动者，而厉声呼问，绝无由答。

自虚心神恍惚，未敢遽前扪撄。退寻所系之马，宛在屋之西隅。鞍鞯被雪，马则龁柱而立。迟疑间，晓色已将辨物矣。乃于屋壁之北，有橐驼一，呫腹跪足，俿耳哃口。自虚觉夜来之异，得以遍求之。室外北轩下，俄又见一瘁瘠乌驴，连脊有磨破三处，白毛茁然将满。举视屋之北拱，微若振迅有物，乃见一老鸡蹲焉。前及设像佛宇塌座之北，东西有隙地数十步。牖下皆有彩画处，土人曾以麦秸之长者，积于其间。见一大驳猫儿眠于上。咫尺又有盛饷田浆破瓠一，次有牧童所弃破笠一。自虚因蹴之，果获二刺猬，蠕然而动。自虚周求四顾，悄未有人。又不胜一夕之冻乏，乃揽辔振雪，上马而去。周出村之北道，左经柴栏旧圃，睹一牛踏雪龁草。次此不百余步，合村悉辇粪幸此蕴崇。自虚过其下，群犬喧吠。中有一犬，毛悉齐髁，其状甚异，睥睨自虚。

自虚驱马久之，值一叟，辟荆扉，晨兴开径雪。自虚驻马讯焉。对曰："此故友右军彭特进庄也。郎君昨宵何止？行李间有似迷途者。"自虚语及夜来之见。叟倚箒惊讶曰："极差，极差！昨晚天气风雪，庄家先有一病橐驼，虑其为所毙，遂覆之佛宇之北，念佛社屋下。有数日前，河阴官脚过，有乏驴一头，不任前去。某哀其残命未舍，以粟斛易留之，亦不羁绊。彼栏中瘠牛，皆庄家所畜。适闻此说，不知何缘如此作怪。"自虚曰："昨夜已失鞍驮，今馁冻且甚。事有不可率话者。大略如斯，难于悉述。"遂策马奔去。至赤水店，见僮仆方讶其主之相失，始忙于求访。自虚慨然，如丧魂者数日。

灵应传

泾州之东二十里，有故薛举城。城之隅有善女湫，广袤数里，兼葭丛翠，古木萧疏。其水湛然而碧，莫有测其浅深者。水族灵怪，往往见焉。乡人立祠于旁，曰九娘子神。岁之水旱疾禳，皆得祈请焉。又州之西二百余里，朝那镇之北有湫神。因地而名，曰朝那神。其肸蚃灵应，则居善女之右矣。

乾符五年，节度使周宝在镇日，自仲夏之初，数数有云气，状如奇峰者，如美女者，如鼠，如虎者，由二湫而兴。至于激迅风，震雷电，发屋拔树，数刻而止。伤人害稼，其数甚多。宝责躬励己，谓为政之未敷，致阴灵之所谴也。

至六月五日，府中视事之暇，昏然思寐，因解巾就枕。寝犹未熟，见一武士，冠鍪被铠，持钺而立于阶下，曰："有女客在门，欲申参谒，故先听命。"宝曰："尔为谁乎？"曰："某即君之阍者，效役有年矣。"宝将诘其由，已见二青衣，历阶而升，长跪于前曰："九娘子自郊墅特来告谒，故先使下执事致命于明公。"宝曰："九娘子非吾通家亲戚，安敢造次相面乎？"言犹未终，而见祥云细雨，异香袭人。俄有一妇人，年可十七八，衣裙素淡，容质窈窕，凭空而下，立庭庑之间。容仪绰约，有绝世之貌。侍者十余辈，皆服饰鲜洁，有如妃主之仪。

顾步徊翔，渐及卧所。宝将少避之，以候其意。侍者趋进而言曰："贵主以君之高义，可申诚信之托，故将冤抑之怀，诉诸明公。明公忍不救其急难乎？"宝遂命升阶相见。宾主之礼，颇甚肃恭。登榻而坐，祥烟四合，紫气充庭，敛态低鬟，若有忧戚之貌。宝命酌醴设馔，厚礼以待之。

俄而敛袂离席，逡巡而言曰："妾以寓止郊园，绵历多祀，醉酒饱德，蒙惠诚深。虽以孤枕寒床，甘心没齿。茕嫠有托，负荷逾多。但以显晦殊途，行止乖互。今乃迫于情礼，岂暇缄藏。倘鉴幽情，当敢披露。"宝曰："愿闻其说。所冀识其宗系。苟可展分，安敢以幽显为辞。君子杀身以成仁，循其毅烈，蹈赴汤火，旁雪不平，乃宝之志也。"

对曰："妾家世会稽之鄮县，卜筑于东海之潭。桑榆坟陇，百有余代。其后遭世不造，瞰室贻灾。五百人皆遭庚氏焚炙之祸，纂绍几绝。不忍戴天，潜遁幽岩，沉冤莫雪。至梁天监中，武帝好奇，召人通龙宫，入枯桑岛，以烧燕奇味，结好于洞庭君宝藏主第七女，以求异宝。寻闻家仇庚毗罗自鄮县白水郎弃官解印，欲承命请行，阴怀不道，因使得入龙宫，假以求货，覆吾宗嗣。赖杰公敏鉴，知渠挟私请行，欲肆无辜之害。虑其反贻伊戚，辱君之命，言于武帝，武帝遂止。乃令合浦郡落黎县欧越罗子春代行。

"妾之先宗，羞共戴天，虑其后患，乃率其族，韬光灭迹，易姓变名，避仇于新平真宁县安村。披榛凿穴，筑室于兹。先人弊庐，殆成胡越。今三世卜居，先为灵应君，寻受封应圣侯。后以阴灵普济，功德及民，又封普济王。威德临人，为世所重。妾即王之第九女也。笄年配于象郡石龙之少子。良人以世袭猛烈，血气方刚，宪法不拘，严父不禁，残虐视事，礼教蔑闻。未及期年，果贻天谴，覆宗绝嗣，削迹除名，唯妾一身，仅以获免。父母抑遣再行，妾终违命。王侯致聘，接轸交辕。诚愿既坚，遂欲自劓。父母怒其刚烈，遂遣屏居于兹土之别邑。音问不通，于今三纪。虽慈颜未复，温清久违，离群索居，甚为得志。

"近年为朝那小龙，以季弟未婚，潜行礼聘。甘言厚币，峻阻复来。灭性毁形，殆将不可。朝那遂通好于家君，欲成其事。遂使其季弟权徙于王畿之西，将货于我王，以成姻好。家君知妾之不可夺，乃令朝那纵兵相逼。妾亦率其家僮五十余人，付以兵仗，逆战郊原。众寡不敌，三战三北。师徒倦弊，犄角无怙。将欲收拾余烬，背城借一，而虑晋阳水急，台城火炎，一旦攻下，为顽童所辱。纵没于泉下，无面石氏之子。故《诗》云：'泛彼柏舟，在彼中河。髧彼两髦，实维我仪。之死矢靡他。母也天只，不谅人只。'此卫世子媵妇自誓之词。又云：'谁谓鼠无牙？何以穿我墉。谁谓女无家？何以速我讼。虽速我讼，亦不女从。'此邵伯听讼，衰乱之俗兴，贞信之教兴，强暴之男，不能侵凌贞女也。

"今则公之教可以精通幽显，贻范古今。贞信之教，故不为姬、姜之下者。幸以君之余力，少假兵锋，挫彼凶狂，存其鳏寡。成贱妾终天之誓，彰明公赴难之心。辄具志诚，幸无见阻。"

宝心虽许之，讶其辨博，欲拒以他事，以观其词。乃曰："边徼事繁，烟尘在望。朝廷以西陲陷虏，芜没者三十余州。将议举戈，复其土壤。晓夕恭命，不敢自安。匪夕伊朝，前茅即举。空多愤悱，未暇承命。"

对曰："昔者楚昭王以方城为城，汉水为池，尽有荆蛮之地。藉父兄之资，强国外连，三良内助。而吴兵一举，鸟逝云奔，不暇婴城，迫于走兔。宝玉迁徙，宗社凌夷，万乘之灵，不能庇先王之朽骨。至申胥乞师于嬴氏，血泪污于秦庭，七日长号，昼夜靡息。秦伯悯其祸败，竟为出师，复楚退吴，仅存亡国。况芈氏为春秋之强国，申胥乃衰楚之大夫，而以矢尽兵穷，委身折节，肝脑涂地，感动于强秦。矧妾一女子，父母斥其孤贞，狂童凌其寡弱，缀旒之急，安得不少动仁人之心乎？"

宝曰："九娘子灵宗异派，呼吸风云，蠢尔黎元，固在掌握。又焉得示弱于世俗之人，而自困如是者哉？"对曰："妾家族望，海内咸知。只如彭蠡、洞庭，皆外祖也。陵水、罗水，皆中表也。内外昆季，百有余人。散居吴越之间，各分地土。咸京八水，半是宗亲。若以遣一介之使，飞咫尺之书，告彭蠡、洞庭，召陵水、罗水，率维扬之轻锐，征八水之鹰扬。然后檄冯夷，说巨灵，鼓子胥之波涛，混阳侯之鬼怪，鞭驱列缺，指挥丰隆，扇疾风，翻暴浪，百道俱进，六师鼓行。一战而成功，则朝那一鳞，立为齑粉。泾城千里，坐变污潴。言下可观，安敢谬矣。顷者，泾阳君与洞庭外祖世为姻戚，后以琴瑟不调，弃掷少妇，遭钱塘之一怒，伤生害稼，怀山襄陵。泾水穷鳞，寻毙外祖之牙齿。今泾上车轮马迹犹在，史传具存，固非谬也。妾又以夫族得罪于天，未蒙上帝昭雪，所以销声避影，而自困如是。君若不悉诚款，终以多事为词，则向者之言，不敢避上帝之责也。"宝遂许诺。卒爵撤馔，再拜而去。宝及晡方寤，耳闻目览，恍然如在。翼日，遂遣兵士一千五百人，戍于湫庙之侧。

是月七日，鸡初鸣，宝将晨兴，疏牖尚暗。忽于帐前有一人，经行于帷幌之间，有若侍巾栉者。呼之命烛，竟无酬对。遂厉而叱之。乃言曰："幽明有隔，幸不以灯烛见迫也。"宝潜知异，乃屏气息音，徐谓之曰："得非九娘子乎？"对曰："某即九娘子之执事者也。昨日蒙君假以师徒，救其危患。但以幽显事别，不能驱策。苟能存其始约，幸再思之。"俄而纱窗渐白，注目视之，悄无所见。宝良久思之，方达其义。遂呼吏，命按兵籍，选亡没者名，得马军五百人，步卒一千五百人；数内选押衙孟远，充行营都虞侯，牒送善女湫神。

是月十一日，抽回戍庙之卒。见于厅事之前，转旋之际，有一甲士仆地，口动目瞬，问无所应，亦不似暴卒者。遂置于廊庑之间，天明方悟。遂使人诘之。对曰："某初见一人，衣青袍，自东而来，相见甚有礼。谓某曰：'贵主蒙相公莫大之恩，拯其焚溺。然亦未尽诚款。假尔明敏，再通幽情。幸无辞，勉也。'某急以他词拒之。遂以袂相牵，懵然颠仆。但觉与青衣者继踵偕行，俄至其庙。促呼连步，至于帷薄之前。见贵主谓某云：'昨蒙相公悯念孤危，俾尔戍于弊邑。往返途路，得无劳止？余蒙相公再借兵师，深惬诚愿。观其士马精强，衣甲铦利。然都虞侯孟远才轻位下，甚无机略。今月九日，有游军三千余，来掠我近郊。遂令孟远领新到将士，邀击于平原之上。设伏不密，反为彼军所败。甚思一权谋之将。俾尔速归，达我情素。'言讫。拜辞而出，昏然似醉。余无所知矣。"

宝验其说，与梦相符。意欲质前事，遂差制胜关使郑承符以代孟远。是月三日晚，衙于后球场，沥酒焚香，牒请九娘子神收管。至十六日，制胜关申云："今月十三日夜三更已来，关使暴卒。"宝惊叹息，使人驰视之。至则果卒。唯心背不冷，暑月停尸，亦不败坏。其家甚异之。

忽一夜，阴风惨冽，吹砂走石，发屋拔树，禾苗尽偃，及晓而止。云雾四布，连夕不解。至暮，有迅雷一声，划如天裂。承符忽呻吟数息，其家剖棺视之，良久复苏。是夕，亲邻咸聚，悲喜相仍，信宿如故。家人诘其由。乃曰："余初见一人，衣紫绶，乘骊驹，从者十余人。至门，下马，命吾相见。揖让周旋，手捧一牒授吾云：'贵主得吹尘之梦，知君负命世之才，欲尊南阳故事，思殄邦仇。使下臣持兹礼币，聊展敬于君子，而冀再康国步。幸不以三顾为劳也。'余不暇他辞，唯称不敢。酬酢之际，已见聘币罗于阶下，鞍马器甲锦采服玩囊鞬之属，咸布列于庭。吾辞不获免，遂再拜受之。即相促登车。所乘马异常骏伟，装饰鲜洁，仆御整肃。倏忽行百余里。有甲马三百骑已来，迎候驱殿，有大将军之行李，余亦颇以为得志。

"指顾间，望见一大城，其雉堞穹崇，沟洫深浚。余惚恍不知所自。俄于郊外备帐乐，设享。宴罢入城，观者如堵。传呼小吏，交错其间。所经之门，不记重数。及至一处，如有公署。左右使余下马易衣，趋见贵主。贵主使人传命，请以宾主之礼见。余自谓既受公文器甲临戎之具，即是臣也。遂坚辞，具戎服入见。贵主使人复命，请去橐鞬，宾主之间，降杀可也。余遂舍器仗而趋入，见贵主坐于厅上。余拜谒，一如君臣之礼。拜讫，连呼登阶。余乃再拜，升自西阶。见红妆翠眉，蟠龙髻凤而侍立者，数十余辈。弹弦握管，秾花异服而执役者，又数十辈。腰金拖紫，曳组攒簪而趋隅者，又非止一人也。轻裘大带，白玉横腰，而森罗于阶下者，其数甚多。次命女客五六人，各有侍者十数辈，差肩接迹，累累而进。余亦低视长揖，不敢施拜。坐定，有大校数人，皆令预坐。举乐进酒。

"酒至，贵主敛袂举觞，将欲兴词，叙向来征聘之意。俄闻烽燧四起，叫噪喧呼云：'朝那贼步骑数万人，今日平明攻破堡塞，寻已入界。数道齐进，烟火不绝。请发兵救应。'侍坐者相顾失色。诸女不及叙别，狼狈而散。及诸校降阶拜谢，伫立听命。贵主临轩谓余曰：'吾受相公非常之惠，悯其孤茕，继发师徒，拯其患难。然以车甲不利，权略是思。今不弃弊陋，所以命将军者，正为此危急也。幸不以幽僻为辞，少匡不逮。'遂别赐战马二匹，黄金甲一副，旌旗旄钺珍宝器用，充庭溢目，不可胜计。彩女二人，给以兵符，锡赉甚丰。

"余拜捧而出，传呼诸将，指挥部伍，内外响应。是夜，出城。相次探报，皆云：'贼势渐雄。'余素谙其山川地里，形势孤虚。遂引军夜出，去城百余里，分布要害。明悬赏罚，号令三军。设三伏以待之。迟明，排布已毕。贼汰其前功，颇甚轻进，犹谓孟远之统众也。余自引轻骑，登高视之。见烟尘四合，行阵整肃。余先使轻兵搦战，示弱以诱之。接以短兵，且战且行。金革之声，天裂地坼。余引兵诈北，彼亦尽锐前趋。鼓噪一声，伏兵尽起。十里转战，四面夹攻。彼军败绩，死者如麻。再战再奔，朝那狡童，漏刃而去。从亡之卒，不过十余人。余选健马三十骑追之，果生置于麾下。由是血肉染草木，脂膏润原野，腥秽荡空，戈甲山积。

"贼帅以轻车驰送于贵主，贵主登平朔楼受之。举国士民，咸来会集，引于楼前，以礼责问。唯称'死罪'，竟绝他词。遂令押赴都市腰斩。临刑，有一使乘传，来自王所，持急诏令，促赦之。曰：'朝那之罪，吾之罪也。汝可赦之，以轻吾过。'贵主以父母再通音问，喜不自胜，谓诸将曰：'朝那妄动，即父之命也。今使赦之，亦父之命也。昔吾违命，乃贞节也。今若又违，是不祥也。'遂命解缚，使单骑送归。未及朝那，疮羞而卒于路。

"余以克敌之功，大被宠锡。寻备礼拜平难大将军，食朔方一万三千户。别赐第宅、舆马、宝器、衣服、婢仆、园林、邸第、旌旛、铠甲。次及诸将，赏赉有差。明日，大宴，预坐者不过五六人。前者六七女皆来侍坐，风姿体态，愈更动人。竟夕酣饮，甚欢。酒至，贵主捧觞而言曰：'妾之不幸，少处空闺。天赋孤贞，不从严父之命。屏居于此三纪矣。蓬首灰心，未得其死。邻童迫胁，几至颠危。若非相公之殊恩，将军之雄武，则息国不言之妇，又为朝那之囚耳。永言斯惠，终天不忘。'遂以七宝钟酌酒，使人持送郑将军。余因避席再拜而饮。

"余自是颇动归心，词理恳切，遂许给假一月。宴罢，出。明日，辞谢讫，拥其麾下三十余人，返于来路。所经之处，但闻鸡犬，颇甚酸辛。俄顷到家，见家人聚泣，灵帐俨然。麾下一人，令余促入棺缝之中。余欲前，而为左右所笙。俄闻震雷一声，醒然而悟。"

承符自此不事家产，唯以后事付妻孥。果经一月，无疾而终。其初欲暴卒时，告其所亲曰："余本机钤入用，效节戎行。虽奇功蔑闻，而薄效粗立。洎遭衅累，谴谪于兹。平生志气，郁而未申。丈夫终当扇长风，摧巨浪，举太山以压卵，决东海以沃萤。奋其鹰犬之心，为人雪不平之事。吾朝夕当有所受。与子分襟，固不久矣。"其月十三日，有人自薛举城晨发十余里，天初平晓，忽见前有车尘竞起，旌旗焕赤，甲马数百人。中拥一人，气概洋洋然，逼而视之，郑承符也。此人惊讶移时，因仁于路左。见瞥如风云，抵善女湫，俄顷，悄无所见。

卷六

隋遗录卷上

［唐］颜师古

　　大业十二年，炀帝将幸江都，命越王侑留守东都。宫女半不随驾，争泣留帝。言辽东小国，不足以烦大驾，愿择将征之。攀车留惜，指血染鞅。帝意不回，因戏以帛题二十字赐守宫女云："我梦江南好，征辽亦偶然，但存颜色在，离别只今年。"车驾既行，师徒百万前驱。大桥未就，别命云屯将军麻叔谋，浚黄河入汴堤，使胜巨舰。叔谋衔命，甚酷，以铁脚木鹅试彼浅深，鹅止，谓浚河之夫不忠，队伍死水下。至今儿啼，闻人言"麻胡来"，即止。其讹言畏人皆若是。

　　帝离都旬日，幸宋何妥所进牛车。车前只轮高广，疏钉为刃，后只轮库皮秘反下，以柔榆为之，使滑劲不滞，使牛御焉车名见《何妥传》。自都抵汴郡，日进御车女。车帏许偃反垂鲛绡网，杂缀片玉鸣铃，行摇玲珑，以混车中笑语，翼左右不闻也。

　　长安贡御车女袁宝儿，年十五，腰肢纤堕，骇冶多态。帝宠爱之特厚。时洛阳进合蒂迎辇花，云得之嵩山坞中，人不知名。采者异而贡之。会帝驾适至，因以迎辇名之。花外殷紫，内素腻菲芬，粉蕊，心深红，跗争两花。枝干烘翠类通草，无刺，叶圆长薄。其香浓芬馥，或惹襟袖，移日不散，嗅之令人多不睡。帝命宝儿持之，号曰司花女。

　　时诏虞世南草《征辽指挥德音敕》于帝侧，宝儿注视久之。帝谓世南曰："昔传飞燕可掌上舞，朕常谓儒生饰于文字，岂人能若是乎？及今得宝儿，方昭前事。然多憨态。今注目于卿。卿才人，可便嘲之。"世南应诏为绝句曰："学画鸦黄半未成，垂肩亸袖太憨生。缘憨却得君王惜，长把花枝傍辇行。"上大悦。

至汴，上御龙舟，萧妃乘凤舸，锦帆彩缆，穷极侈靡。舟前为舞台，台上垂蔽日帘。帘即蒲择国所进，以负山蚊睫纫莲根丝，贯小珠，间睫编成，虽晓日激射，而光不能透。每舟择妍丽长白女子千人，执雕板镂金楫，号为殿脚女。

一日，帝将登凤舸，凭殿脚女吴绛仙肩。喜其柔丽，不与群辈齿，爱之甚，久不移步。绛仙善画长蛾眉。帝色不自禁，回辇召绛仙，将拜婕妤。适值绛仙下嫁为玉工万群妻，故不克谐。帝寝兴罢，擢为龙舟首楫，号曰崆峒夫人。由是殿脚女争效为长蛾眉。司宫吏日给螺子黛五斛，号为蛾绿。螺子黛出波斯国，每颗直十金。后征赋不足，杂以铜黛给之，独绛仙得赐螺黛不绝。帝每倚帘视绛仙，移时不去，顾内谒者云："古人言'秀色若可餐'。如绛仙，真可疗饥矣。"因吟《持楫篇》赐之，曰："旧曲歌桃叶，新妆艳落梅，将身倚轻楫，知是渡江来。"诏殿脚女千辈唱之。

时越溪进耀光绫，绫纹突起，时有光彩。越人乘樵风舟，泛于石帆山下，收野茧缲之。缲丝女夜梦神人告之曰："禹穴三千一开。汝所得茧，即江淹文集中壁鱼所化也。丝织为裳，必有奇文。"织成果符所梦，故进之。帝独赐司花女袁绛仙，他姬莫预。萧妃恚妒不怿，由是二姬稍稍不得亲幸。帝常醉游诸宫，偶戏宫婢罗罗者。罗罗畏萧妃，不敢迎帝，且辞以有程妃之疾，不可荐寝。帝乃嘲之曰："个人无赖是横波，黛染隆颅族小蛾。幸好留侬伴成梦，不留侬住意如何？"帝自达广陵，宫中多效吴言，因有侬语也。

帝昏湎滋深，往往为妖祟所惑，尝游吴公宅鸡台，恍惚间与陈后主相遇，尚唤帝为殿下。后主戴轻纱皂帻，青绰袖，长裾，绿锦纯缘紫纹方平履。舞女数十许，罗侍左右。中一人迥美，帝屡目之。后主云："殿下不识此人耶？即丽华也。每忆桃叶山前乘战舰与此子北渡。尔时丽华最恨，方倚临春阁试东郭毚紫毫笔，书小斫红绡作答江令'璧月'句。诗词未终，见韩擒虎跃青骢驹，拥万甲直来冲人，都不存去就，便至今日。"俄以绿文测海蠡，酌红粱新酝劝帝。帝饮之甚欢，因请丽华舞《玉树后庭花》。丽华辞以抛掷岁久，自井中出来，腰肢依拒，无复往时姿态。帝再三索之，乃徐起，终一曲。后主问帝："萧妃何如此人？"帝曰："春兰秋菊，各一时之秀也。"后主复诗十数篇，帝不记之，独爱《小窗》诗及《寄侍儿碧玉》诗。《小窗》云："午睡醒来晚，无人梦自惊。夕阳如有意，偏傍小窗明。"《寄碧玉》云："离别肠犹断，相思骨合销。愁云若飞散，凭仗一相招。"

丽华拜帝，求一章。帝辞以不能。丽华笑曰："尝闻'此处不留侬，会有留侬处。'安可言不能？"帝强为之操觚曰："见面无多事，闻名亦许时。坐来生百媚，实个好相知。"丽华捧诗，颦然不怿。后主问帝："龙舟之游乐乎？始谓殿下致治在尧舜之上，今日复此逸游。大抵人生各图快乐，曩时何见罪之深耶？三十六封书，至今使人怏怏不悦。"帝忽悟，叱之云："何今日尚目我为殿下，复以往事讯我邪？"随叱声恍然不见。

隋遗录卷下

［唐］颜师古

帝幸月观，烟景清朗。中夜，独与萧妃起临前轩。帘掩不开，左右方寝。帝凭妃肩，说东宫时事。适有小黄门映蔷薇丛调宫婢，衣带为蔷薇罥结，笑声吃吃不止。帝望见腰支纤弱，意为宝儿有私。帝披单衣亟行擒之，乃宫婢雅娘也。回入寝殿，萧妃诮笑不知止。帝因曰："往年私幸妥娘时，情态正如此。此时虽有性命，不复惜矣。后得月宾，被伊作意态不彻。是时侬怜心，不减今日对萧娘情态。曾效刘孝绰为《杂忆》诗，常念与妃。妃记之否？"萧妃承问，即念云："忆睡时，待来刚不来。卸妆仍索伴，解佩更相催。博山思结梦，沉水未成灰。"又云："忆起时，投签初报晓。被惹香黛残，枕隐金钗袅。笑动上林中，除却司晨鸟。"帝听之，咨嗟云："日月遄逝，今来已是几年事矣。"妃因言："闻说外方群盗不少，幸帝图之。"帝曰："侬家事，一切已托杨素了。人生能几何？纵有他变，侬终不失作长城公。汝无言外事也！"

帝尝幸昭明文选楼，车驾未至，先命宫娥数千人升楼迎侍。微风东来，宫娥衣被风绰，直拍肩项。帝睹之，色荒愈炽。因此乃建迷楼，择下俚稚女居之，使衣轻罗单裳，倚槛望之，势若飞举。又爇名香于四隅，烟气霏霏，常若朝雾未散，谓为神仙境不我多也。楼上张四宝帐，帐各异名：一名散春愁，二曰醉忘归，三曰夜酣香，四曰延秋月。妆奁寝衣，帐各异制。

帝自达广陵，沉湎失度，每睡，须摇顿四体，或歌吹齐鼓，方就一梦。侍儿韩俊娥尤得帝意，每寝必召，命振耸支节，然后成寝，别赐名为"来梦儿"。萧妃尝密讯俊娥曰："帝常不舒，汝能安之，岂有他媚？"俊娥畏威，进言："妾从帝自都城来，见帝常在何妥车。车行高下不等，女态自摇。帝就摇怡悦。妾今幸承皇后恩德，侍寝帐下，私效车中之态以安帝耳，非他媚也。"他日，萧后诬罪去之，帝不能止。

暇日登迷楼，忆之，题东南柱二篇云："黯黯愁侵骨，绵绵病欲成。须知潘岳鬓，强半为多情。"又云："不信长相忆，丝从鬓里生。闲来倚楼立，相望几含情。"

殿脚女自至广陵，悉命备月观行宫，由是绛仙等亦不得亲侍寝殿。有郎将自瓜州宣事回，进合欢水果一器。帝命小黄门以一双驰骑赐绛仙，遇马急摇解。绛仙拜赐私恩，附红笺小简上进曰："驿骑传双果，君王宠念深。宁知辞帝里，无复合欢心。"帝省章不悦，顾黄门曰："绛仙如何？何来辞怨之深也？"黄门惧，拜而言曰："适走马摇动，及月观，果已离解，不复连理。"帝意不解，因言曰："绛仙不独貌可观，诗意深切，乃女相如也。亦何谢左贵嫔乎？"

帝于宫中尝小会，为拆字令，取左右离合之意。时杳娘侍侧。帝曰："我取杳字为十八日。"杳娘复解罗字为四维。帝顾萧妃曰："尔能拆朕字乎？不能当醉一杯。"妃徐曰："移左画居右，岂非渊字乎？"时人望多归唐公，帝闻之不怪，乃言："吾不知此事，岂为非圣人耶？"于是奸蠹起于内，盗贼生于外，值阁裴虔通、虎贲郎将司马德勘等，引左右屯卫将军宇文化及将谋乱，因请放宫奴分直上下。帝可奏，即宣诏云："门下！寒暑迭用，所以成岁功也。日月代明，所以均劳逸也。故士子有游息之谈，农夫有休劳之节。咨尔髡众，服役甚勤，执劳无怠。埃塭溢于爪发，虮虱结于兜鍪。朕甚悯之，俾尔休番从便。噫嘻！无烦方朔滑稽之请，而从卫士递上之文。朕于侍从之间，可谓恩矣。可依前件事！"是有焚草之变。

　　右《大业拾遗妃》者，上元县南朝故都，梁建瓦棺寺阁。阁南隔有双阁，闭之，忘记岁月。会昌中，诏拆浮图，因开之。得筍笔千余头，中藏书一帙，虽皆随手靡溃，而文字可纪者，乃《隋书》遗蘽也。中有生白藤纸数幅，题为《南部烟花录》，僧志彻得之。及焚释氏群经，僧人惜其香轴，争取纸尾拆去。视轴，皆有鲁郡文忠颜公名，题云手写。是录即前之筍笔，可不举而知也。志彻得录前事，及取《隋书》校之，多隐文，特有符会，而事颇简脱。岂不以国初将相，争以王道辅政，颜公不欲华靡前迹，因而削乎？今尧风已还，德车斯驾。独惜斯文湮没，不得为辞人才子谈柄，故编云《大业拾遗记》。本文缺落，凡十七八，悉从而补之矣。

隋炀帝海山记上

余家世好蓄古书器，惟炀帝事详备，皆他书不载之文。乃编以成记，传诸好事者，使闻其所未闻故也。

炀帝生于仁寿二年，有红光竟天，宫中甚惊，是时牛马皆鸣。帝母先是梦龙出身中，飞高十余里，龙堕地，尾辄断。以其事奏于帝，帝沉吟默塞不答。帝名广，三岁，戏于文帝前。文帝抱之临轩爱玩，亲之甚久，曰："是儿极贵，恐破吾家。"文帝自兹虽爱而不意于广。帝十岁，好观书，古今书传，至于药方天文地理伎艺术数，无不通晓。然而性偏忍，阴默疑忌，好用钩赜人情深浅焉。时杨素有战功，方贵用，帝倾意结之。

文帝得疾，内外莫有知者。时后亦不安，旬余日不通两宫安否。帝坐便室，召素谋曰："君，国之元老。能了吾家事者，君也。"乃私执素手曰："使我得志，我亦终身报公。"素曰："待之。当自有谋。"素入问疾，文帝见素，起坐，谓素曰："吾常亲锋刃，冒矢石，出入死生，与子同之，方享今日之贵。吾自惟不免此疾，不能临天下。倘吾不讳，汝立吾儿勇为帝。汝背吾言，吾去世亦杀汝。此事吾不语人，汝立吾族中人，吾之死目不合。"帝因愤懑，乃大呼左右曰："召吾儿勇来！"力气哽塞，回而向内不言。素乃出语帝曰："事未可，更待之。"有顷，左右出报素曰："帝呼不应，喉中呦呦有不足。"帝拜素："愿以终身累公。"素急入，帝已崩已，乃不发。

明日，素袖遗诏立帝。时百官犹未知，素执圭谓百官曰："文帝遗诏立帝。有不从者，戮于此！"左右扶帝上殿，帝足弱，欲倒者数四,不能上。素下,去左右,以手扶接帝。帝执之,乃上。百官莫不嗟叹。素归,谓家人辈曰:"小儿子吾已提起,教作大家。即不知了当得否?"

素恃有功,见帝多呼为郎君。侍宴内殿,宫人偶覆酒污素衣,素怒,叱左右引下殿,加挞焉。帝颇恶之,隐忍不发。一日,帝与素钓鱼于池,与素并坐,左右张伞以遮日色。帝起如厕,回见素坐赭伞下,风骨秀异,堂堂然。帝大疑忌。帝多欲,有所不谐,为素请而抑之,由是愈有害素意。会素死,帝曰:"使素不死,夷其九族。"先,素欲入朝,出,见文帝执金钺,逐之曰:"此贼!吾不欲立广,汝竟不从吾言。今必杀汝!"素惊呼入室,召子弟二人而语之曰:"吾必死,以见文帝出语也。"不移时,素死。

帝自素死,益无惮,乃辟地,周二百里,为西苑,役民力常百万数。苑内为十六院,聚土石为山,凿池为五湖四海。诏天下境内所有鸟兽草木,驿至京师。

铜台进梨十六种:

黄色梨	紫色梨	玉乳梨	脸色梨	甘棠梨	轻消梨
蜜味梨	堕水梨	圆 梨	木唐梨	坐国梨	天下梨
水全梨	玉沙梨	沙味梨	火色梨		

陈留进十色桃:

| 金色桃 | 油光桃 | 银 桃 | 乌蜜桃 | 饼 桃 | 粉红桃 |
| 胭脂桃 | 迎冬桃 | 昆仑桃 | 脱核锦纹桃 | | |

青州进十色枣：

    三心枣　紫纹枣　圆爱枣　三寸枣　金槌枣　牙美枣
凤眼枣　酸味枣　蜜波枣　缺

南留进五色樱桃：

    粉樱桃　蜡樱桃　紫樱桃　朱樱桃　大小木樱桃

蔡州进三种栗：

    巨栗　紫栗　小栗

酸枣进十色李：

    玉李　横枝李　蜜甘李　牛心李　绿纹李　半斤李
红垂李　麦熟李　紫色李　不知熟李

杨州[1]进：

    杨梅　枇杷

江南进：

    银杏　榧子

1　应作"扬州"。——编者注

湖南进三色梅：

红纹梅　弄黄梅　二圆成梅

闽中进五色荔枝：

绿荔枝　紫纹荔枝　赭色荔枝　丁香荔枝　浅黄荔枝

广南进八般木：

龙眼木　梭　木　榕　木　橘　木　胭脂木　桂　木
枨　木　柑　木

易州进二十四相牡丹：

赭　红　赭　木　鞓　红　坏　红　浅　红　飞来红
袁家红　起州红　醉妃红　起台红　云　红　天外黄
一拂黄　软条黄　冠子黄　延安黄　先春红　颤风娇

天下共进花卉草木鸟兽鱼虫，莫知其数，此不具载。诏起西苑
十六院：

景明一　迎晖二　栖鸾三　晨光四　明霞五　翠华六
文安七　积珍八　影纹九　仪凤十　仁智十一　清修十二
宝林十三　和明十四　绮阴十五　绛阳十六

皆帝自制名。院有二十人，皆择宫中嫔丽谨厚有容色美人实之。每一院，选帝常幸御者为之首。每院有宦者，主出入市易。又凿五湖，每湖方四十里。

南曰迎阳湖　东曰翠光湖　西曰金明湖　北曰洁水湖
中曰广明湖

湖中积土石为山，构亭殿，曲屈盘旋广袤数千间，皆穷极人间华丽。又凿北海，周环四十里。中有三山，效蓬莱、方丈、瀛洲，上皆台榭回廊。水深数丈，开沟通五湖四海。沟尽通行龙凤舸。帝常泛东湖。帝因制《湖上曲望江南》八阕：

湖上月，偏照列仙家。水浸寒光铺象簟，浪摇晴影走金蛇。偏称泛灵槎。　　光景好，轻彩望中斜。清露冷侵银兔影，西风吹落桂枝花。开宴思无涯。

湖上柳，烟里不胜垂。宿露洗开明媚眼，东风摇弄好腰肢。烟雨更相宜。　　环曲岸，阴覆画桥低。线拂行人春晚后，絮飞晴雪暖风时。幽意更依依。

湖上雪，风急堕还多。轻片有时敲竹户，素华无韵入澄波。烟水玉相磨。　　湖水远，天地色相和。仰面莫思梁苑赋，朝尊且听玉人歌。不醉拟如何？

湖上草，碧翠浪通津。修带不为歌舞绶，浓铺堪作醉人茵。无意衬香衾。　　晴霁后，颜色一般新。游子不归生满地，佳人远意寄青春。留咏卒难伸。

湖上花，天水浸灵葩。浸蓓水边匀玉粉，浓苑天外剪明霞。只在列仙家。　　开烂熳，插鬓若相遮。水殿春寒微冷艳，玉轩清照暖添华，清赏思何赊。

　　湖上女，精选正宜身。轻恨昨离金殿侣，相将今是采莲人。清唱满频频。　　轩内好，嬉戏下龙津。玉琯朱弦闻昼夜，踏青斗草事青春。玉辇是群真。

　　湖上酒，终日助清欢。檀板轻声银线暖，醽浮春米玉蛆寒。醉眼暗相看。　　春殿晓，仙艳奉杯盘。湖上风烟光可爱，醉乡天地就中宽，帝主正清安。

　　湖上水，流绕禁园中。斜日暖摇清翠动，落花香缓众纹红。蘋末起清风。　　闲纵目，鱼跃小莲东。泛泛轻舟兰棹稳，沉沉寒影上仙宫。远意更重重。

帝常游湖上，多令宫中美人歌此曲。

隋炀帝海山记下

大业六年，后苑草木鸟兽繁息茂盛。桃蹊李径，翠荫交合，金猿青鹿，动辄成群。自大内开为御道，通西苑，夹道植长松高柳。帝多幸苑中，无时，宿御多夹道而宿，帝往往中夜即幸焉。一夕，帝泛舟游北海，惟宫人数十辈。帝升海山殿，是时月初朦胧，晚风轻软，浮浪无声，万籁俱息。俄水上有一小舟，只容两人。帝谓十六院中美人。泊至，有一人先登赞道，唱："陈后主谒帝。"帝意恍惚，亦忘其死。帝幼年于后主甚善，乃起迎之。后主再拜，帝亦鞠躬劳谢。

既坐，后主曰："忆昔与帝同队戏，情爱甚于同气。今陛下富有四海，令人钦服。始者谓帝将致理于三王之上，今乃甚取当时乐以快平生，亦甚美事。闻陛下已开隋渠，引洪河之水，东游维扬，因作诗来奏。"乃探怀出诗，上帝。诗曰：

> 隋室开兹水，初心谋太奢。一千里力役，百万民吁嗟。
> 水殿不复反，龙舟兴已遐。鹢流催白浪，触浪喷黄沙。
> 两人迎客溯，三月柳飞花。日脚沉云外，榆梢噪暝鸦。
> 如今投子欲，异日便无家。且乐人间景，休寻汉上槎。
> 东喧舟舰岸，风细锦帆斜。莫言无后利，千古壮京华。

帝观书，拂然愠曰："死生，命也。兴亡，数也。尔安知吾开河为后人之利？"帝怒叱之。后主曰："子之壮气，能得几日？其终始更不若吾。"帝乃起而逐之。后主走，曰："且去且去。后一年，吴公台下相见。"乃投于水际。帝方悟其死。帝兀坐不自知，惊悸移时。

一日，明霞院美人杨夫人喜报帝曰："酸枣邑所进玉李，一夕忽长，阴横数亩。"帝沉默甚久，曰："何故而忽茂？"夫人云："是夕，院中闻空中若有千百人，语言切切，云'李木当茂'。洎晓看之，已茂盛如此。"帝欲伐去。左右或奏曰："木德来助之应也。"又一夕，晨光院周夫人来奏云："杨梅一夕忽尔繁盛。"帝喜，问曰："杨梅之茂，能如玉李乎？"或曰："杨梅虽茂，终不敌玉李之盛。"帝自于两院观之，亦自见玉李至繁茂。后梅李同时结实，院妃来献。帝问二果孰胜，院妃曰："杨梅虽好，味清酸，终不若玉李之甘。苑中人多好玉李。"帝叹曰："恶杨好李，岂人情哉，天意乎！"后帝将崩扬州，一日，院妃报杨梅已枯死。帝果崩于扬州。异乎！

一日，洛水渔者获生鲤一尾，金鳞赤尾，鲜明可爱。帝问渔者之姓。姓解，未有名。帝以朱笔于鱼额书"解生"字以记之，乃放之北海中。后帝幸北海，其鲤已长丈余，浮水见帝，其鱼不没。帝时与萧院妃同看，鱼之额朱字犹存，惟解字无半，尚隐隐角字存焉。萧后曰："鲤有角，乃龙也。"帝曰："朕为人主，岂不知此意？"遂引弓射之。鱼乃沉。

大业四年，道州贡矮民王义，眉目浓秀，应对甚敏。帝尤爱之。常从帝游，终不得入宫。帝曰："尔非宫中物。"义乃自宫。帝由是愈加怜爱，得出入。帝卧内寝，义多卧榻下；帝游湖海回，义多宿十六院。一夕，帝中夜潜入栖鸾院。时夏气暄烦，院妃牛庆儿卧于帘下。初月照轩，颇明朗。庆儿睡中惊魇，若不救者。帝使义呼庆儿，帝自扶起，久方清醒。帝曰："汝梦中何苦如此？"庆儿曰："妾梦中如常时。帝握妾臂，游十六院。至第十院，帝入坐殿上。俄而火发，妾乃奔走。回视帝坐烈焰中。妾惊呼人救帝。久方睡觉。"帝性自强，解曰："梦死得生。火有威烈之势，吾居其中，得威者也。”大业十年，隋乃亡。入第十院，帝居火中，此其应也。

龙舟为杨玄感所烧。后敕扬州刺史再造，制度又华丽，仍长广于前舟。舟初来进，帝东幸维扬，后宫十六院皆随行。西苑令马守忠别帝曰：“愿陛下早还都辇，臣整顿西苑以待乘舆之来。西苑风景台殿如此，陛下岂不思恋，舍之而远游也？”又泣下。帝亦怆然，谓守忠曰：“为吾好看西苑，无令后人笑吾不解装景趣也！”左右亦疑讶。帝御龙舟，中道，夜半，闻歌者甚悲。其歌曰：

> 我兄征辽东，饿死青山下。今我挽龙舟，又困隋堤道。
> 方今天下饥，路粮无些少。前去三十程，此身安可保。
> 寒骨惋荒沙，幽魂泣烟草。悲损闺内妻，望断吾家老。
> 安得义男儿，悯此无主尸。引其孤魂回，负其白骨归。

帝闻其歌，遂遣人求其歌者，至晓不得其人。帝颇徊徨，通夕不寝。扬州朝百官，天下朝贡使无一人至。有来者在路，乃兵夺其贡物。帝犹与群臣议，诏十三道起兵，诛不朝贡者。帝知世祚已去，意欲遂幸永嘉，群臣皆不愿从。

帝未遇害前数日，帝亦微识玄象，多夜起观天。乃召太史令袁充，问曰：“天象如何？”充伏地泣涕曰：“星文太恶，贼星逼帝坐甚急。恐祸起旦夕，愿陛下遽修德灭之。”帝不乐，乃起，入便殿挽膝俯首不语。乃顾王义曰：“汝知天下将乱乎？汝何故省言而不告我也？”义泣对曰：“臣远方废民，得蒙上恩，自入深宫，久膺圣泽。又常自宫，以近陛下。天下大乱，固非今日，履霜坚冰，其来久矣。臣料大祸，事在不救。”帝曰：“子何不早教我也？”义曰：“臣不早言。言，即臣死久矣。”帝乃泣下，曰：“卿为我陈成败之理。朕贵知也。”

　　翌日，义上书云："臣本出南楚卑薄之地，逢圣明为治之时。不爱此身，愿从入贡。臣本侏儒，性尤蒙滞。出入金马，积有岁华，浓被圣私，皆逾素望，侍从乘舆，周旋台阁。臣虽至鄙，酷好穷经，颇知善恶之本源，少识兴亡之所自。还往民间，颇知利害。深蒙顾问，方敢敷陈。自陛下嗣守元符，体临大器，圣神独断，谏净莫从，独发睿谋，不容人献。大兴西苑，两至辽东，龙舟逾于万艘，宫阙遍于天下，兵甲常役百万，士民穷乎山谷。征辽者百不存十，没葬者十未有一。帑藏全虚，谷粟踊贵。乘舆竟往，行幸无时，兵士时从，常逾万人。遂令四方失望，天下为墟。方今百姓之赋，存者可计。子弟死于兵役，老弱困于蓬蒿，兵尸如岳，饿殍盈郊，狗彘厌人之肉，乌鸢食人之余。闻臭千里，骨积高山，膏血野草，狐鼠尽肥，阴风无人之墟，鬼哭寒草之下。目断平野，千里无烟。残民削落，莫保朝昏，父遗幼子，妻号故夫。孤苦何多，饥荒尤甚。乱罹方始，生死孰知。人主爱人，一何如此？陛下情性毅然，孰敢上谏？或有鲠言，又令赐死，臣下相顾，钤结自全。龙逢复生，安敢议奏？上位近臣，阿谀顺旨，迎合帝意，造作拒谏。皆出此途，乃逢富贵。陛下过恶，从何得闻？方今又败辽师，再幸东土，社稷危于春雪，干戈遍于四方，生民方入涂炭，官吏犹未敢言。陛下自惟，若何为计？陛下欲幸永嘉，坐延岁月。神武威严，一何消烁？陛下欲兴师则兵吏不顺，欲行幸则侍卫莫从。帝当此时，如何自处？陛下虽欲发愤修德，特加爱民。圣慈虽切救时，天下不可复得。大势已去，时不再来。巨厦将颠，一木不能支，洪河已决，掬壤不能救。臣本远人，不知忌讳。事忽至此，安敢不言？臣今不死，后必死兵，敢献此书，延颈待尽。"帝省义奏，曰："自古安有不亡之国，不死之主乎？"义曰："陛下尚犹蔽饰己过。陛下平日，常言吾当跨三皇，超五帝，下视商周，使万世不可及。今日其势如何？能自复回都辇乎？"帝乃泣下，再三加叹。义曰："臣昔不言，诚爱生也。今既具奏，愿以死谢也。天下方乱，陛下自爱。"少选，报云："义已自刎矣。"帝不胜悲伤，特命厚葬焉。

不数日，帝遇害。时中夜，闻外切切有声。帝急起，衣冠御内殿。坐未久，左右伏兵俱起，司马戡携刃向帝。帝叱之曰："吾终年重禄养汝。吾无负汝，汝何负我！"帝常所幸朱贵儿在帝旁，谓戡曰："三日前，帝虑侍卫薄衣小寒，有诏：宫人悉絮袍裤。帝自临视之。数千袍两日毕工。前日赐公。第岂不知也？尔等何敢逼胁乘舆？"乃大骂戡。戡曰："臣实负陛下。但目今二京已为贼据，陛下归亦无路，臣死亦无门。臣已萌逆节，虽欲复已，不可得也。愿得陛下首以谢天下。"乃携剑上殿。帝复叱曰："汝岂不知诸侯之血入地尚大旱，况人主乎？"戡进帛。帝入内阁自绝。贵儿犹大骂不息，为乱兵所杀耳。

迷楼记

炀帝晚年，尤沉迷女色。他日，顾谓近侍曰："人主享天地之富，亦欲极当年之乐，自快其意。今天下安富无外事，此吾得以遂其乐也。今宫殿虽壮丽显敞，苦无曲房小室，幽轩短槛。若得此，则吾期老于其中也。"近侍高昌奏曰："臣有友项升，浙人也，自言能构宫室。"翌日，召而问之。升曰："臣先乞奏图。"后数日，进图。帝披览，大悦。即日诏有司，供其材木。凡役夫数万，经岁而成。楼阁高下，轩窗掩映。幽房曲室，玉栏朱檐，互相连属，回环四合，曲屋自通。千门万户，上下金碧。金虹伏于栋下，玉兽蹲乎户旁，壁砌生光，琐窗射日。工巧云极，自古无有也。费用金玉，帑库为之一虚。人误入者，虽终日不能出。帝幸之，大喜，顾左右曰："使真仙游其中，亦当自迷也。可目之曰迷楼。"诏以五品官赐升，仍给内库帛千疋赏之。诏选后宫良家女数千，以居楼中。每一幸，有经月不出。

是月，大夫何稠进御童女车。车之制度绝小，只容一人，有机处于其中，以机碾女子手足，纤毫不能动。帝以处女试之，极喜。召何稠语之曰："卿之巧思，一何神妙如此？"以千金赠之，旌其巧也。何稠出，为人言车之机巧。有识者曰："此非盛德之器也。"稠又进转关车，用挽之，可以升楼阁如行平地。车中御女则自摇动，帝尤喜悦。帝语稠曰："此车何名也？"稠曰："臣任意造成，未有名也。愿帝赐佳名。"帝曰："卿任其巧意以成车，朕得之，任其意以自乐，可名任意车也。"何稠再拜而去。

帝令画工绘士女会合之图数十幅，悬于阁中。上官时自江外得替回。铸乌铜扉八面，其高五尺而阔三尺，磨以成鉴，为屏，可环于寝所，诣阙投进。帝以屏内迷楼，而御女于其中，纤毫皆入于鉴中。帝大喜曰，"绘画得其象耳。此得人之真容也，胜绘画万倍矣。"又以千金赐上官时。

帝日夕沉荒于迷楼，馨竭其力，亦多倦怠。顾谓近侍曰："朕忆初登极日，多辛苦无睡，得妇人枕而藉之，方能合目。才似梦，则又觉。今睡则冥冥不知返，近女色则愈，何也？"

它日，矮民王义上奏曰："臣田野废民，作事皆不胜人。生于恩薄绝远之域，幸因入贡，得备后宫扫除之役。陛下特加爱遇，臣尝一自宫以侍陛下。自兹出入卧内，周旋宫室，方今亲信，无如臣者。臣由是窃览殿中简编，反复玩味，微有所得。臣闻精气为人之聪明。陛下当龙潜日，先帝勤俭，陛下鲜亲声色，日近善人。陛下精实于内，神清于外，故日夕无寝。陛下自数年声色无数，盈满后宫，陛下日夕游宴于其中。非元日大辰，陛下何尝御前殿？其余多不受朝。设或引见远人，非时庆贺，亦日宴坐朝，曾未移刻，则圣躬起入后宫。夫以有限之体而投无尽之欲，臣固知其愈也。臣闻古者有野叟独歌舞于盘石之上。人询之曰：'子何独乐之多也？'叟曰："吾有三乐，子知之乎？''何也？'叟曰：'人生难遇太平世。吾今不见兵革，此一乐也。人生难得支体全完。吾今不残疾，此二乐也。人生难得老寿。吾今年八十矣，此三乐也。'其人叹赏而去。陛下享天下之富贵，圣貌轩逸，章龙姿凤，而不自爱重，其思虑固出于野叟之外。臣蕞尔微躯，难图报效，罔知忌讳，上逆天颜。"因俯伏泣涕。帝乃命引起。翌日，召义语之曰："朕昨夜思汝言，极有深理。汝真爱我者也。"乃命义后宫择一静室，而帝居其中，宫女皆不得人。居二日，帝忿然而出曰："安能悒悒居此乎？若此，虽寿千万岁，将安用也。"乃复入迷楼。

宫女无数，后宫不得进御者亦极众。后宫女侯夫人有美色，一日，自经于栋下。臂悬锦囊，中有文。左右取以进帝，乃诗也。《自感》三首云："庭绝玉辇迹，芳草渐成科。隐隐闻箫鼓，君恩何处多？""欲泣不成泪，悲来翻强歌。庭花方烂漫，无计奈春何。""春阴正无际，独步意如何？不及闲花柳，翻承雨露多。"《看梅》二首云："砌雪无消日，卷帘时自颦。庭梅对我有怜意，先露枝头一点春。""香清寒艳好，谁识是天真。玉梅谢后阳和至，散与群芳自在春。"《妆成》云："妆成多自惜，梦好却成悲。不及杨花意，春来到处飞。"《遣意》云："秘洞扃仙卉，雕窗锁玉人。毛君真可戮，不肯写昭君。"《自伤》云："初入承明日，深深报未央。长门七八载，无复见君王。春寒入骨清，独臣愁空房，飒履步庭下，幽怀空感伤。平日新爱惜，自待聊非常。色美反成弃，命薄何可量？君恩实疏远，妾意徒彷徨。家岂无骨肉，偏亲老北堂。此身无羽翼，何计出高墙？性命诚所重，弃割良可伤。悬帛朱栋上，肝肠如沸汤。引颈又自惜，有若丝牵肠。毅然就死地，从此归冥乡！"帝见其诗，反复伤感。

帝往视其尸，曰："此已死，颜色犹美如桃李。"乃急召中使许廷辅曰："朕向遣汝入后宫择女入迷楼，何故独弃此人也？"乃令廷辅就狱，赐自尽，厚礼葬侯夫人。帝日诵诗，酷好其文，乃令乐府歌之。帝又于后宫亲择女百人入迷楼。

大业八年，方士□千进大丹，帝服之，荡思愈不可制，日夕御女数十人。入夏，帝烦躁，日引饮数百杯，而渴不止。医丞莫君锡上奏曰："帝心脉烦盛，真元太虚，多引饮，即大疾生焉。"因进剂治之。仍乞置冰盘于前，俾帝日夕朝望之，亦治烦躁之一术也。自兹诸院美人各市冰以为盘，望行幸，京师冰为之踊贵，藏冰之家，皆获千金。

大业九年，帝将再幸江都。有迷楼宫人静夜抗歌云："河南杨柳谢，河北李花荣。杨花飞去去何处？李花结果自然成。"帝闻其歌，披衣起听，召宫女问之云："孰使汝歌也？汝自歌之耶？"宫女曰："臣有弟，民间得此歌，曰：'道途儿童多唱此歌。'"帝默然久之，曰："天启之也，人启之也！"帝因索酒，自歌云："宫木阴浓燕子飞，兴衰自古漫成悲。它日迷楼更好景，宫中吐艳变红辉。"歌竟，不胜其悲。近侍奏："无故而悲，又歌，臣皆不晓。"帝曰："休问。它日自知也。"后帝幸江都。唐帝提兵号令入京，见迷楼，大惊曰："此皆民膏血所为也！"乃命焚之。经月火不灭，前谣前诗皆见矣。方知世代兴亡，非偶然也。

开河记

　　睢阳有王气出，占天耿纯臣奏后五百年当有天子兴。炀帝已昏淫，不以为信。时游木兰庭，命袁宝儿歌《柳枝词》。因观殿壁上有《广陵图》，帝瞪目视之，移时不能举步。时萧后在侧，谓帝曰："知他是甚图画，何消皇帝如此挂意。"帝曰："朕不爱此画，只为思旧游之处。"于是帝以左手凭后肩，右手指图上山水及人烟村落寺宇，历历皆如目前。谓后曰："朕为陈王时，守镇广陵，旦夕游赏。当此之时，以云烟为美景，视荣贵若深冤。岂期久有临轩，万机在务，使不得豁于怀抱也。"言讫，圣容惨然。后曰："帝意欲在广陵，何如一幸？"帝闻，心中豁然。

　　翌日与大臣议，欲泛巨舟自洛入河，自河达海入淮，方至广陵。群臣皆言似此程途，不啻万里，又孟津水紧，沧海波深，若泛巨舟，事有不测。时有谏议大夫萧怀静乃萧后弟奏曰："臣闻秦始皇时，金陵有王气，始皇使人凿断砥柱，王气遂绝。今睢阳有王气，又陛下意在东南，欲泛孟津，又虑危险。况大梁西北有故河道，乃是秦将王离畎水灌大梁之处。欲乞陛下广集兵夫，于大梁起首开掘，西自河阴，引孟津水入，东至淮口，放孟津水出。此间地不过千里，况于睢阳境内过，一则路达广陵，二则凿穿王气。"帝闻奏大喜，群臣皆默。帝乃出敕，朝堂如有谏朕不开河者，斩之。

　　诏以征北大总管麻叔谋为开河都护，以荡寇将军李渊为副使。渊称疾不赴，即以左屯卫将军令狐辛达代李渊为开渠副使都督。自大梁起首，于乐台之北建修渠新所署，命之为卞渠古只有此卞字，开封城乃卞邑，因名其府署为卞渠上源传舍也。传舍，驿名。因卞渠此处起首，故号卞渠上源也。

　　诏发天下丁夫，男年十五已上者至，如有隐匿者斩三族。帝以河水经于卞，乃赐卞字加水。丁夫计三百六十万人。乃更五家出一人，或老，或少，或妇人等供馈饮食。又令少年骁卒五万人，各执杖为督工夫，如节级队长之类，共五百四十三万余人。叔谋乃令三分中取一分人，自上源而西至河阴，通连古河道乃王离浸城处，迤逦趋愁思台而至北去。又令二分丁夫，自上源驿而东去。

其年乃隋大业五年，八月上旬建功。畚锸既集，东西横布数千里。才开断未及丈余，得古堂室，可数间，莹然肃净。漆灯晶煌，照耀如昼。四壁皆有彩画花竹龙鬼之像。中有棺椁，如豪家之葬。其促工吏闻于叔谋。命启棺，一人容貌如生，肌肤洁白如玉而肥。其发自头而出，覆其面，过腹胸下裹其足，倒生而上，及其背下而方止。搜得一石铭，上有字如苍颉鸟迹之篆。乃召夫中有识者免其役。有一下邳民，读曰："我是大金仙，死来一千年。数满一千年，背下有流泉。得逢麻叔谋，葬我在高原。发长至泥丸，更候一千年，方登兜率天。"叔谋乃自备棺椁，葬于城西隅之地今大佛寺是也。

次开掘陈留。帝遣使持御署玉祝，并白璧一双，具少牢之奠，祭于留侯庙以假道。祭讫，忽有大风，出于殿内窗牖间，吹铄人面。使者退。自陈留果开掘东去，往来负担拖锹者，风驰电激。远近之人，蹂践如蜂屯蚁聚。数日，达雍邱。

时有一夫，乃中牟人，偶患伛偻之疾，不能前进，堕于队后，伶仃而行。是夜月色澄静，闻呵殿声甚严。夫鞠躬俟道左，良久，见清道继至，仪卫莫述。一贵人戴侯冠，衣王者衣，乘白马。命左右呼夫至前，谓曰："与吾言你十二郎，还白璧一双。尔当宾于天炀帝有天下十二年。"言毕，取璧以授。夫跪受讫，欲再拜，贵人跃马西去。届雍邱，以献于麻都护，熟视，乃帝献留侯物也，诘其夫，夫具道。叔谋性贪，乃匿璧。又不晓其言，虑夫泄于外，乃斩以灭口。然后于雍邱起工。

至大林，林中有小祠庙。叔谋访问村叟。曰："古老相传，呼为隐士墓，其神甚灵。"叔谋不以为信，将茔域发掘。数尺，忽凿一窍嵌空，群夫下窥，有灯火荧荧。无人敢入者。乃指使将官武平郎将狄去邪者，请入探之。叔谋喜曰："真荆聂之辈也。"命系去邪腰，下钓，约数十丈，方及地。去邪解其索，行约百步，入一石室。东北各有四石柱，铁索二条系一兽，大如牛。熟视之，一巨鼠也。须臾，石室之西有一石门洞开。一童子出，曰："子非狄去邪乎？"曰："然也。"童子曰："皇甫君坐来已久。"乃引入。见一人朱衣，顶云冠，居高堂之上。去邪再拜。其人不言，亦不答拜。绿衣吏引去邪立于堂之西阶下。

良久，堂上人呼力士牵取阿㢘来_{阿㢘，炀帝小字}。武夫数人，形貌丑异魁奇，控所见大鼠至。去邪本乃廷臣，知帝小字，莫究其事，但屏气而立。堂上人责鼠曰："吾遣尔暂脱毛皮，为国中主。何虐民害物，不遵天道？"鼠但点头摇尾而已。堂上人益怒，令武士以大棒挝其脑。一击，摔然有声如墙崩，其鼠大叫若雷吼。方欲举杖再击，俄一童子捧天符而下。堂上惊跃，降阶俯伏听命。童子乃宣言曰："阿㢘数本一纪，今已七年。更候五年，当以练巾系颈死。"童子去，堂上人复令击鼠于旧室中。堂上人谓去邪曰："与吾语麻叔谋：'谢你不伐吾域，来岁奉尔二金刀，勿谓轻酬也。'"言讫，绿衣吏引去邪于他门出。约行十数里，入一林，蹑石攀藤而行。回顾，已失使者。又行三里余，见草舍，一老父坐土榻上。去邪访其处。老父曰："此乃嵩阳少室山下也。"老父问去邪所至之处。去邪一一具言。老父遂细解去邪。去邪知炀帝不永之事。且曰："子能免官，即脱身于虎口也。"去邪东行，回视茅屋，已失所在。

时麻都护已至宁阳县。去邪见叔谋，具言其事。元来去邪入墓后，其墓自崩。将谓去邪已死，今日却来。叔谋不信，将谓狂人。去邪乃托狂疾，隐终南山。时炀帝以患脑痛，月余不视朝。访其因，皆言帝梦中为人挝其脑，遂发痛数日。乃是去邪见鼠之日也。

叔谋既至宁陵县，患风痒，起坐不得。帝令太医令巢元方往治之。曰："风入腠理，病在胸臆。须用嫩羊肥者蒸熟，糁药食之，则瘥。"叔谋取半年羊羔，杀而取腔，以和药，药未尽而病已瘥。自后每令杀羊羔，日数枚。同杏酪五味蒸之，置其腔盘中，自以手擖擘而食之，谓曰含酥擖。乡村献羊羔者日数千人，皆厚酬其直。宁陵下马村民陶郎儿，家中巨富，兄弟皆凶很。以祖父茔域傍河道二丈余，虑其发掘。乃盗他人孩儿年三四岁者，杀之，去头足，蒸熟，献叔谋。咀嚼香美，迥异于羊羔，爱慕不已。召诘郎儿，郎儿乘醉泄其事。及醒，叔谋乃以金十两与郎儿，又令役夫置一河曲以护其茔域。郎儿兄弟自后每盗以献，所获甚厚。贫民有知者，竞窃人家子以献，求赐。襄邑、宁陵、睢阳所失孩儿数百，冤痛哀声，旦夕不辍。虎贲郎将段达为中门使，掌四方表奏事，叔谋令家奴黄金窟将金一垺赠与。凡有上表及讼食子者，不讯其词理，并令笞背四十，押出洛阳。道中死者，十有七八。时令狐辛达知之，潜令人收孩骨，未及数日，已盈车。于是城市村坊之民有孩儿者，家做木柜，铁裹其缝。每夜，置母子于柜中，锁之，全家秉烛围守。至天明，开柜见子，即长幼皆贺。

既达睢阳界，有濠寨使陈伯恭言此河道若取直路，径穿透睢阳城，如要回护，即取令旨。叔谋怒其言回护，令推出腰斩。令狐辛达救之。时睢阳坊市豪民一百八十户，皆恐掘穿其宅并茔域，乃以醵金三千两，将献叔谋，未有梯媒可达。忽穿至一大林，中有墓，故老相传云宋司马华元墓。掘透一石室，室中漆灯棺枢帐幕之类，遇风皆化成灰烬。得一石铭，曰："睢阳土地高，汴水可为濠，若也不回避，奉赠二金刀。"叔谋曰："此乃诈也。不足信。"

是日，叔谋梦使者召至一宫殿上，一人衣绛绡，戴进贤冠。叔谋再拜，王亦答拜。拜毕，曰："寡人宋襄公也。上帝命镇此方，二千年矣。倘将军借其方便，回护此城，即一城老幼皆荷恩德也。"叔谋不允，又曰："适来护城之事，盖非寡人之意。况奉上帝之命，言此地候五百年间，当有王者建万世之基。岂可偶为逸游，致使掘穿王气。"叔谋亦不允。

良久，有使者入奏云："大司马华元至矣。"左右引一人，紫衣，戴进贤冠，拜觐于王前。王乃叙护城之事。其人勃然大怒曰："上帝有命，臣等无心。叔谋愚昧之夫，不晓天命。"大呼左右，令置拷讯之物，王曰："拷讯之事，何法最苦？"紫衣人曰："铜汁灌之口，烂其肠胃，此为第一。"王许之。乃有数武夫拽叔谋，脱去其衣，惟留犊鼻，缚铁柱上，欲以铜汁灌之。叔谋魂胆俱丧。殿上人连止之曰："护城之事如何？"叔谋连声言："谨依上命。"遂令解缚。与本衣冠。王令引去，将行，紫衣人曰："上帝赐叔谋金三千两，取于民间。"叔谋性贪，谓使者曰："上帝赐金，此何言也？"使者曰："有睢阳百姓献与将军，此阴注阳受也。"忽如梦觉，但觉神不住体。睢阳民果赂黄金窟而献金三千两。叔谋思梦中事，乃收之。立召陈伯恭，令自睢阳西穿渠，南北回屈，东行过刘赵村，连延而去。令狐辛达知之，累上表，亦为段达抑而不献。

至彭城，路经大林中，有偃王墓。掘数尺，不可掘，乃铜铁也。四面掘去其土，唯见铁。墓旁安石门，扃锁甚严。用鄷阳民计，撞开墓门。叔谋自入墓中，行百余步，二童子当前云："偃王颙候久矣。"乃随而入。见宫殿，一人戴通天冠，衣绛绡衣，坐殿上。叔谋拜，王亦拜，曰："寡人茔域，当于河道。今奉与将军玉宝，遣君当有天下。倘然护之，丘山之幸也。"叔谋许之。王乃令使者持一玉印与叔谋。又视之，印文乃"百代帝王受命玉印"也。叔谋大喜。王又曰："再三保惜，乃刀刀之兆也。"刀刀者，隐语，亦二金刀之意也。叔谋出，令兵夫日护其墓。

时炀帝在洛阳，忽失国宝，搜访宫闱，莫知所在，隐而不宣。帝督功甚急。叔谋乃自徐州，朝夕无暇，所役之夫已少一百五十余万，下寨之处，死尸满野。帝在观文殿读书，因览《史记》，见秦始皇筑长城之事，谓宰相宇文述曰："始皇时至此已及千年，料长城已应摧毁。"宇文述顺帝意,奏曰:"陛下偶然续秦皇之事,建万世之业,莫若修其城,坚其壁。"帝大喜。乃诏以舒国公贺若弼为修城都护,以谏议大夫高颎为副使,以江淮吴楚襄邓陈蔡并开拓诸州丁夫一百二十万修长城。诏下,弼谏曰:"臣闻始皇筑长城于绝塞,连延一万里,男死女旷,妇寡子孤,其城未就,父子俱死。陛下欲听狂夫之言,学亡秦之事,但恐社稷崩离,有同秦世。"帝大怒,未发其言。宇文述在侧,乃掇曰:"尔武夫狂卒,有何知,而乱其大谋?"弼怒,以象简击宇文述。帝怒,令囚若弼于家,是夜饮鸩死。高颎亦不行。宇文述乃举司农卿宇文弼为修城都护,以民部侍郎宇文恺为副使。

时叔谋开汴渠盈灌口,点检丁夫,约折二百五十万人。其部役兵士旧五万人,折二万三千人。工既毕,上言于帝。遣决汴口,注水入汴渠。帝自洛阳迁驾大渠。诏江淮诸州造大船五百只。使命至,急如星火。民间有配盖造船一只者,家产破用皆尽,犹有不足,枷项笞背,然后鬻货男女,以供官用。

龙舟既成,泛江沿淮而下。至大梁,又别加修饰,砌以七宝金玉之类。于吴越间取民间女年十五六岁者五百人,谓之殿脚女。至于龙舟御艘,即每船用彩缆十条,每条用殿脚女十人,嫩羊十口,令殿脚女与羊相间而行,牵之。时恐盛暑,翰林学士虞世基献计,请用垂柳栽于汴渠两堤上。一则树根四散,鞠护河堤;二乃牵船之人,护其阴凉;三则牵舟之羊食其叶。上大喜,诏民间有柳一株,赏一缣。百姓竞献之。又令亲种,帝自种一株,群臣次第种,方及百姓。时有谣言曰:"天子先栽,然后万姓栽。"栽毕,帝御笔写赐垂杨柳姓杨,曰杨柳也。时舳舻相继,连接千里,自大梁至淮口,联绵不绝。锦帆过处,香闻千里。

既过雍邱,渐达宁陵界。水势渐紧,龙舟阻碍,牵驾之人,费力转甚。时有虎贲郎将鲜于俱罗为护缆使,上言水浅河窄,行舟甚难。上以问虞世基。曰:"请为铁脚木鹅,长一丈二尺,上流放下,如木鹅住，即是浅。"帝依其言，乃令右翊将军刘岑验其水浅之处。自雍丘至灌口，得一百二十九处。帝大怒，令根究本处人吏姓名。应是木鹅住处，两岸地分之人皆缚之，倒埋于岸下，曰："令教生为开河夫，死作抱沙鬼。"又埋却五万余人。

既达睢阳，帝问叔谋曰："坊市人烟，所掘几何？"叔谋曰："睢阳地灵，不可干犯。若掘之，必有不祥。臣已回护其城。"帝怒，令刘岑乘小舟根访屈曲之处，比直路较二十里。帝益怒，乃令擒出叔谋，因于后狱。急使宣令狐辛达询问其由，辛达奏："自宁陵便为不法，初食羊脔，后啖婴儿；养贼陶郎儿，盗人之子；受金三千两，于睢阳擅易河道。乃取小儿骨进呈。"帝曰："何不达奏？"辛达曰："表章数上，为段达扼而不进。"帝令人搜叔谋囊橐间，得睢阳民所献金，又得留侯所还白璧及受命宝玉印。上惊异，谓宇文述曰："金与璧皆微物。寡人之宝，何自而得乎？"文述曰："必是遣贼窃取之矣。"帝瞪目而言曰："叔谋今日窃吾宝，明日盗吾首矣。"辛达在侧，奏曰："叔谋常遣陶郎儿盗人之子，恐国宝郎儿所盗也。"上益怒，遣荣国公来护儿、内使李百药、太仆卿杨义臣推鞫叔谋，置台署于睢阳。并收陶郎儿全家，令郎儿具招入内盗宝事。郎儿不胜其苦，乃具事招款。又责段达所收令狐辛达秦章即不奏之罪。

案成进上，帝问丞相宇文述。述曰："叔谋有大罪四条：食人之子，受人之金，遣贼盗宝，擅移开河道。请用峻法诛之。其子孙取圣旨。"帝曰："叔谋有大罪，为开河有功，免其子孙。"只令腰斩叔谋于河侧。

时来护儿受敕未至间，叔谋梦一童子自天而降，谓曰："宋襄公与大司马华元遣我来，感将军护城之惠意，往年所许二金刀，今日奉还。"叔谋觉，曰："据此先兆，不祥。我腰领难存矣。"言未毕，护儿至，驱于河之北岸，斩为三段。郎儿兄弟五人，并家奴黄金窟并鞭死。中门使段达免死，降官为洛阳监门令。

卷七

绿珠传

[北宋]乐史

绿珠者，姓梁，白州博白县人也。州则南昌郡，古越地，秦象郡，汉合浦县地。唐武德初，削平萧铣，于此置南州；寻改为白州，取白江为名。州境有博白山、博白江、盘龙洞、房山、双角山、大荒山。山上有池，池中有婢姜鱼。绿珠生双角山下，美而艳。越俗以珠为上宝，生女为珠娘，生男为珠儿。绿珠之字，由此而称。

晋石崇为交趾采访使，以真珠三斛致之。崇有别庐在河南金谷涧。涧中有金水，自太白源来。崇即川阜置园馆。绿珠能吹笛，又善舞《明君》。明君，昭君也。避晋文帝讳，改昭为明。明君者，汉妃也。汉元帝时，匈奴单于入朝，诏王嫱配之，即昭君也。及将去，入辞，光彩射人，天子悔焉，重难改更，汉人怜其远嫁，为作此歌。崇以此曲教之，而自制新歌曰："我本良家子，将适单于庭。辞别未及终，前驱已抗旌。仆御流涕别，辕马悲且鸣。哀郁伤五内，涕泣沾珠缨。行行日已远，遂造匈奴城。延伫于穹庐，加我阏于连切氏音支名。殊类非所安，虽贵非所荣。父子见陵辱，对之惭且惊。杀身良不易，默默以苟生。苟生亦何聊，积思常愤盈。愿假飞鸿翼，乘之以遐征。飞鸿不我顾，伫立以屏营。昔为匣中玉，今为粪上英。朝华不足欢，甘与秋草并。传语后世人：远嫁难为情。"崇又制《懊恼曲》以赠绿珠。

崇之美艳者千余人，择数十人，妆饰一等，使忽视之，不相分别。刻玉为倒龙佩，紫金为凤凰钗，结袖绕楹而舞。欲有所召者，不呼姓名，悉听佩声，视钗色。佩声轻者居前，钗色艳者居后，以为行次而进。

赵王伦乱常，贼类孙秀使人求绿珠。崇方登凉观，临清水，妇人侍侧。使者以告，崇出侍婢数百人以示之，皆蕴兰麝而披罗縠。曰："任所择。"使者曰："君侯服御，丽矣。然受命指索绿珠。不知孰是？"崇勃然曰："吾所爱，不可得也。"秀因是谮伦族之。收兵忽至，崇谓绿珠曰："我今为尔获罪。"绿珠泣曰："愿效死于君前。"崇因止之，于是坠楼而死。崇弃东市。时人名其楼曰绿珠楼。楼在步庚里，近狄泉。狄泉在正城之东。绿珠有弟子宋祎，有国色，善吹笛。后入晋明帝宫中。

今白州有一派水，自双角山出，合容州江，呼为绿珠江。亦犹归州有昭君滩，昭君村，昭君场；吴有西施谷，脂粉塘，盖取美人出处为名。又有绿珠井，在双角山下。耆老传云："汲此井饮者，诞女必多美丽。里闾有识者，以美色无益于时，因以巨石镇之。尔后虽有产女端妍者，而七窍四肢多不完具。"异哉！山水之使然。昭君村生女皆炙破其面，故白居易诗曰："不取往者戒，恐贻来者冤。至今村女面，烧灼成瘢痕。"又以不完具而惜焉。

牛僧孺《周秦行记》云："夜宿薄太后庙，见戚夫人、王嫱、太真妃、潘淑妃，各赋诗言志。别有善笛女子，短鬟窄衫具带，貌甚美，与潘氏偕来。太后以接坐居之，令吹笛，往往亦及酒。太后顾而谓曰：'识此否？石家绿珠也。潘妃养作妹。'太后曰：'绿珠岂能无诗乎？'绿珠拜谢，作曰：'此日人非昔日人，笛声空怨赵王伦。红残钿碎花楼下，金谷千年更不春。'太后曰：'牛秀才远来，今日谁人与伴？'绿珠曰：'石卫尉性严忌。今有死，不可及乱。'"然事虽诡怪，聊以解颐。

噫！石崇之败，虽自绿珠始，亦其来有渐矣。崇常刺荆州，劫夺远使，沉杀客商，以致巨富。又遗王恺鸩鸟，共为鸩毒之事。有此阴谋，加以每邀客宴集，令美人行酒，客饮不尽者，使黄门斩美人。王丞相与大将军尝共访崇，丞相素不能饮，辄自勉强，至于沉醉。至大将军，故不饮以观其变，已斩三人。君子曰："祸福无门，惟人所召。"崇心不义，举动杀人，乌得无报也。非绿珠无以速石崇之诛，非石崇无以显绿珠之名。

绿珠之坠楼，侍儿之有贞节者也。比之于古，则有曰六出。六出者，王进贤侍儿也。进贤，晋愍太子妃。洛阳乱，石勒掠进贤渡孟津，欲妻之。进贤骂曰："我皇太子妇，司徒公女。胡羌小子，敢干我乎？"言毕投河，六出曰："大既有之，小亦宜然。"复投河中。

又有窈娘者，武周时乔知之宠婢也。盛有姿色，特善歌舞。知之教读书，善属文，深所爱幸。时武承嗣骄贵，内宴酒酣，迫知之将金玉赌窈娘。知之不胜，便使人就家强载以归。知之怨悔，作《绿珠篇》以叙其怨。词曰："石家金谷重新声，明珠十斛买娉婷。此日可怜无复比，此时可爱得人情。君家闺阁未曾难，尝持歌舞使人看。富贵雄豪非分理，骄矜势力横相干。辞君去君终不忍，徒劳掩面伤红粉。百年离别在高楼，一旦红颜为君尽。"知之私属承嗣家阉奴传诗于窈娘。窈娘得诗悲泣，投井而死。承嗣令汲出，于衣中得诗，鞭杀阉奴。讽吏罗织知之，以至杀焉。悲夫！二子以爱姬示人，掇丧身之祸。所谓倒持太阿，授人以柄。《易》曰："慢藏诲盗，冶容诲淫。"其此之谓乎！

其后诗人题歌舞妓者，皆以绿珠为名。庾肩吾曰："兰堂上客至，绮席清弦抚。自作《明君辞》，还教绿珠舞。"李元操云："绛树摇歌扇，金谷舞筵开。罗袖拂归客，留欢醉玉杯。"江总云："绿珠含泪舞，孙秀强相邀。"绿珠之没已数百年矣，诗人尚咏之不已，其故何哉？盖一婢子，不知书，而能感主恩，愤不顾身，其志烈懔懔，诚足使后人仰慕歌咏也。至有享厚禄，盗高位，亡仁义之性，怀反覆之情，暮四朝三，惟利是务，节操反不若一妇人，岂不愧哉！今为此传，非徒述美丽，窒祸源，且欲惩戒辜恩背义之类也。

季伦死后十日，赵王伦败。左卫将军赵泉斩孙秀于中书，军士赵骏剖秀心食之。伦囚金墉城，赐金屑酒。伦惭，以巾覆面曰："孙秀误我也。"饮金屑而卒。皆夷家族。南阳生曰："此乃假天之报怨。不然，何枭夷之立见乎！"

杨太真外传卷上

[北宋]乐史

　　杨贵妃小字玉环，弘农华阴人也。后徙居蒲州永乐之独头村。高祖令本，金州刺史；父玄琰，蜀司户。贵妃生于蜀。尝误坠池中，后人呼为落妃池。池在导江县前。亦如王昭君生于峡州，今有昭君村；绿珠生于白州，今有绿珠江。

　　妃早孤，养于叔父河南府士曹玄璬家。开元二十二年十一月，归于寿邸。二十八年十月，玄宗幸温泉宫，自天宝六载十月，复改为华清宫。使高力士取杨氏女于寿邸，度为女道士，号太真，住内太真宫。天宝四载七月，册左卫中郎将韦昭训女配寿邸。是月，于凤凰园册太真宫女道士杨氏为贵妃，半后服用。

　　进见之日，奏《霓裳羽衣曲》。《霓裳羽衣曲》者，是玄宗登三乡驿，望女几山所作也。故刘禹锡诗有云："伏睹玄宗皇帝《望女几山诗》，小臣斐然有感：开元天子万事足，惟惜当时光景促，三乡驿上望仙山，归作《霓裳羽衣曲》。仙心从此在瑶池，三清八景相追随。天上忽乘白云去，世间空有秋风词。"又《逸史》云："罗公远天宝初侍玄宗，八月十五日夜，宫中玩月，曰：'陛下能从臣月中游乎？'乃取一枝桂，向空掷之，化为一桥，其色如银。请上同登，约行数十里，遂至大城阙。公远曰：'此月宫也。'有仙女数百，素练宽衣，舞于广庭。上前问曰：'此何曲也？'曰：'《霓裳羽衣》也。'上密记其声调，遂回桥，却顾，随步而灭。旦谕伶官，象其声调，作《霓裳羽衣曲》。"以二说不同，乃备录于此。是夕，授金钗钿合。上又自执丽水镇紫库磨金琢成步摇，至妆阁，亲与插鬓。上喜甚，谓后宫人曰："朕得杨贵妃，如得至宝也。"乃制曲子曰《得宝子》，又曰《得鞳方孔反子》。

先是，开元初，玄宗有武惠妃，王皇后。后无子。妃生子，又美丽，宠倾后宫。至十三年，皇后废，妃嫔无得与惠妃比。二十一年十一月，惠妃即世。后庭虽有良家子，无悦上目者，上心凄然。至是得贵妃，又宠甚于惠妃。有姊三人，皆丰硕修整，工于谑浪，巧会旨趣，每入宫中，移晷方出。宫中呼贵妃为娘子，礼数同于皇后。

册妃日赠其父玄琰济阴太守，母李氏陇西郡夫人。又赠玄琰兵部尚书，李氏凉国夫人。叔玄珪为光禄卿银青光禄大夫。再从兄钊拜为侍郎，兼数使。兄铦又居朝列。堂弟锜尚太华公主。是武惠妃生，以母，见遇过于诸女，赐第连于宫禁。自此杨氏权倾天下，每有嘱请，台省府县，若奉诏敕。四方奇货、僮仆、驼马，日输其门。

时安禄山为范阳节度，恩遇最深，上呼之为儿。尝于便殿与贵妃同宴乐，禄山每就坐，不拜上而拜贵妃。上顾而问之："胡不拜我而拜妃子，意者何也？"禄山奏云："胡家不知其父，只知其母。"上笑而赦之。又命杨铦以下，约禄山为兄弟姊妹，往来必相宴钱。初虽结义颇深，后亦权敌，不叶。

五载七月，妃子以妒悍忤旨。乘单车，令高力士送还杨铦宅。及亭午，上思之不食，举动发怒。力士探旨，奏请载还，送院中宫人衣物及司农米面酒馔百余车。诸姊及铦初则惧祸聚哭，及恩赐寖广，御馔兼至，乃稍宽慰。妃初出，上无聊，中宫趋过者，或答挞之。至有惊怖而亡者。力士因请就召，既夜，遂开安兴坊，从太华宅以入。及晓，玄宗见之内殿，大悦。贵妃拜泣谢过。因召两市杂戏以娱贵妃。贵妃诸姊进食作乐。自兹恩遇日深，后宫无得进幸矣。

七载，加钊御史大夫，权京兆尹，赐名国忠。封大姨为韩国夫人，三姨为虢国夫人，八姨为秦国夫人。同日拜命，皆月给钱十万，为脂粉之资。然虢国不施妆粉，自炫美艳，常素面朝天。当时杜甫有诗云："虢国夫人承主恩，平明上马入宫门，却嫌脂粉涴颜色，淡扫蛾眉朝至尊。"又赐虢国照夜玑，秦国七叶冠，国忠锁子帐，盖希代之珍，其恩宠如此。铦授银青光禄大夫鸿胪卿，列棨戟，特授上柱国，一日三诏。与国忠五家于宣阳里，甲第洞开，僭拟宫掖，车马仆从，照耀京邑。递相夸尚，每造一堂，费逾千万计，见制度宏壮于己者，则毁之复造，土木之工，不舍昼夜。上赐御食，及外方进献，皆颁赐五宅。开元已来，豪贵荣盛，未之比也。

上起动必与贵妃同行，将乘马，则力士执辔授鞭。宫中掌贵妃刺绣织锦七百人，雕镂器物又数百人，供生日及时节庆。续命杨益往岭南。长吏日求新奇以进奉。岭南节度张九章，广陵长史王翼，以端午进贵妃珍玩衣服，异于他郡，九章加银青光禄大夫，翼擢为户部侍郎。

九载二月，上旧置五王帐，长枕大被，与兄弟共处其间。妃子无何窃宁王紫玉笛吹。故诗人张祜诗云："梨花静院无人见，闲把宁王玉笛吹。"因此又忤旨，放出。时吉温多与中贵人善，国忠惧，请计于温。遂入奏曰："妃，妇人，无智识。有忤圣颜，罪当死。既尝蒙恩宠，只合死于宫中。陛下何惜一席之地，使其就戮？安忍取辱于外乎？"上曰："朕用卿，盖不缘妃也。"初，令中使张韬光送妃至宅，妃泣谓韬光曰："请奏：妾罪合万死。衣服之外，皆圣恩所赐。唯发肤是父母所生。今当即死，无以谢上。"乃引刀剪其发一缭，附韬光以献。妃既出，上忡然。至是，韬光以发搭于肩上以奏。上大惊惋，遽使力士就召以归，自后益嬖焉。又加国忠遥领剑南节度使。

十载上元节，杨氏五宅夜游，遂与广宁公主骑从争西市门。杨氏奴挥鞭误及公主衣，公主堕马。驸马程昌裔扶公主，因及数挝。公主泣奏之，上令决杀杨家奴一人，昌裔停官，不许朝谒。于是杨家转横，出入禁门不问，京师长吏，为之侧目。故当时谣曰："生女勿悲酸，生男勿喜欢。"又曰："男不封侯女作妃，君看女却是门楣。"其天下人心羡慕如此。

上一旦御勤政楼，大张声乐。时教坊有王大娘，善戴百尺竿，上施木山，状瀛州方丈，令小儿持绛节，出入其间，而舞不辍。时刘晏以神童为秘书省正字，十岁，惠悟过人。上召于楼中，贵妃坐于膝上，为施粉黛，与之巾栉。贵妃令咏王大娘戴竿，晏应声曰："楼前百戏竞争新，唯有长竿妙入神。谁谓绮罗翻有力，犹自嫌轻更著人。"上与妃及嫔御皆欢笑移时，声闻于外，因命牙笏黄纹袍赐之。上又宴诸王于木兰殿，时木兰花发，皇情不悦。妃醉中舞《霓裳羽衣》一曲，天颜大悦，方知回雪流风，可以回天转地。

上尝梦十仙子，乃制《紫云回》玄宗尝梦仙子十余辈，御卿云而下，各执乐器，悬奏之。曲度清越，真仙府之音。有一仙人曰："此神仙《紫云回》。今传授陛下，为正始之音。"上喜而传受。寤后，余响犹在。旦，命玉笛习之，尽得其节奏也。并《梦龙女》，又制《凌波曲》。玄宗在东都，梦一女，容貌艳异，梳交心髻，大袖宽衣，拜于床前。上问："汝何人？"曰："妾是陛下凌波池中龙女。卫宫护驾，妾实有功，今陛下洞晓钧天之音，乞赐一曲以光族类。"上于梦中为鼓胡琴，拾新旧之曲声，为《凌波曲》。龙女再拜而去。及觉，尽记之。会禁乐，自御琵琶，习而翻之。与文武臣僚，于凌波宫临池奏新曲，池中波涛涌起。复有神女出池心，乃所梦之女也。上大悦，语于宰相，因于池上置庙，每岁命祀之。二曲既成，遂赐宜春院及梨园弟子并诸王。

时新丰初进女伶谢阿蛮，善舞。上与妃子钟念，因而受焉。就按于清元小殿，宁王吹玉笛，上羯鼓，妃琵琶，马仙期方音，李龟年觱篥，张野狐箜篌，贺怀智拍。自旦至午，欢洽异常。时唯妃女弟秦国夫人端坐观之。曲罢，上戏曰："阿瞒上在禁中，多自称也。乐籍，今日幸得供养夫人。请一缠头！"秦国曰："岂有大唐天子阿姨，无钱用耶？"遂出三百万为一局焉。

乐器皆非世有者，才奏而清风习习，声出天表。妃子琵琶逻逤檀，寺人白季贞使蜀还献。其木温润如玉，光耀可鉴，有金镂红文，蹙成双凤。弦乃末诃弥罗国永泰元年所贡者，渌水蚕丝也，光莹如贯珠瑟瑟。紫玉笛乃姮娥所得也。禄山进三百事管色。俱用媚玉为之。诸王，郡主，妃之姊妹，皆师妃，为琵琶弟子。每一曲彻，广有献遗。妃子是日问阿蛮曰：'尔贫，无可献师长，待我与尔为。'命侍儿红桃娘取红粟玉臂支赐阿蛮。妃善击磬，拊搏之音泠泠然，多新声，虽太常梨园之妓，莫能及之。上命采蓝田绿玉，琢成磬；上方造簨，流苏之属，以金钿珠翠饰之，铸金为二狮子，以为趺，彩缋缛丽，一时无比。

先，开元中，禁中重木芍药，即今牡丹，《开元天宝花木记》云："禁中呼木芍药为牡丹"也。得数本红紫浅红通白者，上因移植于兴庆池东沉香亭前。会花方繁开，上乘照夜白，妃以步辇从。

诏选梨园弟子中尤者，得乐十六色。李龟年以歌擅一时之名，手捧檀板，押众乐前，将欲歌之。上曰："赏名花，对妃子，焉用旧乐词为。"遽命龟年持金花笺，宣赐翰林学士李白立进《清平乐》词三篇。承旨，犹苦宿酲，因援笔赋之。第一首："云想衣裳花想容，春风拂槛露华浓。若非群玉山头见，会向瑶台月下逢。"第二首："一枝红艳露凝香，云雨巫山枉断肠。借问汉宫谁得似？可怜飞燕倚新妆。"第三首："名花倾国两相欢，长得君王带笑看，解释春风无限恨，沉香亭北倚栏干。"龟年捧词进，上命梨园弟子略约词调，抚丝竹，遂促龟年以歌。妃持玻璃七宝杯，酌西凉州葡萄酒，笑领歌，意甚厚。上因调玉笛以倚曲。每曲遍将换，则迟其声以媚之。妃饮罢，敛绣巾再拜。上自是顾李翰林尤异于他学士。会力士终以脱靴为耻。异日，妃重吟前词，力士戏曰："始为妃子怨李白深入骨髓，何翻拳拳如是耶！"妃子惊曰："何学士能辱人如斯？"力士曰：

"以飞燕指妃子，贱之甚矣。"妃深然之。上尝三欲命李白官，卒为宫中所捍而止。

上在百花院便殿，因览《汉成帝内传》，时妃子后至，以手整上衣领，曰："看何文书？"上笑曰："莫问。知则又殢人。"觅去，乃是"汉成帝获飞燕，身轻欲不胜风。恐其飘翥，帝为造水昌盘，令宫人掌之而歌舞。又制七宝避风台，间以诸香，安于上，恐其四肢不禁"也。上又曰："尔则任吹多少。"盖妃微有肌也，故上有此语戏妃。妃曰："《霓裳羽衣》一曲，可掩前古。"上曰："我才弄，尔便欲嗔乎？忆有一屏风，合在，待访得，以赐尔。"屏风乃虹霓为名，雕刻前代美人之形，可长三寸许。其间服玩之器，衣服，皆用众宝杂厕而成。水精为地，外以玳瑁水犀为押，络以珍珠珠瑟瑟。间缀精妙，迨非人力所制。此乃隋文帝所造，赐义成公主，随在北胡。贞观初，灭胡，与萧后同归中国，因而赐焉。妃归卫公家，遂持去。安于高楼上，未及将归。国忠日午偃息楼上，至床，睹屏风在焉。才就枕，而屏风诸女悉皆下床前，各通所号，曰："裂缯人也。""定陶人也。""穹庐人也。""当垆人也。""亡吴人也。""步莲人也。""桃源人也。""斑竹人也。""奉五官人也。""温肌人也。""曹氏投波人也。""吴宫无双返香人也。""拾翠人也。""窃香人也。""金屋人也。""解佩人也。""为云人也。""董双成也。""为烟人也。""画眉人也。""吹箫人也。""笑躄人也。""垓中人也。""许飞琼也。""赵飞燕也。""金谷人也。""小蹙人也。""光发人也。""薛夜来也。""结绮人也。""临春阁人也。""扶风女也。"国忠虽开目，历历见之，而身体不能动，口不能发声。诸女各以物列坐。俄有纤腰妓人近十余辈，曰："楚章华踏谣娘也。"乃连臂而歌之，曰："三朵芙蓉是我流，大杨造得小杨收。"复有二三妓，又曰："楚宫弓腰也。何不见《楚辞别序》云：'绰约花态，弓身玉肌？'"俄而递为本艺。将呈讫，一一复归屏上。国忠方醒，惶惧甚，遽走下楼，急令封锁之。贵妃知之，亦不欲见焉。禄山乱后，其物犹存。在宰相元载家，自后不知所在。

杨太真外传卷下

［北宋］乐史

　　初，开元末，江陵进乳柑橘，上以十枚种于蓬莱宫。至天宝十载九月秋，结实。宣赐宰臣，曰："朕近于宫内种柑子树数株，今秋结实一百五十余颗，乃与江南及蜀道所进无别，亦可谓稍异者。"宰臣表贺曰："伏以自天所育者不能改有常之性，旷古所无者，乃可谓非常之感。是知圣人御物，以元气布和，大道乘时，则殊方叶致，且橘柚所植，南北异名，实造化之有初，匪阴阳之有革。陛下玄风真纪，六合一家，雨露所均，混天区而齐被，草木有性，凭地气以潜通。故兹江外之珍果，为禁中之佳实，绿蒂含霜，芳流绮殿，金衣烂日，色丽彤庭。云云。"乃颁赐大臣，外有一合欢实，上与妃子互相持玩。上曰："此果似知人意，朕与卿固同一体，所以合欢。"于是促坐，同食焉。因令画图，传之于后。

　　妃子既生于蜀，嗜荔枝。南海荔枝，胜于蜀者，故每岁驰驿以进。然方暑热而熟，经宿则无味。后人不能知也。上与妃采戏，将北，唯重四转败为胜。连叱之，骰子宛转而成重四，遂命高力士赐绯，风俗因而不易。广南进白鹦鹉，洞晓言词，呼为雪衣女。一朝飞上妃镜台上，自语："雪衣女昨夜梦为鸷鸟所搏。"上令妃授以《多心经》，记诵精熟。后上与妃游别殿，置雪衣女于步辇竿上同去。瞥有鹰至，搏之而毙。上与妃叹息久之，遂瘗于苑中，呼为鹦鹉冢。交趾贡龙脑香，有蝉蚕之状，五十枚。波斯言老龙脑树节方有。禁中呼为瑞龙脑，上赐妃十枚。妃私发明驼使，明驼使腹下有毛，夜能明，日驰五百里，持三枚遗禄山。妃又常遗禄山金平脱装具，玉合，金平脱铁面碗。

十一载，李林甫死。又以国忠为相，带四十余使。十二载，加国忠司空。长男暄，先尚延和郡主，又拜银青光禄大夫，太常卿，兼户部侍郎。小男昢，尚万春公主。贵妃堂弟秘书少监鉴，尚承荣郡主。一门一贵妃，二公主，三郡主，三夫人。十三载，重赠玄琰太尉，齐国公。母重封梁国夫人。官为造庙；御制碑，及书。叔玄珪又拜工部尚书。韩国婿秘书少监崔峋女为代宗妃；虢国男裴徽尚代宗女延光公主，女为让帝男妻；秦国婿柳澄男钧尚长清县主，澄弟潭尚肃宗女和政公主。

上每年冬十月，幸华清宫，常经冬还宫阙，去即与妃同辇。华清宫有端正楼，即贵妃梳洗之所；有莲花汤，即贵妃澡沐之室。国忠赐第在宫东门之南，虢国相对。韩国秦国，甍栋相接。天子幸其第，必过五家，赏赐燕乐。扈从之时，每家为一队，队著一色衣。五家合队相映，如百花之焕发。遗钿，坠舄，瑟瑟，珠翠，灿于路岐，可掬。曾有人俯身一窥其车，香气数日不绝。驼马千余头匹。以剑南旌节器仗前驱。出有饯饮，还有软脚。远近饷遗珍玩狗马，阉侍歌儿，相望于道。及秦国先死，独虢国、韩国、国忠转盛。虢国又与国忠乱焉。略无仪检，每入朝谒，国忠与韩、虢连辔，挥鞭骤马，以为谐谑。从官媵姬百余骑。秉烛如昼，鲜装袨服而行，亦无蒙蔽。衢路观者如堵，无不骇叹。十宅诸王男女婚嫁，皆资韩、虢绍介；每一人约一千贯，上乃许之。

十四载六月一日，上幸华清宫，乃贵妃生日。上命小部音声，<small>小部者，梨园法部所置，凡三十人，皆十五已下。</small>于长生殿奏新曲，未有名，会南海进荔枝，因以曲名《荔枝香》。左右欢呼，声动山谷。其年十一月，禄山反幽陵，<small>禄山本名轧荦山，杂种胡人也。母本巫师。</small>禄山晚年益肥，垂肚过膝，自秤得三百五十斤。于上前胡旋舞，疾如风焉。上尝于勤政楼东间设大金鸡障，施一大榻，卷去帘，令禄山坐。其下设百戏，与禄山看焉。肃宗谏曰："历观今古，未闻臣下与君上同坐阅戏。"上私曰："渠有异相，我禳之故耳。"又尝与夜燕，禄山醉卧，化为一猪而龙首。左右遽告帝。帝曰："此猪龙，无能为。"终不杀。卒乱中国。以诛国忠为名。咸言国忠、虢国、贵妃三罪，莫敢上闻。上欲以皇太子监国，盖欲传位，自亲征。谋于国忠，国忠大惧，归谓姊妹曰："我等死在旦夕。今东宫临国，当与娘子等并命矣。"姊妹哭诉于贵妃。妃衔土请命，事乃寝。

十五载六月，潼关失守。上幸巴蜀，贵妃从。至马嵬，右龙武将军陈玄礼惧兵乱，乃谓军士曰："今天下崩离，万乘震荡。岂不由杨国忠割剥甿庶，以至于此。若不诛之，何以谢天下。"众曰："念之久矣。"会吐蕃和好使在驿门遮国忠诉事。军士呼曰："杨国忠与蕃人谋叛！"诸军乃围驿四合，杀国忠，并男暄等。国忠旧名钊，本张易之子也。天授中，易之恩幸莫比。每归私第，诏令居楼，仍去其梯，围以束棘，无复女奴侍立。母恐张氏绝嗣，乃置女奴嫔妹于楼复壁中。遂有娠，而生国忠。后嫁于杨氏。上乃出驿门劳六军。六军不解围，上顾左右责其故。高力士对曰："国忠负罪，诸将讨之。贵妃即国忠之妹，犹在陛下左右，群臣能无忧怖？伏乞圣虑裁断。"一本云："贼根犹在，何敢散乎？"盖斥贵妃也。上回入驿，驿门内傍有小巷，上不忍归行宫，于巷中倚杖欹首而立。圣情昏默，久而不进。

京兆司录韦锷见素男也进曰："乞陛下割恩忍断，以宁国家。"逡巡，上入行宫。抚妃子出于厅门，至马道北墙口而别之，使力士赐死。妃泣涕呜咽，语不胜情，乃曰："愿大家好住。妾诚负国恩，死无恨矣。乞容礼佛。"帝曰："愿妃子善地受生。"力士遂缢于佛堂前之梨树下。才绝，而南方进荔枝至。上睹之，长号数息，使力士曰："与我祭之。"祭后，六军尚未解围。以绣衾覆床，置驿庭中，敕玄礼等人驿视之。玄礼抬其首，知其死，曰："是矣。"而围解。瘗于西郭之外一里许道北坎下。妃时年三十八。上持荔枝于马上谓张野狐曰："此去剑门，鸟啼花落，水绿山青，无非助朕悲悼妃子之由也。"

初，上在华清宫日，乘马出宫门，欲幸虢国夫人之宅。玄礼曰："未宣敕报臣，天子不可轻去就。"上为之回辔。他年，在华清宫，逼上元，欲夜游。玄礼奏曰："宫外即是旷野，须有预备，若欲夜游，愿归城阙。"上又不能违谏。及此马嵬之诛，皆是敢言之有便也。先是，术士李遐周有诗曰："燕市人皆去，函关马不归，若逢山下鬼，环上系罗衣。""燕市人皆去"，禄山即蓟门之士而来。"函关马不归"，哥舒翰之败潼关也。"若逢山下鬼"，嵬字，即马嵬驿也。"环上系罗衣"，贵妃小字玉环，及其死也，力士以罗巾缢焉。又妃常以假髻为首饰，而好服黄裙。天宝末，京师童谣曰："义髻抛河里，黄裙逐水流。"至此应矣。初，禄山尝于上前应对，杂以谐谑。妃常在座，禄山心动。及闻马嵬之死，数日叹惋。虽林甫养育之，国忠激怒之，然其有所自也。

是时虢国夫人先至陈仓之官店。国忠诛问至，县令薛景仙率吏人追之。走入竹林下，以为贼军至，虢国先杀其男徽，次杀其女。国忠妻裴柔曰："娘子何不借我方便乎？"遂并其女杀之。已而自刭，不死。载于狱中，犹问人曰："国家乎？贼乎？"狱吏曰："互有之。"血凝其喉而死。遂并坎于东郭十余步道北杨树下。

上发马嵬，行至扶风道。道傍有花，寺畔见石楠树团圆，爱玩之，因呼为端正树，盖有所思也。又至斜谷口，属霖雨涉旬，于栈道雨中闻铃声隔山相应。上既悼念贵妃，因采其声为《雨霖铃曲》，以寄恨焉。

至德二年，既收复西京。十一月，上自成都还，使祭之。后欲改葬，李辅国等不从。时礼部侍郎李揆奏曰："龙武将士以杨国忠反，故诛之。今改葬故妃，恐龙武将士疑惧。"肃宗遂止之。上皇密令中官潜移葬之于他所。妃之初瘗，以紫褥裹之。及移葬，肌肤已消释矣。胸前犹有香囊在焉。中官葬毕以献，上皇置之怀袖。又令画工写妃形于别殿，朝夕视之而歔欷焉。上皇既居南内，夜阑登勤政楼，凭栏南望，烟月满目。上因自歌曰："庭前琪树已堪攀，塞外征人殊未还。"歌歇，闻里中隐隐如有歌声者。顾力士曰："得非梨园旧人乎？迟明，为我访来。"翌日，力士潜求于里中，因召与同去，果梨园弟子也。其后，上复与妃侍者红桃在焉。歌《凉州》之词，贵妃所制也。上亲御玉笛，为之倚曲。曲罢相视，无不掩泣。上因广其曲。今《凉州》留传者益加焉。

至德中，复幸华清宫。从官嫔御，多非旧人。上于望京楼下命张野狐奏《雨霖铃》曲。曲半，上四顾凄凉，不觉流涕。左右亦为感伤。新丰有女伶谢阿蛮，善舞《凌波曲》，旧出入宫禁，贵妃厚焉。是日，诏令舞。舞罢，阿蛮因进金粟装臂环，曰："此贵妃所赐。"上持之，凄然垂涕曰："此我祖大帝破高丽，获二宝：一紫金带，一红玉支。朕以岐王所进《龙池篇》，赐之金带。红玉支赐妃子。后高丽知此宝归我，乃上言'本国因失此宝，风雨愆时，民离兵弱'。朕寻以为得此不足为贵，乃命还其紫金带。唯此不还。汝既得之于妃子，朕今再睹之，但兴悲念矣。"言讫，又涕零。

至乾元元年，贺怀智又上言，曰："昔上夏日与亲王棋，令臣独弹琵琶其琵琶以石为槽，鹍鸡筋为弦，用铁拨弹之，贵妃立于局前观之。上数枰子将输，贵妃放康国猧子上局乱之，上大悦。时风吹贵妃领巾于臣巾上，良久，回身方落。及归，觉满身香气。乃卸头帻，贮于锦囊中。今辄进所贮幞头。"上皇发囊，且曰："此瑞龙脑香也。吾曾施于暖池玉莲朵，再幸尚有香气宛然。况乎丝缕润腻之物哉。"遂凄怆不已。自是圣怀耿耿，但吟："刻木牵丝作老翁，鸡皮鹤发与真同。须臾舞罢寂无事，还似人生一世中。"

有道士杨通幽自蜀来，知上皇念杨贵妃，自云："有李少君之术。"上皇大喜，命致其神。方士乃竭其术以索之，不至。又能游神驭气，出天界，入地府求之，竟不见，又旁求四虚上下，东极，绝大海，跨蓬壶。忽见最高山，上多楼阁。洎至，西厢下有洞户，东向，阖其门，额署曰"玉妃太真院"。方士抽簪叩扉，有双鬟童女出应门。方士造次未及言，双鬟复入。俄有碧衣侍女至，诘其所从来。方士因称天子使者，且致其命。碧衣云："玉妃方寝，请少待之。"逾时，碧衣延入，且引曰："玉妃出。"冠金莲，帔紫绡，佩红玉，曳凤舃。左右侍女七八人。揖方士，问皇帝安否，次问天宝十四载以还。言讫悯然，指碧衣女取金钗钿合，折其半授使者曰："为我谢太上皇，谨献是物，寻旧好也。"

方士将行，色有不足，玉妃因征其意，乃复前跪致词："请当时一事，不闻于他人者，验于太上皇。不然，恐金钗钿合，负新垣平之诈也。"玉妃茫然退立，若有所思，徐而言曰："昔天宝十载，侍辇避暑骊山宫。秋七月，牵牛织女相见之夕，上凭肩而望。因仰天感牛女事，密相誓心：'愿世世为夫妇。'言毕，执手各呜咽。此独君王知之耳。"因悲曰："由此一念，又不得居此，复堕下界，且结后缘。或为天，或为人，决再相见，好合如旧。"因言："太上皇亦不久人间，幸唯自爱，无自苦耳。"使者还，具奏太上皇。皇心震悼。

及至移入大内甘露殿，悲悼妃子，无日无之。遂辟谷服气，张皇后进樱桃蔗浆，圣皇并不食。常玩一紫玉笛，因吹数声，有双鹤下于庭，徘徊而去。圣皇语侍儿宫爱曰："吾奉上帝所命，为元始孔升真人，此期可再会妃子耳，笛非尔所宝，可送大收。"_{大收，代宗小字}即令具汤沐。"我若就枕，慎勿惊我。"宫爱闻睡中有声，骇而视之，已崩矣。妃子死日，马嵬媪得锦靿袜一只。相传过客一玩百钱，前后获钱无数。

悲夫！玄宗在位久，倦于万机，常以大臣接对拘检，难徇私欲。自得李林甫，一以委成。故绝逆耳之言，恣行燕乐。衽席无别，不以为耻，由林甫之赞成矣。乘舆迁播，朝廷陷没，百僚系颈，妃王被戮，兵满天下，毒流四海，皆国忠之召祸也。

史臣曰：夫礼者，定尊卑，理家国。君不君，何以享国？父不父，何以正家？有一于此，未或不亡。唐明皇之一误，贻天下之羞，所以禄山叛乱，指罪三人。今为外传，非徒拾杨妃之故事，且惩祸阶而已。

流红记

[宋]张实

　　唐僖宗时，有儒士于祐，晚步禁衢间。于时万物摇落，悲风素秋，颓阳西倾，羁怀增感。视御沟，浮叶续续而下。祐临流浣手。久之，有一脱叶，差大于他叶，远视之，若有墨迹载于其上。浮红泛泛，远意绵绵。祐取而视之，果有四句题于其上。其诗曰：

　　　　流水何太急，深宫尽日闲。
　　　　殷勤谢红叶，好去到人间。

　　祐得之，蓄于书笥，终日咏味，喜其句意新美，然莫知何人作而书于叶也。因念御沟水出禁掖，此必宫中美人所作也。祐但宝之，以为念耳，亦时时对好事者说之。祐自此思念，精神俱耗。一日，友人见之，曰：“子何清削如此？必有故，为吾言之。”祐曰：“吾数月来，眠食俱废。”因以红叶句言之。友人大笑曰：“子何愚如是也，彼书之者，无意于子。子偶得之，何置念如此。子虽恩爱之勤，帝禁深宫，子虽有羽翼，莫敢往也。子之愚，又可笑也。”祐曰：“天虽高而听卑，人苟有志，天必从人愿耳。吾闻牛仙客遇无双之事，卒得古生之奇计。但患无志耳，事固未可知也。”祐终不废思虑，复题二句，书于红叶上云：

曾闻叶上题红怨，叶上题诗寄阿谁？

置御沟上流水中，俾其流入宫中。人为笑之，亦为好事者称道。有赠之诗者，曰：

君恩不禁东流水，流出宫情是此沟。

祐后累举不捷，迹颇羁倦，乃依河中贵人韩泳门馆，得钱帛稍稍自给，亦无意进取。久之，韩泳召祐谓之曰："帝禁宫人三千余得罪，使各适人。有韩夫人者，吾同姓，久在宫。今出禁庭，来居吾舍。子今未娶，年又逾壮，困苦一身，无所成就，孤生独处，吾甚怜汝。今韩夫人箧中不下千缗，本良家女，年才三十，姿色甚丽。吾言之，使聘子，何如？"祐避席伏地曰："穷困书生，寄食门下，昼饱夜温，受赐甚久。恨无一长，不能图报，早暮愧惧，莫知所为。安敢复望如此。"泳乃令人通媒妁，助祐进羔雁，尽六礼之数，交二姓之欢。

祐就吉之夕，乐甚。明日，见韩氏装橐甚厚，姿色绝艳。祐本不敢有此望，自以为误入仙源，神魂飞越。既而韩氏于祐书笥中见红叶，大惊曰："此吾所作之句，君何故得之？"祐以实告。韩氏复曰："吾于水中亦得红叶，不知何人作也。"乃开笥取之，乃祐所题之诗。相对惊叹感泣久之。曰："事岂偶然哉？莫非前定也。"韩氏曰："吾得叶之初，尝有诗，今尚藏箧中。"取以示祐。诗云：

独步天沟岸，临流得叶时。
此情谁会得，肠断一联诗。

闻者莫不叹异惊骇。一日，韩泳开宴召祐洎韩氏。泳曰："子二人今日可谢媒人也。"韩氏笑答曰："吾为祐之合，乃天也，非媒氏之力也。"泳曰："何以言之？"韩氏索笔为诗，曰：

> 一联佳句题流水，十载幽思满素怀。
> 今日却成鸾凤友，方知红叶是良媒。

泳曰："吾今知天下事无偶然者也。"

僖宗之幸蜀，韩泳令祐将家僮百人前导。韩以宫人得见帝，具言适祐事。帝曰："吾亦微闻之。"召祐，笑曰："卿乃朕门下旧客也。"祐伏地拜，谢罪。帝还西都，以从驾得官，为神策军虞候。韩氏生五子三女。子以力学俱有官，女配名家。韩氏治家有法度，终身为命妇。宰相张濬作诗曰：

> 长安百万户，御水日东注。水上有红叶，子独得佳句。
> 子复题脱叶，流入宫中去。深宫千万人，叶归韩氏处。
> 出宫三十人，韩氏籍中数。回首谢君恩，泪洒胭脂雨。
> 寓居贵人家，方与子相遇。通媒六礼具，百岁为夫妇。
> 儿女满眼前，青紫盈门户。兹事自古无，可以传千古。

议曰："流水，无情也。红叶，无情也。以无情寓无情而求有情，终为有情者得之，复与有情者合，信前世所未闻也。夫在天理可合，虽胡越之远，亦可合也。天理不可，则虽比屋邻居，不可得也。悦于得，好于求者，观此，可以为诫也。"

赵飞燕别传

[宋]秦醇

　　余里有李生，世业儒术。一日，家事零替。余往见之。墙角破筐中有古文数册，其间有《赵后别传》，虽编次脱落，尚可观览。余就李生乞其文以归，补正编次以成传，传诸好事者。

　　赵后腰骨尤纤细，善踽步行。若人手执花枝，颤颤然，它人莫可学也。生在主家时，号为飞燕。入宫复引援其妹，得幸，为昭仪。昭仪尤善笑语，肌骨秀滑。二人皆天下第一，色倾后宫。自昭仪入宫，帝亦希幸东宫。昭仪居西宫，太后居中宫。后日夜欲求子，为自固久远计，多用小犊车载年少子与通。帝一日惟从三四人往后宫。后方与人乱，不知。左右急报，后遽惊出迎帝。后冠发散乱，言语失度，帝固亦疑焉。帝坐未久，复闻壁衣中有人嗽声，帝乃出。由是帝有害后意，以昭仪隐忍未发。

　　一日，帝与昭仪方饮，帝忽攘袖嗔目，直视昭仪，怒气怫然不可犯。昭仪遽起，避席伏地，谢曰："臣妾族孤寒下，无强近之爱。一旦得备后庭驱使之列，不意独承幸御，浓被圣私，立于众人之上。恃宠邀爱，众谤来集。加以不识忌讳，冒触威怒。臣妾愿赐速死以宽圣抱。"因泪交下。帝自引昭仪曰："汝复坐，吾语汝。"帝曰："汝无罪。汝之姊，吾欲枭其首，断其手足，置于溷中，乃快吾意。"昭仪曰："何缘而得罪？"帝言壁衣中事。昭仪曰："臣妾缘后得备后宫。后死，则妾安能独生？陛下无故而杀一后，天下有以窥陛下也。愿得身实鼎镬，体膏斧铖。"因大恸，以身投地。帝惊，遽起持昭仪曰："吾以汝之故，固不害后，第言之耳。汝何自恨若是。"久之，昭仪方就坐。问壁衣中人，帝阴穷其迹，乃宿卫陈崇子也。帝使人就其家杀之，而废陈崇。

昭仪往见后，言帝所言，且曰："姊曾忆家贫饥寒无聊，姊使我与邻家女为草履，入市货履市米。一日得米归，遇风雨无火可炊。饥寒甚，不能寐，使我拥姊背，同泣。此事姊岂不忆也？今日幸富贵，无他人次我，而自毁如此。脱或再有过，帝复怒，事不可救，身首异地，为天下笑。今日，妾能拯救也。存没无定。或尔妾死，姊尚谁攀乎？"乃涕泣不已，后亦泣焉。

自是帝不复往后宫，承幸御者，昭仪一人而已。昭仪方浴，帝私视。侍者报昭仪，昭仪急趋烛后避。帝瞥见之，心愈眩惑。他日昭仪浴，帝默赐侍者，特令不言。帝自屏罅觇，兰汤滟滟，昭仪坐其中，若三尺寒泉浸明玉。帝意思飞荡，若无所主。帝语近侍曰："自古人主无二后，若有，则吾立昭仪为后矣。"

赵后知帝见昭仪浴，益加宠幸，乃具汤浴，请帝以观。既往，后入浴。后裸体，以水沃帝，愈亲近而帝愈不乐，不终幸而去。后泣曰："爱在一身，无可奈何。"

后生日，昭仪为贺，帝亦同往。酒半酣，后欲感动帝意，乃泣数行。帝曰："它人对酒而乐，子独悲，岂不足耶？"后曰："妾昔在后宫时，帝幸其第。妾立主后，帝时视妾不移目，甚久。主知帝意，遣妾侍帝，竟承更衣之幸。下体常污御服，妾欲为帝浣去。帝曰：'留以为忆。'不数日，备后宫。时帝齿痕犹在妾颈。今日思之，不觉感泣。"帝恻然怀旧，有爱后意，顾视嗟叹。昭仪知帝欲留，昭仪先辞去。帝逼暮方离后宫。

后因帝幸，心为奸利，上器主受，经三月，乃诈托有孕，上笺奏云："臣妾久备掖庭，先承幸御，遣赐大号，积有岁时。近因始生之日，复加善祝之私，特屈乘舆，俯临东掖，久侍宴私，再承幸御。臣妾数月来，内宫盈实，月脉不流，饮食甘美，不异常日。知圣躬之在体，辨天日之入怀。虹初贯日，应是珍符，龙据妾胸，兹为佳瑞。更期蕃育神嗣，抱日趋庭，瞻望圣明，踊跃临贺。谨此以闻。"帝时在西宫，得奏，喜动颜色，答云："因阅来奏，喜庆交集。夫妇之私，义均一体，社稷之重，嗣续其先，妊体方初，保绥宜厚。药有性者勿举，食无毒者可亲。有恳来上，无烦笺奏，口授宫便可矣。"两宫候问，宫使交至，后虑帝幸，见其诈，乃与宫使王盛谋自为之计。盛谓后曰："莫若辞以有妊者不可近人，近人则有所触焉，触则孕或败。"后乃遣王盛奏帝。帝不复见后，第遣使问安否。

而甫及诞月，帝具浴子之仪。后召王盛及宫中人曰："汝自黄衣郎出入禁掖，吾引汝父子俱富贵。吾欲为自利长久计，托孕乃吾之私意，实非也。言已及期。子能为我谋焉？若事成，子万世有后利。"盛曰："臣为后取民间才生子，携入宫为后子。但事密不泄，亦无害。"后曰："可。"盛于都城外有生子者，才数日，以百金售之。以物囊之，入宫见后。既发器，则子死。后惊曰："子死，安用也？"盛曰："臣今知矣。载子之器气不泄，此子所以死也。臣今求子，载之器，穴其上，使气可出入，则子不死。"盛得子，趋宫门欲入，则子惊啼尤甚，盛不敢入。少选，复携之趋门，子复如此，盛终不敢入宫。后宫守门吏严密。因向壁衣事。故帝令加严之甚。盛来见后，具言惊啼事。后泣曰："为之奈何？"时已逾十二月矣。帝颇疑讶。或奏帝曰："尧之母十四月而生尧。后所妊当是圣人。"后终无计，乃遣人奏帝云："臣妾昨梦龙卧，不幸圣嗣不育。"帝但叹惋而已。

昭仪知其诈，乃遣人谢后曰："圣嗣不育，岂日月不满也？三尺童子尚不可欺，况人主乎？一日手足俱见，妾不知姊之死所也。"时后庭掌茶宫女朱氏生子。宦者李守光奏帝。帝方与昭仪共食，昭仪怒，言于帝曰："前者帝言自中宫来。今朱氏生子，从何而得也？"乃以身投地，大恸。帝自持昭仪起坐。昭仪呼宫吏祭规曰："急为取子来！"规取子上。昭仪语规曰："为我杀之。"规疑虑。昭仪怒骂曰："吾重禄养汝，将安用也？不然，吾并录汝！"规以子击殿础死，投之后宫。宫人孕子者尽杀之。

后帝行步迟涩，颇气惫，不能御昭仪。有方士献大丹。其丹养于火百日，乃成。先以瓮贮水，满，即置丹于水中；即沸，又易去，复以新水。如是十日，不沸，方可服。帝日服一粒，颇能幸昭仪。一夕，在大庆殿，昭仪醉进十粒。初夜，绛帐中拥昭仪，帝笑声吃吃不止。及中夜，帝昏昏，知不可，将起坐，夜或仆卧。昭仪急起，秉烛自视帝，精出如泉溢。有顷，帝崩。太后遣人理昭仪且急，穷帝得疾之端。昭仪乃自绝。

后居东宫，久失御。一夕后寝，惊啼甚久，侍者呼问，方觉。乃言曰："适吾梦中见帝。帝自云中赐吾坐。帝命进茶。左右奏帝：'后向日侍帝不谨，不合啜此茶。'吾意既不足。吾又问：'昭仪安在？'帝曰：'以数杀吾子，今罚为巨鼋，居北海之阴水穴间，受千岁冰寒之苦。'"乃大恸。后北鄙大月王猎于海，见一巨鼋出于穴上，首犹贯玉钗，颙望波上，倦倦有恋人之意。大月王遣使问梁武帝，武帝以昭仪事答之。

谭意歌传

[宋]秦醇

　　谭意歌小字英奴，随亲生于英州。丧亲，流落长沙，今潭州也。年八岁，母又死，寄养小工张文家。文造竹器自给。一日，官妓丁婉卿过之，私念苟得之，必丰吾屋。乃召文饮，不言而去。异日复以财帛赆文，遗颇稠叠。文告婉卿曰："文廛市贱工，深荷厚意。家贫，无以为报。不识子欲何图也？子必有告。幸请言之。愿尽愚图报，少答厚意。"婉卿曰："吾久不言，诚恐激君子之怒。今君恳言，吾方敢发。窃知意哥非君之子。我爱其容色。子能以此售我，不惟今日重酬子，异日亦获厚利。无使其居子家，徒受寒饥。子意若何？"文曰："文揣知君意久矣，方欲先白。如是，敢不从命。"

　　是时方十岁，知文与婉卿之意，怒诘文曰："我非君之子，安忍弃于娼家乎？子能嫁我，虽贫穷家，所愿也。"文竟以意归婉卿。过门，意哥大号泣曰："我孤苦一身，流落万里，势力微弱，年龄幼小。无人怜救，不得从良人。"闻者莫不嗟恻。

　　婉卿日以百计诱之。以珠翠饰其首，轻暖披其体，甘鲜足其口，既久益勤，若慈母之待婴儿。辰夕浸没，则心自爱夺，情由利迁。意哥忘其初志，未及笄，为择佳配。肌清骨秀，发绀眸长，荑手纤纤，宫腰搦搦，独步于一时。车马骈溢，门馆如市。加之性明敏慧，解音律，尤工诗笔。年少千金买笑，春风惟恐居后，郡官宴聚，控骑迎之。

　　时运使周公权府会客，意先至府，医博士及有故至府，升厅拜公。及美髯可爱，公因笑曰："有句，子能对乎？"及曰："愿闻之。"
公曰："医士拜时须拂地。"及未暇对答，意从旁曰："愿代博士对。"
公曰："可。"意曰："郡侯宴处幕侵天。"公大喜。意疾既愈，庭见
府官，多自称诗酒于刺。蒋田见其言，颇笑之。因令其对句，指其
面曰："冬瓜霜后频添粉。"意乃执其公裳袂，对曰："木枣秋来也著
绯。"公且惭且喜，众口嗡然称赏。魏谏议之镇长沙，游岳麓时，意
随轩。公知意能诗，呼意曰："子可对吾句否？"公曰："朱衣吏，引
登青障。"意对曰："红袖人，扶下白云。"公喜，因为之立名文婉，
字才姬。意再拜曰："某，微品也。而公为之名字，荣逾万金之赐。"

刘相之镇长沙，云一日登碧湘门纳凉，幕官从焉。公呼意对。
意曰："某，贱品也，安敢敌公之才。公有命，不敢拒。"尔时迤逦望
江外湘渚间，竹屋茅舍，有渔者携双鱼入修巷。公相曰："双鱼入深
巷。"意对曰："尺素寄谁家。"公喜，赞美久之。他日，又从公轩游
岳麓，历抱黄洞望山亭吟诗，坐客毕和。意为诗以献曰：

> 真仙去后已千载，此构危亭四望赊，
> 灵迹几迷三岛路，凭高空想五云车。
> 清猿啸月千岩晓，古木吟风一径斜，
> 鹤驾何时还古里，江城应少旧人家。

公见诗愈惊叹，坐客传观，莫不心服。公曰："此诗之妖也。"公问所
从来，意哥以实对。公怆然悯之。意乃告曰："意入籍驱使迎候之列
有年矣，不敢告劳。今幸遇公，倘得脱籍为良人箕帚之役，虽死必
谢。"公许其脱。异日，诣投牒，公诺其请。意乃求良匹，久而未遇。

会汝州民张正字为潭茶官，意一见谓人曰："吾得婿矣。"人询
之，意曰："彼风调才学，皆中吾意。"张闻之，亦有意。一日，张约

意会于江亭。于时亭高风怪，江空月明。陡帐垂丝，清风射牖，疏帘透月，银鸭喷香。玉枕相连，绣衾低覆，密语调簧，春心飞絮。如仙葩之并蒂，若双鱼之同泉，相得之欢，虽死未已。翌日，意尽挈其装囊归张。有情者赠之以诗曰：

> 才识相逢方得意，风流相遇事尤佳。
> 牡丹移入仙都去，从此湘东无好花。

后二年，张调官，复来见。意乃治行，饯之郊外。张登途，意把臂嘱曰："子本名家，我乃娼类，以贱偶贵，诚非佳婚。况室无主祭之妇，堂有垂白之亲。今之分袂，决无后期。"张曰："盟誓之言，皎如日月，苟或背此，神明非欺。"意曰："我腹有君之息数月矣。此君之体也，君宜念之。"相与极恸，乃舍去。意闭户不出，虽比屋莫见意面。既久，意为书与张云：

> 阴老春回，坐移岁月。羽伏鳞潜，音问两绝。首春气候寒热，切宜保爱。逆旅都辇，所见甚多。但幽远之人，摇心左右，企望回辕，度日如岁。因成小诗，裁寄所思，兹外千万珍重。

其诗曰：

> 潇湘江上探春回，消尽寒冰落尽梅。
> 愿得儿夫似春色，一年一度一归来。

逾岁，张尚未回，亦不闻张娶妻。意复有书曰：

相别入此新岁，湘东地暖，得春尤多。溪梅堕玉，槛杏吐红，旧燕初归，暖莺已啭。对物如旧，感事自伤。或勉为笑语，不觉泪泠。数月来颇不喜食，似病非病，不能自愈。孺子无恙意子年二岁，无烦流念。向尝面告，固匪自欺。君不能违亲之言，又不能废己之好，仰结高援，其无□焉。或俯就微下，曲为始终，百岁之恩，没齿何报。虽亡若存，摩顶至足，犹不足答君意。反复其心，虽秃十兔毫，罄三江楮，亦不能□兹稠叠，上浼君听。执笔不觉堕泪几砚中。郁郁之意，不能自已。千万对时善育，无或以此为至念也。短唱二阕，固非君子齿牙间可吟，盖欲摅情耳。

曲名《极相思令》一首：

湘东最是得春先，和气暖如绵。清明过了，残花巷陌，犹见秋千。

对景感时情绪乱，这密意，翠羽空传。风前月下，花时永昼，洒泪何言。

又作《长相思令》一首：

旧燕初归，梨花满院，迤逦天气融和。新晴巷陌，是处轻车轿马，禊饮笙歌。旧赏人非，对佳时，一向乐少愁多。远意沉沉，幽闺独自颦蛾。　　正消黯无言，自感凭高远意，空寄烟波。从来美事，因甚天教两处多磨？开怀强笑，向新来宽却衣罗。似恁地人怀憔悴，甘心总为伊呵。

张得意书辞，情怅久不快，亦私以意书示其所亲，有情者莫不嗟叹。张内逼慈亲之教，外为物议之非，更期月，亲已约孙贲殿丞女为姻。定问已行，媒妁素定，促其吉期，不日佳赴。张回肠危结，感泪自零。好天美景，对乐成悲，凭高怅望，默然自已。终不敢为记报意，逾岁，意方知，为书云：

妾之鄙陋，自知甚明。事由君子，安敢深扣。一入闺帏，克勤妇道，晨昏恭顺，岂敢告劳。自执箕帚，三改岁□。苟有未至，固当垂诲。遽此见弃，致我失图。求之人情，似伤薄恶，揆之天理，亦所不容。业已许君，不可贻咎。有义则企，常风服于前书；无故见离，深自伤于微弱。盟顾可欺，则不复道。

稚于今已三岁；方能移步。期于成人，此犹可待。妾囊中尚有数百缗，当售附郭之田亩，日与老农耕耰别穰，卧漏复甍，凿井灌园。教其子知诗书之训，礼义之重。愿其有成，终身休庇妾之此身，如此而已。其他清风馆宇，明月亭轩，赏心乐事，不致如心久矣。今有此言，君固未信，俟在他日，乃知所怀。

燕尔方初，宜君子之多喜；拔葵在地，徒向日之有心。自兹弃废，莫敢凭高。思入白云，魂游天末。幽怀蕴积，不能穷极。得官何地，因风寄声。固无他意，贵知动止。饮泣为书，意绪无极。千万自爱。

张得意书，日夕叹怅。

后三年，张之妻孙氏谢世，湖外莫通信耗。会有客自长沙替归，遇于南省书理间。张询客意哥行没。客抚掌大骂曰："张生乃木人石心也。使有情者见之，罪不容诛。"张曰："何以言之？"客曰："意自张之去，则掩户不出，虽比屋莫见其面，闻张已别娶，意之心愈坚，方买郭外田百亩以自给。治家清肃，异议纤毫不可入。亲教其子。吾谓古之李住满女，不能远过此。吾或见张，当唾其面而非之。"张惭怩久之，召客饮于肆，云："吾乃张生。子责我皆是。但子不知吾家有亲，势不得已。"客曰："吾不知子乃张君也。"久乃散。

张生乃如长沙。数日，既至，则微服游于肆，询意之所为。言意之美者不容刺口。默询其邻，莫有见者。门户潇洒，庭宇清肃。张固已恻然。意见张，急闭户不出。张曰："吾无故涉重河，跨大岭，行数千里之地，心固在子。子何见拒之深也，岂昔相待之薄钬？"意云："子已有室，我方端洁以全其素志。君宜去，无浼我。"张云："吾妻已亡矣。曩者之事，君勿复为念，以理推之可也。吾不得子，誓死于此矣。"意云："我向慕君，忽遽入君之门，则弃之也容易。君若不弃焉，君当通媒妁，为行吉礼，然后□敢闻命。不然，无相见之期。"竟不出。

张乃如其请，纳彩问名，一如秦晋之礼焉。事已，乃挈意归京师。意治闺门，深有礼法，处亲族皆有恩意，内外和睦，家道已成。意后又生一子，以进士登科，终身为命妇。夫妇偕老，子孙繁茂。呜呼，贤哉！

王幼玉记

[宋]柳师尹

王生名真姬，小字幼玉，一字仙才，本京师人。随父流落于湖外，与衡州女弟女兄三人皆为名娼，而其颜色歌舞，甲于伦辈之上。群妓亦不敢与之争高下。幼玉更出于二人之上，所与往还皆衣冠士大夫。舍此，虽巨商富贾，不能动其意。

夏公酉夏贤良，名嚞字，公酉。游衡阳，郡侯开宴召之。公酉曰："闻衡阳有歌妓名王幼玉，妙歌舞，美颜色，孰是也？"郡侯张郎中公起乃命幼玉出拜。公酉见之，嗟吁曰："使汝居东西二京，未必在名妓之下。今居于此，其名不得闻于天下。"顾左右取笺，为诗赠幼玉。其诗曰：

> 真宰无私心，万物逞殊形。嗟尔兰蕙质，远离幽谷青。
> 清风暗助秀，雨露濡其泠。一朝居上苑，桃李让芳馨。

由是益有光，但幼玉暇日，常幽艳愁寂，寒芳未吐。人或询之。则曰："此道非吾志也。"又询其故。曰："今之或工或商或农或贾或道或僧，皆足以自养。惟我傅涂脂抹粉，巧言令色，以取其财。我思之愧赧无限。逼于父母姊弟，莫得脱此。倘从良人，留事舅姑，主祭祀，俾人回指曰：'彼人妇也。'死有埋骨之地。"

会东都人柳富字润卿，豪俊之士。幼玉一见曰："兹吾夫也。"富亦有意室之。富方倦游，凡于风前月下，执手恋恋，两不相舍。既久，其妹窃知之。一日，诟富以语曰："子若复为向时事，吾不舍子，即讼子于官府。"富从是不复往。一日，遇幼玉于江上。幼玉泣曰："过非我造也。君宜以理推之。异时幸有终身之约，无为今日之恨。"相与饮于江上，幼玉云："吾之骨，异日当附子之先陇。"又谓富曰："我平生所知，离而复合者甚众。虽言爱勤勤，不过取其财帛，未尝以身许之也。我发委地，宝之若金玉，他人无敢窥觎，于子无所惜。"乃自解鬟，剪一缕以遗富。富感悦深至，去又羁思不得会为恨，因而伏枕。幼玉日夜怀思，遣人侍病。既愈，富为长歌赠之云：

紫府楼阁高相倚，金碧户牖红晖起。其间燕息皆仙子，绝世妖姿妙难比。偶然思念起尘心，几年谪向衡阳市。阳娇飞下九天来，长在娼家偶然耳。天姿才色拟绝伦，压到花衢众罗绮。绀发浓堆巫峡云，翠眸横剪秋江水。素手纤长细细圆，春笋脱向青云里。纹履鲜花窄窄弓，凤头翘起红裙底。有时笑倚小栏杆，桃花无言乱红委。王孙逆目似劳魂，东邻一见还羞死。自此城中豪富儿，呼僮控马相追随。千金买得歌一曲，暮雨朝云镇相续。皇都年少是柳君，体段风流万事足。幼玉一见苦留心，殷勤厚遣行人祝。青羽飞来洞户前，惟郎苦恨多拘束。偷身不使父母知，江亭暗共才郎宿。犹恐恩情未甚坚，解开鬟髻对郎前。一缕云随金剪断，两心浓更密如绵。自古美事多磨隔，无时两意空悬悬。清宵长叹明月下，花时洒泪东风前。怨入朱弦危更断，泪如珠颗自相连。危楼独倚无人会，新书写恨托谁传。奈何幼玉家有母，知此端倪蓄嗔怒。千金买醉嘱佣人，密约幽欢镇相误。将刃欲加连理枝，引弓欲弹鹓鸰羽。仙山只在海中心，风逆波紧无船渡。桃源去路隔烟霞，咫尺尘埃无觅处。郎心玉意共殷勤，同指松筠情愈固。愿郎誓死莫改移，人事有时自相遇。他日得郎归来时，携手同上烟霞路。

富因久游，亲促其归。幼玉潜往别，共饮野店中。玉曰："子有清才，我有丽质。才色相得，誓不相舍，自然之理。我之心，子之意，质诸神明，结之松筠久矣。子必异日有潇湘之游，我亦待君之来。"于是二人共盟，焚香，致其灰于酒中，共饮之。是夕同宿江上。翌日，富作词别幼玉，名《醉高楼》，词曰：

> 人间最苦，最苦是分离。伊爱我，我怜伊。青草岸头人独立，画船东去橹声迟。楚天低，回望处，两依依。
>
> 后会也知俱有愿，未知何日是佳期。心下事，乱如丝。好天良夜还虚过，辜负我，两心知。愿伊家，衷肠在，一双飞。

富唱其曲以沽酒，音调辞意悲惋，不能终曲。乃饮酒，相与大恸。富乃登舟。

富至辇下，以亲年老，家又多故，不得如约，但对镜洒涕。会有客自衡阳来，出幼玉书，但言幼玉近多病卧。富遽开其书疾读，尾有二句云：

> 春蚕到死丝方尽，蜡烛[1]成灰泪始干。

富大伤感，遗书以见其意，云：

> 忆昔潇湘之逢，令人怆然。尝欲挐舟，泛江一往。复其前盟，叙其旧契。以副子念切之心，适我生平之乐。奈因亲老族重，心为事夺，倾风结想，徒自潇然。风月佳时，文酒胜处，他人怡怡，我独惝惝如有所失。凭酒自释，酒醒，情思愈彷徨。几无生

1　应作"蜡炬"。——编者注

理。古之两有情者，或一如意，一不如意，则求合也易。今子与吾，两不如意，则求偶也难。君更待焉，事不易知，当如所愿。不然，天理人事，果不谐，则天外神姬，海中仙客，犹能相遇，吾二人独不得遂，岂非命也。子宜勉强饮食，无使真元耗散，自残其体，则子不吾见，吾何望焉。子书尾有二句，吾为子终其篇。云：

临流对月暗悲酸，瘦立东风自怯寒。

湘水佳人方告疾，帝都才子亦非安。

春蚕到死丝方尽，蜡烛成灰泪始干。

万里云山无路去，虚劳魂梦过湘滩。

一日，残阳沉西，疏帘不卷。富独立庭帏，见有半面出于屏间。富视之，乃幼玉也。玉曰："吾以思君得疾，今已化去。欲得一见，故有是行。我以平生无恶，不陷幽狱。后日当生衮州西门张遂家，复为女子。彼家卖饼。君子不忘昔日之旧，可过见我焉。我虽不省前世事，然君之情当如是。我有遗物在侍儿处，君求之以为验。千万珍重。"忽不见。富惊愕，但终叹惋。异日有过客自衡阳来，言幼玉已死，闻未死前嘱侍儿曰："我不得见郎，死为恨。郎平日爱我手发眉眼。他皆不可寄附，吾今剪发一缕，手指甲数个，郎来访我，子与之。"后数日，幼玉果死。

议曰：今之娼，去就狗利，其他不能动其心。求潇女霍生事，未尝闻也。今幼玉爱柳郎，一何厚耶？有情者观之，莫不怆然。善谐音律者广以为曲，俾行于世，使系于牙齿之间，则幼玉虽死不死也。吾故叙述之。

王榭传

　　唐王榭，金陵人，家巨富，祖以航海为业。一日，榭具大舶，欲之大食国。行逾月，海风大作，惊涛际天，阴云如墨，巨浪走山。鲸鳌出没，鱼龙隐现，吹波鼓浪，莫知其数。然风势益壮，巨浪一来，身若上于九天，大浪既回，舟如堕于海底。举舟之人，兴而复颠，颠而又仆。不久，舟破。独榭一板之附，又为风涛飘荡。开目则鱼怪出其左，海兽浮其右，张目呀口，欲相吞噬。榭闭目待死而已。

　　三日，抵一洲。舍板登岸。行及百步，见一翁媪，皆皂衣服，年七十余，喜曰："此吾主人郎也。何由至此？"榭以实对，乃引到其家。坐未久，曰："主人远来，必甚馁。"进食，□肴皆水族。月余，榭方平复，饮食如故。翁曰："□吾国者，必先见君。向以郎□倦，未可往。今可矣。"榭诺。翁乃引行三里，过阛阓民居，亦甚繁会。又过一长桥，方见宫室，台榭，连延相接，若王公大人之居。至大殿门，阍者入报。不久，一妇人出，服颇美丽，传言曰："王召君入见。"王坐大殿，左右皆女人立。王衣皂袍，乌冠。榭即殿阶。王曰："君北渡人也，礼无统制，无拜也。"榭曰："既至其国，岂有不拜乎？"王亦折躬劳谢。

　　王喜，召榭上殿，赐坐，曰："卑远之国，贤者何由及此？"榭以风涛破舟，不意及此，惟祈王见矜。曰："君舍何处？"榭曰："见居翁家。"王令急召来。翁至，□曰："此本乡主人也，凡百无令其不如意。"王曰："有所须但论。"乃引去，复寓翁家。翁有一女甚美色。或进茶饵，帘牖间偷视私顾，亦无避忌。

　　翁一日召榭饮。半酣，白翁曰："某身居异地，赖翁母存活，旅况如不失家，为德甚厚。然万里一身，怜悯孤苦，寝不成寐，食不成甘，使人郁郁。但恐成疾伏枕，以累翁也。"翁曰："方欲发言，又恐轻冒。家有小女，年十七，此主人家所生也。欲以结好，少适旅怀，如何？"榭答："甚善。"翁乃择日备礼。王亦遗酒肴采礼，助结姻好。成亲，榭细视女，俊目狭腰，杏脸绀鬓，体轻欲飞，妖姿多态。榭询其国名。曰："乌衣国也。"榭曰："翁常目我主人郎。我亦不识者，所不役使，何主人云也？"女曰："君久即自知也。"后常饮燕，衽席之间，女多泪眼畏人，愁眉蹙黛。榭曰："何故？"女曰："恐不久睽别。"榭曰："吾虽萍寄，得子亦忘归。子何言离意？"女曰："事由阴数，不由人也。"

王召榭宴于宝墨殿，器皿陈设俱黑，亭下之乐亦然。杯行乐作，亦甚清婉，但不晓其曲耳。王命玄玉杯劝酒，曰："至吾国者，古今止两人，汉有梅成，今有足下。愿得一篇，为异日佳话。"给笺。榭为诗曰：

基业祖来兴大舶，万里梯航惯为客。今年岁运顿衰零，中道偶然罹此厄。巨风迅急若追兵，千叠云阴如墨色。鱼龙吹浪洒面腥，全舟尽葬鱼龙宅。阴火连空紫焰飞，直疑浪与天相拍。鲸目光连半海红，鳌头波涌掀天白。桅樯倒折海底开，声若雷霆以分别。随我神助不沉沦，一板漂来此岸侧。君恩虽重赐宴频，无奈旅人自凄恻。引领乡原涕泪零，恨不此身生羽翼。

王览诗欣然，曰："君诗甚好。无苦怀家，不久令归。虽不能羽翼，亦令君跨烟雾。"宴回，各人作□诗。女曰："末句何相讥也？"榭亦不晓。

不久，海上风和日暖。女泣曰："君归有日矣。"王遣人谓曰：

"君某日当回，宜与家人叙别。"女置酒，但悲泣不能发言，雨洗娇花，露沾弱柳，绿惨红愁，香消腻瘦。榭亦悲感。女作别诗曰：

> 从来惧会惟忧少，自古恩情到底稀。
> 此夕孤帏千载恨，梦魂应逐北风飞。

又曰："我自此不复北渡矣。使君见我非今形容，且将憎恶之，何暇怜爱。我见君亦有疾妒之情。今不复北渡，愿老死于故乡。此中所有之物，郎俱不可持去。非所惜也。"令侍中取丸灵丹来，曰："此丹可以召人之神魂，死未逾月者，皆可使之更生。其法用一明镜致死者胸上。以丹安于项，以东南艾枝作炷灸之，立活。此丹海神秘惜，若不以昆仑玉盒盛之，即不可逾海。"适有玉盒，并付以系榭左臂，大恸而别。王曰："吾国无以为赠。"取笺，诗曰：

> 昔向南溟浮大舶，漂流偶作吾乡客。
> 从兹相见不复期，万里风烟云水隔。

榭辞拜。王命取飞云轩来。既至，乃一乌毡兜子耳。命榭入其中，复命取化羽池水，洒之其毡乘。又召翁妪，扶持榭回。王戒榭曰："当闭目，少息即至君家。不尔，即堕大海矣。"榭合目，但闻风声怒涛。既久，开目，已至其家，坐堂上。四顾无人，惟梁上有双燕呢喃。榭仰视，乃知所止之国，燕子国也。

须臾，家人出相劳问，俱曰："闻为风涛破舟，死矣。何故遽归？"榭曰："独我附板而生。"亦不告所居之国。榭惟一子，去时方三岁。不见，问家人。曰："死已半月矣。"榭感泣，因思灵丹之言，命开棺取尸，如法灸之，果生。至秋，二燕将去，悲鸣庭户之间。

榭招之，飞集于臂。乃取纸细书一绝，击于尾，云：

> 误到华胥国里来，玉人终日重怜才。
> 云轩飘去无消息，泪洒临风几百回。

来春燕来，径泊榭臂，尾有小束。取视，乃诗也。□有一绝，云：

> 昔日相逢真数合，而今睽隔是生离。
> 来春纵有相思字，三月天南无燕飞。

榭深自恨。明年，亦不来。

其事流传众人口，因目榭所居处为乌衣巷。刘禹锡《金陵五咏》有《乌衣巷》诗云：

> 朱雀桥边野草花，乌衣巷口夕阳斜。
> 旧时王榭[1]堂前燕，飞入寻常百姓家。

即知王榭之事非虚矣。

1　应作"谢"。——编者注

梅妃传

梅妃，姓江氏，莆田人。父仲逊，世为医。妃年九岁，能诵《二南》，语父曰："我虽女子，期以此为志。"父奇之，名之曰采蘋。开元中，高力士使闽粤，妃笄矣。见其少丽，选归，侍明皇，大见宠幸。长安大内大明兴庆三宫，东都大内上阳两宫，几四万人，自得妃视如尘土。宫中亦自以为不及。妃善属文，自比谢女。淡妆雅服，而姿态明秀，笔不可描画。性喜梅，所居阑槛，悉植数株，上榜日梅亭。梅开赋赏，至夜分尚顾恋花下不能去。上以其所好，戏名曰梅妃。妃有《萧兰》《梨园》《梅花》《凤笛》《玻杯》《剪刀》《绮窗》七赋。是时承平岁久，海内无事，上于兄弟间极友爱，日从燕间，必妃侍侧。上命破橙往赐诸王，至汉邸，潜以足蹴妃履，妃登时退阁。上命连宣，报言："适履珠脱缀，缀竟当来。"久之，上亲往命妃。妃拽衣迓上，言胸腹疾作，不果前也。卒不至，其恃宠如此。后上与妃斗茶，顾诸王戏曰："此梅精也。吹白玉笛，作惊鸿舞，一座光辉。斗茶今又胜我矣。"妃应声曰："草木之戏，误胜陛下。设使调和四海，烹饪鼎鼐，万乘自有宪法，贱妾何能较胜负也。"上大喜。

会太真杨氏入侍，宠爱日夺，上无疏意。而二人相嫉，避路而行。上方之英皇，议者谓广狭不类，窃笑之。太真忌而智，妃性柔缓，亡有胜。后竟为杨氏迁于上阳东宫。后上忆妃，夜遣小黄门灭烛，密以戏马召妃至翠华西阁，叙旧爱，悲不自胜。继而上失寤，侍御惊报曰："妃子已届阁前，当奈何？"上披衣，抱妃藏夹幕间。太真既至，问："梅精安在？"上曰："在东宫。"太真曰："乞宣至，今日同浴温泉。"上曰："此女已放屏，无并往也。"太真语益坚，上顾左右不答。太真大怒曰："肴核狼藉，御榻下有妇人遗舄，夜来何人侍陛下寝，欢醉至于日出不视朝？陛下可出见群臣。妾止此阁俟驾回。"上愧甚，拽衾向屏假寐曰："今日有疾，不可临朝。"太真怒甚，径归私第。

上顷觅妃所在，已为小黄门送令步归东宫。上怒斩之。遗舄并翠钿命封赐妃。妃谓使者曰："上弃我之深乎？"使曰："上非弃妃，诚恐太真恶情耳。"妃笑曰："恐怜我则动肥婢情，岂非弃也？"

妃以千金寿高力士，求词人拟司马相如为《长门赋》，欲邀上意。力士方奉太真，且畏其势，报曰："无人解赋。"妃乃自作《楼东赋》，略曰：

> 玉鉴尘生，凤奁香殄，懒悼鬓之巧梳，闲缕衣之轻练。苦寂寞于蕙宫，但凝思乎兰殿。信摽落之梅花，隔长门而不见。况乃花心飐恨，柳眼弄愁，暖风习习，春鸟啾啾。楼上黄昏兮听凤吹而回首；碧云日暮兮对素月而凝眸。温泉不到，忆拾翠之旧游；长门深闭，嗟青鸾之信修。忆昔太液清波，水光荡浮，笙歌赏燕，陪从宸旒。奏舞鸾之妙曲，乘画鹢之仙舟。君情缱绻，深叙绸缪。誓山海而常在，似日月而无休。奈何嫉色庸庸，妒气冲冲，夺我之爱幸，斥我乎幽宫。思旧欢之莫得，想梦著乎朦胧。度花朝与月夕，羞懒对乎春风。欲相如之奏赋，奈世才之不工。属愁吟之未尽，已响动乎疏钟。空长叹而掩袂，踯躅步于楼东。

太真闻之，谓明皇曰："江妃庸贱，以廋词宣言怨望，愿赐死。"上默然。会岭表使归，妃问左右："何处驿使来，非梅使耶？"对曰："庶邦贡杨妃荔实使来。"妃悲咽泣下。上在花萼楼，会夷使至，命封珍珠一斛密赐妃。妃不受，以诗付使者，曰："为我进御前也。"曰：

柳叶双眉久不描，残妆和泪湿红绡。长门自是无梳洗，何必珍珠慰寂寥。

上览诗，怅然不乐。令乐府以新声度之，号《一斛珠》，曲名始此也。

后禄山犯阙，上西幸，太真死，及东归，寻妃所在，不可得。上悲谓兵火之后，流落他处。诏有得之，官二秩，钱百万。搜访不知所在。上又命方士飞神御气，潜经天地，亦不可得。有宦者进其画真，上言似甚，但不活耳。诗题于上，曰：

忆昔娇妃在紫宸，铅华不御得天真。霜绡虽似当时态，争奈娇波不顾人。

读之泣下，命模像刊石。后上暑月昼寝，仿佛见妃隔竹间泣，含涕障袂，如花朦雾露状。妃曰："昔陛下蒙尘，妾死乱兵之手，哀妾者埋骨池东梅株傍。"上骇然流汗而寤。登时令往太液池发视之，不获。上益不乐，忽悟温泉池侧有梅十余株，岂在是乎？上自命驾，令发视。才数株，得尸，裹以锦裯，盛以酒槽，附土三尺许。上大恸，左右莫能仰视。视其所伤，胁下有刀痕。上自制文诔之，以妃礼易葬焉。

赞曰："明皇自为潞州别驾，以豪伟闻，驰骋犬马鄠杜之间，与侠少游。用此起支庶，践尊位，五十余年，享天下之奉，穷极奢侈，子孙百数，其阅万方美色众矣。晚得杨氏，变易三纲，浊乱四海，身废国辱，思之不少悔。是固有以中其心，满其欲矣。江妃者，后先其间，以色为所深嫉，则其当人主者，又可知矣。议者谓或覆宗，或非命，均其娟忌自取。殊不知明皇耄而怅忍，至一日杀三子，如轻断蝼蚁之命。奔窜而归，受制昏逆，四顾嫔嫱，斩亡俱尽，穷独苟活，天下哀之，《传》曰：'以其所不爱及其所爱。'盖天所以酬之也。报复之理，毫发不差，是岂特两女子之罪哉？"

汉兴，尊《春秋》，诸儒持《公》《穀》角胜负，《左传》独隐而不宣，最后乃出。盖古书历久始传者极众。今世图画美人把梅者，号《梅妃》，泛言唐明皇时人，而莫详所自也。盖明皇失邦，咎归杨氏，故词人喜传之。梅妃特嫔御擅美，显晦不同，理应尔也。此传得自万卷朱遵度家，大中二年七月所书，字亦媚好。其言时有涉俗者。惜乎史逸其说。略加修润而曲循旧语，惧没其实也。惟叶少蕴与余得之，后世之传，或在此本。又记其所从来如此。

李师师外传

李师师者，汴京东二厢永庆坊染局匠王寅之女也。寅妻既产女而卒，寅以菽浆代乳乳之，得不死，在襁褓未尝啼。汴俗，凡男女生，父母爱之，必为舍身佛寺。寅怜其女，乃为舍身宝光寺。女时方知孩笑。一老僧目之曰："此何地，尔乃来耶？"女至是忽啼。僧为摩其顶，啼乃止。寅窃喜，曰："是女真佛弟子。"为佛弟子者，俗呼为师，故名之曰师师。师师方四岁，寅犯罪系狱死。师师无所归，有倡籍李姥者收养之。比长，色艺绝伦，遂名冠诸坊曲。

徽宗帝即位，好事奢华，而蔡京、章惇、王黼之徒，遂假绍述为名，劝帝复行青苗诸法。长安中粉饰为饶乐气象。市肆酒税，日计万缗，金玉缯帛，充溢府库。于是童贯朱勔辈，复导以声色狗马宫室苑囿之乐。凡海内奇花异石，搜采殆遍。筑离富于汴城之北，名曰艮岳。帝般乐其中，久而厌之。更思微行，为狎邪游。内押班张迪者，帝所亲幸之寺人也。未宫时为长安狎客，往来诸坊曲，故与李姥善。为帝言陇西氏色艺双绝，帝艳心焉。

翼日，命迪出内府紫茸二匹，霞毾二端，瑟瑟珠二颗，白金廿镒，诡云大贾赵乙，愿过庐一顾。姥利金币，喜诺。暮夜，帝易服杂内寺四十余人中，出东华门，二里许，至镇安坊。镇安坊者，李姥所居之里也。帝麾止余人，独与迪翔步而入。堂户卑庳。姥出迎，分庭抗礼，慰问周至。进以时果数种，中有香雪藕，水晶苹婆，而鲜枣大如卵，皆大官所未供者。帝为各尝一枚。姥复款洽良久，独未见师师出拜，帝延伫以待。时迪已辞退，姥乃引帝至一小轩。棐几临窗，缥缃数帙，窗外新篁，参差弄影。帝翛然兀坐，意兴闲适，独未见师师出侍。少顷，姥引帝到后堂。陈列鹿炙、鸡酢、鱼脍、羊签等肴，饭以香子稻米，帝为进一餐。姥侍旁，款语移时，而师师终未出见。帝方疑异，而姥忽复请浴，帝辞之。姥至帝前，耳语曰："儿性好洁，勿忤。"帝不得已，随姥至一小楼下涸室中浴竟。姥复引帝坐后堂，肴核水陆，杯盏新洁，劝帝欢饮，而师师终未一见。良久，姥才执烛引帝至房，帝搴帷而入，一灯荧然，亦绝无师师在。帝益异之，为倚徙几榻间。

又良久，见姥拥一姬珊珊而来。淡妆不施脂粉，衣绡素，无艳服。新浴方罢，娇艳如出水芙蓉。见帝意似不屑，貌殊倨，不为礼。姥与帝耳语曰："儿性颇愎，勿怪。"帝于灯下凝睇物色之，幽姿逸韵，闪烁惊眸。问其年，不答，复强之，乃迁坐于他所。姥复附帝耳曰："儿性好静坐。唐突勿罪。"遂为下帷而出。师师乃起，解玄绡褐袄，衣轻绨，卷右袂，援壁间琴，隐几端坐而鼓《平沙落雁》之曲。轻拢慢捻，流韵淡远。帝不觉为之倾耳，遂忘倦。比曲三终，鸡唱矣。帝亟披帷出。姥闻，亦起，为进杏酥饮、枣羔、怀饦诸点品。帝饮杏酥杯许，旋起去。内侍从行者皆潜候于外，即拥卫还宫。时大观三年八月十七日事也。姥私语师师曰："赵人礼意不薄，汝何落落乃尔？"师师怒曰："彼贾奴耳？我何为者？"姥笑曰："儿强项，可令御史里行也。"而长安人言籍籍，皆知驾幸陇西氏。姥闻大恐，日夕惟涕泣。泣语师师曰："洵是，夷吾族矣。"师师曰："无恐，上肯顾我。岂忍杀我？且畴昔之夜，幸不见逼，上意必怜我。惟是我所窃自悼者，实命不犹，流落下贱，使不洁之名，上累至尊，此则死有余辜耳。若夫天威震怒，横被诛戮，事起佚游，上所深讳，必不至此，可无虑也。"

次年正月，帝遣迪赐师师蛇蚹琴。蛇蚹琴者，琴古而漆黦，则有纹如蛇之蚹，盖大内珍藏宝器也。又赐白金五十两。三月，帝复微行如陇西氏。师师仍淡妆素服，俯伏门阶迎驾。帝喜，为执其手令起。帝见其堂户忽华廞，前所御处，皆以蟠龙锦绣覆其上。又小轩改造杰阁，画栋朱阑，都无幽趣。而李姥见帝至，亦匿避，宣至，则体颤不能起，无复向时调寒送暖情态。帝意不悦，为霁颜，以老娘呼之，谕以一家子无拘畏。姥拜谢，乃引帝至大楼。楼初成，师师伏地叩帝赐额。时楼前杏花盛放，帝为书"醉杏楼"三字赐之。少顷置酒，师师侍侧，姥匍匐传樽为帝寿。帝赐师师隅坐，命鼓所赐蛇跗琴，为弄《梅花三叠》。帝衔杯饮听，称善者再。然帝见所供肴馔皆龙凤形，或镂或绘，悉如宫中式。因问之，知出自尚食房厨夫手，姥出金钱倩制者。帝亦不怿，谕姥今后悉如前，无矜张显著。遂不终席，驾返。

帝尝御画院，出诗句试诸画工，中式者岁间得一二。是年九月，以"金勒马嘶芳草地，玉楼人醉杏花天"名画一幅赐陇西氏。又赐藕丝灯、暖雪灯、芳苣灯、火凤衔珠灯各十盏；鸬鹚杯、琥珀杯、琉璃盏、镂金偏提各十事；月团、凤团、蒙顶等茶百斤；怀饦、寒具、银馂饼数盒。又赐黄白金各千两。时宫中已盛传其事，郑后闻而谏曰："妓流下贱，不宜上接圣躬。且暮夜微行，亦恐事生叵测。愿陛下自爱。"帝颔之。阅岁者再，不复出。然通问赏赐，未尝绝也。

宣和二年，帝复幸陇西氏。见悬所赐画于醉杏楼，观玩久之。忽回顾见师师，戏语曰："画中人乃呼之竟出耶？"即日赐师师辟寒金钿，映月珠环，舞鸾青镜，金虬香鼎。次日，又赐师师端鸡风味砚，李廷珪墨，玉管宣毫笔，剡谿绫纹纸，又赐李姥钱百千缗。迪私言于上曰："帝幸陇西，必易服夜行，故不能常继。今艮岳离宫东偏有官地袤延二三里，直接镇安坊。若于此处为潜道，帝驾往还殊便。"帝曰："汝图之。"于是迪等疏言："离宫宿卫人向多露处。臣等愿捐赀若干，于官地营室数百楹，广筑围墙，以便宿卫。"帝可其奏。于是羽林巡军等，布列至镇安坊止，而行人为之屏迹矣。

四年三月，帝始从潜道幸陇西，赐藏阄双陆等具。又赐片玉棋盘，碧白二色玉棋子，画院宫扇，九折五花之簟，鳞文蓐叶之席，湘竹绮帘，五彩珊瑚钩。是日，帝与师师双陆不胜，围棋又不胜，赐白金二千两。嗣后师师生辰，又赐珠钿金条脱各二事，玑琲一篚，氄锦数端，鹭毛缯翠羽缎百匹，白金千两。后又以灭辽庆贺，大赉州郡，加恩宫府。乃赐师师紫绡绢幕，五彩流苏，冰蚕神锦被，却尘锦褥，麸金千两，良酝则有桂露流霞香蜜等名。又赐李姥大府钱万缗。计前后赐金银钱、缯帛、器用、食物等，不下十万。

帝尝于宫中集宫眷等宴坐，韦妃私问曰："何物李家儿，陛下悦之如此？"帝曰："无他，但令尔等百人，改艳妆，服玄素，令此娃杂处其中，迥然自别。其一种幽姿逸韵，要在色容之外耳。"

无何，帝禅位，自号为道君教主，退处太乙宫。佚游之兴，于是衰矣。师师语姥曰："吾母子嘻嘻，不知祸之将及。"姥曰："然则奈何？"师师曰："汝第勿与知，唯我所欲。"时金人方启衅，河北告急。师师乃集前后所赐金钱，呈牒开封尹，愿入官，助河北饷。复赂迪等代请于上皇，愿弃家为女冠。上皇许之，赐北郭慈云观居之。

未几，金人破汴。主帅闼懒索师师，云："金主知其名，必欲生得之。"乃索之累日不得。张邦昌等为踪迹之，以献金营。师师骂曰："吾以贱妓，蒙皇帝眷，宁一死无他志。若辈高爵厚禄，朝庭何负于汝，乃事事为斩灭宗社计？今又北面事丑虏，冀得一当，为呈身之地。吾岂作若辈羔雁贽耶？"乃脱金簪自刺其喉，不死；折而吞之，乃死。道君帝在五国城，知师师死状，犹不自禁其涕泣之汍澜也。

论曰：李师师以娼妓下流，猥蒙异数，所谓处非其据矣。然观其晚节，烈烈有侠士风，不可谓非庸中佼佼者也。道君奢侈无度，卒召北辕之祸，宜哉。

卷末

稗边小缀

鲁迅

《古镜记》见《太平广记》卷二百三十，改题《王度》，注云：出《异闻集》。《太平御览》九百十二引其程雄家婢一事，作隋王度《古镜记》，盖缘所记皆隋时事而误。《文苑英华》七百三十七顾况《戴氏广异记》序云："国朝燕公《梁四公记》，唐临《冥报记》，王度《古镜记》，孔慎言《神怪志》，赵自勤《定命录》，至如李庾成张孝举之徒，互相传说。"则度实已入唐，故当为唐人。惟《唐书》及《新唐书》皆无度名。其事迹之可借本文考见者，如下：

> 大业七年五月，自御史罢归河东；六月，归长安。　八年四月，在台；冬，兼著作郎，奉诏撰国史。　九年秋，出兼芮城令；冬，以御史带芮城令，持节河北道，开仓赈给陕东。　十年，弟勣自六合丞弃官归，复出游。　十三年六月，勣归长安。

由隋入唐者有王绩，绛州龙门人，《唐书》一九六《隐逸传》云："大业中，举孝悌廉洁，不乐在朝，求为六合丞。以嗜酒不任事，时天下亦乱，因劾，遂解去。叹曰：'罗网在天下，吾且安之！'乃还乡里。……初，兄凝为隋著作郎，撰《隋书》，未成，死。勣续余功，亦不能成。"则《唐书》之绩及凝，即此文之勣及度，或度一名凝，或《唐书》字误，未能详也。《新唐书》一九二亦有勣传，云："贞观十八年卒。"时度已先殁，然不知在何年。宋晁公武《郡斋读书志》十四类书类有《古镜记》一卷，云："右未详撰人，纂古镜故事。"或即此。《御览》所引一节，文字小有不同。如"为下邽陈思恭义女"下有"思恭妻郑氏"五字，"遂将鹦鹉"之"将"作"劫"，皆较《广记》为胜。

《补江总白猿传》据明长洲顾氏《文房小说》覆刊宋本录，校以《太平广记》四百四十四所引，改正数字。《广记》题曰《欧阳纥》，注云："出《续江氏传》，是亦据宋初单行本也。此传在唐宋时盖颇流行，故史志屡见著录：

> 《新唐书·艺文志》子部小说家类：《补江总白猿传》一卷。
>
> 《郡斋读书志》史部传记类：《补江总白猿传》一卷。右不详何人撰。述梁大同末欧阳纥妻为猿所窃，后生子询。《崇文目》以为唐人恶询者为之。
>
> 《直斋书录解题》子部小说家类：《补江总白猿传》一卷。无名氏。欧阳纥者，询之父也。询貌猕猿，盖常与长孙无忌互相嘲谑矣。此传遂因其嘲广之，以实其事。托言江总，必无名子所为也。
>
> 《宋史·艺文志》子部小说类：《集补江总白猿传》一卷。

长孙无忌嘲欧阳询事，见刘𫗧《隋唐嘉话》中。其诗云："耸髆成山字，埋肩不出头，谁家麟阁上，画此一猕猴！"盖询耸肩缩项，状类猕猴。而老獲窃人妇生子，本旧来传说。汉焦延寿《易林》坤之剥已云："南山大獲，盗我媚妾。"晋张华作《博物志》，说之甚详见卷三《异兽》。唐人或妒询名重，遂牵合以成此传。其曰"补江总"者，谓总为欧阳纥之友，又尝留养询，具知其本末，而未为作传，因补之也。

《离魂记》见《广记》三百五十八，原题《王宙》，注云出《离魂记》，即据以改题。"二男并孝廉擢第，至丞尉"句下，原有"事出陈玄祐《离魂记》云"九字，当是羡文，今删。玄祐，大历时人，余未知其审。

《枕中记》今所传有两本，一在《广记》八十二，题作《吕翁》，注云出《异闻集》；一见于《文苑英华》八百八十三，篇名撰人名毕具。而《唐人说荟》竟改称李泌作，莫喻其故也。沈既济，苏州吴人《元和姓纂》云吴兴武康人，经学该博，以杨炎荐，召拜右拾遗史馆修撰。贞元时，炎得罪，既济亦贬处州司户参军。后入朝，位礼部员外郎，卒。撰《建中实录》十卷，人称其能。《新唐书》百三十二有传。既济为史家，笔殊简质，又多规诲，故当时虽薄传奇文者，仍极推许。如李肇，即拟以庄生寓言，与韩愈之《毛颖传》并举《国史补》下。《文苑英华》不收传奇文，而独录此篇及陈鸿《长恨传》，殆亦以意主箴规，足为世戒矣。

在梦寐中忽历一世，亦本旧传。晋干宝《搜神记》中即有相类之事。云"焦湖庙有一玉枕，枕有小坼，时单父县人杨林为贾客，至庙祈求。庙巫谓曰：君欲好婚否？林曰：幸甚。巫即遣林近枕边，因入坼中。遂见朱楼琼室，有赵太尉在其中。即嫁女与林，生六子，皆为秘书郎。历数十年，并无思归之志。忽如梦觉，犹在枕旁，林怆然久之。"见宋乐史《太平寰宇记》百二十六引。现行本《搜神记》乃后人钞合，失收此条。盖即《枕中记》所本。明汤显祖又本《枕中记》以作《邯郸记》传奇，其事遂大显于世。原文吕翁无名，《邯郸记》实以吕洞宾，殊误。洞宾以开成年下第入山，在开元后，不应先已得神仙术，且称翁也。然宋时固已溷为一谈，吴曾《能改斋漫录》，赵与峕《宾退录》皆尝辨之。明胡应麟亦有考正，见《少室山房笔丛》中之《玉壶遐览》。

《太平广记》所收唐人传奇文，多本《异闻集》。其书十卷，唐末屯田员外陈翰撰，见《新唐书·艺文志》，今已不传。据《郡斋读书志》十三云："以传记所载唐朝奇怪事，类为一书。"及见收于《广记》者察之，则为撰集前人旧文而成。然照以他书所引。乃同是一文，而字句又颇有违异。或所据乃别本，或翰所改定，未能详也。此集之《枕中记》，即据《文苑英华》录，与《广记》之采自《异闻集》者多不同。尤甚者如首七句《广记》作"开元十九年，道者吕翁经邯郸道上，邸舍中设榻施席，担囊而坐"。"主人方蒸黍"作"主人蒸黄粱为馔"。后来凡言"黄粱梦"者，皆本《广记》也。此外尚多，今不悉举。

《任氏传》见《广记》四百五十二，题曰《任氏》，不著所出，盖尝单行。"天宝九年"上原有"唐"字。案《广记》取前代书，凡年号上著国号者，大抵编录时所加，非本有，今删。他篇皆仿此。

右第一分

李吉甫《编次郑钦悦辨大同古铭论》，清赵钺及劳格撰之《唐御史台精舍题名考》三云，见于《文苑英华》。先未写出，适又无《文苑英华》可借，因据《广记》三百九十一录其文，本题《郑钦悦》，则复依赵钺劳格说改也。文亦原非传奇；而《广记》注云出《异闻记》，盖其事奥异，唐宋人固已以小说视之，因编于集。李吉甫字弘宪，赵人，贞元初，为太常博士；累仕至翰林学士中书舍人。元和二年，以中书侍郎同中书门下平章事，出为淮南节度使，旋复入相。九年十月，暴疾卒，年五十七。赠司空，谥忠懿。两《唐书》旧一四八，新一四六皆有传。郑钦悦则《新唐书》二百附见《儒学赵冬曦传》中。云开元初，繇新津丞请试五经擢第，授巩县尉，集贤院校理，右补阙，内供奉。雅为李林甫所恶。韦坚死，钦悦时位殿中侍御史，尝为坚判官，贬夜郎尉，卒。

《柳氏传》出《广记》四百八十五，题下注云许尧佐撰。《新唐书》二百《儒学·许康佐传》云："贞元中，举进士宏辞，连中之。……其诸弟皆擢进士第，而尧佐最先进；又举宏辞，为太子校书郎。八年，康佐继之。尧佐位谏议大夫。"柳氏事亦见于孟棨《本事诗》《情感》第一，自云开成中在梧州闻之大梁夙将赵唯，乃其目击。所记与尧佐传并同，盖事实也。而述翃复得柳氏后事较详审，录之：

> 后罢府闲居，将十年。李相勉镇夷门，又署为幕吏。时韩已迟暮，同列皆新进后生，不能知韩，举目为"恶诗"。韩邑邑不得意，多辞疾在家。唯末职韦巡官者，亦知名士，与韩独善。一日，夜将半，韦叩门急。韩出见之，贺曰："员外除驾部郎中，知制诰。"韩大愕然曰："必无此事，定误矣。"韦就座曰："留邸状报制诰阙人。中书两进名，御笔不点出。又请之，且求圣旨所与。德宗批曰：'与韩翃。'时有与翃同姓名者，为江淮刺史。又具二人同进。御笔复批曰：'春城无处不飞花，寒食东风御柳斜。日暮汉宫传蜡烛，轻烟散入五侯家。'又批曰：'与此韩翃。'"韦又贺曰："此非员外诗耶？"韩曰："是也。是知不误矣。"质明，而李与僚属皆至。时建中初也。

后来取其事以作剧曲者，明有吴长儒《练囊记》，清有张国寿《章台柳》。

《柳毅传》见《广记》四百十九卷，注云出《异闻集》。原题无传字，今增。据本文，知为陇西李朝威作，然作者之生平不可考。柳毅事则颇为后人采用，金人已摭以作杂剧语见董解元《弦索西厢》；元尚仲贤有《柳毅传书》，翻案而为《张生煮海》；李好古亦有《张生煮海》；明黄说仲有《龙箫记》。用于诗篇，亦复时有。而胡应麟深恶之，曾云："唐人小说如柳毅传书洞庭事，极鄙诞不根，文士亟当唾去，而诗人往往好用之。夫诗中用事，本不论虚实，然此事特诳而不情。造言者至此，亦横议可诛者也。何仲默每戒人用唐、宋事，而有'旧井潮深柳毅祠'之句，亦大卤莽。今特拈出，为学诗之鉴。"《笔丛》三十六申绎此意，则为凡汉、晋人语，倘或近情，虽诳可用。古人欺以其方，即明知而乐受，亦未得为笃论也。

《李章武传》出《广记》卷三百四十。原题无"传"字，篇末注云出李景亮为作传，今据以加。景亮，贞元十年详明政术可以理人科擢第，见《唐会要》，余未详。

《霍小玉传》出《广记》四百八十七，题下注云蒋防撰。防字子徵《全唐文》作微，义兴人，澄之后。年十八，父诫令作《秋河赋》，援笔即成。于简遂妻以子。李绅即席命赋《鞲上鹰》诗。绅荐之。后历翰林学士中书舍人明凌迪知《古今万姓统谱》八十六。长庆中，绅得罪，防亦自尚书司封员外郎知制诰贬汀州刺史《旧唐书·敬宗纪》，寻改连州。李益者，字君虞，系出陇西，累官右散骑常侍。太和中，以礼部尚书致仕。时又有一李益，官太子庶子，世因称君虞为"文章李益"以别之，见《新唐书》二百三《李华传》。益当时大有诗名，而今遗集苓落，清张澍曾裒集为一卷，刻《二酉堂丛书》中，前有事辑，收罗李事甚备。《霍小玉传》虽小说，而所记盖殊有因，杜甫《少年行》有句云："黄衫年少宜来数，不见堂前东逝波。"即指此事。时甫在蜀，殆亦从传闻得之。益之友韦夏卿，字云客，京兆万年人，亦两《唐书》旧一六五新一六二皆有传。李肇《国史补》中云："散骑常侍李益少有疑病。"而传谓小玉死后，李益乃大猜忌，则或出于附会，以成异闻者也。明汤海若尝取其事作《紫箫记》。

右第二分

李公佐所作小说，今有四篇在《太平广记》中，其影响于后来者甚巨，而作者之生平顾不易详。从文中所自述，得以考见者如次：

> 贞元十三年，泛潇湘、苍梧。《古岳渎经》十八年秋，自吴之洛，暂泊淮浦。《南柯太守传》
>
> 元和六年五月，以江淮从事受使至京，回次汉南。《冯媪传》八年春，罢江西从事，扁舟东下，淹泊建业。《谢小娥传》冬，在常州。《经》九年春，访古东吴，泛洞庭，登包山。《经》十三年夏月，始归长安，经泗滨。《谢传》

《全唐诗》末卷有李公佐仆诗。其本事略谓公佐举进士后，为钟陵从事。有仆夫执役勤瘁，迨三十年。一旦，留诗一章，距跃凌空而去。诗有"颛蒙事可亲"之语，注云"公佐字颛蒙"，疑即此公佐也。然未知《全唐诗》采自何书，度必出唐人杂说，而寻检未获。《唐书》七十《宗室世系表》有千牛备身公佐，为河东节度使说子，灵盐朔方节度使公度弟，则别一人也。《唐书·宣宗纪》载有李公佐，会昌初，为杨府录事，大中二年，坐累削两任官，却似颛蒙。然则此李公佐盖生于代宗时，至宣宗初犹在，年几八十矣。惟所见仅孤证单文，亦未可遽定。

《古岳渎经》出《广记》四百六十七，题为《李汤》，注云出《戎幕闲谈》，《戎幕闲谈》乃韦绚作，而此篇是公佐之笔甚明。元陶宗仪《辍耕录》三十云：“东坡《濠州涂山》诗‘川锁支祁水尚浑’注，‘程演曰：《异闻集》载《古岳渎经》：禹治水，至桐柏山，获淮涡水神，名曰巫支祁。’”其出处及篇名皆具，今即据以改题，且正《广记》所注之误。经盖公佐拟作，而当时已被其淆惑。李肇《国史补》上即云：“楚州有渔人，忽于淮中钓得古铁锁，挽之不绝。以告官。刺史李汤大集人力，引之。锁穷，有青猕猴跃出水，复没而逝。后有验《山海经》云，水兽好为害，禹锁于军山之下，其名曰无支祁。”验今本《山海经》无此语，亦不似逸文。肇殆为公佐此作所误，又误记书名耳。且亦非公佐据《山海经》逸文，以造《岳渎经》也。至明，遂有人径收之《古逸书》中。胡应麟《笔丛》三十二亦有说，以为“盖即六朝人踵《山海经》体而赝作者。或唐人滑稽玩世之文，命名《岳渎》可见。以其说颇诡异，故后世或喜道之。宋太史景濂亦稍隐括集中，总之以文为戏耳。罗泌《路史》辩有“无支祁”；世又讹禹事为泗州大圣，皆可笑。”所引文亦与《广记》殊有异同：“禹理水”作“禹治淮水”；“走雷”作“迅雷”；“石号”作“水号”；“五伯”作“土伯”；“搜命”作“授命”；“千作”等“山”；“白首”作“白面”；“奔轻”二字无；“闻”字无；“章律”作“童律”，下重有“童律”二字；“鸟木”由作“乌木”由，下亦重有三字；“庚辰”下亦重有“庚辰”字；“桓下”有“胡”字；“聚”作“丛”；“以数千载”作“以千数”；“大索”作“大械”；末四字无。颇较顺利可诵识。然未审元瑞所据者为善本，抑但以意更定也，故不据改。

朱熹《楚辞辩证》下云：“《天问》，鲧窃帝之息壤以湮洪水，特战国时俚俗相传之语，如今世俗僧伽降无之祁，许逊斩蛟蜃精之类。本无依据，而好事者遂假托撰造以实之。”是宋时先讹禹为僧伽。王象之《舆地纪胜》四十四淮南东路盱眙军云：“水母洞在龟山寺，俗传泗州僧伽降水母于此。”则复讹巫支祁为水母。褚人获《坚瓠续集》二云："《水经》载禹治水至淮，淮神出见。形一猕猴，爪地成水。禹命庚辰执之。遂锁于龟山之下，淮水乃平。至明，高皇帝过龟山，令力士起而视之。因拽铁索盈两舟，而千人拔之起。仅一老猿，毛长盖体，大吼一声，突入水底。高皇帝急令羊豕祭之，亦无他患。"是又讹此文为《水经》，且坚嫁李汤事于明太祖矣。

《南柯太守传》出《广记》四百七十五，题《淳于棼》，注云出《异闻录》。传是贞元十八年作，李肇为之赞，即缀篇末。而元和中肇作《国史补》乃云"近代有造谤而著者，《鸡眼》《苗登》二文；有传蚁穴而称者，李公佐《南柯太守》；有乐伎而工篇什者，成都薛涛，有家僮而善章句者，郭氏奴<small>不记名</small>。皆文之妖也"<small>卷下</small>约越十年，遂诋之至此，亦可异矣。《棼》事亦颇流传，宋时，扬州已有南柯太守墓，见《舆地纪胜》<small>三十七淮南东路</small>引《广陵行录》。明汤显祖据以作《南柯记》，遂益广传至今。

《庐江冯媪传》出《广记》三百四十三，注云出《异闻传》。事极简略，与公佐他文不类。然以其可考见作者踪迹，聊复存之。《广记》旧题无"传"字，今加。

《谢小娥传》出《广记》四百九十一，题李公佐撰。不著所从出，或尝单行欤？然史志皆不载。唐李复言作《续玄怪录》，亦详载此事，盖当时已为人所艳称。至宋，遂稍讹异，《舆地纪胜》<small>三十四江南西路</small>记临江军人物，有谢小娥，云："父自广州部金银纲，携家入京，舟过霸滩，遇盗，全家遇害。小娥溺水，不死，行乞于市。后佣于盐商李氏家，见其所用酒器，皆其父物，始悟向盗乃李也。心衔之，乃置刀藏之，一夕，李生置酒，举室酣醉。娥尽杀其家人，而闻于官。事闻诸朝，特命以官。娥不愿，曰：'已报父仇，他无所事，求小庵修道。'朝廷乃建尼寺，使居之，今金地坊尼寺是也。"事迹与此传似是而非，且列之李邈与傅雾之间，殆已以小娥为北宋末人矣。明凌濛初作通俗小说《拍案惊奇》十九，则据《广记》。

贞元十一年，太原白行简作《李娃传》，亦应李公佐之命也。是公佐不特自制传奇，且亦促侪辈作之矣。《传》今在《广记》卷四百八十四，注云出《异闻集》。元右君宝作《李亚仙花酒曲江池》，明薛近兖作《绣襦记》，皆本此。胡应麟《笔丛》四十一论之曰："娃晚收李子，仅足赎其弃背之罪，传者亟称其贤，大可哂也。"以《春秋》决传奇狱，失之。

行简字知退《新唐书·宰相世系表》云字退之，居易弟也。贞元末，登进士第。元和十五年，授左拾遗，累迁司门员外郎主客郎中。宝历二年冬，病卒。两《唐书》皆附见居易传旧一六六新一一九。有诗二十卷，今不存。传奇则尚有《三梦记》一篇，见原本《说郛》卷四。其刘幽求一事尤广传，胡应麟《笔丛》三十六又云："《太平广记》梦类数事皆类此。此盖实录，余悉祖此假托也。"案清蒲松龄《聊斋志异》中之《凤阳士人》，盖亦本此。

《说郛》于《三梦记》后，尚缀《纪梦》一篇，亦称行简作。而所记年月为会昌二年六月，时行简卒已十七年矣。疑伪造，或题名误也。附存以备检：

行简云：长安西市帛肆，有贩粥求利而为之平者，姓张，不得名。家富于财，居光德里。其女，国色也。尝因昼寝，梦至一处，朱门大户，荣戟森然。由门而入，望其中堂，若设燕张乐之为，左右廊皆施帏幄。有紫衣吏引张氏于西廊幕次，见少女如张等辈十许人，花容绰约，钗钿照耀。既至，吏促张妆饰，诸女迭助之理泽傅粉。有顷，自外传呼："侍郎来！"自隙间窥之，见一紫绶大官。张氏之兄尝为其小吏，识之，乃言曰："吏部沈公也。"俄又呼曰："尚书来！"又有识者，并帅王公也。遂巡复连呼曰："某来!""某来!"皆郎官以上,六七个坐厅前。紫衣吏曰:"可出矣。"群女旋进,金石丝竹铿锵,震响中署。酒酣,并州见张氏而视之,尤属意。谓之曰:"汝习何艺能?"对曰:"未尝学声音。"使与之琴,辞不能。曰:"第操之!"乃抚之而成曲。予之筝,亦然;琵琶,亦然。皆平生所不习也。王公曰:"恐汝或遗。"乃令口受诗:"鬓梳闹扫学宫妆,独立闲庭纳夜凉。手把玉簪敲砌竹,清歌一曲月如霜。"张曰:"且归辞父母,异日复来。"忽惊啼,寱,手扪衣带,谓母曰:"尚书诗遗矣!"索笔录之。问其故,泣对以所梦,且曰:"殆将死乎?"母怒曰:"汝作魇耳。何以为辞?乃出不祥言如是。"因卧病累日。外亲有持酒肴者,又有将食眛者。女曰:"且须膏沐澡渝。"母听,良久,艳妆盛色而至。食毕,乃遍拜父母及坐客,曰:"时不留,某今往矣。"自授衾而寝。父母环伺之,俄尔遂卒。会昌二年六月十五日也。

二十年前,读书人家之稍黠达者,偶亦教稚子诵白居易《长恨歌》。陈鸿所作传因连类而显,忆《唐诗三百首》中似即有之。而鸿之事迹颇晦,惟《新唐书·艺文志》小说类有陈鸿《开元升平源》一卷,注云:"字大亮,贞元主客郎中。"又《唐文粹》九十五有陈鸿《大统纪序》云:"少学乎史氏,志在编年。贞元丁[案当作乙]酉岁,登太常第,始闲居遂志,乃修《大统纪》三十卷。……七年,书始成,故绝笔于元和六年辛卯。"《文苑英华》三九二有元稹撰《授丘纾陈鸿员外郎制》,云:"朝议郎行太常博士上柱国陈鸿,坚于讨论,可以事举,可虞部员外郎。"可略知其仕历。《长恨传》则有三本。一见于《文苑英华》七百九十四;明人又附刊一篇于后,云出《丽情集》及《京本大曲》,文句甚异,疑经张君房辈增改以便观览,不足据。

一在《广记》四百八十六卷中，明人掇以实丛刊者皆此本，最为广传。而与《文苑》本亦颇有异同，尤甚者如"其年夏四月"至篇末一百七十二字，《广记》止作"至宪宗元和元年，鳌屋尉白居易为歌以言其事。并前秀才陈鸿作传，冠于歌之前，目为《长恨歌传》"而已。自称前秀才陈鸿，为《文苑》本所无，后人亦决难臆造，岂当时固有详略两本欤，所未详也。今以《文苑英华》较不易见，故据以入录。然无诗，则以载于《白氏长庆集》者足之。

《五色线》下引陈鸿《长恨传》云："贵妃赐浴华清池，清澜三尺中洗明玉，既出水，力微不胜罗绮。"今三本中均无第二三语。惟《青琐高议》七中《赵飞燕别传》有云："兰汤滟滟，昭仪坐其中，若三尺寒泉浸明玉。"宋秦醇之所作也。盖引者偶误，非此传逸文。

本此传以作传奇者，有清洪昉思之《长生殿》，今尚广行。蜗寄居士有杂剧曰《长生殿补阙》，未见。

《东城老父传》出《广记》四百八十五。《宋史·艺文志》史部传记类著录陈鸿《东城老父传》一卷，则曾单行。传末贾昌述开元理乱，谓"当时取士，孝悌理人而已，不闻进士宏词拔萃之为其得人也"。亦大有叙"开元升平源"意。又记时人语云："生儿不用识文字，斗鸡走马胜读书。贾家小儿年十三，富贵荣华代不如。"同出于陈鸿所作传，而远不如《长恨传》中"生女勿悲酸，生男勿喜欢"之为世传诵，则以无白居易为作歌之为之也。

《资治通鉴考异》卷十二所引有《升平源》，云世以为吴兢所撰，记姚元崇藉骑射邀恩，献纳十事，始奉诏作相事。司马光驳之曰："果如所言，则元崇进不以正。又当时天下之事，止此十条，须因事启沃，岂一旦可邀。似好事为之，依托兢名，难以尽信。"案兢，汴州浚仪人，少励志，贯知经史。魏元忠荐其才堪论撰，诏直史馆，修国史。私撰《唐书》《唐春秋》，叙事简核，人以董狐目之。有传在《唐书》旧一百二，新一三二。《开元升平源》《唐志》本云陈鸿作，《宋史·艺文志》史部故事类始著吴兢《贞观政要》十卷，又《开元升平源》一卷。疑此书本不著撰人名氏，陈鸿、吴兢，并后来所题。二人于史皆有名，欲假以增重耳。今姑置之《东城老父传》之后，以从《通鉴考异》写出，故仍题兢名。

右第三分

元稹字微之，河南河内人，以校书郎累仕至中书舍人，承旨学士。由工部侍郎入相，旋出为同州刺史，改越州，兼浙东观察使。太和初，入为尚书左丞，检校户部尚书，兼鄂州刺史武昌军节度使。五年七月，卒于镇，年五十三。两《唐书》旧一六六新一七四皆有传。于文章亦负重名，自少与白居易唱和。当时言诗者称"元白"，号为"元和体"。有《元氏长庆集》一百卷，《小集》十卷，今惟《长庆集》六十卷存。《莺莺传》见《广记》四百八十八。其事之振撼文林，为力甚大。当时已有杨巨源、李绅辈作诗以张之；至宋，则赵令畤拈以制《商调·蝶恋花》在《侯鲭录》中；金有董解元作《弦索西厢》；元有王实甫《西厢记》，关汉卿《续西厢记》；明有李日华《南西厢记》，陆采亦有《南西厢记》，周公鲁有《翻西厢记》；至清，查继佐尚有《续西厢》杂剧云。

因《莺莺传》而作之杂剧及传奇，曩惟王、关本易得。今则刘氏暖红室已刊《弦索西厢》，又聚赵令畤《商调·蝶恋花》等较著之作十种为《西厢记十则》。市肆中往往而有，不难致矣。

《莺莺传》中已有红娘及欢郎等名，而张生独无名字。王桥《野客丛书》二十九云："唐有张君瑞，遇崔氏女于蒲。崔小名莺莺。元稹与李绅语其事，作《莺莺歌》。"客中无赵令畤《侯鲭录》，无从知

《商调·蝶恋花》中张生是否已具名字。否则宋时当尚有小说或曲子，字张为君瑞者。漫识于此，俟有书时考之。

《周秦行纪》余所见凡三本。一在《广记》卷四百八十九；一在顾氏《文房小说》中，末一行云"宋本校行"；一附于《李卫公外集》内，是明刊本。后二本较佳，即据以互校转写，并从《广记》补正数字。三本皆题牛僧孺撰。僧孺，字思黯，本陇西狄道人。居宛、叶间。元和初，以贤良方正对策第一，条指失政，鲠讦不避权贵，因不得意。后渐仕至御史中丞，以户部侍郎同中书门下平章事。又累贬为循州刺史。宣宗立，乃召还，为太子少师。大中二年，年六十九卒，赠太尉，谥文简。两《唐书》旧一七二新一七四皆有传。僧孺性坚僻，与李德裕交恶，各立门户，终生不解。又好作志怪，有《玄怪录》十卷，今已佚，惟辑本一卷存。而《周秦行纪》则非真出僧孺手。晁公武《郡斋读志书》十三云："贾黄中以为韦瓘所撰。瓘，李德裕门人，以此诬僧孺"者也。案是时有两韦瓘，皆尝为中书舍人。一年十九入关，应进士举，二十一进士状头，榜下除左拾遗，大中初任廉察桂林，寻除主客分司。见莫休符《桂林风土记》。一字茂宏，京兆万年人，韦夏卿弟正卿之子也。及进士第，累仕中书舍人。与李德裕善。李宗闵恶之，德裕罢，贬为明州长史。"见《新唐书》一六二《夏卿传》，则为作《周秦行纪》者。胡应麟《笔丛》三十二云："中有'沈婆儿作天子'等语，所为根蒂者不浅。独怪思黯罹此巨谤，不哑自明，何也？牛、李二党曲直，大都鲁、卫间。牛撰《玄怪》等录，亡只词构李，李之徒顾作此以危之。于戏，二子者，用心睹矣！牛迄功名终，而子孙累叶贵盛。李挟高世之才，振代之绩，卒沦海岛，非忌刻忮害之报耶？辄因是书，播告夫世之工谮诉者。"乞灵于果报，殊未足以餍心。然观李德裕所作《周秦行纪论》，至欲持此一文，致僧孺于族灭，则其阴谲险狠，可畏实甚。弃之者众，固其宜矣。论犹在集外集四中，移录于后：

　　言发于中，情见乎辞。则言辞者，志气之来也。故察其言而知其内，玩其辞而见其意矣。余尝闻太牢氏凉国李公尝呼牛僧孺为太牢。凉公名不便，故不书。好奇怪其身，险易其行。以其姓应国家受命之谶，曰："首尾三麟六十年，两角犊子恣狂颠，龙蛇相斗血成川。"及见著《玄怪录》，多造隐语，人不可解。其或能晓一二者，必附会焉。纵司马取魏之渐，用田常有齐之由。故自卑秩，至于宰相，而朋党若山，不可动摇。欲有意摆撼者，皆遭诬坐，莫不侧目结舌，事具史官刘轲《日历》。余得太牢《周秦行纪》，反复睹其太牢以身与帝王后妃冥遇，欲证其身非人臣相也，将有意于"狂颠"。及至戏德宗为"沈婆儿"，以代宗皇后为"沈婆"，令人骨战。可谓无礼于其君甚矣！怀异志于图谶明矣！余少服臧文仲之言曰："见无礼于其君者，如鹰鹯之逐鸟雀也。"故贮太牢已久。前知政事，欲正刑书，力未胜而罢。余读国史，见开元中，御史汝南、子谅弹奏牛仙客，以其姓符图谶。虽似是，而未合"三麟六十"之数。自裴晋国与余凉国名不便彭原程赵郡绅诸从兄，嫉太牢如仇，颇类余志。非怀私忿，盖恶其应谶也。太牢作镇襄州日，判复州刺史乐坤《贺武宗监国状》曰："闲事不足为贺。"则恃姓敢如此耶！会余复知政事，将欲发觉，未有由。值平昭义，得与刘从谏交结书，因窜逐之。嗟乎，为人臣阴怀逆节，不独人得诛之，鬼得诛矣。凡与太牢胶固，未尝不是薄流无赖辈，以相表里。意太牢有望，而就佐命焉，斯亦信符命之致。或以中外罪余于太牢爱憎，故明此论，庶乎知余志，所恨未暇族之，而余又罢。岂非王者不死乎？遗祸胎于国，亦余大罪也。倘同余志，继而为政，宜为君除患。历既有数，意非偶然，若不在当代，必在于子孙。须以太牢少长，咸置于法，则刑罚中而社稷安，无患于二百四十年后。嘻！余致君之道，分隔于明时。嫉恶之心，敢辜于早岁？因援毫而摅宿愤。亦书《行纪》之迹于后。

论中所举刘轲，亦李德裕党。《日历》具称《牛羊日历》，牛羊，谓牛僧孺、杨虞卿也，甚毁此二人。书久佚，今有辑本，缪荃荪刻之《藕香零拾》中。又有皇甫松，著《续牛羊日历》，亦久佚。《资治通鉴考异》卷二十引一则，于《周秦行纪》外，且痛诋其家世，今节录之：

> 太牢早孤。母周氏，冶荡无检。乡里云："兄弟羞赧，乃令改醮。"既与前夫义绝矣，及贵，请以出母追赠。礼云："庶氏之母死，何为哭于孔氏之庙乎？"又曰："不为伋也妻者，是不为白也母。"而李清心妻配牛幼简，是夏侯铭所谓"魂而有知，前夫不纳于幽壤，殁而可作，后夫必诉于玄穹。"使其母为失行无适从之鬼，上罔圣朝，下欺先父，得曰忠孝智识者乎？作《周秦行纪》，呼德宗为"沈婆儿"，谓睿真皇太后为"沈婆"。此乃无君甚矣！

盖李之攻牛，要领在姓应图谶，心非人臣，而《周秦行纪》之称德宗为"沈婆儿"，尤所以证成其罪。故李德裕既附之论后，皇甫松《续历》亦严斥之。今李氏《穷愁志》虽尚存《李文饶外集》卷一至四，即此，读者盖寡；牛氏《玄怪录》亦早佚，仅得后人为之辑存。独此篇乃屡刻于丛书中，使世间由是更知僧孺名氏。时世既迁，怨亲俱泯，后之结果，盖往往非当时所及料也。

李贺《歌诗编》一有《送沈亚之歌》，序言元和七年送其下第归吴江，故诗谓"吴兴才人怨春风，桃花满陌千里红，紫丝竹断骢马小，家住钱塘东复东"。中复云"春卿拾才白日下，掷置黄金解龙马，携笈归江重入门，劳劳谁是怜君者"也。然《唐书》已不详亚之行事，仅于《文苑传序》一举其名。幸《沈下贤集》迄今尚存，并考宋计有功《唐诗纪事》，元辛文房《唐才子传》，犹能知其概略。亚之字下贤，吴兴人。元和十年，进士及第，历殿中侍御史内供奉。太和初，为德州行营使者柏耆判官。耆贬，亚之亦谪南康尉；终郢州掾。其集本九卷，今有十二卷，盖后人所加。中有传奇三篇。亦并见《太平广记》，皆注云出《异闻集》，字句往往与集不同。今者据本集录之。

《湘中怨辞》出《沈下贤集》卷二。《广记》在二百九十八，题曰《太学郑生》，无序及篇末"元和十三年"以下三十六字。文句亦大有异，殆陈翰编《异闻集》时之所删改欤。然大抵本集为胜。其"遂我"作"逐我"，则似《广记》佳。惟亚之好作涩体，今亦无以决之。故异同虽多，悉不复道。

《异梦录》见集卷四。唐谷神子已取以入《博异志》。《广记》则在二百八十二，题曰《邢凤》，较集本少二十余字，王炎作王生。炎为王播弟，亦能诗，不测《异闻集》何为没其名也。《沈下贤集》今有长沙叶氏观古堂刻本，及上海涵芬楼影印本。二十年前则甚希觏。余所见者为影钞小草斋本，既录其传奇三篇，又以丁氏八千卷楼钞本校改数字。同是十二卷本《沈集》，而字句复颇有异同，莫知孰是。如王炎诗"择水葬金钗"，惟小草斋本如此，他本皆作"择土"。顾亦难遽定"择水"为误。此类甚多，今亦不备举。印本已渐广行，易于入手，求详者自可就原书比勘耳。

梦中见舞弓弯，亦见于唐时他种小说。段成式《酉阳杂俎》十四云："元和初，有一士人，失姓字，因醉卧厅中。及醒，见古屏上妇人等悉于床前踏歌。歌曰：'长安女儿踏春阳，无处春阳不断肠。

舞袖弓腰浑忘却，蛾眉空带九秋霜。'其中双鬟者问曰：'如何是弓
腰？'歌者笑曰：'汝不见我作弓腰乎？'乃反首，鬟及地，腰势如规
焉。士人惊惧，因叱之。忽然上屏，亦无其他。"其歌与《异梦录》
者略同，盖即由此曼衍。宋乐史撰《杨太真外传》，卷上注中记杨国
忠卧睹屏上诸女下床自称名，且歌舞。其中有"楚宫弓腰"，则又由
《酉阳杂俎》所记而传讹。凡小说流传，大率渐广渐变，而推究本
始，其实一也。

《秦梦记》见集卷二，及《广记》二百八十二，题曰《沈亚之》，
异同不多。"击髀舞"当作"击髆舞"，"追酒"当作"置酒"，各本俱
误。"如今日"之"今"字，疑衍，小草斋本有，他本俱无。

《无双传》出《广记》四百八十六，注云薛调撰。调，河中宝鼎
人，美姿貌，人号为"生菩萨"。咸通十一年，以户部员外郎加驾
部郎中，充翰林承旨学士，次年，加知制诰。郭妃悦其貌，谓懿宗
曰："驸马盍若薛调乎。"顷之，暴卒，年四十三，时咸通十三年二月
二十六日也。世以为中鸩云见《新唐书·宰相世系表》《翰苑群书》及《唐语林》
四。胡应麟《笔丛》四十一云："王仙客……事大奇而不情，盖润饰之
过。或乌有、无是类，不可知。"案范摅《云溪友议》上载："有崔郊
秀才者，寓居于汉上，蕴精文艺，而物产罄悬。亡何，与姑婢通，每
有阮咸之从。其婢端丽，饶彼音律之能，汉南之最也。姑鬻婢于连
帅。帅爱之，以类无双，给钱四十万，宠昄弥深。郊思慕不已。即
强亲府署，愿一见焉。其婢因寒食来从事家，值郊立于柳阴，马上
连泣，誓若山河，崔生赠以诗曰：'公子王孙逐后尘，绿珠垂泪滴罗
巾，侯门一入深如海，从此萧郎是路人。'"诗闻于师，遂以归崔。
无双下原有注云："即薛太保之爱妾，至今图画观之。"然则无双不
但实有，且当时已极艳传。疑其事之前半，或与崔郊姑婢相类；调
特改薛太尉家为禁中，以隐约其辞。后半则颇有增饰，稍乖事理

矣。明陆采尝拈以作《明珠记》。

柳珵《上清传》见《资治通鉴考异》卷十九。司马光驳之云："信如此说，则参为人所劫，德宗岂得反云'蓄养刺侠'。况陆贽贤相，安肯为此。就使欲陷参，其术固多，岂肯为此儿戏。全不近人情。"亦见于《太平广记》卷二百七十五，题曰《上清》，注云出《异闻集》。"相国窦公"作"丞相窦参"，后凡"窦公"皆只作一"窦"字；"隶名掖庭"下有"且久"二字；"怒陆贽"上有"至是大悟因"五字；"老"作"这"；"恣行媒孽"下有"乘间攻之"四字；"特敕"下有"削"字。余尚有小小异同，今不备举。此篇本与《刘幽求传》同附《常侍言旨》之后。《言旨》亦珵作，《郡斋读书志》十三云，记其世父柳芳所谈。芳，蒲州河东人；子登，冕；登子璟，见《新唐书》一三二。珵盖璟之从兄弟行矣。

《杨娼传》出《广记》四百九十一，原题房千里撰。千里字鹄举，河南人，见《新唐书·宰相世系表》。《艺文志》有房千里《南方异物志》一卷，《投荒杂录》一卷，注云："太和初进士第，高州刺史。"是其所终官也。此篇记叙简率，殊不似作意为传奇。《云溪友议》上又有《南海非》一篇，谓房千里博士初上第，游岭徼。有进士韦滂自南海致赵氏为千里妾。千里倦游归京，暂为南北之别。过襄州遇许浑，托以赵氏。浑至，拟给以薪粟，则赵已从韦秀才矣。因以诗报房，云："春风白马紫丝缰，正值蚕眠未采桑。五夜有心随暮雨，百年无节待秋霜。重寻绣带朱藤合，却认罗裙碧草长。为报西游减离恨，阮郎才去嫁刘郎。"房闻，哀恸几绝云云。此传或即作于得报之后，聊以寄慨者欤。然韦縠《才调集》十又以浑诗为无名氏作，题云："客有新丰馆题怨别之词，因诘传吏，尽得其实，偶作四韵嘲之。"

《飞烟传》出《说郛》卷三十三所录之《三水小牍》，皇甫枚撰。

亦见于《广记》四百九十一，飞烟作非烟。《三水小牍》本三卷，见《宋史·艺文志》及《直斋书录解题》。今止存二卷，刻于卢氏《抱经堂丛书》及缪氏《云自在龛丛书》中。就书中可考见者，枚字遵美，安定人。三水，安定属邑也。咸通末，为汝州鲁山令；光启中，僖宗在梁州，赴调行在。明姚咨跋云："天佑庚午岁，旅食汾晋，为此书。"今书中不言及此，殆出于枚之自序，而今失之。缪氏刻本有逸文一卷，收《非烟传》，然仅据《广记》所引，与《说郛》本小有异同，且无篇末一百余字。《广记》不云出于何书，盖尝单行也，故仍录之。

《虬髯客传》据明顾氏《文房小说》录，校以《广记》百九十三所引《虬髯传》，互有详略，异同，今补正二十余字。杜光庭字宾至，处州缙云人。先学道于五台山，仕唐为内供奉。避乱入蜀，事王建，为金紫光禄大夫，谏议大夫，赐号广成先生。后主立，以为传真天师，崇真馆大学士。后解官，隐青城山，号东瀛子。年八十五卒。著书甚多，有《谏书》一百卷，《历代忠谏书》五卷，《道德经·广圣义疏》三十卷，《录异记》十卷，《广成集》一百卷，《壶中集》三卷。此外言道教仪则，应验，及仙人，灵境者尚二十余种，八十余卷。今惟《录异记》流传。光庭尝作《王氏神仙传》一卷，以悦蜀主。而此篇则以窥视神器为大戒，殆尚是仕唐时所为。《宋史·艺文志》小说类著录作"《虬髯客传》一卷"。宋程大昌《考古编》九亦有题《虬须传》者一则，云："李靖在隋，常言高祖终不为人臣。故高祖入京师，收靖，欲杀之。太宗救解，得不死。高祖收靖，史不言所以，盖讳之也。《虬须传》言靖得虬须客资助，遂以家力佐太宗起事。此文士滑稽，而人不察耳。又杜诗言'虬须似太宗'。小说亦辨人言太宗虬须，须可挂角弓。是虬须乃太宗矣。而谓虬须授靖以资，使佐太宗，可见其为戏语也。"髯皆作须。今为虬髯者，盖后来所改。惟高祖之所以收靖，则当时史实未尝讳言。《通鉴考异》八云："柳芳《唐书·靖传》云：'高祖击突厥于塞外。靖察高祖，知有四方之志。因自锁上变，将诣江都，至长安，道塞不通而止。'案太宗谋起兵，高祖尚未知；知之，犹不从。当击突厥之时，未有异志，靖何从察知之？又上变当乘驿取疾，何为自锁也？今依《靖行状》云：'昔在隋朝，曾经忤旨。及兹城陷，高祖追责旧言，公忼慨直论，特蒙宥释。'"柳芳唐人，记上变之嫌，即知城陷见收之故矣。然史实常晦，小说辄传，《虬髯传》亦同此例，仍为人所乐道，至绘为图，称曰"三侠"。取以作曲者，则明张凤翼、张太和皆有《红拂记》，凌初成有《虬髯翁》。

右第四分

《冥音录》出《广记》四百八十九。中称李德裕为"故相"，则大中或咸通后作也。《唐人说荟》题朱庆余撰，非。

《东阳夜怪录》出《广记》四百九十。叙王洙述其所闻于成自虚，夜中遇精魅，以隐语相酬答事。《唐人说荟》即题洙作，非也。郑振铎《中国短篇小说集》云："所叙情节，类似朱僧孺的《元无有》，也许这两篇是同出一源的。"案《元无有》本在《玄怪录》中，全书已佚。此条《广记》三百六十九引之：

宝应中，有元无有，常以仲春末独行维扬郊野。值日晚，风雨大至。时兵荒后，人户多逃。遂入路旁空庄。须臾霁止，斜月方出。无有坐北窗，忽闻西廊有行人声。未几，见月中有四人，衣冠皆异，相与谈谐吟咏甚畅。乃云："今夕如秋，风月若此，吾辈岂不为一言以展平生之事也？"其一人即曰云云。吟咏既朗，无有听之具悉。其一衣冠长人，即先吟曰："齐纨鲁缟如霜雪，寥亮高声予所发。"其二黑衣冠短陋人，诗曰："嘉宾良会清夜时，煌煌灯烛我能持。"其三故敝黄衣冠人，亦短陋，诗曰："清冷之泉候朝汲，桑绠相牵常出入。"其四故黑衣冠人，诗曰："爨薪贮泉相煎熬，充他口腹我为劳。"无有亦不以四人为异，四人亦不虞无有之在堂隍也，递相褒赏。观其自负，则虽阮嗣宗《咏怀》，亦若不能加矣。四人迟明方归旧所。无有就寻之，堂中惟有故杵，灯台，水桶，破铛。乃知四人即此物所为也。

《灵应传》出《广记》四百九十二，无撰人名氏。《唐人说荟》以为于逖作，亦非。传在记龙女之贞淑，郑承符之智勇，而亦取李朝威《柳毅传》中事，盖受其影响，又稍变易之。泾原节度使周宝字上珪，平州卢龙人。在镇务耕力，聚粮二十万石，号良将。黄巢据宣歙，乃徙宝镇海军节度使，兼南面招讨使。后为钱镠所杀。《新唐书》一八六有传。

右第五分

《隋遗录》上下卷，据原本《说郛》七十八录出，以《百川学海》本校之。前题唐颜师古撰。末有无名氏跋，谓会昌中，僧志彻得于瓦棺寺阁南双阁之荀笔中。题《南部烟花录》，为颜公遗稿。取《隋书》校之，多隐文。后乃重编为《大业拾遗记》。原本缺落，凡十七八，悉从而补之矣云云。是此书本名《南部烟花录》，既重编，乃称《大业拾遗记》。今又作《隋遗录》，跋所未言，殆复由后来传刻者所改欤。书在宋元时颇已流行，《郡斋读书志》及《通考》并著《南部烟花录》；《通志》著《大业拾遗录》；《宋史·艺文志》史部传记类亦有颜师古《大业拾遗》一卷，子部小说类又有颜师古《隋遗录》一卷，盖同书而异名，所据凡两本也。本文与跋，词意荒率，似一手所为。而托之师古，其术与葛洪之《西京杂记》，谓钞自刘歆之《汉书》遗稿者正等。然才识远逊，故罅漏殊多，不待吹求，已知其伪。《清四库全书总目》一四三云："王得臣《麈史》称其'极恶可疑'。姚宽《西溪丛语》亦曰：《南部烟花录》文极俚俗。又载陈后主诗云，夕阳如有意，偏傍小窗明。此乃唐人方域诗，六朝语不如此。唐《艺文志》所载《烟花录》，记幸广陵事，此本已亡，故流俗伪作此书云云。'然则此亦伪本矣。今观下卷记幸月观时与萧后夜话，有'侬家事一切已托杨素了'之语，是时素死久矣。师古岂疏谬至此乎？其中所载炀帝诸作，及虞世南赠袁宝儿作，明代辑六朝诗者，往往采掇，皆不考之过也。"

《炀帝海山记》上下卷，出《青琐高议》后集卷五，先据明张梦锡刻本录，而校以董氏所刻士礼居本。明钞原本《说郛》三十二卷中亦有节本一卷，并取参校。篇题下原有小注，上卷云："说炀帝宫中花木。"下卷云："记炀帝后苑鸟兽。"皆编者所加，今削。其书盖欲侈陈炀帝奢靡之迹，如郭氏《洞冥》，苏鹗《杜阳》之类，而力不逮。中有《望江南》调八阕，清《四库目》云，乃李德裕所创，段安节《乐府杂录》述其缘起甚详，亦不得先于大业中有之。

《炀帝迷楼记》录自原本《说郛》三十二。明焦竑作《国史经籍志》，并《海山记》皆著录，盖尝单行。清《四库目》一四三谓"亦见《青琐高议》。……竟以迷楼为在长安，乖谬殊甚。"然《青琐高议》中实无有，殆纪昀等之误也。周中孚《郑堂读书记》更推阐其评语，以为"后称'大业九年，帝幸江都，有迷楼'。而末又云：'帝幸江都，唐帝提兵号令人京，见迷楼，大惊曰："此皆民膏血所为也！"乃命焚之。经月，火不灭。'则竟以迷楼为在长安，等诸项羽之焚阿房，乖谬殊极"云。

　　《炀帝开河记》从原本《说郛》卷四十四录出。《宋史·艺文志》史部地理类著录一卷，注云不知作者。清《四库目》以为"词尤鄙俚，皆近于委巷之传奇，同出依托，不足道"。按唐李匡义《资暇集》下云："俗怖婴儿曰'麻胡来'不知其源者，以为多髯之神而验刺者，非也。隋将军麻祜，性酷虐。炀帝令开汴河，威棱既盛，至稚童望风而畏，互相恐吓曰'麻祜来'稚童语不正，转祜为胡。"末有自注云："麻祜庙在睢阳。郿方节度李丕即其后。丕为重建碑。"然则叔谋虐焰，且有其实，此篇所记，固亦得之口耳之传，非尽臆造矣。惜李丕所立碑文，今未能见，否则当亦有足资参证者。至冢中诸异，乃颇似本《西京杂记》所叙广陵王刘去疾发冢事，附会曼衍作之。

　　右四篇皆为《古今逸史》所收。后三篇亦见于《古今说海》，不题撰人。至《唐人说荟》，乃并云韩偓撰。致尧生唐末，先则颠沛危朝，后乃流离南裔，虽赋艳诗，未为稗史。所作惟《金銮密记》一卷，诗二卷，《香奁集》一卷而已。且于史事，亦不至荒陋如是。此盖特里巷稍知文字者所为，真所谓街谈巷议，然得冯犹龙掇以入《隋炀艳史》，遂弥复纷传于世。至今世俗心目中之隋炀，殊犹是昼游西苑，夜止迷楼者也。

　　明钞原本《说郛》一百卷，虽多脱误，而《迷楼记》实佳。以其尚存俗字，如"你"之类，刻本则大率改为"尔"或"汝"矣，世之雅人，憎恶口语，每当纂录校刊，虽故书雅记，间亦施以改定，俾弥益雅正。宋修《唐书》，于当时恒言，亦力求简古，往往大减神情，甚或莫明本意。然此犹撰述也。重刊旧文，辄亦不赦，即就本集所收文字而言，宋本《资治通鉴考异》所引《上清传》中之"这獠奴"，明清刻本《太平广记》引则俱作"老獠奴"矣；顾氏校宋本《周秦行纪》中之"屈两个娘子"及"不宜负他"，《广记》引则作"屈二娘子"及"不宜负也"矣。无端自定为古人决不作俗书，拼命复古，而古意乃寖失也。

右第六分

《绿珠传》一卷出《琳琅秘室丛书》。其所据为旧钞本，又以别本校之。末有胡珽跋，云："旧本无撰人名氏。案马氏《经籍考》题'宋史官乐史撰'。宋人《续谈助》亦载此传，而删节其半。后有西楼北斋跋云：'直史馆乐史，尤精地理学，故此传推考山水为详，又皆出于地志杂书者。'余谓绿珠一婢子耳，能感主恩而奋不顾身，是宜刊以风世云。咸丰三年八月，仁和胡珽识。"今再勘以《说郛》三十八所录，亦无甚异同。疑所谓旧钞本或别本者，即并从《说郛》出尔。旧校稍烦，其必改"越"为"粤"之类，尤近自扰，今悉不取。

《杨太真外传》二卷，取自顾氏《文房小说》。署史官乐史撰，《唐人说荟》收之，诬谬甚矣。然其误则始于陶宗仪《说郛》之题乐史为唐人。此两本外，又尝见京师图书馆所藏丁氏八千卷楼旧钞本，称为"善本"，然实凡本而已，殊无佳处也。《宋史·艺文志》史部传记类著录"曾致尧《广中台记》八十卷，又《绿珠传》一卷，颇似《传》亦曾致尧作；又有"《杨妃外传》一卷"，注云："不知作者。"又有"乐史《滕王外传》一卷，又《李白外传》一卷，《洞仙集》一卷，《许迈传》一卷，《杨贵妃遗事》二卷"，注云："题岷山叟上。"书法函胡，殆不可以理析。然《续谈助》一跋而外，尚有《郡斋读书志》九，传记类云："《绿珠传》一卷，右皇朝《乐史》撰。"又"《杨贵妃外传》二卷，右皇朝乐史撰。叙唐杨妃事迹，讫孝明之崩。"而《直斋书录解题》七，传记类亦云："《杨妃外传》一卷，直史馆临川乐史子正撰。"则绿珠杨妃二传，皆乐史之作甚明。《杨妃传》卷数，宋时已分合不同，今所传者盖晁氏所见二卷本也。但书名又小变耳。

乐史，抚州宜黄人，自南唐入宋，为著作佐郎，出知陵州。以献赋召为三馆编修，迁著作郎，直史馆。观绿珠太真二传结衔，则皆此时作。后转太常博士，出知舒、黄、商三州，再入文馆，掌西京勘磨司，赐金紫。景德四年卒，年七十八。事详《宋史》三百六《乐黄目传》首。史多所著作，在三馆时，曾献书至四百二十余卷，皆叙科第、孝悌、神仙之事。又有《太平寰宇记》二百卷，征引群书至百余种，今尚存。盖史既博览，复长地理，故其辑述地志，即缘滥于采录，转成繁芜。而撰传奇如《绿珠》《太真传》，又不免专拾旧文，如《语林》《世说新语》《晋书》《明皇杂录》《开天传信记》《长恨传》《酉阳杂俎》《安禄山事迹》等，稍加排比，且常拳拳于山水也。

右第七分

宋刘斧秀才作《翰府名谈》二十五卷，又《摭遗》二十卷，《青琐高议》十八卷，见《宋史·艺文志》子部小说类。今惟存《青琐高议》。有明张梦锡刊本，前后集各十卷，颇难得。近董康校刊士礼居写本，亦二十卷，又有别集七卷，《宋志》所无。然宋人即时有引《青琐摭遗》者，疑即今所谓别集。《宋志》以为《翰府名谈》之《摭遗》，盖亦误尔。其书杂集当代人志怪及传奇，漫无条贯，间有议，亦殊浅率。前有孙副枢序，不称名而称官，甚怪；今亦莫知为何人。此但选录其较整饬曲折者五篇。作者三人：曰魏陵张实子京，曰谯川秦醇子复或作子履，曰淇上柳师尹。皆未考始末。一篇无撰人名。

《流红记》出前集卷五，题下原有注云"红叶题诗取韩氏"，今删。唐孟棨《本事诗》情感第一有顾况于洛乘门苑水中得大梧叶，上有题诗，况与酬答事。"帝城不禁东流水，叶上题诗欲寄谁"者，况和诗也。范摅《云溪友议》下又有《题红怨》，言韩渥应举之岁，于御沟得红叶，上有绝句，置于巾箱。及宣宗放宫人，渥获其一。"睹红叶而吁嗟久之，曰：'当时偶题随流，不谓郎君收藏巾箧。'验其书，无不讶焉。诗曰：'水流何太急，深宫尽日闲。殷勤谢红叶，好去到人间。'"宋人作传奇，始回避时事，拾旧闻附会牵合以成篇，而文意并瘁。如《流红记》，即其一也。

《赵飞燕别传》出前集卷七，亦见于原本《说郛》三十三，今参校录之。胡应麟《笔丛》二十九云："戊辰之岁，余偶过燕中书肆，得残刻十数纸，题《赵飞燕别集》。阅之，乃知即《说郛》中陶氏删本。其文颇类东京，而末载梁武答昭仪化鼋事。盖六朝人作，而宋秦醇子复补缀以传者也。第端临《通考》渔仲《通志》并无此目。而文非宋所能。其间叙才数事，多俊语，出伶玄右，而淳质古健弗如。惜全帖不可见也。"又特赏其"兰汤滟滟"等三语，以为"百世之下读之，犹勃然兴"。然今所见本皆作别传，不作集；《说郛》本亦无删节，但较《高议》少五十余字，则或写生所遗耳。《高议》中录秦醇作特多，此篇及《谭意歌传》外，尚有《骊山记》及《温泉计》。其文芜杂，亦间有俊语。倘精心作之，如此篇者，尚亦能为。元瑞虽精鉴，能作《四部正讹》，而时伤嗜奇，爱其动魄，使勃然兴，则辄冀其为真古书以增声价。犹今人闻伶玄《飞燕外传》及《汉杂事秘辛》为伪书，亦尚有怫然不悦者。

《谭意歌传》出别集卷二，本无"传"字，今加，有注云："记英奴才华秀色。"今削。意歌，文中作意哥，未知孰是。唐有谭意哥，盖薛涛、李冶之流，辛文房《唐才子传》曾举其名，然无事迹。秦醇此传，亦不似别有所本，殆窃取《莺莺传》《霍小玉传》等为前半，而以团员结之尔。

《王幼玉记》出前集卷十，题下有注云："幼玉思柳富而死。"今删。

《王榭》出别集卷四，有注云："风涛飘入乌衣国。"今删；而于题下加"传"字。刘禹锡《乌衣巷》诗,本云:"朱雀桥边野草花,乌衣巷口夕阳斜。旧来王谢堂前燕,飞入寻常百姓家。"此篇改谢成榭,指为人名,且以乌衣为燕子国号,殊乏意趣。而宋张敦颐《六朝事迹编类》乃已引为典据,此真所谓"俗语不实流为丹青"者矣。因录之,以资谈助。

《梅妃传》出《说郛》三十八,亦见于顾氏《文房小说》,取以相校,《说郛》为长。二本皆不云何人作,《唐人说荟》取之,题曹邺者,妄也。唐宋史志亦未见著录。后有无名氏跋,言"得于万卷朱遵度家,大中二年七月所书"。又云"惟叶少蕴与予得之"。案朱遵度好读书,人目为"朱万卷"。子昂,称"小万卷",由周入宋,为衡州录事参军,累仕至水部郎中。景德四年卒,年八十三。《宋史》四三九《文苑》有传。少蕴则叶梦得之字,梦得为绍圣四年进士,高宗时终于知福州,是南北宋间人。年代远不相及,何从同得朱遵度家书。盖并跋亦伪,非真识石林者之所作也。今即次之宋人著作中。

《李师师外传》出《琳琅秘室丛书》,云所据为旧抄本。后有黄廷鉴跋云:"《读书敏求记》云,吴郡钱功甫秘册藏有《李师师小传》,牧翁曾言悬百金购之而不获见者。偶闻邑中萧氏有此书,急假录一册。文殊雅洁,不类小说家言。师师不第色艺冠当时,观其后慷慨捐生一节,饶有烈丈夫概。亦不幸陷身倡贱,不得与坠崖断臂之俦,争辉彤史也。张端义《贵耳集》载有师师佚事二则,传文例举其大,故不载,今并附录于后。义《宣和遗事》载有师师事,亦与此传不尽合,可并参观之。琴六居士书。"《贵耳集》二则,今仍移录于后,然此篇未必即端义所见本也。

道君北狩,在五国城或在韩州,凡有小小凶吉丧祭节序,北人必有赐责,一赐必要一谢表。北人集成一帙,刊在榷场中。传写四五十年,士大夫皆有之,余曾见一本。更有《李师师小传》,同行于时。

　　道君幸李师师家，偶周邦彦先在焉。知道君至，遂匿于床下。道君自携新橙一颗，云："江南初进来。"遂与师师谑语。邦彦悉闻之，隐括成《少年游》云："并刀如水，吴盐胜雪，纤手破新橙。"后云："城上已三更，马滑霜浓，不如休去，直是少人行。"李师师因歌此词。道君问谁作。李师师奏云："周邦彦词。"道君大怒，坐朝宣谕蔡京云："开封府有监税周邦彦者，闻课额不登，如何京尹不案发来？"蔡京罔知所以，奏云："容臣退朝呼京尹叩问，续得复奏。"京尹至，蔡以前圣旨谕之。京尹云："惟周邦彦课额增美。"蔡云："上意如此，只得迁就。"将上，得旨："周邦彦职事废弛，可日下押出国门！"隔一二日，道君复幸李师师家，不见李师师。问其家，知送周监税。道君方以邦彦出国门为喜，既至，不遇。坐久至更初，李始归，愁眉泪睫，憔悴可掬。道君大怒云："尔往那里去？"李奏："臣妾万死，知周邦彦得罪，押出国门，略致一杯相别。不知官家来。"道君问："曾有词否？"李奏云："有《兰陵王》词。"今"柳阴直"者是也。道君云："唱一遍看。"李奏云："容臣妾奉一杯，歌此词为官家寿。"曲终，道君大喜，复召为大晟乐正。后官至大晟乐乐府待制。邦彦以词行，当时皆称美成词；殊不知美成文笔，大有可观，作《汴都赋》。如笺奏杂著，皆是杰作，可惜以词掩其他文也。当时李师师家有二邦彦，一周美成，一李士美，皆为道君狎客。士美因而为宰相。吁，君臣遇合于倡优下贱之家，国之安危治乱，可想而知矣。

右第八分终

汉文学史纲要

第一篇　自文字至文章

　　在昔原始之民，其居群中，盖惟以姿态声音，自达其情意而已。声音繁变，寖成言辞，言辞谐美，乃兆歌咏。时属草昧，庶民朴淳，心志郁于内，则任情而歌呼，天地变于外，则祇畏以颂祝，踊跃吟叹，时越侪辈，为众所赏，默识不忘，口耳相传，或逮后世。复有巫觋，职在通神，盛为歌舞，以祈灵贶，而赞颂之在人群，其用乃愈益广大。试察今之蛮民，虽状极狉獉，未有衣服宫室文字，而颂神抒情之什，降灵召鬼之人，大抵有焉。吕不韦云："昔葛天氏之乐，三人操牛尾，投足以歌八阕。"《吕氏春秋》《仲夏纪》《古乐》郑玄则谓"诗之兴也，谅不于上皇之世。"《诗谱序》虽荒古无文，并难征信，而证以今日之野人，揆之人间之心理，固当以吕氏所言，为较近于事理者矣。

　　然而言者，犹风波也，激荡既已，余踪杳然，独恃口耳之传，殊不足以行远或垂后。诗人感物，发为歌吟，吟已感漓，其事随讫。倘将记言行，存事功，则专凭言语，大惧遗忘，故古者尝结绳而治，而后之圣人易之以书契。结绳之法，今不能知；书契者，相传"古者庖牺氏之王天下也，仰则观象于天，俯则观法于地，观鸟兽之文与地之宜，近取诸身，远取诸物，于是始作八卦"。《易》《下系辞》"神农氏复重之为六十四爻"。司马贞《补史记》颇似为文字所由始。其文今具存于《易》，积画成象，短长错综，变易有穷，与后之文字不相系属。故许慎复以为"黄帝之史仓颉，见鸟兽蹄迒之迹，知分理之可相别异也，初造书契"《说文解字序》。要之文字成就，所当绵历岁时，且由众手，全群共喻，乃得流行，谁为作者，殊难确指，归功一圣，亦凭臆之说也。

许慎云："仓颉之初作书，盖依类象形，故谓之文。其后形声相益，即谓之字。字者，言孳乳而浸多也。著于竹帛谓之书。书者，如也。……周礼：八岁入小学，保氏教国子，先以六书。一曰指事，指事者，视而可识，察而可见，上下是也；二曰象形，象形者，画成其物，随体诘诎，日月是也；三曰形声，形声者，以事为名，取譬相成，江河是也；四曰会意，会意者，比类合谊，以见指撝，武信是也；五曰转注，转注者，建类一首，同意相受，考老是也；六曰假借，假借者，本无其字，依声托事，令长是也。"《说文解字序》指事、象形、会意为形体之事，形声、假借为声音之事，转注者，训诂之事也。虞夏书契，今不可见，岣嵝禹书，伪造不足论。商周以来，则刻于骨甲金石者多有，下及秦汉，文字弥繁，而摄以六事，大抵弭合。意者文字初作，首必象形，触目会心，不待授受，渐而演进，则会意指事之类兴焉。今之文字，形声转多，而察其缔构，什九以形象为本柢。诵习一字，当识形音义三：口诵耳闻其音，目察其形，心通其义；三识并用，一字之功乃全。其在文章，则写山曰峻嶒嵯峨，状水曰汪洋澎湃，蔽芾葱茏，恍逢丰木，鳟鲂鳗鲤，如见多鱼。故其所函，遂具三美：意美以感心，一也；音美以感耳，二也；形美以感目，三也。

连属文字，亦谓之文。而其兴盛，盖亦由巫史乎。巫以记神事，更进，则史以记人事也，然尚以上告于天；翻今之《易》与《书》，间能得其仿佛。至于上古实状，则荒漠不可考。君长之名，且难审知，世以天皇、地皇、人皇为三皇者，列三才开始之序，继以有巢、燧人、伏羲、神农者，明人群进化之程，殆皆后人所命，非真号矣。降及轩辕，遂多传说，逮于虞、夏，乃有著于简策之文传于今。

巫史非诗人，其职虽止于传事，然厥初亦凭口耳，虑有愆误，则练句协音，以便记诵。文字既作，固无愆误之虞矣，而简策繁重，书削为劳，故复当俭约其文，以省物力，或因旧习，仍作韵言。今所传有黄帝《道言》见《吕氏春秋》，《金人铭》《说苑》，颛顼《丹书》（《大戴礼记》），帝喾《政语》《贾谊新书》，虽并出秦汉人书，不足凭信，而大抵协其音，偶其词，使读者易于上口，则殆犹古之道也。

由前言更推度之，则初始之文，殆本与语言稍异，当有藻韵，以便传诵，"直言曰言，论难曰语"，区以别矣。然汉时已并称凡著于竹帛者为文《汉书·艺文志》，后或更拓其封域，举一切可以图写，接于目睛者皆属之。梁之刘勰，至谓"人文之元，肇自太极"《文心雕龙》《原道》，三才所显，并由道妙，"形立则章成矣，声发则文生矣"，故凡虎斑霞绮，林籁泉韵，俱为文章。其说汗漫，不可审理。稍隘之义，则《易》有曰，"物相杂，故曰文。"《说文解字》曰："文，错画也。"可知凡所谓文，必相错综，错而不乱，亦近丽尔之象。至刘熙云"文者，会集众彩以成锦绣，会集众字以成辞义，如文绣然也"《释名》。则确然以文章之事，当具辞义，且有华饰，如文绣矣。《说文》又有彣字，云："馘也。"；"馘，彣彰也"。盖即此义。然后来不用，但书文章，今通称文学。

刘勰虽于《原道》一篇，以人"为五行之秀，实天地之心，心生而言立，言立而文明，自然之道也。傍及万品，动植皆文。……"而晋、宋以来，文笔之辨又甚峻。其《总术篇》即云，"今之常言：有文有笔。以为无韵者笔也，有韵者文也。"萧绎所诠，尤为昭晰，曰："今之门徒，转相师受，通圣人之经者谓之儒；屈原、宋玉、枚乘、长卿之徒，止于辞赋则谓之文。……至如不便为诗如阎纂，善为章奏如伯松，若是之流，泛谓之笔。吟咏风谣，流连哀思者谓之文。"又曰："笔，退则非谓成篇，进则不云取义，神其巧惠，笔端而已。至如文者，惟须绮縠纷披，宫徵靡曼，唇吻遒会，精灵荡摇。而古之文笔今之文笔，其源又异。"《金楼子·立言篇》盖其时文章界域，极可弛张，纵之则包举万汇之形声；严之则排摈简质之叙记，必有藻韵，善移人情，始得称文。其不然者，概谓之笔。

辞笔或诗笔对举，唐世犹然，逮及宋、元，此义遂晦，于是散体之笔，并称曰文，且谓其用，所以载道，提挈经训，诛锄美辞，讲章告示，高张文苑矣。清阮元作《文言说》，其子福又作《文笔对》，复昭古谊，而其说亦不行。

第二篇 《书》与《诗》

《周礼》: 外史掌三皇五帝之书。今已莫知其书为何等。假使五帝书诚为五典,则今惟《尧典》在《尚书》中。"尚者,上也。上所为,下所书也。"王充《论衡·须颂篇》或曰:"言此上代以来之书。"孔颖达《尚书正义》纬书谓"孔子求书,得黄帝玄孙帝魁之书,迄于秦穆公,凡三千二百四十篇。断远取近,定可为世法者百二十篇:以百二篇为《尚书》,十八篇为《中候》。去三千一百二十篇。"《尚书璇玑钤》乃汉人侈大之言,不可信。《尚书》盖本百篇:《虞夏书》二十篇,《商书》《周书》各四十篇。今本有序,相传孔子所为,言其作意《汉书·艺文志》,然亦难信,以其文不类也。秦燔烧经籍,济南伏生抱书藏山中,又失之。汉兴,景帝使晁错往从口授,而伏生旋老死,仅得自《尧典》至《秦誓》二十八篇;故汉人尝以拟二十八宿。

《书》之体例有六:曰典,曰谟,曰训,曰诰,曰誓,曰命,是称六体。然其中有《禹贡》,颇似记,余则概为训下与告上之词,犹后世之诏令与奏议也。其文质朴,亦诘屈难读,距以藻韵为饰,俾便颂习,便行远之时,盖已远矣。晋卫宏则云:"伏生老,不能正言,言不可晓,使其女传言教错。齐人语多与颍川异,错所不知,凡十二三,略以其意属读而已。"故难解之处多有,今即略录《尧典》中语,以见大凡:

……帝曰:畴咨若时,登庸。放齐曰:胤子朱,启明。帝曰:吁!嚚讼,可乎?帝曰:畴咨若予采?驩兜曰:都!共工,方鸠僝工。帝曰:吁!静言庸违,象恭,滔天!帝曰:咨,四岳！汤汤洪水方割，荡荡怀山襄陵，浩浩滔天，下民其咨。有能，俾乂。佥曰：於，鲧哉！帝曰：吁，咈哉！方命，圮族。岳曰：异哉！试可，乃已。帝曰：往，钦哉！九载，绩用弗成。帝曰：咨，四岳！朕在位七十载，汝能庸命，巽朕位。岳曰：否德，忝帝位。曰：明明，扬侧陋！师锡帝曰：有鳏在下，曰虞舜。帝曰：俞！予闻。如何？岳曰：瞽子。父顽，母嚚，象傲。克谐以孝，烝烝乂，不格奸。帝曰：我其试哉。女于时观厥刑于二女，釐降二女于妫汭，嫔于虞。

扬雄曰："昔之说《书》者序以百，……虞夏之《书》浑浑尔，《商书》灏灏尔，《周书》噩噩尔。"《法言·问神》虞夏禅让，独饶治绩，敷扬休烈，故深大矣；周多征伐，上下相戒，事危而言切，则峻肃而不阿借；惟《商书》时有哀激之音，若缘厓而失其援，以为夷旷，所未详也。如《西伯戡黎》：

> 西伯既戡黎，祖伊恐，奔告于王曰：天子！天既讫我殷命，格人元龟，罔敢知吉。非先王不相我后人，惟王淫戏用自绝。故天弃我，不有康食。不虞天性，不迪率典。今我民罔弗欲丧，曰，天曷不降威，大命不挚？今王其如台。王曰：呜呼！我生不有命在天？祖伊反曰：呜呼！乃罪多参在上，乃能责命于天？殷之即丧，指乃功，不无戮于尔邦！

武帝时，鲁共王坏孔子旧宅，得其末孙惠所藏之书，字皆古文。孔安国以今文校之，得二十五篇，其五篇与伏生所诵相合，因并依古文，开其篇第，以隶古字写之，合成五十八篇。会巫蛊事起，不得奏上，乃私传其业于生徒，称《尚书》古文之学《隋书·经籍志》。而先伏生所口授者，缘其写以汉隶，遂反称今文。

孔氏所传，既以值巫蛊不行，遂有张霸之徒，伪造《舜典》《汩作》等二十四篇，亦称古文书，而辞义芜鄙，不足取信于世。若今本孔传《古文尚书》，则为晋豫章梅赜所奏上，独失《舜典》；至隋购募，乃得其篇，唐孔颖达疏之，遂大行于世。宋吴棫始以为疑；朱熹更比较其词，以为"今文多艰涩，而古文反平易"，"却似晋宋间文章"，并书序亦恐非安国作也。明梅鷟作《尚书考异》，尤力发其复，谓"《尚书》惟今文传自伏生口诵者为真古文。出孔壁中者，尽后儒伪作，大抵依约诸经《论》《孟》中语，并窃其字句而缘饰之"云。

诗歌之起，虽当早于记事，然葛天《八阕》，黄帝乐词，仅存其名。《家语》谓舜弹五弦之琴，造《南风》之诗曰："南风之熏兮，可以解吾民之愠兮；南风之时兮，可以阜吾民之财兮。"《尚书大传》又载其《卿云歌》云："卿云烂兮，纠缦缦兮，日月光华，旦复旦兮！"辞仅达意，颇有古风，而汉、魏始传，殆亦后人拟作。其可征信者，乃在《尚书·皋陶谟》，伪孔传《尚书》分之为《益稷》曰：

> ……夔曰：於！予击石拊石，百兽率舞，庶尹允谐。帝庸作歌曰：敕天之命，惟时惟几。乃歌曰：股肱喜哉，元首起哉，百工熙哉！皋陶拜手稽首扬言曰：念哉！率作兴事，慎乃宪，钦哉！屡省乃成，钦哉！乃赓载歌曰：元首明哉，股肱良哉，庶事康哉！又歌曰：元首丛脞哉，股肱惰哉，万事堕哉！帝曰：俞，往，钦哉！

以体式言，至为单简，去其助字，实止三言，与后之"汤之《盘铭》曰：苟日新，日日新，又日新"同式；又虽亦偶字履韵，而朴陋无华，殊无以胜于记事。然此特君臣相勗，冀各慎其法宪，敬其职事而已，长言咏叹，故命曰歌，固非诗人之作也。

自商至周，诗乃圆备，存于今者三百五篇，称为《诗经》。其先虽遭秦火，而人所讽诵，不独在竹帛，故最完。司马迁始以为"古者《诗》三千余篇，及至孔子，去其重，取其可施于礼义，上采契后稷，中述殷周之盛，至幽厉之缺"。然唐孔颖达已疑其言；宋郑樵则谓诗皆商、周人作，孔子得于鲁太师，编而录之。朱熹于诗，其意常与郑樵合，亦曰："人言夫子删诗，看来只是采得许多诗，夫子不曾删去，只是刊定而已。"

《书》有六体，《诗》则有六义焉：一曰风，二曰赋，三曰比，四曰兴，五曰雅，六曰颂。风、雅、颂以性质言：风者，闾巷之情诗；雅者，朝廷之乐歌；颂者，宗庙之乐歌也。是为《诗》之三经。赋、比、兴以体制言：赋者直抒其情；比者借物言志；兴者托物兴辞也。是为《诗》之三纬。风以《关雎》始，雅有大小，小雅以《鹿鸣》始，大雅以《文王》始；颂以《清庙》始，是为四始。汉时，说《诗》者众，鲁有申培，齐有辕固，燕有韩婴。皆尝列于学宫，而其书今并亡。存者独有赵人毛苌诗传，其学自谓传自子夏；河间献王尤好之。其诗每篇皆有序，郑玄以为首篇大序即子夏作，后之小序则子夏毛公合作也。而韩愈则云："子夏不序诗。"朱熹解诗，亦但信诗不信序。然据范晔说，则实后汉卫宏之所为尔。

毛氏《诗序》既不可信，三家《诗》又失传，作诗本义，遂难通晓。而《诗》之篇目次第，又不甚以时代为先后，故后来异说滋多。明何楷作《毛诗世本古义》，乃以诗编年，谓上起于夏少康时《公刘》《七月》等而讫于周敬王之世《下泉》，虽与孟子知人论世之说合，然亦非必其本义矣。要之《商颂》五篇，事迹分明，词劭诘屈，与《尚书》近似，用以上续舜皋陶之歌，或非诬欤？今录其《玄鸟》一篇；

《毛诗》序曰：祀高宗也。

　　天命玄鸟，降而生商，宅殷土芒芒。古帝命武汤，正域彼四方。方命厥后，奄有九有。商之先后，受命不殆，在武丁孙子。武丁孙子，武王靡不胜，龙旗十乘，大糦是承。邦畿千里，维民所止，肇域彼四海，四海来假。来假祁祁，景员维河，殷受命成宜，百禄是何。

至于二《雅》，则或美或刺，较足见作者之情，非如《颂》诗，大率叹美。如《小雅》《采薇》，言征人远戍，虽劳而不敢息云：

　　采薇采薇，薇亦作止。曰归曰归，岁亦莫止。靡室靡家，猃狁之故；不遑启居，猃狁之故。……彼尔维何？维常之华。彼路斯何？君子之车。戎车既驾，四牡业业；岂敢定居，一月三捷。……昔我往矣，杨柳依依；今我来思，雨雪霏霏。行道迟迟，载渴载饥。我心伤悲，莫知我哀！

此盖所谓怨诽而不乱，温柔敦厚之言矣。然亦有甚激切者，如《大雅·瞻卬》：

　　瞻仰昊天，则不我惠，孔填不宁，降此大厉。邦靡有定，士民其瘵。蟊贼蟊疾，靡有夷届；罪罟不收，靡有夷瘳！人有土田，女反有之；人有民人，女复夺之；此宜无罪，女反收之！彼宜有罪，女复说之；哲夫成城，哲妇倾城。……觱沸槛泉，维其深矣；心之忧矣，宁自今矣。不自我先，不自我后。藐藐昊天，无不克巩；无忝皇祖，式救尔后！

《国风》之词，乃较平易，发抒情性，亦更分明。如：

> 野有死麕，白茅包之；有女怀春，吉士诱之。林有朴樕；野有死鹿；白茅纯束，有女如玉。舒而脱脱兮，无感我帨兮，无使尨也吠！《召南·野有死麕》
>
> 溱与洧，方涣涣兮；士与女，方秉蕳兮。女曰观乎？士曰既且。且往观乎，洧之外，洵訏且乐。维士与女，伊其相谑，赠之以勺药。……《郑风·溱洧》
>
> 山有枢，隰有榆。子有衣裳，弗曳弗娄；子有车马，弗驰弗驱；宛其死矣，他人是愉。山有栲，隰有杻。子有廷内，弗洒弗扫；子有钟鼓，弗鼓弗考。宛其死矣，他人是保。山有漆，隰有栗。子有酒食，何不日鼓瑟？且以喜乐，且以永日；宛其死矣，他人入室。《唐风·山有枢》

《诗》之次第，首《国风》，次《雅》，次《颂》。《国风》次第，则始周召二南，次邶、鄘、卫、王、郑、齐、魏、唐、秦、陈、桧、曹而终以豳。其序列先后，宋人多以为即孔子微旨所寓，然古诗流传来久，篇次未必一如其故，今亦无以定之。惟《诗》以平易之《风》始，而渐及典重之《雅》与《颂》；《国风》又以所尊之周室始，次乃旁及于各国，则大致尚可推见而已。

《诗》三百篇，皆出北方，而以黄河为中心。其十五国中，周南、召南、王、桧、陈、郑在河南，邶、鄘、卫、曹、齐、魏、唐在河北，豳、秦则在泾渭之滨，疆域概不越今河南、山西、陕西、山东四省之外。其民厚重，故虽直抒胸臆，犹能止乎礼义，忿而不戾，怨而不怒，哀而不伤，乐而不淫，虽诗歌，亦教训也。然此特后儒之言，实则激楚之言，奔放之词，《风》《雅》中亦常有，而孔子则曰：

《诗》三百，一言以蔽之，曰：思无邪。"后儒因孔子告颜渊为邦，曰："放郑声。"又曰："恶郑声之乱雅乐也。"遂亦疑及《郑风》，以为淫逸，失其旨矣。自心不净，则外物随之，嵇康曰："若夫郑声，是音声之至妙，妙音感人，犹美色惑志，耽槃荒酒，易以丧业，自非至人，孰能御之。"本集《声无哀乐论》世之欲捐窈窕之声，盖由于此，其理亦并通于文章。

　　　　参考书：

《尚书正义》唐孔颖达

《毛诗正义》同上

《经义考》清朱彝尊卷七十二至七十六　卷九十八至一百

《支那[1]文学史纲》日本儿岛献吉郎第二篇二至四章

《诗经研究》谢无量

---

[1] "支那"一词是古代印度梵文中支那（China）的音译，也是古代欧亚大陆诸国对中国最流行的称呼。一般认为，中日签订《马关条约》后，日本侵略者开始使用"支那"称呼中国，并带有蔑视和贬义。——编者注

第三篇　老庄

周室寝衰，风人辍采；故曰："王者之迹熄而诗亡。"志士欲救世弊，则穷竭神虑，举其知闻。而诸侯又方并争，厚招游学之士；或将取合世主，起行其言，乃复力斥异家，以自所执持者为要道，聘辩腾说，著作云起矣。然当时足称"显学"者，实止三家，曰道，曰儒，曰墨。

道家书据《汉书·艺文志》所录有《伊尹》《太公》《辛甲》等，今皆不传；《鬻子》《筦子》亦后人作，故存于今者莫先于《老子》。老子名耳，字聃，姓李氏，楚人，盖生于周灵王初约西历纪元前五七〇，尝为守藏室之史，见周之衰，遂去，至关，为关令尹喜著书上下篇，言道德之意五千余言而去，莫知其所终也。今书又离为八十一章，亦后人妄分，本文实惟杂述思想，颇无条贯；时亦对字协韵，以便记诵，与秦、汉人所传之黄帝《金人铭》，颛顼《丹书》等见第一篇同：

　　视之不见名曰夷，听之不闻名曰希，搏之不得名曰微。此三者不可致诘，故混而为一。其上不曒，其下不昧，绳绳不可名，复归于无物。是谓无状之状，无物之象，是谓惚恍。迎之不见其首，随之不见其后，执古之道，以御今之有。能知古始，是谓道纪。

　　执大象，天下往。往而不害，安平太。乐与饵，过客止；道之出口，淡乎其无味，视之不足见，听之不足闻，用之不足既。

老子尝为周室守书，博见文典，又阅世变，所识甚多，班固谓

"道家者流，盖出于史官，历记成败存亡祸福古今之道，然后知秉要执本，清虚以自守，卑弱以自持"者盖以此。然老子之言亦不纯一，戒多言而时有愤辞，尚无为而仍欲治天下。其无为者，以欲"无不为"也。

> 　　大道废，有仁义。智慧出，有大伪。六亲不和有孝慈，国家昏乱有忠臣。
> 　　民之饥，以其上食税之多，是以饥。民之难治，以其上之有为，是以难治。民之轻死，以其求生之厚，是以轻死。夫唯无以生为者，是贤于贵生。
> 　　……圣人处无为之事，行不言之教，万物作焉而不辞，生而不有，为而不恃，功成而弗居。夫唯弗居，是以不去。
> 　　为学日益，为道日损。损之又损，以至于无为。无为而无不为。取天下常以无事；及其有事，不足以取天下。

　　儒、墨二家起老氏之后，而各欲尽人力以救世乱。孔子以周灵王二十一年前五五一生于鲁昌平乡陬邑，年三十余，尝问礼于老聃，然祖述尧、舜，欲以治世弊，道不行，则定《诗》《书》，订《礼》《乐》，序《易》，作《春秋》。既卒敬王前四十一年——前四七九，门人又相与辑其言行而论纂之，谓之《论语》。墨子亦鲁人，名翟，盖后于孔子百三四十年约威烈王一至十年生，而尚夏道，兼爱、尚同，非古之礼乐，亦非儒，有书七十一篇，今存者作十五卷。然儒者崇实，墨家尚质，故《论语》《墨子》，其文辞皆略无华饰，取足达意而已。时又有杨朱，主"为我"，殆未尝著书，而其说亦盛行于战国之世。孟子名轲前三七二生前二八九卒者，邹人，受学于子思，亦崇唐、虞，说仁义，于杨、墨则辞而辟之，著书七篇曰《孟子》。生当周季，渐有繁辞，而叙述则时特精妙，如墦间乞食一段，宋吴氏《林下偶谈》极推称之：

> 齐人有一妻一妾而处室者。其良人出，则必餍酒食而后反；其妻问所与饮食者，尽富贵也。其妻告其妾曰：良人出，则必餍酒食而后反，问其与饮食者，尽富贵也，而未尝有显者来，吾将瞯良人之所之也。蚤起，施从良人之所之。遍国中无与立谈者，卒之东郭墦间之祭者，乞其余，不足，又顾而之他。此其为餍足之道也。其妻归，告其妾曰：良人者，所仰望而终身也，今若此。与其妾讪其良人，而相泣于中庭。而良人未之知也，施施从外来，骄其妻妾。

然文辞之美富者，实惟道家，《列子》《鹖冠子》书晚出，皆后人伪作；今存者有《庄子》。庄子名周，宋之蒙人，盖稍后于孟子，尝为蒙漆园吏。著书十余万言，大抵寓言，人物土地，皆空言无事实，而其文则汪洋辟阖，仪态万方，晚周诸子之作，莫能先也。今存三十三篇，《内篇》七，《外篇》十五，《杂篇》十一；然《外篇》《杂篇》疑亦后人所加。于此略录《内篇》之文，以见大概：

> 啮缺问乎王倪曰：子知物之所同是乎？曰：吾恶乎知之。子知子之所不知邪？曰：吾恶乎知之。然则物无知邪？曰：吾恶乎知之。虽然，尝试言之：庸讵知吾所谓知之非不知邪？庸讵知吾所谓不知之非知邪？且吾尝试问乎女：民湿寝则要疾偏死，鳅然乎哉？木处则惴慄恂惧，猿猴然乎哉？三者孰知正处。……自我观之：仁义之端，是非之途，樊然淆乱。吾恶能知其辩。啮缺曰：子不知利害，则至人固不知利害乎？王倪曰：'至人神矣，大泽焚而不能热，河汉冱而不能寒，疾雷破山、风

振海而不能惊。若然者乘云气，骑日月，而游乎四海之外。死生无变于己，而况利害之端乎？《齐物论》第二

泉涸，鱼相与处于陆，相呴以湿，相濡以沫，不如相忘于江湖。与其誉尧而非桀也，不如两忘而化其道。夫大块载我以形，劳我以生，佚我以老，息我以死，故善吾生者，乃所以善吾死也。《大宗师》第六

南海之帝为儵，北海之帝为忽，中央之帝为混沌。儵与忽时与相遇于混沌之地，混沌待之甚善。儵与忽谋报混沌之德，曰：人皆有七窍以视听食息，此独无有。尝试凿之。日凿一窍，七日而混沌死。《应帝王》第七

末有《天下》一篇胡适谓非庄周作，则历评"天下之治方术者"，最推关尹、老子，以为"古之博大真人"，而自述其文与意云：

芴漠无形，变化无常。死与生与？天地并与？神明往与？芒乎何之，忽乎何适？万物毕罗，莫足以归。古之道术，有在于是者。庄周闻其风而悦之，以谬悠之说，荒唐之言，无端崖之辞，时纵恣而不傥，不以觭见之也。以天下为沉浊不可与庄语，以卮言为曼衍，以重言为真，以寓言为广。独与天地精神往来，而不敖倪于万物；不谴是非，以与世俗处。其书虽瑰玮，而连犿无伤也。其辞虽参差，而諔诡可观。彼其充实，不可以已。上与造物者游，而下与外死生无终始者为友。其于本也，弘大而辟，深闳而肆；其于宗也，可谓稠适而上遂矣。……

故自史迁以来，均谓周之要本，归于老子之言。然老子尚欲言有无，别修短，知白黑，而措意于天下；周则欲并有无修短白黑而

一之，以大归于"混沌"，其"不谴是非""外死生""无终始"，胥此意也。中国出世之说，至此乃始圆备。

察周季之思潮，略有四派。一邹鲁派，皆诵法先王，标榜仁义，以备世之急，儒有孔、孟，墨有墨翟。二陈宋派，老子生于苦县，本陈地也，言清净之治，迨庄周生于宋，则且以"天下为沉浊不可与庄语"，自无为而入于虚无。三曰郑卫派，郑有邓析、申不害，卫有公孙鞅，赵有慎到、公孙龙，韩有韩非，皆言名法。四曰燕齐派，则多作空疏迂怪之谈，齐之驺衍、驺奭、田骈、接子等，皆其卓者，亦秦、汉方士所从出也。

参考书：

《老子》晋王弼注

《庄子》晋郭象注

《史记》《孔子世家》，孟、老、庄列传等

《汉书》《艺文志》

《子略》宋高似孙

《支那[1]文学史纲》日本儿岛献吉郎第二篇第六章

《中国大文学史》谢无量卷二第七章

《中国哲学史大纲》胡适上卷

---

1 "支那"一词是古代印度梵文中支那（China）的音译，也是古代欧亚大陆诸国对中国最流行的称呼。一般认为，中日签订《马关条约》后，日本侵略者开始使用"支那"称呼中国，并带有蔑视和贬义。——编者注

第四篇　屈原及宋玉

　　战国之世，言道术既有庄周之蔑诗礼，贵虚无，尤以文辞，陵轹诸子。在韵言则有屈原起于楚，被谗放逐，乃作《离骚》。逸响伟辞，卓绝一世。后人惊其文采，相率仿效，以原楚产，故称"楚辞"。较之于《诗》，则其言甚长，其思甚幻，其文甚丽，其旨甚明，凭心而言，不遵矩度。故后儒之服膺诗教者，或訾而绌之，然其影响于后来之文章，乃甚或在三百篇以上。

　　屈原，名平，楚同姓也，事怀王为左徒，博闻强志，明于治乱，娴于辞令，王令原草宪令，上官大夫欲夺其稿，不得，谗之于王，王怒而疏屈原。原彷徨山泽，见先王之庙及公卿祠堂，图画天地山川神灵，琦玮僪佹，及古贤圣怪物行事。因书其壁，呵而问之，以抒愤懑，曰《天问》。辞句大率四言；以所图故事，今多失传，故往往难得其解：

　　……雄虺九首，儵忽焉在？何所不死，长人何守？靡蓱九衢，枲华安居？一蛇吞象，厥大何如？黑水玄趾，三危安在？延年不死，寿何所止？鲮鱼何所，鬿堆焉处？羿焉彃日，乌焉解羽？……

　　……中央共牧后何怒？蜂蚁微命力何固？惊女采薇鹿何祐？北至回水萃何喜？兄有噬犬弟何欲，易之以百两卒无禄？……

　　后盖又召还，尝欲联齐拒秦，不见用。怀王与秦婚，子兰劝怀王入秦，屈原止之，不听，卒为秦所留。长子顷襄王立，子兰为令尹，亦谗屈原，王怒而迁之。原在湘沅之间九年，行吟泽畔，颜色憔悴，作《离骚》，终怀石自投汨罗以死，时盖顷襄王十四五年_前二八五或六也。

《离骚》者，司马迁以为"离忧"，班固以为"遭忧"，王逸释以离别之愁思，扬雄则解为"牢骚"，故作《反离骚》，又作《畔牢愁》矣。其辞述己之始生，以至壮大，迄于将终，虽怀内美，重以修能，正道直行，而罹谗贼，于是放言遐想，称古帝，怀神山，呼龙虬，思佚女，申纾其心，自明无罪，因以讽谏。其文几二千言，中有云：

> ……跪敷衽以陈辞兮，耿吾既得此中正。驷玉虬以乘鹥兮，溘埃风余上征。朝发轫于苍梧兮，夕余至乎县圃，欲少留此灵琐兮，日忽忽其将暮。吾令羲和弭节兮，望崦嵫而勿迫，路曼曼其修远兮，吾将上下而求索。饮余马于咸池兮，总余辔乎扶桑，折若木以拂日兮，聊逍遥以相羊。……览相观于四极兮，周流乎天余乃下，望瑶台之偃蹇兮，见有娀之佚女。吾令鸩为媒兮，鸩告余以不好；雄鸠之鸣逝兮，余犹恶其佻巧。……理弱而媒拙兮，恐导言之不固；时溷浊而嫉贤兮，好蔽美而称恶。闺中既以邃远兮，哲王又不寤。怀朕情而不发兮，余焉能忍与此终古！……

次述占于灵氛，问于巫咸，无不劝其远游，毋怀故宇，于是驰神纵意，将翱将翔，而睠怀宗国，终又宁死而不忍去也：

> ……抑志而弭节兮，神高驰之邈邈；奏《九歌》而舞《韶》兮，聊假日以媮乐。陟升皇之赫戏兮，忽临睨夫旧乡；仆夫悲

余马怀兮，蜷局顾而不行。乱曰："已矣哉！国无人，莫我知兮，又何怀乎故都？既莫足与为美政兮，吾将从彭咸之所居！"

今所传《楚辞》中有《九章》九篇，亦屈原作。又有《卜居》《渔父》，述屈原既放，与卜者及渔人问答之辞，亦云自制，然或后人取故事仿作之，而其设为问难，履韵偶句之法，则颇为词人则效，近如宋玉之《风赋》，远如相如之《子虚》《上林》，班固之《两都》皆是也。

《离骚》之出，其沾溉文林，既极广远，评骘之语，遂亦纷繁，扬之者谓可与日月争光，抑之者且不许与狂狷比迹，盖一则达观于文章，一乃局蹐于诗教，故其裁决，区以别矣。实则《离骚》之异于《诗》者，特在形式藻采之间耳。时与俗异，故声调不同；地异，故山川神灵动植皆不同；惟欲婚简狄，留二姚，或为北方人民所不敢道，若其怨愤责数之言，则三百篇中之甚于此者多矣。楚虽蛮夷，久为大国，春秋之世，已能赋诗，风雅之教，宁所未习？幸其固有文化，尚未沦亡，交错为文，遂生壮采。刘勰取其言辞，校之经典，谓有异有同，固雅颂之博徒，实战国之风雅，"虽取熔经义，亦自铸伟辞。……故能气往轹古，辞来切今，惊采绝艳，难与并能。"《文心雕龙·辨骚》可谓知言者已。

形式文采之所以异者，由二因缘，曰时与地。古者交接邻国，揖让之际，盖必诵诗，故孔子曰："不学《诗》，无以言。"周室既衰，聘问歌咏，不行于列国，而游说之风寖盛，纵横之士，欲以唇吻奏功，遂竞为美辞，以动人主。如屈原同时有苏秦者，其说赵司寇李兑也，曰："雒阳乘轩里苏秦，家贫亲老，无罢车驽马，桑轮蓬箧，赢縢担囊，触尘埃，蒙霜露，越漳、河，足重茧，日百而舍，造外阙，愿造于前，口道天下之事。"《赵策》一自叙其来，华饰至此，则辩说之际，可以推知。余波流衍，渐及文苑，繁辞华句，固已非《诗》之朴质之体式所能载矣。况《离骚》产地，与《诗》不同，彼有河渭，此则沅湘，彼惟朴樕，此则兰茝；又重巫，浩歌曼舞，足以乐神，盛造歌辞，用于祀祭。《楚辞》中有《九歌》，谓"楚南郢之邑，沅湘之间，其俗信鬼而好祀，……屈原放逐，……愁思怫郁，出见俗人祭祀之礼，歌舞之乐，其词鄙俚，因为作《九歌》之曲"。而绮靡杳渺，与原他文颇不同，虽曰"为作"，固当有本。俗歌俚句，非不可沾溉词人，句不拘于四言，圣不限于尧舜，盖荆楚之常习，其所由来者远矣。今略录其《湘夫人》：

> 帝子降兮北渚，目眇眇兮愁余。袅袅兮秋风，洞庭波兮木叶下。登白薠兮骋望，与佳期兮夕张。鸟何萃兮薠中，罾何为兮木上？沅有茝兮澧有兰，思公子兮未敢言；慌惚兮远望，观流水兮潺湲。麋何食兮庭中，蛟何为兮水裔？朝驰余马兮江皋，夕济兮西澨。闻佳人兮召予，将腾驾兮偕逝。筑室兮水中，葺之以荷盖。荪壁兮紫坛，播芳椒兮盈堂，桂栋兮兰橑，辛夷楣兮药房。……芷葺兮荷盖，缭之兮杜衡，合百草兮实庭，建芳馨兮庑门。九疑缤兮并迎，灵之来兮如云。捐余袂兮江中，遗余褋兮澧浦，搴汀洲兮杜若，将以遗兮远者。时不可兮骤得，聊逍遥兮容与。

同时有儒者赵人荀况约前三一五至前二三〇，年五十始游学于齐，三为祭酒；已而被谗适楚，春申君以为兰陵令。亦作赋，《汉书》云十篇，今有五篇在《荀子》中，曰《礼》，曰《知》，曰《云》，曰《蚕》，曰《箴》，臣以隐语设问，而王以隐语解之，文亦朴质，概为四言，与楚声不类。又有《佹诗》，实亦赋，言天下不治之意，即以遗春申君者，则词甚切激，殆不下于屈原，岂身临楚邦，居移其气，终亦生牢愁之思乎？

天下不治，请陈俛诗：天地易位，四时易乡，列星殒坠，旦暮晦盲。……仁人绌约，敖暴擅强。天下幽险，恐失世英。螭龙为蝘蜓，鸱枭为凤凰。比干见刳，孔子拘匡。昭昭乎其知之明也，郁郁乎其遇时之不祥也。……圣人共手，时几将矣，与愚以疑，愿闻反辞。其小歌曰：念彼远方，何其塞矣。仁人绌约，暴人衍矣。忠臣危殆，谗人般矣。璇玉瑶珠，不知佩也。杂布与锦，不知异也。……以盲为明；以聋为聪；以危为安；以吉为凶。呜呼上天，曷维其同！

稍后，楚又有宋玉唐勒景差之徒，皆好辞，而以赋见称。然虽学屈原之文辞，终莫敢直谏，盖掇其哀愁，猎其华艳，而"九死未悔"之概失矣。宋玉者，王逸以为屈原弟子；事怀王之子襄王，为大夫，然不得志。所作本十六篇，今存十一篇，殆多后人拟作，可信者有《九辩》。《九辩》本古辞，玉取其名，创为新制，虽驰神逞想，不如《离骚》，而凄怨之情，实为独绝。如：

皇天平分四时兮，窃独悲此凛秋。白露既下降百草兮，奄离披此梧楸。去白日之昭昭兮，袭长夜之悠悠。离芳蔼之方壮兮，余萎约而悲愁。秋既先戒以白露兮，冬又申之以严霜。……岁忽忽而遒尽兮，恐余寿之弗将。悼余生之不时兮，逢此世之俇攘。澹容与而独倚兮，蟋蟀鸣此西堂。心怵惕而震荡兮，何所忧之多方？卬明月而太息兮，步列星而极明。

又有《招魂》一篇，外陈四方之恶，内崇楚国之美，欲召魂魄，来归修门。司马迁以为屈原作，然辞气殊不类。其文华靡，长于敷陈，言险难则天地间皆不可居，述逸乐则饮食声色必极其致，后人作赋，颇学其夸。句末俱用"些"字，亦为创格，宋沈存中云，"今夔峡湖湘及南北江獠人，凡禁咒句尾皆称些，乃楚人旧俗"也。

> ……魂兮归来，南方不可以止些。雕题黑齿，得人肉以祀，以其骨为醢些。蝮蛇蓁蓁，封狐千里些。雄虺九首，往来儵忽，吞人以益其心些。魂兮归来，不可以久淫些。……魂兮归来，君无上天些。虎豹九关，啄害下人些。一夫九首，拔木九千些。豺狼从目，往来侁侁些。悬人以娭，投之深渊些。致命于帝，然后得瞑些。归来归来，往恐危身些。……魂兮归来，入修门些。……室家遂宗，食多方些。稻粢穱麦，挐黄粱些。大苦咸酸，辛甘行些。肥牛之腱，臑若芳些。和酸若苦，陈吴羹些。臇鳖炮羔，有柘浆些。……肴羞未通，女乐罗些。陈钟按鼓，造新歌些。涉江采菱，发扬荷些。美人既醉，朱颜酡些。娭光眇视，目曾波些。被文服纤，丽而不奇些。长发曼鬋，艳陆离些。……

其称为赋者则九篇，《文选》四篇；《古文苑》六篇，然《舞赋》实傅毅作大率言玉与唐勒景差同侍楚王，即事兴情，因而成赋，然文辞繁缛填委，时涉神仙，与玉之《九辩》《招魂》及当时情景颇违异，疑亦犹屈原之《卜居》《渔父》，皆后人依托为之。又有《对楚王问》，见《文选》及《说苑》自辩所以不见誉于士民众庶之故，先征歌曲，次引鲸凤，以明俗士之不能知圣人。其辞甚繁，殆如游说之士所谈辩，或亦依托也。然与赋当并出汉初，刘勰谓赋萌于《骚》，荀卿宋玉，乃锡专名，与诗划境，蔚成大国；又谓"宋玉含才，始造'对问'"，于是枚乘《七发》，扬雄《连珠》，抒愤之文，郁然盛起。然则《骚》者，固亦受三百篇之泽，而特由其时游说之风而恢宏，因荆楚之俗而奇伟；赋与对问，又其长流之漫于后代者也。

唐勒景差之文，今所传尤少。《楚辞》中有《大招》，欲效《招魂》而甚不逮，王逸云，"屈原之所作也；或曰景差。"审其文辞，谓差为近。

参考书：

《楚辞集注》宋朱熹

《荀子》卷十八

《史记》卷八十四《屈原贾生列传》

《文心雕龙讲疏》范文澜卷一《辨骚》，卷二《诠赋》，卷三《杂文》

《支那[1]文学之研究》日本铃木虎雄卷一《骚赋之生成》

《楚辞新论》谢无量

《楚辞概论》游国恩

---

1 "支那"一词是古代印度梵文中支那（China）的音译，也是古代欧亚大陆诸国对中国最流行的称呼。一般认为，中日签订《马关条约》后，日本侵略者开始使用"支那"称呼中国，并带有蔑视和贬义。——编者注

第五篇　李斯

　　秦始皇帝即位之初，相国吕不韦以列国常下士喜宾客，且多辩士，如荀况之徒，著书布天下，乃亦厚养士，使人人著其所知，集以为书，凡二十余万言，号曰《吕氏春秋》，布咸阳市门，延诸侯游士宾客，有能增损一字者予千金。始皇既壮，绌不韦；又渐并兼列国，虽亦召文学，置博士，而终则焚烧《诗》《书》，杀诸生甚众，重任丞相李斯，以法术为治。

　　李斯，楚上蔡人，少与韩非俱从荀况学帝王之术，成而入秦，为吕不韦舍人，说始皇，拜为长史，渐进至左丞相，二世二年前二〇八宦者赵高诬以谋反，杀之，具五刑，夷三族。斯虽出荀卿之门，而不师儒者之道，治尚严急，然于文字，则有殊勋，六国之时，文字异形，斯乃立意，罢其不与秦文合者，画一书体，作《仓颉》七章，与古文颇不同，后称秦篆；又始造隶书，盖起于官狱多事，苟趋简易，施之于徒隶也。法家大抵少文采，惟李斯奏议，尚有华辞，如上书《谏逐客》云：

　　……必秦国所生然后可，则是夜光之璧，不饰朝廷；犀象之器，不为玩好；郑卫之女，不充后宫；而骏良駃騠，不实外厩；江南金锡不为用，西蜀丹青不为采。……夫击瓮叩缶，弹筝搏髀，而歌呼呜呜快耳目者，真秦之声也。郑卫桑间，《昭虞》《武象》者，异国之乐也。今弃击瓮叩缶而就郑卫，退弹筝而取《昭虞》。若是者，何也？快意当前，适观而已矣。今取人则不然：不问可否，不论曲直，非秦者去，为客者逐。然则是所重者在乎色乐珠玉，而所轻者在乎人民也。此非所以跨海内，制诸侯之术也。……

二十八年，始皇始东巡郡县，群臣乃相与诵其功德，刻于金石，以垂后世。其辞亦李斯所为，今尚有流传，质而能壮，实汉晋碑铭所从出也。如《泰山刻石文》：

皇帝临位，作制明法，臣下修饬。二十六年，初并天下，罔不宾服。亲巡天下黎民，登兹泰山，周览东极。从臣思迹，本原事业，祗诵功德。治道运行，诸产得宜，皆有法式。大义休明，垂于后世，顺承勿革。皇帝躬圣，既平天下，不懈于治。……昭隔内外，靡不清净，施于后嗣。化及无穷，遵奉遗诏，永承重戒。

三十六年，东郡民刻陨石以诅始皇，案问不服，尽诛石旁居人。始皇终不乐，乃使博士作《仙真人诗》；及行所游天下，传令乐人歌弦之。其诗盖后世游仙诗之祖，然不传。《汉书·艺文志》著秦时杂赋九篇；《礼乐志》云周有《房中乐》，至秦名曰《寿人》，今亦俱佚。故由现存者而言，秦之文章，李斯一人而已。

参考书：

《史记》卷六《秦始皇帝本纪[1]》，卷八十五《吕不韦》，八十七《李斯列传》

《全秦文》清严可均辑

《中国大文学史》谢无量第二编第八章

1　即"秦始皇本纪"。——编者注

第六篇　汉宫之楚声

秦既焚烧《诗》《书》，坑诸生于咸阳，儒者乃往往伏匿民间，或则委身于敌以舒愤怨。故陈涉起匹夫，旬月王楚，而鲁诸儒持孔氏之礼器归之；孔甲则为涉博士，与俱败死。汉兴，高祖亦不乐儒术，其佐又多刀笔之吏，惟郦食其、陆贾、叔孙通文雅，有博士余风。然其厕足汉廷，亦非尽因文术，陆贾虽称说《诗》《书》，顾特以辩才见赏，郦生固自命儒者，而高祖实以说客视之；至叔孙通，则正以曲学阿世取容，非重其能定朝仪，知典礼也。即位之后，过鲁，虽曾以中牢祀孔子，盖亦英雄欺人，将借此收揽人心，俾知一反秦之所为而已。高祖崩，儒者亦不见用，《汉书·儒林传》云："孝惠高后时，公卿皆武力功臣。孝文本好刑名之言。及至孝景，不任儒；窦太后又好黄老术，故诸博士具官待问，未有进者。"

故在文章，则楚汉之际，诗教已熄，民间多乐楚声，刘邦以一亭长登帝位，其风遂亦被宫掖。盖秦灭六国，四方怨恨，而楚尤发愤，誓虽三户必亡秦，于是江湖激昂之士，遂以楚声为尚。项籍困于垓下，歌曰："力拔山兮气盖世，时不利兮骓不逝！骓不逝兮可奈何？虞兮虞兮奈若何？"楚声也。高祖既定天下，因征黥布过沛，置酒沛宫，召故人父老子弟佐酒，自击筑歌曰："大风起兮云飞扬。威加海内兮归故乡。安得猛士兮守四方！"亦楚声也。且发沛中儿百二十人教之歌，群儿皆和习之。其后欲立戚夫人子赵王如意，因而废太子，不果，戚夫人泣涕，亦令作楚舞，而自为楚歌：

鸿鹄高飞，一举千里。羽翼已就，横绝四海。横绝四海，又可奈何？虽有矰缴，尚安所施？

《房中乐》始于周，以乐祖先。汉初，高帝姬唐山夫人作乐词，以从帝所好，亦楚声。至孝惠二年前一九三使乐府令夏侯宽备其箫管，更名《安世乐》，凡十六章，今录其二：

丰草葽，女罗施。善何如，谁能回？大莫大，成教德；长莫长，被无极。

都荔遂芳，宵宷桂华。孝奏天仪，若日月光。乘玄四龙，回驰北行。羽旄殷盛，芬哉芒芒。孝道随世，我署文章。

又以沛宫为原庙，令歌儿吹习高帝《大风》之歌，遂用百二十人为常员。文景相嗣，礼官肄之。楚声之在汉宫，其见重如此，故后来帝王仓卒言志，概用其声，而武帝词华，实为独绝。当其行幸河东，祠后土，顾视帝京，忻然中流，与群臣醻饮，自作《秋风辞》，缠绵流丽，虽词人不能过也：

秋风起兮白云飞，草木黄落兮雁南归。兰有秀兮菊有芳，怀佳人兮不能忘。泛楼船兮济汾河，横中流兮扬素波，箫鼓鸣兮发棹歌。欢乐极兮哀情多，少壮几时兮奈老何。

降及少帝，将为董卓所鸩，与妻唐姬别，悲歌云："天道易兮我何艰，弃万乘兮退守藩。逆臣见迫兮命不延，逝将去汝兮适幽玄！"唐姬歌曰："皇天崩兮后土颓，身为帝兮命夭摧。死生路异兮从此乖，奈我茕独兮中心哀！"虽临危抒愤，词意浅露，而其体式，亦皆楚歌也。

参考书：

《汉书》《帝纪》《礼乐志》

《全汉诗》丁福保辑

《中国大文学史》谢无量第三编第一章

第七篇　贾谊与晁错

汉初善言治道，亦擅文章者，先有陆贾佐高祖，每称说《诗》《书》；高帝命著书言秦所以失天下及古今成败，每奏一篇，帝未尝不称善，名其书曰《新语》；今存。文帝时则有颍川贾山，尝借秦为喻，言治乱之道，名曰《至言》；其后每上书，言多激切，善指事意，然不见用。所言今多亡失，惟《至言》见于《汉书》本传。

贾谊，雒阳人，尝从秦博士张苍受《春秋左氏传》。年十八，以能诵《诗》《书》属文称于郡中，廷尉吴公荐于文帝，召为博士，时年二十余，而善于答诏令，诸生莫能及。文帝悦之，一岁中超迁至大中大夫，且拟以任公卿。绛灌冯敬等毁之曰："雒阳之人年少初学，专欲擅权，纷乱诸事。"于是帝亦疏之，不用其议；后以谊为长沙王太傅。谊既以谪去，意不自得，及渡湘水，为赋吊屈原，亦以自谕也：

> 恭承嘉惠兮俟罪长沙，侧闻屈原兮自湛汨罗。造托湘流兮敬吊先生，遭世罔极兮乃殒厥身。呜呼哀哉兮逢时不祥，鸾凤伏窜兮鸱枭翱翔。阘茸尊显兮谗谀得志，贤圣逆曳兮方正倒植。……吁嗟默默，生之无故兮。斡弃周鼎，宝康瓠兮。腾驾罢牛，骖蹇驴兮。骥垂两耳，服盐车兮。章甫荐履，渐不可久兮。嗟苦先生，独离此咎兮。讯曰：已矣，国其莫我知兮，独壹郁其谁语。凤漂漂其高逝兮，夫固自引而远去。袭九渊之神龙兮，沕深潜以自珍；偭蟂獭以隐处兮，夫岂从虾与蛭螾。所贵圣人之神德兮，远浊世而自藏；使骐骥可得系而羁兮，岂云异夫犬羊。般纷纷其离此尤兮，亦夫子之故也；历九州而相其君兮，何必怀此都也！凤凰翔于千仞兮，览德辉而下之；见细德

之险征兮，遥曾击而去之。彼寻常之污渎兮，岂能容夫吞舟之巨鱼；横江湖之鳣鲸兮，固将制于蝼蚁。

三年，有鵩飞入谊舍，止于坐隅。长沙卑湿，谊自惧不寿，因作《鵩赋》以自广，鵩者，楚人之谓鸮也。大意谓祸福纠缠，吉凶同域，生不足悦，死不足患，纵躯委命，乃与道俱，见鵩细故，无足疑虑。其外死生，顺造化之旨，盖得之于庄生。岁余，文帝征谊，问鬼神之本，自叹为不能及。顷之，拜为帝少子梁怀王太傅。时复封淮南厉王子四人为列侯，谊上疏以谏；又以诸侯王僭拟，地或连数郡，非古之制，乃屡上书陈政事，请稍削之。其治安之策，洋洋至六千言，以为天下"事势，有可为痛哭者一，可为流涕者二，可为长太息者六，若其它背理而伤道者，难遍以疏举"，因历指其失，颇切事情，然不见听。居数年，怀王堕马死，无后；谊自伤为傅无状，哭泣岁余，亦死，年三十三前二〇〇至前一六八。

晁错，颍川人，少学申商刑名于轵张恢所，文帝时以文学为太常掌故，被遣从济南伏生受《尚书》，还，因上便宜事，以《书》称说，诏以为太子舍人、门大夫，迁博士，拜太子家令。又以辩得幸太子，太子家号曰智囊。举贤良文学，对策高第，又数上书文帝，言削诸侯事及法令可更定者，帝不听，然奇其材，迁中大夫。景帝即位，以为内史，言事辄听，始宠幸倾九卿，法令多所更定，袁盎申屠嘉皆弗善之，而错愈贵，迁为御史大夫。又请削诸侯之地，收其枝郡。其说削吴云：

> 昔高帝初定天下，昆弟少，诸子弱，大封同姓，故孽子悼惠王王齐七十二城，庶弟元王王楚四十城，兄子王吴五十余城。封三庶孽，分天下半。今吴王前有太子之隙，诈称病不朝，于古法当诛。文帝不忍，因赐几杖，德至厚也。不改过自新，乃益骄恣，公即山铸钱，煮海为盐，诱天下亡人，谋作乱逆。今削之亦

反，不削亦反。削之，其反亟，祸小；不削之，其反迟，祸大。

错请削地之奏，诸贵人皆不敢难，惟窦婴争之，由是与错有隙。诸侯亦先疾其所更法令三十章，于是吴楚七国遂反，以诛错为名；窦婴袁盎又说文帝，令晁错衣朝衣，斩于东市前一五四年。

晁贾性行，其初盖颇同，一从伏生传《尚书》，一从张苍受《左氏》。错请削诸侯地，且更定法令；谊亦欲改正朔，易服色；又同被功臣贵幸所谮毁。为文皆疏直激切，尽所欲言；司马迁亦云："贾生晁错明申商。"惟谊尤有文采，而沉实则稍逊，如其《治安策》《过秦论》，与晁错之《贤良对策》《言兵事疏》《守边劝农疏》，皆为西汉鸿文，沾溉后人，其泽甚远；然以二人之论匈奴者相较，则可见贾生之言，乃颇疏阔，不能与晁错之深识为伦比矣。

惟其后之所以绝异者，盖以文帝守静，故贾生所议，皆不见用，为梁王傅，抑郁而终。晁错则适遭景帝，稍能改革，于是大获宠幸，得行其言，卒召变乱，斩于东市；又夙以刑名著称，遂复来"为人陗直刻深"之谤。使易地而处，所遇之主不同，则其晚节末路，盖未可知也。但贾谊能文章，平生又坎凛，司马迁哀其不遇，以与屈原同传，遂尤为后世所知闻。

参考书：

《史记》卷八十四，一百一

《汉书》卷四十八，四十九

《全汉文》清严可均辑

《中国大文学史》第三编第二章

《支那[1]文学史纲》第三篇第四章

---

[1] "支那"一词是古代印度梵文中支那（China）的音译，也是古代欧亚大陆诸国对中国最流行的称呼。一般认为，中日签订《马关条约》后，日本侵略者开始使用"支那"称呼中国，并带有蔑视和贬义。——编者注

第八篇　藩国之文术

　　汉高祖虽不喜儒，文景二帝，亦好刑名黄老，而当时诸侯王中，则颇有倾心养士，致意于文术者。楚、吴、梁、淮南、河间五王，其尤著者也。

　　楚元王交为高祖同父少弟，好书多材艺，少时，与鲁穆生、白生、申公、俱受《诗》于孙卿门人浮丘伯。故好《诗》，既王楚，诸子亦皆读《诗》；申公始为《诗》传，号"鲁诗"；元王亦自为传，号"元王诗"。汉初治《诗》大师，皆居于楚；申公、白公之外，又有韦孟，为元王傅，傅子夷王，及孙王戊。戊荒淫不遵道，孟乃作诗讽谏；后遂去位，徙家于邹，又作诗一篇，其叙事布词，自为一体，皆有风雅遗韵。魏、晋以来，递相师法，用以叙先烈，述祖德，故任昉《文章缘起》以为"四言诗起于前汉楚王傅韦孟《谏楚夷王戊》诗"也。

　　吴王濞者，高祖兄仲之子。文帝时，吴太子入见，与皇太子争博道，皇太子引博局提杀之。吴王由是怨望，藏亡匿死，积三十余年，故能使其众。然所用多纵横游说之士；亦有并擅文词者，如严忌、邹阳、枚乘等。吴既败，皆游梁。

　　梁孝王名武，文帝窦皇后少子也。七国之叛，梁距吴、楚最有功，又最为大国，卤簿拟天子；招延四方豪杰，自山东游士莫不至。传《易》者有丁宽，以授田王孙，田授施仇、孟喜、梁丘贺，由是《易》有施孟梁丘三家之学。又有羊胜、公孙诡、韩安国，各以辩智著称。吴败，吴客又皆游梁；司马相如亦尝游梁，皆词赋高手，天下文学之盛，当时盖未有如梁者也。

　　严忌本姓庄，后避明帝讳，称严，会稽吴人。好词赋，哀屈原忠贞不遇，作词曰《哀时命》。遭景帝不好词赋，无所得志，乃游吴；吴败，徒步入梁，受知孝王，与邹阳、枚乘时见尊重，而忌名尤盛，世称庄夫子。《汉志》有《庄夫子赋》二十四篇；今仅存《哀时命》一篇，在《楚辞》中。

邹阳，齐人，初与严忌、枚乘等俱仕吴，皆以文辩著名。吴王将叛，阳作书以谏，不见用，乃去而之梁，从孝王游。其为人有智略，慷慨不苟合，为羊胜、公孙诡所谗，孝王怒，下阳于狱，将杀之。阳在狱中，上书自明：

> ……语曰：有白头如新，倾盖如故。何则？知与不知也。故樊於期逃秦之燕，借荆轲首以奉丹事；王奢去齐之魏，临城自刭，以却齐而存魏。夫王奢樊於期，非新于齐秦而故于燕魏也，所以去二国，死两君者，行合于志而慕义无穷也。……今人主诚能去骄傲之心，怀可报之意，披心腹，见情素，隳肝胆，施德厚，终与之穷达，无爱于士，则桀之犬可使吠尧，而跖之客可使刺由。何况因万乘之权，假圣王之资乎？然则荆轲湛七族，要离燔妻子，岂足为大王道哉？……

书奏，孝王立出之，卒为上客，后羊胜公孙诡以罪死，阳独为梁王解深怒于天子。盖吴蓄深谋，偏好策士，故文辩之士，亦常有纵横家遗风，词令文章，并长辟阖，犹战国游士之口说也。《汉志》纵横家，有《邹阳》七篇，而不录其词赋，似阳之在汉，固以权略见称。《西京杂记》云：梁孝王游于忘忧之馆，集诸游士，使各为赋。枚乘《柳赋》，路乔如《鹤赋》，公孙诡《文鹿赋》，邹阳《酒赋》，公孙乘《月赋》，羊胜《屏风赋》，韩安国作《几赋》不成，邹阳代作。邹阳安国罚酒三升；赐枚乘路乔如绢，人五匹。《西京杂记》为晋葛洪作,托之刘歆,则诸赋或亦洪之所为耳。

枚乘,字叔,淮阴人,为吴王濞郎中。吴王谋为逆,乘上书以谏,吴王不纳,乃去而之梁。汉既平七国,乘由是知名,景帝召拜弘农都尉。乘久为大国上宾,不乐郡吏,以病去官;复游梁。梁客皆善属词,乘尤高。梁孝王薨,乘归淮阴。武帝自为太子闻乘名,及即位,乘年老,乃以安车蒲轮征乘,道死前一四〇。

《汉志》有《枚乘赋》九篇;今惟《梁王菟园赋》存。《临灞池远诀赋》仅存其目,《柳赋》盖伪托。然乘于文林,业绩之伟,乃在略依《楚辞》《七谏》之法,并取《招魂》《大招》之意,自造《七发》。借吴楚为客主,先言舆辇之损,宫室之疾,食色之害,宜听妙言要道,以疏神导体。于是说以声色逸游之乐等等,凡六事,最末为观涛于广陵:

> ……其始起也,洪淋淋焉若白鹭之下翔;其少进也,浩浩澶澶,如素车白马帷盖之张。其波涌而云乱,扰扰焉如三军之腾装。其旁作而奔起也,飘飘焉如轻车之勒兵。六驾蛟龙,附从太白。纯驰浩蜺,前后骆驿。颙颙卬卬,椐椐强强,莘莘将将。壁垒重坚,沓杂似军行。訇隐匈盖,轧盘涌裔,原不可当。观其两傍,则滂渤怫郁,暗漠感突,上击下律。有似勇壮之卒,突怒而无畏,蹈壁冲津,穷曲随隄,逾岸出追,遇者死,当者坏。……

其说皆不入,则云:

> 将为太子奏方术之士,有资略者,若庄周、魏牟、杨朱、墨翟、便娟、詹何之伦,使之论天下之精微,理万物之是非;孔老

览观,孟子持筹而算之,万不失一。此亦天下要言妙道也,太子岂欲闻之乎?于是太子据几而起,曰:涣乎若一听圣人辩士之言。涩然汗出,霍然病已。

由是遂有"七"体,后之文士,仿作者众,汉傅毅有《七激》,刘广有《七兴》,崔骃有《七依》,……凡十余家;递及魏晋,仍多拟造。谢灵运有《七集》十卷,卞景有《七林》十二卷,梁又有《七林》三十卷,盖即集众家此体为之,今俱佚;惟乘《七发》及曹植《七启》,张协《七命》,在《文选》中。

《文选》又有《古诗十九首》,皆五言,无撰人名。唐李善曰:"并云古诗,盖不知作者;或云枚乘,疑不能明也。"然陈徐陵所集《玉台新咏》,则其中九首,明题乘名。审如是,乘乃不特始创七体,且亦肇开五古者矣,今录其三:

> 西北有高楼,上与浮云齐,交疏结绮窗,阿阁三重阶。上有弦歌声,音响一何悲,谁能为此曲,无乃杞梁妻。清商随风发,中曲正徘徊,一弹再三叹,慷慨有余哀。不惜歌者苦,但伤知音稀。愿为双鸿鹄,奋翅起高飞。
>
> ……相去日已远,衣带日已缓。浮云蔽白日,游子不复返。思君令人老,岁月忽已晚。弃捐勿复道,努力加餐饭。
>
> 迢迢牵牛星,皎皎河汉女。纤纤濯素手,札札弄机杼,终日不成章,泣涕零如雨。河汉清且浅,相处复几许,盈盈一水间,脉脉不得语。

其词随语成韵,随韵成趣,不假雕琢,而意志自深,风神或近楚《骚》,体式实为独造,诚所谓"畜神奇于温厚,寓感怆于和平,意愈浅愈深，词愈近愈远"者也。稍后李陵与苏武赠答，亦为五言，盖文景以后，渐多此体，而天质自然，终当以乘为独绝矣。

淮南王安为文帝所封，好书，鼓琴；招致宾客方术之士数千人，作为《内书》二十一篇，《外书》甚众；又有《中篇》八卷，言神仙黄白之术，亦二十余万言。时武帝方好艺文，以安为诸父，辩博善文辞，甚尊重之。尝使为《离骚传》，旦受诏，日食时上。传今亡；所传者惟《淮南》二十一篇，亦曰《鸿烈》。其书盖与诸游士讲论，掇拾旧文而成。其诸游士著者，则为苏飞、李尚、左吴、田由、雷被、毛被、伍被，晋昌等八人，是曰八公；又分造词赋，以类相从，或称《大山》，或称《小山》，其义犹《诗》之有《大雅》《小雅》也。小山之徒有《招隐士》之赋，其源虽出《离骚》《招魂》等，而不泥于迹象，为汉代楚辞之新声：

> 桂树丛生兮山之幽，偃蹇连蜷兮枝相缭。山气巃嵸兮石嵯峨；溪谷崭岩兮水曾波。猿狖群啸兮虎豹嗥，攀援桂枝兮聊淹留。王孙游兮不归，春草生兮萋萋，岁暮兮不自聊，蟪蛄鸣兮啾啾。块兮轧，山曲岪，心淹留兮恫慌忽；罔兮沕，憭兮栗，虎豹穴，丛薄深林兮人上栗。嶔岑碕礒兮硱磳磈硊，树轮相纠兮林木茷骫；青莎杂树兮薠草靃靡：白鹿麏麚兮或腾或倚，状兒崟崟兮峨峨，凄凄兮漇漇。猕猴兮熊罴，慕类兮以悲。攀援桂枝兮聊淹留，虎豹斗兮熊罴咆，禽兽骇兮亡其曹。王孙兮归来，山中兮不可以久留。

河间献王德为景帝子，亦好书，而所得皆古文先秦旧书。又立《毛氏诗》《左氏春秋》博士；山东诸儒，多从而游。其所好盖与楚元王交相类。惟吴、梁、淮南三国之客，较富文词，梁客之上者，多来自吴，甚有纵横家余韵；聚淮南者，则大抵浮辩方术之士也。

参考书：

《史记》卷一百六、一百十八

《汉书》卷三十六、四十四、四十七、五十一、五十三

《全汉文》清严可均辑

《中国大文学史》第三编第三章

第九篇 武帝时文术之盛

武帝有雄材大略，而颇尚儒术。即位后，丞相卫绾即请奏罢郡国所举贤良治申商韩非苏秦张仪之言者。又以安车蒲轮征申公枚乘等；议立明堂；置"五经"博士。元光间亲策贤良，则董仲舒公孙弘等出焉。又早慕词赋，喜"楚辞"，尝使淮南王安为《离骚》作传。其所自造，如《秋风辞》见第六篇、《悼李夫人赋》见《汉书》《外戚传》等，亦入文家堂奥。复立乐府，集赵代秦楚之讴，以李延年为协律都尉，多举司马相如等数十人作诗颂，用于天地诸祠，是为《十九章》之歌。延年辄承意弦歌所造诗，谓之《新声曲》，实则楚声之遗，又扩而变之者也。其《郊祀歌》十九章，今存《汉书·礼乐志》中，第三至第六章，皆题《邹子乐》。

> 朱明盛长，旉与万物。桐生茂豫，靡有所诎。敷华就实，既阜既昌，登成甫田，百鬼迪尝。广大建祀，肃雍不忘。神若宥之，传世无疆。《朱明》四《邹子乐》
>
> 日出入安穷，时世不与人同。故春非我春，夏非我夏，秋非我秋，冬非我冬。泊如四海之沱，遍观是邪谓何。吾知所乐，独乐六龙。六龙之调，使我心若。訾，黄其何不来下"《日出入》九

是时河间献王以为治道非礼乐不成，因献所集雅乐；大乐官亦肄习之以备数，然不常用，用者皆新声。至敖游宴饮之时，则又有新声变曲。曲亦昉于李延年。延年中山人，身及父母兄弟皆故

倡，坐法腐刑，给事狗监中。性知音，善歌舞，武帝爱之，每为新声变曲，闻者莫不感动。尝侍武帝，起舞，歌曰："北方有佳人，绝世而独立，一顾倾人城，再顾倾人国。宁不知倾城与倾国，佳人难再得。"因进其女弟，得幸，号李夫人，早卒。武帝思念不已，方士齐人少翁言能致其魂，乃夜张烛设帐，而令帝居他帐遥望，见一好女，如李夫人之貌，然不得就视。帝愈益相思悲感，作为诗曰："是耶非耶？立而望之，偏何姗姗其来迟。"令乐府诸音家弦歌之。随事兴咏，节促意长，殆即所谓新声变曲者也。

文学之士，在武帝左右者亦甚众。先有严助，会稽吴人，严忌子也，或云族家子，以贤良对策高第，擢为中大夫。助荐吴人朱买臣召见，说《春秋》，言《楚词[1]》，亦拜中大夫，与严助俱侍中。又有吾丘寿王、司马相如、主父偃、徐乐、严安、东方朔、枚皋、胶仓、终军、严葱奇等；而东方朔、枚皋、严助、吾丘寿王、司马相如尤见亲幸。相如文最高，然常称疾避事；朔皋持论不根，见遇如俳优，惟严助与寿王见任用。助最先进，常与大臣辩论国家便宜，有奇异亦辄使为文及作赋颂数十篇。寿王字子赣，赵人，年少以善格五召待诏，迁侍中中郎；有赋十五篇，见《汉志》。

东方朔字曼倩，平原厌次人也。武帝初即位，征天下举方正贤良文学材力之士，待以不次之位，四方士多上书言得失，自炫鬻者以千数。朔初来，上书曰："臣朔少失父母，长养兄嫂。年十二学书，三冬，文史足用。十五学击剑。十六学诗书，诵二十二万言。十九学孙吴兵法，战阵之具，钲鼓之教，亦诵二十二万言。凡臣朔固已诵四十四万言。又常服子路之言。臣朔年二十二；长九尺三寸，目若悬珠，齿若编贝；勇若孟贲，捷若庆忌，廉若鲍叔，信若尾生。若此，可以为天子大臣矣。臣朔昧死，再拜以闻。"其文辞不

1　即"楚辞"。——编者注

逊，高自称誉。帝伟之，令待诏公车；渐以奇计俳辞得亲近，诙达多端，不名一行，然时观察颜色，直言切谏，帝亦常用之。尝至太中大夫，与枚皋郭舍人俱在左右，但诙啁而已，不得大官，因以刑名家言求试用，辞数万言，指意放荡，颇复诙谐，终不见用，乃作《答客难》见《汉书》本传以自慰谕。又有《七谏》见《楚辞》，则言君子失志，自古而然。临终诫子云："明者处世，莫尚于中，优哉游哉，与道相从。首阳为拙，柳下为工。饱食安步，以仕代农。依隐玩世，诡时不逢。……圣人之道，一龙一蛇，形见神藏，与物变化，随时之宜，无有常家。"又黄老意也。朔盖多所通晓，然先以自炫进身，终以滑稽名世，后之好事者因取奇言怪语，附著之朔；方士又附会以为神仙，作《神异经》《十洲记》，托为朔造，其实皆非也。

枚皋者字少孺，枚乘孽子也。武帝征乘，道死，诏问乘子，无能为文者。皋上书自陈，得见，诏使作《平乐观赋》，善之，拜为郎，使匈奴。然皋好诙笑，为赋颂多嫚戏，故不得尊显，见视如倡，才比东方朔郭舍人。作文甚疾，故所赋甚多，自谓不及司马相如，而颇诋娸东方朔，又自诋娸。班固云："其文骫骳，曲随其事，皆得其意，颇诙笑，不甚闲靡。凡可读者百二十篇，其尤嫚戏不可读者尚数十篇。"

至于儒术之士，亦擅文词者，则有菑川薛人公孙弘，字次卿，元光中贤良对策第一，拜博士，终为丞相，封平津侯，于是天下学士，靡然向风矣。广川董仲舒与公孙弘同学，于经术尤著，景帝时已为博士，武帝即位，举贤良对策，除江都相，迁胶西相，卒。尝作《士不遇赋》见《古文苑》，有云：

> ……观上世之清辉兮，廉士亦茕茕而靡归。殷汤有卞随与务光兮，周武有伯夷与叔齐；卞随务光遁迹于深山兮，伯夷叔齐登山而采薇。使彼圣贤其縣晷兮，钔举世而同迷。若伍

员与屈原兮,固亦无所复顾。亦不能同彼数子兮,将远游而终古。……

终则谓不若反身素业,归于一善,托声楚调,结以中庸,虽为粹然儒者之言,而牢愁狷狭之意尽矣。

小说家言,时亦兴盛。洛阳人虞初,以方士侍郎,号黄车使者,作《周说》九百四十三篇。齐人饶,不知其姓,为待诏,作《心术》二十五篇。又有《封禅方说》十八篇,不知何人作,然今俱亡。

诗之新制,亦复蔚起。《骚》《雅》遗声之外,遂有杂言,是为《乐府》。《汉书》云东方朔作八言及七言诗,各有上下篇,今虽不传,然元封三年作《柏梁台》,诏群臣二千石有能为七言诗,乃得上坐,则其辞今具存,通篇七言,亦联句之权舆也:

日月星辰和四时（皇帝）,骖驾驷马从梁来（梁王）,郡国士马羽林材（大司马）,总领天下诚难治（丞相）,和抚四夷不易哉（大将军）,刀笔之吏臣执之（御史大夫）。中略蛮夷朝贺常会期（典属国），柱枅欂栌相枝持（大匠），枇杷橘栗桃李梅（大官令），走狗逐兔张罘罳（上林令），啮妃女唇甘如饴（郭舍人），迫窘诘屈几穷哉（东方朔）。

褚少孙补《史记》云:“东方朔行殿中,郎谓之曰:（人皆以先生为狂。）朔曰:如朔等,所谓避世于朝廷间者也。古之人乃避世于深山中。时坐席中酒酣,乃据地歌曰——

陆沉于俗,避世金马门。宫殿中,可以避世全身;何必深山之中,蒿庐之下。”

亦新体也，然或出后人附会。

五言有枚乘开其先，而是时苏李别诗，亦称佳制。苏武字子卿，京兆杜陵人，天汉元年，以中郎将使匈奴，留不遣。李陵字少卿，陇西成纪人，天汉二年击匈奴，兵败降虏，单于以女妻之，立为右校王；汉夷其族。至元始六年，苏武得归，故与陵以诗赠答：

> 携手上河梁，游子暮何之。徘徊蹊路侧，恨恨不能辞。行人难久留，各言长相思。安知非日月，弦望自有时。努力崇明德，皓首以为期。_{李陵与苏武}
> _{诗三首之一}
> 二凫俱北飞，一凫独南翔。子当留斯馆，我当归故乡。一别如秦胡，会见何讵央。怆恨切中怀，不觉泪沾裳。愿子长努力，言笑莫相忘。_{苏武别李陵。见《初学记》}
> _{卷十八，然疑是后人拟作}

武归后拜典属国；宣帝即位，赐爵关内侯，神爵二年前六十卒，年八十余。陵则在匈奴二十余年，卒，有集二卷。诗以外，后世又颇传其书问，在《文选》及《艺文类聚》中。

参考书：

《史记》卷一百二十六

《汉书》卷六、二十二、五十一、五十四、六十五、九十三

《乐府诗集》宋郭茂倩编

《全汉文》清严可均辑

《全汉诗》丁福保辑

《中国大文学史》第三编第四章

第十篇　司马相如与司马迁

武帝时文人，赋莫若司马相如，文莫若司马迁，而一则寥寂，一则被刑。盖雄于文者，常桀骜不欲迎雄主之意，故遇合常不及凡文人。

司马相如字长卿，蜀郡成都人。少时好读书，学击剑，故其亲名之曰犬子；既学，慕蔺相如之为人，更名相如。以訾为郎，事景帝。帝不好辞赋，时梁孝王来朝，游说之士邹阳、枚乘、严忌等皆从，相如见而悦之，因病免，游梁，与诸侯游士居，数岁，作《子虚赋》，武帝立，读而善之，曰："朕独不得与此人同时哉？"蜀人杨得意为狗监侍帝，因言是其邑人司马相如作，乃召问相如。相如曰："有是。然此乃诸侯之事，未足观，请为天子游猎之赋。"帝令尚书给笔札。相如以"子虚"，虚言也，为楚称；"乌有先生"者，乌有此事也，为齐难；"亡是公"者，亡是人也，欲明天子之义。故虚借此三人为辞，以推天子诸侯之苑囿。其卒章归之于节俭，因以讽谏。其文具存《史记》及《汉书》本传中；《文选》则以后半为《上林赋》，或召问后之所续欤？

相如既奏赋，武帝大悦，以为郎。数岁，作《喻巴蜀檄》，旋拜中郎将，赴蜀，通西南夷，以蜀父老多言此事无益，大臣亦以为然，乃作《难蜀父老》文。其后，人有上书言相如使时受金，遂失官，岁余，复召为郎。然常闲居，不慕官爵，亦往往托辞讽谏，于游猎信谗之事，皆有微辞。拜孝文园令。武帝既以《子虚赋》为善，相如察其好神仙，乃曰："上林之事，未足美也，尚有靡者。臣尝为《大人赋》，未就；请具而奏之。"意以为列仙之儒，居山泽间，形容甚臞，非帝王之仙意。惟彼大人，居于中州，悲世迫隘，于是轻举，乘虚无，超无友，亦忘天地，而乃独存也。中有云：

> ……屯余车而万乘兮，粹云盖而树华旗。使句芒其将行兮，吾欲往乎南娭。……纷湛湛其差错兮，杂遝胶辀以方驰。骚扰冲苁其纷挐兮，滂濞泱轧丽以林离。攒罗列聚丛以茏茸兮，曼衍流烂痑以陆离。径入雷室之砰磷郁律兮，洞出鬼谷之堀礨崴魁。……时若暧暧将混浊兮，召屏翳，诛风伯，刑雨师。西望昆仑之轧沕荒忽兮，直径驰乎三危。排阊阖而入帝宫兮，载玉女而与之俱归。登阆风而遥集兮，亢乌腾而壹止。低徊阴山翔以纡曲兮，吾乃今日睹西王母，暠然白首戴胜而穴处兮，亦幸有三足乌为之使。必长生若此而不死兮，虽济万世不足以喜。……

既奏，武帝大悦，飘飘有凌云之气，似游天地之间意。盖汉兴好楚声，武帝左右亲信，如朱买臣等，多以楚辞进，而相如独变其体，益以玮奇之意，饰以绮丽之辞，句之短长，亦不拘成法，与当时甚不同。故扬雄以为使孔门用赋，则贾谊升堂，相如入室。班固以为西蜀自相如游宦京师，而文章冠天下。盖后之扬雄、王褒、李尤，固皆蜀人也。然相如亦作短赋，则繁丽之词较少，如《哀二世赋》《长门赋》。独《美人赋》颇靡丽，殆即扬雄所谓"劝百而讽一，犹骋郑卫之音，曲终而奏雅"者乎？

> ……途出郑卫，道由桑中，朝发溱洧，暮宿上宫。上宫闲馆，寂寥空虚，门阖昼掩，暧若神居。臣排其户而造其堂，芳香芬烈，黼帐高张；有女独处，婉然在床，奇葩逸丽，淑质艳光，睹臣迁延，微笑而言曰："上客何国之公子，所从来无乃远

乎?"遂设旨酒,进鸣琴。臣遂抚弦为《幽兰》《白雪》之曲。女乃歌曰:'独处室兮廓无依,思佳人兮情伤悲。有美人兮来何迟?日既暮兮华色衰,敢托身兮长自私。'玉钗挂臣冠,罗袖拂臣衣。时日西夕,玄阴晦冥,流风惨冽,素雪飘零,闲房寂谧,不闻人声。……臣乃脉定于内,心正于怀,信誓旦旦,秉志不回,翻然高举,与彼长辞。

相如既病免,居茂陵,武帝闻其病甚,使所忠往取书,至则已死前——七。仅得一卷书,言封禅事。盖相如尝从胡安受经。故少以文词游宦,而晚年终奏封禅之礼矣。于小学,则有《凡将篇》,今不存。然其专长,终在辞赋,制作虽甚迟缓,而不师故辙,自撼妙才,广博闳丽,卓绝汉代,明王世贞评《子虚》《上林》,以为材极富,辞极丽,运笔极古雅,精神极流动,长沙有其意而无其材,班张潘有其材而无其笔,子云有其笔而不得其精神流动之处云云,其为历代评隲家所倾倒,可谓至矣。

司马迁字子长,河内人,生于龙门,年十岁诵古文,二十而南游吴会,北涉汶泗,游邹鲁,过梁楚以归,仕为郎中。父谈,为太史令,元封初卒。迁继其业,天汉中李陵降匈奴,迁明陵无罪,遂下吏,指为诬上,家贫不能自赎,交游莫救,卒坐宫刑。被刑后为中书令,因益发愤,据《左氏》《国语》,采《世本》《战国策》,述《楚汉春秋》,终成《史记》一百三十篇,始于黄帝,中述陶唐,而至武帝获白麟止,盖自谓其书所以继《春秋》也。其友益州刺史任安,尝责以古贤臣之义,迁报书有云:

> ……所以隐忍苟活,函粪土之中而不辞者,恨私心有所不尽,鄙没世而文采不表于后也。古者富贵而名摩灭不可胜记,

惟倜傥非常之人称焉。盖西伯拘而演《周易》；仲尼厄而作《春秋》；屈原放逐，乃赋《离骚》；左丘失明，厥有《国语》；孙子膑脚，《兵法》修列。……《诗》三百篇，大抵贤圣发愤之所为作也。此人皆意有所郁结，不得通其道，故述往事，思来者。及如左丘明无目，孙子断足，终不可用，退论书策，以舒其愤，思垂空文以自见。仆窃不逊，近自托于无能之辞，网罗天下放失旧闻，考之行事，稽其成败兴衰之理，凡百三十篇。亦欲以究天人之际，通古今之变，成一家之言。草创未就，适会此祸，惜其不成，是以就极刑而无愠色。仆诚已著此书，藏之名山，传之其人，通邑大都，则仆偿前辱之责，虽万被戮，岂有悔哉？然此可为智者道，难为俗人言也！……

迁死后，书乃渐出；宣帝时，其外孙杨恽祖述其书，遂宣布焉。班彪颇不满，以为"采经摭传，分散数家之事，甚多疏略，或有抵梧。亦其涉略者广博，贯穿经传，驰骋古今上下数千载间，斯以勤矣。又其是非颇缪于圣人：论大道则先黄老而后六经，序游侠则退处士而进奸雄，述货殖则崇势利而羞贫贱，此其所蔽也。"汉兴，陆贾作《楚汉春秋》，是非虽多本于儒者，而太史职守，原出道家，其父谈亦崇尚黄老，则《史记》虽缪于儒术，固亦能远绍其旧业者矣。况发愤著书，意旨自激，其与任安书有云："仆之先人，非有剖符丹书之功，文史星历，近乎卜祝之间，固主上所戏弄，倡优畜之，流俗之所轻。假令仆伏法受诛，若九牛亡一毛，与蝼蚁何异。"恨为弄臣，寄心楮墨，感身世之戮辱，传畸人于千秋，虽背《春秋》之义，固不失为史家之绝唱，无韵之《离骚》矣。惟不拘于史法，不囿于字句，发于情，肆于心而为文，故能如茅坤所言："读游侠传即欲轻生，读屈原、贾谊传即欲流涕，读庄周、鲁仲连传即欲遗世，读李广传即欲立斗，读石建传即欲俯躬，读信陵、平原君传即欲养士"也。

然《汉书》已言《史记》有缺，于是续者纷起，如褚先生、冯商、刘歆等。《汉书》亦有出自刘歆者，故崔适以为《史记》之文有与全书乖，与《汉书》合者，亦歆所续也；至若年代悬隔，章句割裂，则当是后世妄人所增与钞胥所脱云。

迁雄于文，而亦爱赋，颇喜纳之列传中。于《贾谊传》录其《吊屈原赋》及《服赋》，而《汉书》则全载《治安策》，赋无一也。《司马相如传》上下篇，收赋尤多，为《子虚》合《上林》《哀二世》《大人》等。自亦造赋，《汉志》云八篇，今仅传《士不遇赋》一篇，明胡应麟以为伪作。

至宣帝时，仍修武帝故事，讲论六艺群书，博尽奇异之好；征能为楚辞者，于是刘向、张子侨、华龙、柳褒等皆被召，待诏金马门。又得蜀人王褒字子渊，诏之作《圣主得贤臣颂》，与张子侨等并待诏。褒能为赋颂，亦作俳文；后方士言益州有金马碧鸡之宝，宣帝诏褒往祀，于道病死。

参考书：

《史记》卷一百十七、一百三十

《汉书》卷五十七、六十二、六十四

《史记探源》崔适

《中国大文学史》第三编第四及第五章

《支那[1]文学史纲》第三篇第六章

《支那文学之研究》日本铃木虎雄第一卷

---

1 "支那"一词是古代印度梵文中支那（China）的音译，也是古代欧亚大陆诸国对中国最流行的称呼。一般认为，中日签订《马关条约》后，日本侵略者开始使用"支那"称呼中国，并带有蔑视和贬义。——编者注